빅 슬립

**THE BIG SLEEP**
by Raymond Chandler

**Afterword by Haruki Murakami**

Originally published as the afterword to "OOINARU NEMURI" (the Japanese edition of "The Big Sleep" by Raymond Chandler) by HAYAKAWA PUBLISHING, INC., Japan
Korean translation rights arranged with Haruki Murakami
through THE SAKAI AGENCY.



이 도서의 국립중앙도서관 출판예정도서목록(CIP)은 서지정보유통지원시스템 홈페이지(http://seoji.nl.go.kr)와 국가자료종합목록 구축시스템(http://kolis-net.nl.go.kr)에서 이용하실 수 있습니다.
(CIP제어번호: CIP2020038588)

세계문학전집
191

Raymond Chandler : The Big Sleep

# 빅 슬립

레이먼드 챈들러 장편소설

김진준 옮김

문학동네

## 일러두기

1. 번역 대본으로는 *The Big Sleep*(Raymond Chandler, Vintage, 1992)을 사용했다.
2. 주석은 모두 옮긴이주다.
3. 본문 중 고딕체는 원서에서 이탤릭체로 강조한 부분이다.

## 차례

# 1

10월 중순 어느 날 오전 열한시경, 태양은 보이지 않고 한결 뚜렷해진 언덕들이 폭우를 예고했다. 나는 담청색 양복에 암청색 와이셔츠를 받쳐 입고, 넥타이를 매고, 장식용 손수건을 꽂고, 발목에 암청색 수를 놓은 검은색 모직 양말과 검은색 단화를 신고 있었다. 이렇게 깨끗하고 단정한 차림새에 면도까지 한데다 술에 취하지도 않았으니 누가 좀 알아줬으면 싶었다. 그야말로 말쑥한 사설탐정의 모범답안 아닌가. 사백만 달러를 만나러 가는 길이었다.

스턴우드 저택의 정문 현관은 2층 높이였다. 인도코끼리 한 무리도 거뜬히 들어갈 만한 대문 위에 널찍한 스테인드글라스 창이 있는데, 검은 갑옷을 입은 기사가 나무에 묶인 여인을 구출하는 장면이다. 여인은 아주 길어 편리한 머리카락 말고는 실오라기 하나 걸치지 않은 알몸이다. 기사는 예절바르게 투구의 면갑을 올려 얼굴을 드러내고서 여인을 나무에 묶어놓은 밧줄의 매듭을 만지작거리지만 진척이 전혀 보이지 않는다. 나는 문 앞에 서서, 내가 만약 이 집에 살았다면 머잖아 저 위로 올라가 기사를 도와줘야 했겠다고 생각했다. 기사는 진심으로 노력하는 기색조차 없다.

현관 저 너머에 미닫이 유리문이 있고, 그 너머에 드넓은 에메랄드빛 잔디밭이 있고, 또 그 너머에는 흰색 차고가 있다. 차고 앞에서는 젊고 호리호리하고 가무잡잡한 운전사가 반들반들한 검은색 각반을 찬 채로 적갈색 패커드 컨버터블에 묻은 먼지를 떨었다. 차고 너머에는 푸들강아지처럼 정성껏 다듬은 관상수 몇 그루가 있다. 그 너머에는 둥근 지붕을 얹은 대형 온실이 있다. 그다음은 다시 나무들, 그리고 이 모든 것 너머로 들쑥날쑥하지만 끊어진 곳 없이 늘어선 언덕들이 보기 좋았다.

현관 동쪽에는 타일을 깔아놓은 탁 트인 계단이 있고, 계단 위에는 단철난간을 설치한 발코니가 있는데 그곳에도 기사의 모험담을 묘사한 스테인드글라스가 있다. 둥근 벽면의 빈 공간마다 원형 시트에 빨간색 플러시천을 씌운 탄탄한 대형 의자를 놓아두었다. 지금까지 아무도 앉아본 적이 없을 것 같다. 서쪽 벽 중앙에는 크고 텅 빈 벽난로가 있는데 그 앞에 놋쇠판 네 개를 경첩으로 연결한 칸막이를 세워두었고, 벽난로 위에는 양쪽 귀퉁이에 큐피드를 새긴 대리석 선반이 있다. 선반 위에는 유화물감으로 그린 대형 초상화를 걸고 그 위에는 총알 자국인지 좀먹은 흔적인지 어쨌든 구멍이 숭숭 뚫린 기병대 삼각기 한 쌍을 유리액자 안에 엇갈리게 걸어놓았다. 초상화 속의 인물은 멕시코전쟁 무렵의 군복을 제대로 갖춰입고 뻣뻣한 자세를 취한 장교다. 까맣고 단정한 황제수염*과 까만 콧수염을 길렀는데 칠흑처럼 새까만 눈동자가 매서우리만큼 강렬하다. 전체적인 인상을 보아하니 이 사람과는 사이좋게 지내는 편이 이로울 듯싶다. 짐작건대 스턴우드 장군의 할아버지일 터였다. 설마 장군 본인일 리는 없다. 위험한 이십대를 아직 넘기지 못한 두 딸의 아버지치고 나이가 꽤 많다고 듣긴 했지만.

그 새까맣고 강렬한 눈을 바라보고 있자니 계단 아래 멀찌감치 있는 문이 열렸다. 집사가 돌아온 줄 알았는데 아니었다. 여자다.

스무 살쯤 되었는데 몸매가 작고 가냘프지만 야무져 보였다. 하늘색 슬랙스가 잘 어울렸다. 허공에 떠다니는 듯한 걸음걸이다. 요즘은 머리끝을 안으로 마는 페이지보이 스타일이 유행인데 그녀의 섬세한 황갈색 곱슬머리는 그보다 훨씬 짧았다. 청회색 눈은 나를 볼 때도 무표정에 가까웠다. 그녀가 내 곁으로 다가오더니 입만 움직여 미소를 지었다. 육식동물을 연상시키는 작고 뾰족한 이가 갓 벗긴 오렌지 속껍질처럼 새하얗고 도자기처럼 반짝거렸다. 지나치게 힘을 주어 얄팍해진 입술 사이에서 이가 빛났다. 얼굴에 핏기가 없어 그리 건강해 보이지는 않았다.

"키가 크시네?" 그녀가 말했다.

"내 잘못은 아니지."

여자의 눈이 동그래졌다. 당황한 표정이다. 그녀가 생각에 잠겼다. 이렇게 잠깐 만났을 뿐인데도 평소 생각하기를 귀찮아하는 성격임을

* 아랫입술 바로 밑에 뾰족하게 기른 수염.

짐작할 수 있었다.

"미남이기도 하고. 본인도 아시겠지만."

"흠."

"이름이 뭐예요?"

"라일리. 도그하우스 라일리."

"이상한 이름이네요." 그녀가 입술을 깨물더니 고개를 조금 돌리고 곁눈질로 나를 쳐다보았다. 그러더니 속눈썹이 뺨에 닿을락 말락 하게 눈을 감았다가 극장에서 막을 올리듯 서서히 다시 떴다. 앞으로 종종 보게 될 수법이었다. 내가 강아지처럼 발라당 누워 네 발을 허공으로 들게 만들려는 속셈이다.

"권투선수예요?" 예상이 빗나가자 그녀가 물었다.

"틀렸어. 탐정이야."

"탐—탐—" 그녀가 못마땅한 듯이 고개를 홱 젖히자 넓은 현관이 조금 어둑어둑한 편인데도 빛깔 고운 머리카락이 반짝거렸다. "놀리지 마요."

"아닌데."

"네?"

"그만 가봐라. 내 말 들었잖아."

"아무 말도 안 해줬잖아요. 정말 짓궂은 분이셔." 그녀가 엄지를 깨물었다. 엄지가 좀 특이하게 생겼다. 다른 손가락처럼 가늘고 긴데다 첫 마디에 굴곡도 없다. 그녀는 마치 고무젖꼭지를 문 아기처럼 엄지를 입에 물고 입속에서 돌려가며 천천히 빨았다.

"키가 굉장히 커요." 그녀가 말했다. 그러더니 뭐가 즐거운지 혼자 킥킥거렸다. 그러다가 발을 들지도 않고 천천히 유연하게 돌아섰다. 두 손은 양옆으로 맥없이 늘어뜨렸다. 그녀가 발끝으로 서서 나를 향해 몸을 기울였다. 그러더니 곧장 내 품으로 쓰러졌다. 붙잡아주지 않으면 쪽매널마루에 머리가 깨질 판이었다. 두 팔로 떠받치는 순간 그녀가 다리에서 힘을 빼버렸다. 그녀를 지탱하자니 바싹 부둥켜안는 수밖에 없었다. 내 가슴에 머리가 닿자 그녀가 고개를 돌리며 킥킥거렸다.

"귀여우시네." 그녀가 킥킥거리며 말했다. "나도 귀엽죠."

나는 아무 말도 하지 않았다. 하필 그때 집사가 유리문으로 들어와 그녀를 안고 있는 내 모습을 보았다.

불쾌해하는 기색은 없었다. 집사는 키가 크고 마르고 은발이었다. 푸른 눈이 지극히 초연해 보였다. 피부색은 맑고 매끄러웠다. 몸놀림으로 보아 근육을 잘 단련한 사람 같았다. 그가 마룻바닥을 밟으며 천천히 우리 쪽으로 다가오자 여자가 얼른 떨어져나갔다. 순식간에 계단 아래에 이르더니 사슴처럼 뛰어올라간다. 내가 긴 숨을 들이마셨다가 내쉬기도 전에 사라져버렸다.

집사가 무덤덤하게 말했다. "장군님이 지금 만나시겠답니다, 말로 씨."

나는 가슴에 묻었던 아래턱을 들고 고갯짓을 했다. "저 여자애 누굽니까?"

"카멘 스턴우드 아가씨입니다."

"젖을 떼야겠더군요. 저럴 나이는 지났을 텐데."

집사는 엄숙하고 정중한 얼굴로 나를 바라보며 조금 전에 한 말을 되풀이했다.

## 2

우리는 유리문을 지난 후 매끈매끈한 붉은색 판석이 깔린 길을 따라 걸어갔다. 차고 앞에서부터 잔디밭을 우회하여 건너편까지 이어지는 길이다. 앳된 얼굴의 운전사는 이제 크롬으로 장식한 검은색 대형 세단을 꺼내 먼지를 떨고 있었다. 길을 따라가자 온실 측면이 나타났고, 집사가 문을 열고 옆으로 비켜주었다. 문 너머는 현관 비슷한 공간인데 저온오븐처럼 훈훈하다. 집사가 뒤따라 들어와 바깥문을 닫은 후 다시 안쪽 문을 열었고 우리는 안으로 들어갔다. 그러자 정말 더워졌다. 공기가 답답하고 축축하고 수증기가 자욱한데다 꽃이 핀 열대난초의 느글느글한 향기가 진동한다. 유리벽과 천장에는 뿌옇게 김이 서렸고 여기저기서 굵은 물방울이 뚝뚝 떨어져 식물들을 적셔준다. 조명은 수족관을 통과한 빛처럼 푸르스름하고 비현실적이다. 온실 안에는 식물이 가득해서 마치 숲속에 들어온 듯한데, 잎은 역겨운 고깃조각 같고 줄기는 갓 씻은 시체의 손가락 같다. 마치 담요 밑에서 알코올을 끓이는 듯한 냄새가 코를 찌른다.

집사는 내가 흠뻑 젖은 잎사귀에 얼굴을 얻어맞지 않고 무사히 지나갈 수 있도록 최선을 다해 도와주었고, 얼마 후 우리는 밀림 한복판, 둥근 지붕 바로 밑의 빈터에 이르렀다. 육각형 판석을 깔아놓은 이 공간에는 낡아빠진 빨간색 터키 양탄자 한 장이 있고, 그 양탄자 위에는 휠체어 하나가 있고, 누가 보아도 죽을병에 걸린 듯한 노인이 그 휠체어에 앉아서 다가오는 우리를 쳐다보았는데, 그 검은 눈동자 속에서 정열 따위는 사라진 지 오래지만 아까 현관 벽난로 선반 위의 초상화 속에서 보았던 칠흑처럼 새까맣고 직선적인 눈빛만은 그대로였다. 나머지 얼굴은 납으로 만든 가면 같다. 핏기 없는 입술, 뾰족한 코, 움푹 꺼진 관자놀이, 바깥쪽으로 벌어진 귓불, 모두가 임박한 죽음을 말해준다. 길고 깡마른 몸에는 빛바랜 빨간색 목욕가운을 걸치고 이런 무더위에 여행용 담요까지 덮었다. 새의 발톱처럼 앙상한 두 손을 담요 위에 힘없이 포갰는데 손톱이 보랏빛이다. 정수리에 축축 늘어진 메마른 백발 몇 다발은 마치 헐벗은 바위에 달라붙어 살아남으려고 몸부림치는 야생화 같다.

집사가 노인 앞으로 다가가 말했다. "말로 씨 오셨습니다, 장군님."

노인은 움직이지도 말하지도 않고 고갯짓조차 하지 않았다. 맥없이 나를 쳐다볼 뿐이었다. 집사가 축축한 고리버들의자를 내 다리 뒤로 밀어주었고 나는 그 자리에 앉았다. 집사가 능숙한 솜씨로 내 모자를 벗겨갔다.

그때 노인이 깊은 우물 속에서 길어올린 듯한 목소리로 말했다. "브랜디 좀 드리게, 노리스. 브랜디는 어떻게 드시오?"

"어떤 식이든 좋습니다." 내가 대답했다.

집사가 혐오스러운 식물들 사이로 사라졌다. 장군이 다시, 천천히, 마치 일자리를 얻지 못한 쇼걸이 마지막 남은 멀쩡한 스타킹을 신듯 조심스럽게 힘을 아끼며 말했다.

"예전에는 샴페인을 섞어 마셨지. 브랜디 삼분의 일에 밸리포지*처럼 차디찬 샴페인을 따라서. 외투는 벗으시오. 아직 혈관에 피가 남은 사

---

* 펜실베이니아주 동남부의 마을로 미국독립전쟁 당시 조지 워싱턴의 군대가 겨울을 보낸 곳.

람이 버티기엔 너무 더울 테니까."

나는 일어나서 외투를 벗고 손수건을 꺼내 얼굴과 목과 양쪽 손목을 닦았다. 8월의 세인트루이스 날씨조차 이곳과는 비교도 안 된다. 다시 자리에 앉으면서 나도 모르게 담배를 더듬어 찾다가 동작을 멈추었다. 노인이 내 몸짓을 보고 희미한 미소를 지었다.

"담배 피우셔도 괜찮소. 담배냄새를 좋아하거든."

나는 담뱃불을 붙이고 한껏 연기를 들이마셨다가 노인을 향해 뿜어냈고, 그는 쥐구멍을 뒤지는 테리어처럼 킁킁거리며 냄새를 맡았다. 그 늘진 입가에 어렴풋한 미소가 번져갔다.

"나쁜 버릇도 이렇게 남을 통해서 즐기게 됐으니 꼴이 말이 아니구려." 그가 담담하게 말했다. "지금 선생이 보는 이 모습은 꽤나 화려했던 인생이 남긴 따분한 흔적이지. 두 다리가 마비되고 아랫배 절반만 살아남은 불구자가 돼버렸거든. 먹을 수 있는 음식도 별로 없고 잠도 자는 둥 마는 둥해서 잠이라고 말하기도 거북스러울 지경이오. 갓 태어난 거미처럼 주로 이 열기 덕분에 그럭저럭 연명하는데, 저 난초는 이런 열기를 유지하는 핑계에 지나지 않소. 혹시 난초 좋아하시오?"

"특별히 좋아하진 않습니다." 내가 대답했다.

장군이 눈을 반쯤 감았다. "역겨운 것들이오. 두툼한 잎사귀가 사람 살가죽이랑 너무 비슷하거든. 게다가 향기도 창녀처럼 퀴퀴하고 들척지근하지."

나는 입을 딱 벌리고 그를 바라보았다. 하늘하늘하고 축축한 열기가 수의처럼 우리를 둘러싸고 있었다. 노인은 마치 목이 머리 무게를 감당하지 못할까봐 걱정하는 사람처럼 조심스럽게 고개를 끄덕였다. 그때 밀림 속에서 집사가 찻수레를 밀며 다시 나타나더니 브랜디소다를 만들어 나에게 건네고 구리로 만든 얼음통에 젖은 냅킨을 둘러놓은 후 난초 사이로 조용히 사라졌다. 밀림 너머에서 문이 열렸다가 닫혔다.

나는 술을 마셨다. 노인이 나를 쳐다보며 거듭거듭 입맛을 다셨다. 장의사가 두 손을 비비듯이 아래위 입술을 번갈아가며 천천히 핥는 모습이 마치 장례를 치르듯 진지했다.

“선생은 어떤 분인지 말해보시오, 말로 씨. 나도 들어볼 자격쯤은 있지 않겠소?”

“물론 그렇지만 말씀드릴 게 별로 없습니다. 저는 서른세 살이고, 대학을 다녔고, 지금도 필요할 때마다 영어 정도는 할 줄 압니다. 말이 별로 필요없는 직업이지만요. 한때는 와일드 지검장 밑에서 수사관으로 일했습니다. 그쪽 수사팀장 버니 올즈라는 사람이 연락해서 장군님이 저를 만나고 싶어하신다고 전해주더군요. 경찰 마누라들을 싫어해서 아직 미혼입니다.”

“약간 냉소적인 편이기도 하고.” 노인이 미소를 지었다. “와일드 밑에서 일하기가 싫었소?”

“해고됐습니다. 명령불복종으로. 명령불복종 점수 하나는 꽤 높은 편입니다, 장군님.”

“나도 늘 그랬소. 그 말을 들으니 반갑구려. 우리 가족에 대해서는 얼마나 알고 있소?”

“장군님은 이미 상처하셨고 젊은 따님이 둘 있는데 둘 다 예쁘고 둘 다 말썽꾸러기라고 들었습니다. 한 따님은 세 번 결혼했는데 세번째 남편은 밀주업자 출신으로 그쪽 업계에서는 러스티 리건이라는 이름을

셨다더군요. 제가 들은 얘기는 그것뿐입니다, 장군님."

"그중에 혹시 미심쩍은 구석은 없소?"

"러스티 리건이 좀 그렇긴 하죠. 하지만 저야 밀주업자들과도 늘 친하게 지냈으니까요."

그는 다시 힘을 아끼듯 희미한 미소를 지었다. "나도 그런 듯싶소. 러스티를 많이 좋아하거든. 아일랜드 클론멜* 출신으로 덩치 큰 곱슬머리 녀석인데, 눈빛은 슬퍼 보이지만 월셔 대로처럼 환하게 웃지. 처음 봤을 때는 나도 지금 선생이 짐작하는 그런 녀석이라고 생각했소. 어쩌다 돈 좀 벌어 호강하는 타짜 말이오."

"정말 많이 좋아하셨군요. 그런 말까지 배우시다니."

그가 앙상하고 핏기 없는 두 손을 담요 밑으로 넣었다. 나는 담배꽁초를 끄고 술잔을 비웠다.

"그 녀석 덕분에 그나마 살맛이 났소. 내 곁에 붙어 있던 동안은. 돼지처럼 땀을 뻘뻘 흘리면서도 몇 시간 동안이나 브랜디를 퍼마시며 아일랜드 혁명 얘기를 들려줬지. 예전엔 아일랜드 공화군IRA 장교였다더군. 미국에도 밀입국자로 들어왔고. 물론 터무니없는 결혼이었고 결혼생활도 채 한 달을 못 넘겼을 거요. 난 지금 우리 집안의 비밀을 털어놓고 있소, 말로 씨."

"비밀은 지켜드리죠. 그런데 그 사람이 어떻게 됐습니까?"

노인이 무표정한 얼굴로 나를 쳐다보았다. "사라졌소, 한 달 전에. 갑자기, 아무에게도 말 한마디 없이. 나한테 작별인사도 안 하고 말이오.

---

* 아일랜드 서남부 먼스터 지방 티퍼레리주의 도시.

그래서 좀 속상했지만 워낙 험하게 자란 녀석이니까. 언젠가는 소식을 전하겠지. 그런데 요즘 내가 또 협박을 받고 있소."

"또?"

노인이 담요 밑에서 갈색 봉투를 꺼냈다. "러스티가 내 곁에 있을 때 누군가 나를 협박했다면 오히려 불쌍하다고 생각했겠지. 러스티를 만나기 몇 달 전에, 그러니까 아홉 달이나 열 달 전에, 조 브로디라는 놈한테 둘째 딸내미 카멘 곁에서 꺼지라고 오천 달러를 줬소."

"아하."

그러자 그가 가늘고 새하얀 눈썹을 움직였다. "무슨 뜻이오?"

"아무것도 아닙니다."

그는 얼굴을 반쯤 찡그린 채 나를 응시했다. 그러다가 이렇게 말했다. "이 봉투를 가져가서 살펴보시오. 브랜디도 좀더 따라 드시고."

나는 그의 무릎에 놓인 봉투를 집어들고 다시 자리에 앉았다. 손바닥을 문질러 닦은 후 봉투를 뒤집어보았다. 수신자는 가이 스턴우드 장군, 주소는 캘리포니아주 웨스트 할리우드, 앨타브레아 크레센트 3765번지. 주소는 잉크로 썼고 기술자들의 글씨처럼 비스듬히 기울어진 활자체였다. 봉투는 이미 개봉한 상태였다. 나는 봉투를 열고 갈색 명함 한 장과 빳빳한 종이쪽지 석 장을 꺼냈다. 명함은 얇은 갈색 리넨 종이였고 황금색 글자가 찍혀 있었다. '아서 귄 가이거.' 주소는 없다. 왼쪽 하단 구석에 아주 작은 글자로, '희귀본 및 호화판 도서'. 명함을 뒤집어보았다. 뒷면에도 비스듬한 활자체 글씨가 있었다. '장군님, 동봉한 어음은 노름빚이 분명하므로 법률상 수금이 불가하오나 약정한 대로 지급해주시리라 믿습니다. A. G. 가이거 올림.'

나는 빳빳한 흰색 종이쪽지들을 살펴보았다. 모두 잉크로 기재한 약속어음으로 작성일자는 지난달 9월 초 여러 날이었다. '아서 귄 가이거 또는 그의 지정인이 청구할 시 무이자로 일금 일천 달러($1,000.00)를 지불할 것을 약속함. 대금 수령 완료. 카멘 스턴우드.' 손으로 작성한 부분은 여기저기 큼직한 소용돌이 장식을 달고 점 대신 동그라미를 그려 바보 같고 어수선한 필적이었다. 나는 술을 한 잔 더 따라 한 모금 마신 후 증거물을 내 곁에 내려놓았다.

"결론은?" 장군이 물었다.

"아직 없습니다. 이 아서 귄 가이거는 또 누굽니까?"

"나도 전혀 모르겠소."

"카멘은 뭐라고 하던가요?"

"물어보지도 않았소. 물어볼 생각도 없고. 그래봤자 엄지나 빨면서 수줍은 체할 테니."

"아까 현관에서 만났습니다. 제 앞에서도 그러더군요. 별안간 제 무릎에 앉으려고도 하고."

그의 표정은 조금도 변하지 않았다. 담요 가장자리에 맞잡은 두 손도 태평해 보였고, 그 무더위 속에서 나는 뉴잉글랜드 요리처럼 펄펄 끓었지만 그는 아직 따뜻해지지도 않은 듯했다.

"좀더 점잖게 말씀드릴까요? 아니면 그냥 평소대로 할까요?"

"이것저것 가리는 분이 아니잖소, 말로 씨는."

"두 따님이 같이 잘 다닙니까?"

"아닐 거요. 둘이 조금씩 다른 방식으로 따로따로 파멸의 길을 걷는 듯싶소. 비비언은 버릇없고 모질고 똑똑하고 인정머리라곤 없는 편이지. 카멘은 파리 날개를 뜯어내기 좋아하는 어린애고. 둘 다 도덕관념 따위는 고양이만큼도 없소. 나도 마찬가지지만. 스턴우드 집안은 다 그렇지. 계속하시오."

"둘 다 교육은 제대로 받았겠죠. 자기가 무슨 짓을 하는지는 알겠네요."

"비비언은 속물들이 다니는 명문학교를 나왔고 대학도 다녔소. 카멘은 학교를 대여섯 군데 전전하면서 점점 더 개방적인 학교로 옮겨다니다가 결국 처음에 입학했던 학교에서 졸업했소. 둘 다 일반적인 비행은 다 저질렀을 테고 아마 지금도 그러겠지. 아비라는 작자가 말을 좀 독하게 한다 싶겠지만, 말로 씨, 이렇게 숨이 간당간당하는 형편이라 빅토리아 시대처럼 위선까지 떨 만한 여유는 없다오." 그는 머리를 뒤로 기대며 눈을 감았다가 갑자기 번쩍 떴다. "굳이 덧붙일 필요도 없겠지만 나이 쉰넷에 처음 아비가 됐으니 이런 꼴을 당해도 싸지."

나는 술을 마시며 고개를 끄덕였다. 그의 앙상한 잿빛 목에서 맥박이 뛰는 것이 보였지만 느려터져서 맥박이라고 부르기도 어색할 정도였다. 이미 산송장이나 다름없는데도 이겨낼 수 있다고 믿을 만큼 의지가 대단한 노인이다.

"그래서 결론은?" 그가 불쑥 다그쳤다.

"저라면 돈을 줘버리겠습니다."

"어째서?"

"금액은 적은데 골칫거리는 많을 테니까요. 이 일의 이면에는 틀림없이 뭔가 있습니다. 그래도 장군님이 상심하실 일은 없겠죠. 벌써 상심하셨다면 또 모르지만. 어쨌든 굉장히 많은 사기꾼이 굉장히 자주 나타나서 돈을 뜯어가도 장군님한테는 눈도 깜짝 안 할 푼돈일 테니까요."

"나도 자존심이 있소." 그가 냉랭하게 말했다.

"누군지 모르지만 거기까지 계산했을 겁니다. 그런 놈들을 물리치려면 그게 제일 쉬운 방법입니다. 아니면 경찰을 불러야죠. 어차피 이 어음이 가짜라고 증명 못하시는 한 가이거는 돈을 받아낼 수 있었습니다. 그런데 이렇게 어음을 보내줬고, 노름빚이라는 사실까지 인정해버렸어요. 어음을 자기가 갖고 있었더라도 장군님한테 유리한 정보였는데 말입니다. 사기꾼이라면 이런 일에 빠삭한 놈이고, 일반인이 부업으로 사채놀이를 하는 거라면 마땅히 갚아야 할 돈이겠죠. 그런데 장군님이 오천 달러를 주셨다는 조 브로디는 또 누굽니까?"

"무슨 도박꾼이오. 잘 기억이 안 나는군. 노리스는 알겠지. 우리 집사 말이오."

"따님들한테 자기 명의로 된 돈이 따로 있습니까, 장군님?"

"비비언한테는 좀 있지만 대단찮은 액수요. 카멘은 미성년자라서 아직 제 어미 유산도 못 받았소. 둘 다 내가 용돈은 넉넉히 주고 있고."

"장군님이 원하신다면 가이거라는 놈을 쫓아드릴 수는 있습니다. 정체가 뭐든, 어떤 일을 하는 놈이든. 저한테 주실 수고비 말고도 돈이 조금 더 들겠죠. 물론 그래봤자 장군님께는 아무 소득도 없습니다. 돈으로 해결될 일이 아닙니다. 그놈들은 벌써 장군님을 호구 명단에 올렸으니까요."

"그렇군." 그는 빛바랜 빨간색 목욕가운을 걸친 넓고 앙상한 어깨를 으쓱 움직였다. "조금 전에는 그냥 돈을 주라고 했잖소. 그러더니 이번엔 그래봤자 소득이 없다니 원."

"제 말은 어지간하면 차라리 돈을 뜯기는 편이 더 쉽고 더 싸게 먹힌다는 뜻이었죠. 그뿐입니다."

"나는 참을성이 별로 없는 사람이오, 말로 씨. 수고비는 얼마나 드리면 되겠소?"

"하루 이십오 달러에 경비는 따로 받습니다. 재수가 좋을 때는요."

"알았소. 사람 생피 빨아먹는 기생충들을 제거하는 데는 적당한 금액인 듯싶군. 아주 섬세하게 수술해주시오. 이미 짐작했으리라 믿소만. 가급적 환자한테는 충격이 덜 가도록 수술해주시겠지? 한두 마리가 아닐지도 모르니 말이오, 말로 씨."

나는 두번째 잔도 마저 비우고 입과 얼굴을 닦았다. 브랜디를 마셨다고 더위가 가라앉지는 않았다. 장군이 나를 보고 눈을 깜박거리며 담요 가장자리를 잡아당겼다.

"혹시 그쪽이 그럭저럭 합리적으로 나온다는 판단이 서면 제가 재량껏 협상해도 되겠습니까?"

"좋소. 그 문제는 이제 선생한테 일임하겠소. 나는 일을 어중간하게 하는 사람이 아니오."

"그 작자를 처리해드리죠. 산사태에 깔린 기분일 겁니다."

"그러리라 믿겠소. 이만 실례해야겠군. 좀 피곤해서." 그가 손을 내밀어 의자 팔걸이에 달린 초인종을 눌렀다. 전선은 난초가 자라고 썩어가는 암녹색 상자들의 측면에 걸린 검은색 케이블에 연결되어 있었다. 그가 눈을 감았다가 다시 뜨고 잠시 뚫어져라 쳐다보더니 편안하게 쿠션에 몸을 기댔다. 이윽고 눈꺼풀이 다시 감겼고 그때부터는 나를 거들떠보지도 않았다.

나는 자리에서 일어나 축축한 고리버들의자 등받이에 걸어놓았던 외투를 집어들었다. 난초들 사이를 지나서 두 개의 문을 차례로 열고 밖으로 나가 10월의 상쾌한 공기를 들이마시며 산소를 보충했다. 차고 앞에 있던 운전사는 보이지 않았다. 집사가 다리미판처럼 허리를 곧게 편 채 붉은 길을 따라 가볍고 경쾌한 걸음걸이로 걸어왔다. 나는 외투를 걸치며 그가 다가오는 모습을 바라보았다.

그는 두 걸음 앞에서 발을 멈추고 엄숙하게 말했다. "가시기 전에 리건 부인이 잠시 뵙자고 하십니다. 그리고 장군님께서 돈 문제는 액수가 얼마든 원하시는 대로 수표를 끊어드리라고 말씀하셨습니다."

"언제 그런 말씀을 하셨죠?"

그는 어리둥절한 표정이었다가 이내 미소를 지었다. "아, 그렇군요. 역시 탐정다우십니다. 장군님께서 초인종을 누르셨습니다."

"수표 발행까지 대신 하십니까?"

"제가 맡은 일입니다."

"그렇다면 극빈자 묘지에 묻힐 일은 없겠군요. 고맙지만 당장은 안 받아도 됩니다. 리건 부인은 무슨 일로 저를 보자는 겁니까?"

그의 푸른 눈이 침착하고 담담하게 나를 응시했다. "부인이 손님 용무를 오해하신 모양입니다."

"내가 찾아왔다는 사실은 누가 알려줬고요?"

"부인 방 창문에서 온실이 내려다보이거든요. 우리가 들어갈 때 보셨더군요. 어쩔 수 없이 손님이 누구신지 말씀드렸습니다."

"그건 마음에 안 드는군요."

그의 푸른 눈이 싸늘해졌다. "제 직분에 어긋나는 짓이라는 말씀이십니까?"

"아뇨. 다만 집사님 직분에 또 뭐가 있을까 생각하면서 즐거워하는 중이지요."

우리는 잠시 서로를 뚫어져라 응시했다. 그가 푸른 눈으로 나를 노려보다가 돌아섰다.

## 3

그 방은 너무 넓고 천장도 너무 높고 문짝도 너무 컸으며, 바닥 전체를 덮은 흰색 카펫은 애로헤드호수*에 갓 내린 눈처럼 새하얬다. 곳곳에 전신거울이 있고 이런저런 수정 장식품이 사방에 널렸다. 상아색 가구마다 크롬 장식을 달았고, 흰색 카펫 위로는 창문에서 90센티미터 아래까지 늘어뜨린 드넓은 상아색 커튼이 있다. 흰색 때문에 상아색이 지저분해 보이고 상아색 때문에 흰색이 창백해 보인다. 창밖의 구릉지가 어둑어둑하다. 곧 비가 내리려는 모양이다. 벌써 기압이 뚝 떨어졌다.

나는 깊고 푹신한 소파의 가장자리에 걸터앉아 리건 부인을 바라보았다. 봐줄 만한 여자다. 그리고 골칫거리다. 그녀는 슬리퍼를 벗은 채 현대적인 장의자에 길게 누워 있었고 나는 얇디얇은 실크스타킹을 신

* 캘리포니아 남부의 인공호수.

은 다리를 뚫어져라 바라보았다. 마음껏 보라고 그런 자세를 취해줬을 테니까. 다리는 무릎까지 드러났고 한쪽 다리는 더 높은 곳까지 훤히 들여다보인다. 보조개가 있는 무릎은 앙상하지도 모나지도 않았다. 종아리도 아름답고 발목이 길고 가늘어 교향시처럼 근사한 각선미다. 키가 크고 팔다리도 길다. 강인해 보이는 여자. 상아색 공단 쿠션을 베고 있다. 머리카락은 검은색이고 빳빳하고 가르마를 가운데로 탔으며 현관에 걸린 초상화처럼 눈빛이 새까맣고 강렬하다. 입매도 예쁘고 턱선도 예쁘다. 입꼬리가 처져 시무룩해 보이지만 아랫입술은 도톰하다.

그녀는 술잔을 들고 있었다. 한 모금 마시면서 술잔 너머로 차분히 나를 쳐다보았다.

"사설탐정이라면서요." 그녀가 말했다. "그런 일을 하는 분이 정말 있을 줄은 몰랐어요. 소설책 말고. 혹시 있더라도 호텔이나 기웃거리는 왜소하고 교활한 남자일 줄 알았죠."

나와 무관한 이야기라서 대꾸하지 않았다. 그녀는 장의자의 평평한 팔걸이에 술잔을 내려놓고 에메랄드를 반짝거리며 머리를 매만졌다. 그러더니 천천히 말했다. "우리 아빠를 어떻게 생각해요?"

"마음에 들더군요."

"아빠는 러스티를 좋아했어요. 러스티가 누군지는 아시겠죠?"

"압니다."

"러스티는 촌스럽고 때로는 천박하지만 아주 진실한 사람이었어요. 아빠를 많이 즐겁게 해드렸고. 그렇게 떠나버리지 말아야 했는데. 아빠가 말씀은 안 하셔도 그 일로 몹시 언짢아하시죠. 아니, 혹시 그런 말씀을 하셨나요?"

"뭐라고 말씀하시긴 했죠."

"속내를 잘 안 드러내는 분이군요, 말로 씨는? 어쨌든 아빠가 러스티를 찾고 싶어하시는 건 맞죠?"

나는 잠시 예의바르게 그녀를 바라보았다. "그렇기도 하고 아니기도 하죠." 내가 대답했다.

"그건 대답이 아니잖아요. 찾을 수 있다고 생각하세요?"

"찾아보겠다고 하진 않았습니다. 실종수사과에 맡겨보는 게 어떨까요? 그쪽엔 조직이 있으니. 한 사람이 할 만한 일이 아니거든요."

"아, 경찰을 끌어들인다고 하면 아빠가 질색하실 거예요." 그녀는 다시 술잔 너머로 나를 물끄러미 바라보며 잔을 비우고는 초인종을 눌렀다. 하녀 한 명이 옆문으로 들어왔다. 중년여자였는데 길고 누르스름하고 온순한 얼굴에 코도 길지만 턱은 없다시피 하고 눈이 크고 촉촉했다. 마치 오랫동안 고생하다가 방목장으로 풀려난 늙고 착한 말 같다. 리건 부인이 빈 잔을 흔들어 보이자 하녀는 술을 한 잔 더 섞어 건넨 후 말 한마디 없이, 내 쪽은 돌아보지도 않고 나가버렸다.

문이 닫히자 리건 부인이 말했다. "그럼 그 일을 어떻게 처리하실 거죠?"

"부군이 언제 어떻게 떠났습니까?"

"아빠가 말씀 안 하셨어요?"

나는 고개를 갸우뚱하며 빙그레 웃었다. 그녀가 얼굴을 붉혔다. 새까맣고 강렬한 눈에 노기가 떠올랐다. "왜 그렇게 쉬쉬하는지 모르겠네요." 그녀가 쏘아붙였다. "태도도 마음에 안 들어요."

"그쪽 태도도 마음에 쏙 들진 않소. 내가 보자고 한 것도 아니고. 부인이 나를 불렀잖소. 거만하게 굴어도 좋고 점심 대신 스카치를 마셔도 좋소. 다리를 보여주는 것도 좋고. 그렇게 잘빠진 다리를 만나게 돼서 반갑군. 내 태도가 마음에 안 들어도 좋아요. 원래 버르장머리가 없으니까. 나도 기나긴 겨울밤마다 내 태도를 원망하지. 그렇지만 꼬치꼬치 물어봤자 시간낭비요."

그녀가 유리잔을 세차게 탁 내려놓는 바람에 술이 넘쳐 상아색 쿠션에 쏟아졌다. 그녀는 두 발을 바닥으로 내리고 벌떡 일어났다. 두 눈에서 불똥이 튀고 콧구멍이 벌름거렸다. 입이 벌어지고 새하얀 이가 나를 노려보았다. 주먹 관절도 하얘졌다.

"나한테 그런 식으로 말하는 사람은 없어요." 그녀가 퉁명스럽게 말했다.

나는 앉은 채로 빙그레 웃었다. 그녀가 아주 천천히 입을 다물고 엎질러진 술을 내려다보았다. 그러더니 장의자 가장자리에 걸터앉아 한 손에 턱을 괴었다.

"맙소사, 덩치 크고 음흉하고 잘생긴 야만인! 뷰익으로 확 밟아버리고 싶네."

나는 엄지손톱으로 성냥을 그었고 모처럼 불을 켜는 데 성공했다. 연기를 허공에 내뿜으며 잠자코 기다렸다.

"나는 건방진 사람 싫어해요. 정말 싫어한다고."

"도대체 뭐가 두려운 거요, 리건 부인?"

그녀의 눈이 하얘졌다. 이윽고 점점 까매지더니 눈동자만 남은 듯 보였다. 콧구멍도 오그라들었다.

"아빠가 시킨 일은 그 문제가 아니었군요." 나를 향한 분노가 아직 덜

가셔 딱딱한 목소리였다. "러스티 문제 말예요. 안 그래요?"

"아버님께 여쭤보시죠."

그녀가 다시 발끈했다. "나가! 나쁜 놈, 나가라고!"

나는 일어났다. "앉아요!" 그녀가 톡 쏘아붙였다. 나는 다시 앉았다. 손가락으로 손바닥을 톡톡 치며 기다렸다.

"부탁이에요. 제발. 러스티를 찾을 수 있잖아요. 아빠가 시킨다면."

그 말도 안 통했다. 나는 고개를 끄덕이며 다시 물었다. "부군은 언제 떠났소?"

"한 달 전 어느 날 오후였어요. 아무 말도 없이 차를 몰고 나갔더군요. 사람들이 어딘가에 있는 주차장에서 차를 찾아냈죠."

"사람들?"

그녀의 표정이 교활해졌다. 온몸이 느슨해지는 듯했다. 그러더니 의기양양한 미소를 던졌다. "역시 아빠가 아무 말씀도 안 하셨군요." 잔꾀로 나를 눌렀다는 양 기뻐하는 목소리였다. 그녀의 생각이 옳을지도 모른다.

"아버님이 리건 씨 얘기를 하신 건 사실이오. 나를 보자고 하신 용건은 그게 아니었지만. 이 말을 듣고 싶었던 거요?"

"당신이 뭐라고 하건 관심 없어요."

나는 다시 일어섰다. "그럼 이만 가보죠." 그녀는 아무 말도 하지 않았다. 나는 아까 들어왔던 크고 하얀 문 쪽으로 걸어갔다. 뒤를 돌아보니 그녀는 마치 강아지가 양탄자 가장자리를 물어뜯듯이 입술을 잘근잘근 깨물고 있었다.

방을 나서서 타일이 깔린 계단을 내려가 현관에 이르렀을 때 어디선가 집사가 내 모자를 들고 나타났다. 내가 모자를 쓰자 집사가 문을 열어주었다.

"실수하셨더군요." 내가 말했다. "리건 부인은 나를 만나고 싶은 게 아니었어요."

집사는 은빛 머리를 숙이며 정중하게 말했다. "죄송합니다. 제가 실수를 많이 하죠." 내가 나간 후 그가 문을 닫았다.

나는 계단 위에 서서 담배연기를 들이마시며 화단과 잘 다듬은 나무가 있는 계단식 정원을, 그리고 금색 창날을 달고 저택 경내를 빙 둘러싼 높다란 철제 울타리를 내려다보았다. 축대 사이로 지나가는 구불구불한 진입로가 열린 철문까지 이어졌다. 울타리 너머에서 몇 킬로미터 정도는 계속 내리막길이다. 저멀리 어렴풋한 저지대에는 일찍이 스턴우드 일가에게 막대한 재산을 안겨준 유전의 오래된 목조채유기採油機 몇 개가 보일락 말락 한다. 그 유전의 대부분은 스턴우드 장군이 정화작업을 거친 후 시에 기증하여 지금은 공원이 되었다. 그러나 유정 몇 개는 아직 남아서 날마다 원유 대여섯 통을 생산한다. 스턴우드 일가는 이제 산 위로 이사해서 퀴퀴한 오수웅덩이 냄새나 기름냄새를 맡지 않게 되었지만, 지금도 저택 정면의 창문을 내다보면 그들을 부자로 만들어준 것들을 내다볼 수 있을 터였다. 물론 보고 싶을 때 얘기다. 그럴 리 없겠지만.

나는 울타리 안쪽을 따라 계단식 정원들을 잇는 벽돌길을 내려가서 철문 바깥의 길거리 후추나무 아래 세워둔 내 차로 갔다. 지금 구릉지에서는 천둥이 우르릉거리고 그 위의 하늘은 보랏빛을 띤 검은색이다. 폭우가 쏟아질 듯싶다. 비를 앞두고 벌써 대기가 촉촉해졌다. 시내 쪽으로 출발하기 전에 컨버터블 지붕을 덮었다.

그 여자, 다리 하나는 근사했다. 인정해줄 만하다. 그 여자도 아버지도 꽤나 닳고 닳은 사람들이다. 아버지 쪽은 나를 시험해보려는 것뿐인지도 모른다. 그가 맡긴 일은 변호사가 해야 할 일이다. '희귀본 및 호화판 도서'를 파는 아서 귄 가이거가 공갈범으로 밝혀지더라도 역시 변호사의 일이다. 그러나 겉보기와는 전혀 다른 상황일지도 모른다. 언뜻 보기에도 감춰진 비밀을 밝혀내는 일이 꽤나 흥미진진할 듯싶다.

나는 할리우드 공공도서관으로 차를 몰고 가서 『유명한 초판본들』이라는 따분한 책으로 기초조사를 조금 했다. 삼십 분쯤 그러고 나자 점심을 먹고 싶어졌다.

## 4

A. G. 가이거의 서점은 라스팔마스 부근의 큰길 북쪽 도로변에 있었다. 출입구는 정면 중앙에 깊숙이 들어앉았고, 구리 창틀에 고정한 진열창 너머에는 중국 병풍을 세워놓아 서점 안이 들여다보이지 않았다. 진열창에는 동양의 잡동사니가 즐비하다. 나는 미납청구서라면 몰라도 골동품을 수집하는 취미는 없으므로 얼마나 값진 물건들인지는 판단할 길이 없다. 출입문은 통유리였지만 서점 안이 너무 어두워 역시 보이는 것은 별로 없었다. 서점 옆에는 건물 출입구가 있고 반대쪽에는 번쩍거리는 보석상이 있다. 보석상 주인이 문간에 서 있는데 발꿈치로 서서 앞뒤로 기우뚱거리는 모습을 보니 꽤나 심심한 모양이다. 키

가 크고 잘생긴 백발 유대인인데, 날렵한 검은색 옷을 입었고 오른손에 낀 다이아몬드 반지는 9캐럿은 족히 될 듯싶다. 내가 가이거의 서점으로 들어갈 때 그의 입술이 살짝 휘어지며 의미심장한 미소를 머금었다. 나는 스르르 닫히는 문을 지나서 바닥 전체에 깔린 두툼한 파란색 카펫을 밟으며 걸어갔다. 실내에는 파란색 가죽 안락의자 몇 개가 있고 그 옆에는 흡연용품 스탠드가 하나씩 놓여 있었다. 폭이 좁고 반들반들한 탁자도 몇 개 있는데 그 위에는 오목새김한 가죽 장정본 몇 질을 북엔드 사이에 가지런히 세워두었다. 벽면에 붙여놓은 유리 진열장 안에도 오목새김한 장정본이 여러 권 있었다. 보기 좋은 상품들, 돈 많은 손님들이 대량으로 사들인 후 누군가에게 장서표를 붙이라고 시킬 만한 것들이다. 서점 안쪽에는 나뭇결을 살린 칸막이가 있고 그 중간에 닫힌 문이 있었다. 칸막이와 한쪽 벽면 사이의 구석에 목각 전등이 놓인 작은 책상이 있고 그곳에 한 여자가 앉아 있었다.

여자가 천천히 일어나더니 흔들거리며 내 쪽으로 걸어왔다. 몸에 꼭 끼는 검은색 드레스는 불빛을 전혀 반사하지 않았다. 허벅지가 길었고 서점에서는 좀처럼 보기 어려운 걸음걸이였다. 옅은 금발, 초록색 눈동자, 마스카라로 방울방울 장식한 속눈썹, 자연스럽게 빗어넘겨 귀를 드러낸 곱슬머리, 큼직하고 반질반질한 흑요석 귀고리. 손톱에는 은색 매니큐어를 발랐다. 그런 차림새였지만 어쩐지 말투는 그리 세련되지 않을 듯싶었다.

여자는 양복쟁이들의 느긋한 점심식사를 난장판으로 만들 만한 성적 매력을 물씬 풍기며 다가오더니 고개를 기울이며 살짝 흐트러진, 심하게 흐트러지지는 않은, 은은히 빛나는 머리카락 한 가닥을 어루만졌다. 머뭇거리는 듯한 미소였지만 충분히 보기 좋다고 여길 만했다.

“무슨 일로 오셨죠?” 그녀가 물었다.

나는 뿔테 선글라스를 쓰고 있었다. 목소리를 높여 새처럼 짹짹거리며 말했다. “혹시 1860년 판 『벤허』* 있나용?”

그녀는 “엥?” 하고 말하지는 않았지만 그러고 싶은 기색이 역력했다. 그녀가 씁쓸한 미소를 지었다. “초판인가요?”

“3판요. 116쪽이 잘못 인쇄됐고요.”

“없는 것 같은데요. 지금은요.”

“그럼 ‘슈발리에 오듀본’** 1840년판은요? 물론 전질 말이에용.”

“어…… 지금은 없어요.” 그녀가 목쉰 소리를 내며 가르랑거렸다. 그녀의 미소는 이제 이와 눈썹에만 겨우 매달려 언제 떨어져나갈지 알 수 없었다.

“책을 팔긴 팔아용?” 내가 가성으로 우아하게 물었다.

여자가 나를 아래위로 훑어보았다. 이제 미소는 사라졌다. 두 눈은 무표정하거나 냉랭했다. 자세도 꼿꼿이 굳어졌다. 그녀는 은빛 손톱으로 유리 진열장을 가리켰다. “저게 다 뭐로 보이죠? 자몽 같아요?” 가시 돋친 말투였다.

“아, 저런 물건은 관심 없어요. 보나마나 강판 인쇄한 판화 짝퉁들이겠죠. 그림 한 장에 한두 푼 하는 흔해빠진 싸구려. 됐어요. 미안하지만 사양할래용.”

---

* 미국 소설가 루 월리스의 역사소설. 1880년에 처음 출간되었다.

** 미국 조류학자이자 화가인 존 오듀본이 집필하고 삽화를 그려 슈발리에 출판사에서 제작한 『북미의 새』 전집. 고가에 거래되는 책으로 유명하다.

"알았어요." 그녀가 다시 미소를 지으려 했다. 그러나 이하선염에 걸린 시의원처럼 부루퉁한 표정이 되었다. "혹시 가이거 사장님이라면…… 그런데 지금 안 계시네요." 그녀의 시선이 나를 꼼꼼히 살폈다. 내가 벼룩 서커스를 모르듯이 그녀도 희귀도서에 대해서는 아무것도 모른다.

"나중에라도 들어오실까요?"

"아마 밤늦게나 들어오실 거예요."

"아쉽네요. 아, 정말 아쉬워용. 저 근사한 의자에 앉아 담배나 한 대 피울게요. 오늘 오후는 비었거든요. 삼각함수 수업 말고는 생각할 일도 없고."

"네. 네에, 그러세요."

나는 의자에 앉아 몸을 길게 뻗고 흡연용품 스탠드에 놓인 둥글둥글한 니켈 라이터로 담뱃불을 붙였다. 여자는 여전히 서서 아랫입술을 깨물고 있었다. 조금 난처하다는 눈빛이었다. 마침내 그녀가 고개를 끄덕이고는 천천히 돌아서서 작은 책상이 있는 구석으로 돌아갔다. 그녀가 전등 너머로 나를 물끄러미 바라보았다. 나는 발목을 포개며 하품을 했다. 그녀의 은빛 손톱이 책상 위의 전화기로 다가가는가 싶더니 건드리지도 않고 도로 내려와 책상을 똑똑 두드리기 시작했다.

오 분쯤 침묵이 흘렀다. 이윽고 문이 열리더니 키가 껑충하고 코가 커서 굶주린 새처럼 생긴 남자가 지팡이를 들고 날렵하게 들어왔고, 느릿느릿 닫히는 문을 억지로 밀어 닫아버린 후 성큼성큼 구석으로 걸어가더니 포장한 꾸러미 하나를 책상 위에 내려놓았다. 그는 금색 모서리 장식을 붙인 새끼바다표범가죽 지갑을 주머니에서 꺼내고 금발 여자에게 뭔가 보여주었다. 그녀가 책상 위의 버튼을 눌렀다. 껑충한 새가 나무 칸막이의 문으로 다가가더니 간신히 빠져나갈 만큼만 열고 안으로 들어갔다.

나는 담배꽁초를 꺼버리고 다시 한 개비에 불을 붙였다. 시간이 느릿느릿 흘러갔다. 큰길에서는 경적소리가 빵빵거리며 불평을 늘어놓았다. 커다란 빨간색 노면전차가 으르렁거리며 지나갔다. 신호등이 땡땡거렸다. 금발 여자가 팔꿈치를 책상에 얹고 한 손으로 눈을 가린 채 나를 훔쳐보았다. 칸막이 문이 열리고 지팡이를 든 껑충한 새가 빠져나왔다. 역시 포장한 꾸러미를 들고 있었는데 큼직한 책 같은 형태였다. 그는 책상 앞으로 가서 돈을 냈다. 그러고는 들어올 때 그랬듯이 발끝으로 성큼성큼 걸으며 밖으로 나갔다. 그는 입을 벌린 채 숨을 쉬면서 내 앞을 지나갈 때 재빨리 곁눈질을 했다.

나는 의자에서 일어나 금발 여자를 향해 모자를 살짝 기울인 후 남자를 따라 나갔다. 그는 오른발에 닿을락 말락 하게 지팡이를 살짝살짝 흔들며 서쪽으로 걸어갔다. 그를 따라가기는 어렵지 않았다. 그의 외투는 지나치게 화려한 말 등덮개를 재단하여 만든 것인데 어깨가 너무 넓어 목이 셀러리 줄기처럼 가늘어 보였고 걸음을 옮길 때마다 머리통이 기우뚱기우뚱 흔들렸다. 우리는 한 블록 반쯤 그렇게 걸었다. 하일랜드 애비뉴에서 신호등에 걸렸을 때 그의 곁에 나란히 서서 내 얼굴을 볼 수 있게 해주었다. 그가 무심코 나를 돌아봤다가 갑자기 매섭게 곁눈질을 하고는 재빨리 외면했다. 녹색 불이 켜지자 우리는 하일랜드 애비뉴를 건너 한 블록 더 걸어갔다. 그가 긴 다리로 보폭을 넓혀 걷는 바람에 길모퉁이에 도착할 무렵에는 내가 20미터 가까이 뒤처졌다.

그가 오른쪽으로 돌았다. 언덕길을 30미터쯤 올라가다가 걸음을 멈추더니 지팡이를 팔에 걸고 안주머니를 더듬어 가죽 담배케이스를 꺼냈다. 담배 한 개비를 입에 물고, 성냥을 떨어뜨리고, 그것을 주우며 고개를 돌려 길모퉁이에서 자신을 지켜보는 나를 보더니 마치 발길질로 엉덩이를 걷어차인 사람처럼 허리를 쭉 폈다. 그때부터 그는 먼지가 날릴 정도로 부리나케 걸었다. 보폭을 넓혀 휘청휘청 꼴사납게 걸으며 지팡이로 보도를 쿵쿵 찍었다. 이번에는 왼쪽으로 방향을 틀었다. 그가 돌아간 길모퉁이에 도착해서 보니 그는 벌써 반 블록 이상 앞서가고 있었다. 그 인간 때문에 숨이 찼다. 이 길은 가로수가 늘어선 좁은 골목인데 한쪽에는 축대가 있고 건너편에는 방갈로 단지 세 군데가 있었다.

남자가 사라져버렸다. 나는 어슬렁어슬렁 걸으며 이리저리 살펴보았다. 두번째 방갈로 단지에서 뭔가 발견했다. '라 바바'라는 이름이 붙은 이 조용하고 컴컴한 단지에는 나무그늘에 묻힌 방갈로가 두 줄로 늘어서 있었다. 단지 한복판의 보행로에는 서양노송나무를 심었는데 너무 짧고 둥글둥글하게 다듬어 마치 〈알리바바와 40인의 도둑〉에 나오는 기름 항아리를 보는 듯했다. 세번째 항아리 뒤에서 화려한 무늬가 찍힌 소맷자락이 움직였다.

나는 산책로에 서 있는 후추나무에 등을 기대고 기다렸다. 구릉지 쪽에서 다시 천둥이 우르릉거렸다. 남쪽 하늘에 부풀어오른 먹구름 속에서 번갯불이 번쩍거렸다. 이따금씩 빗방울이 후드득 떨어져 길바닥에 동전만한 얼룩이 생겼다. 마치 스턴우드 장군의 난초 온실에 들어온 듯이 대기는 미동도 하지 않았다.

나무 뒤에서 소맷자락이 다시 나타나더니 커다란 코와 한쪽 눈, 그리고 모자를 쓰지 않은 연갈색 머리카락이 살짝 보였다. 그 눈이 나를 응시했다. 이내 사라졌다. 이번에는 나무 반대쪽에서 반대쪽 눈이 딱따구리처럼 나타났다. 오 분이 지나갔다. 그는 더 버티지 못했다. 배짱이 부족한 유형이다. 성냥을 긋고 휘파람을 부는 소리가 들렸다. 뒤이어 희미한 그림자가 잔디밭을 밟으며 건너편 나무로 슬그머니 걸어갔다. 그러더니 보행로로 빠져나와 지팡이를 흔들고 휘파람을 불며 곧장 내 쪽으로 걸어왔다. 휘파람이 덜덜 떨려 듣기가 거북했다. 나는 캄캄한 밤하늘을 멀뚱멀뚱 쳐다보았다. 그는 3미터쯤 앞으로 지나가면서도 나에게 눈길 한번 주지 않았다. 이제 안전하니까. 물건을 버렸으니까.

나는 그가 시야를 벗어날 때까지 지켜보다가 라 바바 한복판의 보행로를 따라 올라가 세번째 서양노송나무의 가지를 젖혀보았다. 포장한 책을 꺼내 겨드랑이에 끼고 그 자리를 떠났다. 아무도 고함을 지르지 않았다.

## 5

다시 큰길로 나와서 어느 잡화점 공중전화부스에 들어가 아서 귄 가이거의 집 주소를 찾아보았다. 그는 로럴 캐니언 대로에서 조금 떨어진 언덕길 래번 테라스에 산다. 장난삼아 오 센트 동전을 넣고 그의 전화번호를 돌렸다. 아무도 받지 않았다. 나는 광고란을 뒤적거리며 내가 있는 곳에서 몇 블록 안에 있는 서점 몇 군데를 확인했다.

처음에 들어간 곳은 북쪽 도로변에 있는 서점인데 넓은 1층은 문구

류와 사무용품 전문매장이고 중2층에는 책이 잔뜩 꽂혀 있었다. 아무래도 이곳은 아닌 모양이다. 나는 길을 건너 동쪽으로 두 블록 떨어진 다른 서점으로 걸어갔다. 이번에는 좀 그럴싸했다. 이 비좁고 어수선한 서점은 바닥에서 천장까지 책을 쌓아두었고 네댓 명이 새 표지에 엄지 손자국을 찍으며 느긋하게 책을 뒤적거렸다. 손님들을 지켜보는 사람도 없었다. 등으로 문을 밀며 서점 안으로 들어가니 칸막이 너머에 놓인 책상 뒤에서 법률서적을 읽는 작고 가무잡잡한 여자가 보였다.

나는 책상 위에 지갑을 펼쳐놓고 안쪽에 꽂힌 배지를 보여주었다. 여자가 배지를 보고 안경을 벗더니 의자 등받이에 등을 기댔다. 나는 지갑을 도로 넣었다. 여자는 지적인 유대인이었고 이목구비가 보기좋게 오밀조밀했다. 그녀는 아무 말도 없이 나를 물끄러미 쳐다보았다.

내가 말했다. "부탁 하나만 할까요, 아주 작은 부탁인데?"

"글쎄요. 무슨 일이죠?" 조용하고 허스키한 목소리였다.

"길 건너 서쪽으로 두 블록쯤 떨어진 가이거네 가게 아시죠?"

"몇 번 지나간 적은 있겠죠."

"거기도 서점이에요. 이런 서점은 아니지만. 잘 아실 텐데."

그녀는 입술을 살짝 말아올렸지만 아무 말도 하지 않았다. "가이거를 본 적이 있죠?" 내가 물었다.

"죄송해요. 가이거라는 사람은 몰라요."

"그럼 어떻게 생겼는지도 말해줄 수 없겠군요."

그녀의 입술이 다시 올라갔다. "내가 왜 말해줘야 하죠?"

"이유는 없어요. 말해주기 싫다는데 억지로 시킬 수도 없으니."

그녀는 칸막이 문 너머를 내다보고 다시 등을 기댔다. "방금 그거 보안관 별 배지 맞죠?"

"명예보안관보 배지예요. 아무 의미도 없어요. 싸구려 시가 한 개비도 이것보다 비싸죠."

"그렇군요." 그녀는 담뱃갑을 집어 흔들다가 한 개비가 빠져나오자 입술로 물어 꺼냈다. 내가 성냥불을 켜주었다. 그녀가 고맙다고 말하면서 다시 등을 기대고 연기 너머로 나를 살펴보았다. 그러더니 조심스럽게 말했다.

"그 사람이 어떻게 생겼는지는 궁금한데 직접 만나볼 생각은 없나요?"

"서점에 없더군요."

"언젠가는 나타나겠죠. 어쨌든 자기 서점인데."

"아직은 안 만나고 싶어서요."

여자가 다시 문밖을 내다보았다. 내가 물었다. "희귀도서에 대해 좀 아십니까?"

"어디 시험해보시죠."

"혹시 1860년에 나온 『벤허』 있나요? 3판, 116쪽에 한 줄을 두 번 인쇄한 책인데?"

그녀는 노란색 법률서적을 한쪽으로 밀어놓고 책상 위에 놓인 두툼한 책을 꺼내 뒤적거리다가 원하는 페이지를 찾아 꼼꼼히 읽어보았다. "아무도 안 가졌을 거예요." 그녀가 고개를 숙인 채 말했다. "그런 책은 없으니까."

"맞아요."

"뭘 하고 싶으신 건데요?"

"가이거네 서점 여직원은 그런 사실도 모르더군요."

그녀가 고개를 들었다. "그랬군요. 손님한테 관심이 좀 생기네요. 아주 조금이지만."

"저는 어떤 사건을 맡은 사설탐정입니다. 질문을 너무 많이 했군요. 왠지 많다는 생각은 안 들었지만."

여자가 몽글몽글한 잿빛 담배연기를 내뿜어 고리를 만들고 손가락으로 콕 찔렀다. 고리가 가닥가닥 끊어져 가늘게 흩어졌다. 그녀가 차분하고 무심하게 말했다. "제가 보기엔 사십대 초반쯤 됐어요. 중키에 좀 통통한 편이죠. 아마 70킬로그램 좀 넘을 거예요. 얼굴도 통통하고, 찰리 챈* 같은 콧수염을 길렀고, 목이 굵고 물렁물렁해요. 사실 온몸이 물렁물렁하죠. 옷은 잘 입고, 모자는 안 쓰고, 골동품을 잘 아는 체하지만 사실은 아무것도 몰라요. 아, 그래. 왼쪽 눈이 의안이에요."

"경찰이 됐어도 잘하셨겠네요." 내가 말했다.

그녀는 책상 끄트머리에 놓인 책꽂이에 참고서적을 도로 꽂아놓고 앞에 놓아둔 법률서적을 다시 펼쳤다. "안 돼서 다행이죠." 그러고는 안경을 썼다.

나는 고맙다는 말을 남기고 그 자리를 떠났다. 어느새 비가 내리고 있었다. 나는 포장한 책을 겨드랑이에 끼고 빗속을 달려갔다. 내 차는 큰길 도로변의 가이거네 서점이 거의 정면으로 보이는 골목에 있었다. 차에 도착하기도 전에 흠뻑 젖어버렸다. 나는 허둥지둥 차 안으로 들어가 양쪽 차창을 올리고 꾸러미에 묻은 물기를 손수건으로 닦아냈다. 그

---

* 미국 소설가 얼 데어 비거스의 연작 추리소설에 등장하는 중국계 탐정.

러고 나서 꾸러미를 열어보았다.

물론 무엇이 들었는지는 이미 알고 있었다. 묵직한 고급 장정본으로, 질 좋은 종이에 수작업으로 조판하여 인쇄상태도 훌륭하다. 곳곳에 예술 흉내를 내는 사진이 지면을 가득 채웠다. 사진도 본문도 차마 입에 담을 수 없는 쓰레기다. 새 책은 아니다. 앞쪽 면지에 날짜가 줄줄이 찍혔다. 빌려주는 책. 공들인 음란물을 취급하는 도서 대여점.

나는 책을 도로 싸서 좌석 뒤에 감춰두었다. 대로변에서 공공연하게 이런 장사를 하다니, 뒷배가 든든한 것이 분명하다. 나는 차 안에 앉아 담배연기로 내 몸을 괴롭히면서 빗소리를 들으며 그 문제를 곰곰이 생각했다.

## 6

배수로에 빗물이 넘쳐 보도 쪽으로 물줄기가 무릎 높이까지 튀었다. 총신처럼 반질거리는 비옷을 입은 덩치 큰 경찰관들이 깔깔거리는 여자들을 안아 상태가 심한 곳을 건네주며 꽤나 즐거워했다. 빗줄기가 차 지붕을 세차게 두드리자 버뱅크* 지붕에서 물이 새기 시작했다. 바닥에도 발을 둘 자리에 물이 흥건히 고였다. 초가을에 이런 폭우가 쏟아지다니. 나는 허우적거리며 트렌치코트를 입고 제일 가까운 잡화점으로 부리나케 달려가 반 리터들이 위스키 한 병을 샀다. 차로 돌아와서

---

* 당시 자동차에 주로 사용했던 촘촘한 면직물.

몸이 따뜻해지고 기분이 좋아질 만큼만 마셨다. 정차시한을 훌쩍 넘겼지만 경찰은 여자들을 날라주고 호루라기를 부느라 단속할 겨를도 없었다.

비가 오는데도, 혹은 비가 오기 때문에, 가이거의 서점은 성업중이었다. 서점 앞에 아주 멋진 차들이 멈춰 서고 아주 멋진 사람들이 안으로 들어갔다가 포장한 꾸러미를 들고 나왔다. 남자들만은 아니었다.

그는 네시쯤 나타났다. 크림색 쿠페 한 대가 가게 앞에 멈췄는데, 운전자가 차에서 내려 가게로 뛰어들 때 통통한 얼굴과 찰리 챈 콧수염을 얼핏 보았다. 모자는 쓰지 않고 허리띠가 달린 녹색 가죽 레인코트를 입고 있었다. 너무 멀어 의안은 보지 못했다. 키 크고 아주 잘생긴 청년 하나가 가죽조끼 차림으로 가게에서 나와 쿠페를 몰고 모퉁이를 돌아갔다가 이내 걸어서 돌아왔다. 반질거리는 검은 머리가 비에 젖어 찰싹 달라붙었다.

다시 한 시간이 흘렀다. 날은 어두워지고 비 때문에 흐릿해진 상점 불빛들을 어둑어둑한 거리가 빨아들였다. 전차가 심술궂게 땡땡거리며 지나갔다. 다섯시 십오분쯤 가이거의 서점에서 가죽조끼를 입은 키 큰 청년이 우산을 쓰고 나와 크림색 쿠페를 가지러 갔다. 그가 서점 앞에 차를 대자 가이거가 나왔고 키 큰 청년이 모자를 안 쓴 가이거의 머리에 우산을 씌워주었다. 청년이 우산을 접고 물기를 턴 다음 차 안으로 건네주었다. 그러고는 다시 서점으로 뛰어들었다. 나도 시동을 걸었다.

쿠페는 큰길을 따라 서쪽으로 달려갔고, 나는 어쩔 수 없이 좌회전을 하다가 적을 잔뜩 만들고 말았다. 한 운전자는 빗줄기도 무시한 채 고개를 내밀고 버럭 고함을 질렀다. 쿠페보다 두 블록쯤 뒤처진 뒤에야 비로소 운전이 순조로워졌다. 나는 가이거가 집으로 가는 길이길 바랐다. 두어 번쯤 그 차를 보고 났을 때 그가 북쪽으로 방향을 틀어 로럴 캐니언 드라이브로 들어섰다. 그는 비탈길을 반쯤 올라가다가 좌회전해서 띠처럼 둥글게 휜 래번 테라스라는 축축한 콘크리트길로 접어들었다. 이 좁은 길은 한쪽 도로변에 높은 둑이 있고 반대쪽으로는 비탈에 오두막 같은 집이 드문드문 흩어져 있었다. 그래서 지붕들이 도로면보다 그리 높지 않았다. 산울타리나 떨기나무가 정면 창문들을 가려주었다. 사방에서 흠뻑 젖은 나무들이 빗물을 줄줄 흘렸다.

가이거는 전조등을 켰지만 나는 켜지 않았다. 곧 속력을 높여 굽잇길에서 그를 추월했고, 지나칠 때 번지수를 확인한 후 블록이 끝나는 곳에서 차를 돌렸다. 그는 이미 주차한 뒤였다. 어느 작은 집의 차고 안에 비스듬히 기울어진 그의 차 불빛이 보였다. 회양목 산울타리를 네모꼴로 심어 정문을 완전히 가려놓은 집이다. 그가 우산을 들고 차고에서 나와 울타리 사이로 들어갔다. 거동을 보아하니 미행을 당한 줄은 모르는 듯했다. 집안에 불이 켜졌다. 나는 천천히 차를 몰아 더 높은 곳에 있는 이웃집으로 갔다. 빈집으로 보이지만 매물이라는 팻말은 없다. 컨버터블을 세우고 환기를 한 후 술을 마시며 앉아 있었다. 무엇을 기다리는지 몰랐지만 왠지 기다려야 할 듯싶었다. 다시 기나긴 시간이 느릿느릿 흘러갔다.

차 두 대가 언덕길을 올라와 고갯마루를 넘어갔다. 이곳은 아주 조용한 거리 같다. 여섯시가 조금 지났을 때 밝은 불빛이 세찬 폭우를 뚫고 끄덕거리며 다가왔다. 그때는 이미 칠흑처럼 캄캄했다. 차 한 대가 가이거의 집 앞에 스르르 멈춰 섰다. 전조등 필라멘트가 희미하게 빛나

다가 꺼졌다. 차문이 열리고 한 여자가 내렸다. 작고 날씬한 여자인데 배가본드 모자를 쓰고 투명한 비옷을 입었다. 그녀는 회양목 미로 속으로 들어갔다. 초인종소리가 어렴풋이 들리고 빗속에서 불빛이 나타나더니 곧 문이 닫히고 다시 조용해졌다.

나는 차 안 수납공간에서 손전등을 꺼내고 아래쪽으로 내려가 여자의 차를 살펴보았다. 적갈색이나 암갈색 패커드 컨버터블 같다. 왼쪽 차창이 열려 있었다. 면허증꽂이를 더듬어 찾은 후 불빛을 비춰보았다. 소유자는 카멘 스턴우드, 웨스트 할리우드, 앨타브레아 크레센트 3765번지. 내 차로 돌아와서 기다리고 또 기다렸다. 지붕에서 물이 떨어져 무릎을 적셨고 위스키 때문에 속이 화끈거렸다. 언덕을 올라오는 차는 하나도 없었다. 내가 주차한 집에는 불이 켜지지 않았다. 나쁜 습관을 들이기 딱 좋은 이웃집인 듯싶다.

일곱시 이십분에 가이거의 집 쪽에서 강렬한 백색광이 여름날의 번개처럼 번쩍 나타났다가 사라졌다. 다시 어둠이 밀려와 집을 먹어치울 때 가냘프고 카랑카랑한 비명소리가 흘러나와 비에 젖은 나무들 사이로 사라져갔다. 나는 그 메아리가 완전히 사라지기 전에 차에서 내려 집 쪽으로 달려갔다.

비명소리에 두려움은 전혀 담겨 있지 않았다. 그럭저럭 기분좋게 놀란 듯한 소리, 약간의 취기가 감도는, 아무튼 바보천치가 낼 만한 소리였다. 불쾌하게 들렸다. 그 소리를 들으니 왠지 흰옷을 입은 남자들과 쇠창살, 그리고 손목과 발목을 묶는 가죽끈이 달린 좁고 딱딱한 간이침대가 떠올랐다. 내가 산울타리의 빈틈을 지나서 정문을 가린 모퉁이를 돌아 달려갈 때쯤 가이거의 은신처는 다시 완벽한 적막에 휩싸였다. 문에는 쇠고리를 입에 문 사자 모양의 노커가 있었다. 손을 내밀어 쇠고리를 붙잡았다. 바로 그 순간을 기다렸다는 듯이 집안에서 세 발의 총성이 울려퍼졌다. 길고 거칠게 한숨을 내쉬는 듯한 소리도 들렸다. 그러더니 뭔가 털썩 쓰러지는 듯한 작은 소리가 났다. 그다음에는 집안에서 황급히 달려가는 발소리, 도망치는 소리가 들렸다.

정문 앞에는 좁다란 통로가 있었는데, 마치 도랑에 놓인 다리처럼 건물의 벽면과 둑 가장자리 사이의 공간을 건너가는 통로였다. 그 집에는 베란다도 없고 굳은 땅도 없어 건물 뒤쪽으로 돌아갈 방법이 없었다. 뒷문 너머에는 저 아래 뒷골목 같은 거리로 이어지는 나무계단이 있는 듯했다. 내가 그 사실을 알아차린 것은 계단을 두드리며 바삐 내려가는 발소리를 들었기 때문이다. 이윽고 차가 굉음을 내며 출발하는 소리가 들렸다. 그 소리는 순식간에 멀어져갔다. 다른 차가 달려가는 소리도 들은 듯싶지만 확신할 수 없었다. 내 앞에 있는 집은 납골당처럼 고요했다. 서두를 필요는 없었다. 지금 집안에 있는 것들은 아무데도 안 갈 테니까.

나는 통로 옆의 울타리를 넘어가서, 커튼은 쳐놓았지만 방충망은 안 달린 유리문 쪽으로 몸을 길게 내밀어 커튼 사이의 틈새로 집안을 들여다보았다. 벽면의 불빛과 책장 모서리가 보였다. 나는 통로 쪽으로 돌아간 후 통로 끝에서부터 달리기 시작해 산울타리를 뛰어넘고 한쪽 어깨로 정문을 힘껏 들이받았다. 어리석은 짓이었다. 캘리포니아 주택에서 유일하게 발길질로 부술 수 없는 부분이 바로 정문이니까. 공연한 짓을 해서 어깨만 아프고 울화통만 치밀었다. 나는 다시 울타리를 넘어가서 유리문을 걷어차고 장갑 대신 모자를 이용해 아래쪽의 작은 창유리 대부분을 뜯어냈다. 이제 안으로 손을 넣어 유리문을 문틀에 고정시킨 걸쇠만 벗기면 된다. 나머지는 간단하다. 유리문 위쪽에는 빗장이 없으니까. 걸쇠가 빠졌다. 나는 안으로 기어들어가서 얼굴을 가린 커튼을 치웠다.

방안에는 두 사람이 있었다. 둘 중 죽은 사람은 한 명뿐이었지만, 내가 그렇게 침입했는데도 거들떠보는 사람은 없었다.

## 7

건물 넓이를 모두 차지한 넓은 방이었다. 들보를 노출시킨 낮은 천장이 있고, 갈색 회벽에는 중국 자수품을 주렁주렁 걸어놓고 나뭇결을 살린 액자에 넣은 중국과 일본의 판화로 장식했다. 나지막한 책장 몇 개가 있고 바닥에는 분홍색 중국 양탄자를 깔았는데 어찌나 두툼한지 생쥐 한 마리가 일주일 내내 돌아다녀도 보풀 위로 코끝 한번 안 드러나겠다 싶었다. 기이하게 생긴 비단 방석이 여기저기 널렸다. 이 집에 사는 사람은 손이 닿는 곳에 방석을 하나씩 놓아두고 아무때나 만지작거려야 직성이 풀리는 모양이다. 낡은 장미 태피스트리를 씌운 널찍하고 나지막한 벤치도 있다. 그 위에 옷을 한 무더기 쌓아놓았는데 그중에는 연보라색 실크 속옷도 보였다. 조각을 새긴 커다란 전등 하나를 받침대 위에 올려놓았고 그 밖에도 옥색 갓에 긴 술이 달린 램프스탠드 두 개가 있다. 모서리마다 가고일을 새겨놓은 검은색 책상에다 그 너머로 팔걸이와 등받이에 조각을 새긴 반질반질한 검은색 의자와 노란색 공단 방석이 있다. 이 방에는 온갖 냄새가 야릇하게 뒤섞여 있지만 그중에서도 유난히 강렬한 것은 매캐한 화약냄새와 느글느글한 에테르냄새다.

방 한쪽 끝에 나지막한 연단 같은 것이 있고, 그 위에 등받이가 높은 티크나무 의자가 있고, 그 위에 카멘 스턴우드가 술 달린 주황색 숄을 깔고 앉아 있었다. 그녀는 두 손을 의자 팔걸이에 얹고 두 무릎을 바싹 붙인 채 아주 꼿꼿하게 앉아 있었는데, 그렇게 이집트 여신처럼 몸을 곧게 편 자세로 턱도 수평을 유지했다. 벌어진 입술 사이에서 작고 새하얀 이가 반짝거렸다. 두 눈을 크게 뜨고 있었다. 짙은 청회색 동공이 확장되어 홍채를 거의 다 삼켜버렸다. 광인의 눈이다. 의식을 잃은 듯 보였지만 의식을 잃은 사람의 자세가 아니다. 마치 마음속에서 뭔가 대단히 중요한 일을 하는 중이고 그 일을 꽤나 훌륭히 해내는 듯하다. 그녀의 입에서 쇳소리 섞인 낄낄거리는 웃음소리가 흘러나왔지만 얼굴 표정도 달라지지 않고 입술도 전혀 움직이지 않는다.

그녀는 기다란 비취 귀고리 한 쌍을 달고 있었다. 이백 달러는 거뜬히 나가겠다 싶은 근사한 귀고리였다. 귀고리 말고는 실오라기 하나도 걸치지 않았다.

카멘의 몸은 아름다웠다. 작고 나긋나긋하고 오밀조밀하고 탄탄하고 동글동글하다. 불빛을 받은 피부에는 진주처럼 은은한 광택이 돈다. 리건 부인의 다리에 비해 천박한 세련미는 좀 부족하지만 두 다리도 대단히 예쁘다. 나는 조금도 당황하거나 음욕을 품지 않고 그녀를 찬찬히 살펴보았다. 그녀는 벌거벗은 여자가 아니었다. 마약중독자에 불과했다. 나에게 그녀는 처음부터 끝까지 마약중독자였다.

나는 카멘에게서 눈을 떼고 가이거를 돌아보았다. 그는 양탄자의 술 너머 방바닥에 등을 대고 쓰러져 있었고, 그 뒤로는 토템 기둥처럼 생긴 물건이 있었다. 옆모습이 독수리처럼 생겼는데 크고 둥근 눈알은 카메라 렌즈였다. 렌즈는 의자에 앉아 있는 벌거벗은 여자를 겨냥하고 있었다. 토템 기둥의 측면에는 검게 변색된 플래시 전구가 달렸다. 가이거는 두툼한 펠트 밑창이 달린 중국식 슬리퍼를 신었고, 밑에는 검은색 공단 파자마를, 위에는 수놓은 중국식 상의를 입었는데 상의 앞부분이 온통 피투성이였다. 나를 바라보며 밝게 빛나는 유리 의안이 온몸에서 유일하게 살아 있는 듯했다. 한눈에 보기에도 내가 총성을 들었던 세 발 가운데 한 발도 빗나가지 않은 것이 분명했다. 그는 확실히 숨이 끊어진 뒤였다.

내가 보았던 번갯불은 플래시 불빛이었다. 미치광이 같은 비명소리는 마약에 취한 채 알몸이 된 여자가 그 불빛에 반응한 결과였다. 총탄 세 발은 또다른 누군가가 이런 상황에서 약간의 반전을 꾀했다는 증거였다. 집 뒤쪽의 계단을 달려내려가 허둥지둥 차를 몰고 도망쳐버린 바로 그자의 소행이다. 나는 그의 사고방식에도 일리가 있다고 생각했다.

검은색 책상 끄트머리에 놓인 빨간 주칠쟁반 위에 금색 줄무늬를 넣은 섬약한 유리잔 두 개가 있고 그 옆 아랫배가 불룩한 술병에는 갈색 액체가 들어 있었다. 마개를 빼고 냄새를 맡아보았다. 에테르에 다른 무엇이 섞였는데 아마도 아편 같다. 그런 칵테일을 마셔본 적은 없지만 가이거의 가정생활에는 꽤나 잘 어울리는 듯했다.

나는 지붕과 북쪽 창문을 두드리는 빗소리에 귀를 기울였다. 찻소리도 사이렌소리도 없고 빗소리뿐이었다. 벤치로 다가가서 트렌치코트를 벗어놓고 여자옷들을 뒤적거렸다. 깔깔한 모직으로 만든 연두색 반소매드레스가 있었는데 머리 위에서 잡아내려 입는 옷이었다. 그 정도는 입혀줄 수 있을 듯싶었다. 속옷은 생략하기로 했는데, 여자를 배려해서가 아니라 팬티를 입혀주고 브래지어를 채워주는 내 모습을 차마 볼 수 없어서였다. 나는 드레스를 들고 연단 위의 티크나무 의자로 다가갔다. 몇 걸음 앞에서도 카멘 스턴우드에게서는 에테르냄새가 물씬 풍겼다. 쇳소리 섞인 낄낄거리는 웃음소리도 여전했고, 가느다란 게거품이 턱으로 흘러내렸다. 나는 그녀의 뺨을 찰싹 때렸다. 그녀가 눈을 깜박거리며 웃음을 멈췄다. 한 대 더 때렸다.

"일어나." 내가 명랑하게 말했다. "착하지. 옷 좀 입자."

카멘이 게슴츠레하게 나를 쳐다보았다. 청회색 눈동자가 가면에 뚫린 구멍처럼 공허했다. "꺼꺼꺼더버더." 그녀가 말했다.

양쪽 뺨을 번갈아가며 몇 대 더 때렸다. 그녀는 맞아도 아랑곳하지 않았다. 정신을 차리지도 못했다. 나는 드레스를 입혀주기 시작했다. 그녀는 여전히 아랑곳하지 않았다. 두 팔을 들어올려도 가만히 있으면서, 귀여워 보이려는 듯 손가락을 쫙 벌렸다. 나는 그녀의 손을 반소매 안에 넣고 드레스를 끌어내린 후 카멘을 일으켜 세웠다. 그녀가 킥킥거리며 내 품으로 쓰러졌다. 의자에 도로 앉혀놓고 스타킹과 구두를 신겨주었다.

"잠깐 좀 걷자. 기분좋게 잠깐 걸어보자고."

우리는 잠시 걸었다. 그녀의 귀고리가 내 가슴에 부딪쳐 짤랑거리기도 하고 느린 춤을 추는 무용수처럼 둘이 동시에 다리를 쫙 벌리기도 했다. 우리는 가이거의 시체 앞까지 걸어갔다가 되돌아왔다. 카멘에게 시신을 보여주었다. 그녀는 가이거가 귀엽다고 생각하는 듯했다. 킥킥거리며 그렇게 말하려 했지만 게거품만 보글거렸다. 그녀를 부축해서 벤치로 데려다 눕혔다. 그녀는 딸꾹질을 두 번 하고 잠시 킥킥거리다가 잠들어버렸다. 그녀의 소지품을 내 주머니에 넣은 후 토템 기둥 같은 물건 뒤로 돌아가보았다. 기둥에 설치한 카메라는 그대로 있었지만 카메라에 장착했을 감광판이 사라졌다. 가이거가 총에 맞기 전에 꺼냈을까 싶어 방바닥을 둘러보았다. 감광판은 없다. 축 늘어져 식어가는 손을 잡고 몸을 살짝 들어보았다. 감광판이 없다. 이 상황이 마음에 들지 않았다.

나는 방 안쪽에 있는 복도로 나가 집안을 살펴보았다. 오른쪽에 화장실이 있고 잠긴 문이 하나, 더 안쪽에는 부엌이 있다. 부엌 창문을 쇠지레로 비집어 연 흔적이 있다. 방충망도 뜯어냈고 창턱에는 걸쇠가 떨어져나간 자국도 남아 있다. 뒷문은 잠기지 않았다. 열린 채로 놓아두고 복도 왼쪽에 있는 침실을 들여다보았다. 깔끔하고 공들여 꾸민 여성적인 방이다. 침대에는 주름장식이 달린 침대보를 씌웠다. 삼면거울이 달린 화장대 위에 향수가 있고 그 옆에는 손수건, 잔돈, 남성용 빗, 열쇠고리 등이 있다. 옷장에는 남성복이 걸려 있고 주름장식 침대보의 끝자락 밑에 남성용 슬리퍼가 있다. 가이거의 방이다. 나는 열쇠고리를 거실로 가져가서 책상을 뒤져보았다. 뚜껑을 잠가놓은 강철 상자가 서랍 깊숙이 들어 있었다. 열쇠 하나로 자물쇠를 열었다. 파란색 가죽 공책 한 권만 달랑 들었는데, 색인을 붙여가며 알쏭달쏭한 암호문을 잔뜩 적어놓았다. 스턴우드 장군에게 보낸 편지와 똑같이 비스듬히 기울어진 필적이다. 나는 공책을 주머니에 넣고, 강철 상자에서 만진 부분을 닦아내고, 책상 서랍을 다시 잠그고, 열쇠도 주머니에 넣고, 벽난로 가스관을 잠그고, 외투를 걸친 다음, 카멘 스턴우드를 깨워보았다. 도저히 불가능했다. 그녀에게 배가본드 모자를 눌러 씌우고 비옷으로 몸을 감싼 다음 번쩍 안아서 그녀의 차로 데려다놓았다. 나는 다시 들어가서 전등을 다 꺼버리고 정문을 닫은 후 그녀의 핸드백에서 차 열쇠를 찾아 패커드에 시동을 걸었다. 우리는 전조등을 끈 채로 언덕을 내려갔다. 앨타브레아 크레센트까지는 차로 십 분도 안 걸렸다. 그동안 카멘은 줄곧 코를 골며 내 얼굴에 에테르냄새를 뿜어댔다. 그렇다고 내 어깨에 기댄 머리를 치워버릴 수도 없었다. 내 무릎으로 쓰러지지 않도록 하려면 참는 수밖에.

## 8

스턴우드 저택 옆문의 좁다란 격자 유리창에 희미한 불빛이 비쳤다. 나는 포트코셰어* 밑에 패커드를 세우고 주머니 안 물건들을 좌석에 꺼내놓았다. 카멘은 구석에서 코를 골았는데, 모자는 삐딱하게 흘러내려 코를 가렸고 두 손은 비옷 앞자락에 힘없이 늘어져 있었다. 나는 차에서 내려 초인종을 울렸다. 마치 멀리서부터 따분한 길을 걷는 듯 느릿느릿 발소리가 다가왔다. 문이 열리고 허리가 꼿꼿한 은발 집사가 나를 내다보았다. 머리가 현관 불빛을 받아 후광을 두른 듯 보였다.

"안녕하십니까." 그가 공손히 말하고는 내 뒤에 있는 패커드를 바라

* 자동차나 마차를 대는 자리에 기둥을 세우고 지붕을 얹은 구조물.

보았다. 그러더니 시선을 돌려 내 눈을 들여다보았다.

"리건 부인 있습니까?"

"안 계십니다."

"장군님은 주무시겠죠? 그랬으면 좋겠는데."

"네. 저녁때 제일 잘 주무시죠."

"리건 부인의 하녀는 있나요?"

"마틸다 말씀이십니까? 있습니다."

"내려오라고 하시죠. 여자 손이 필요한 일입니다. 차 안을 보면 이유를 알 겁니다."

그가 차 안을 들여다보았다. 그리고 되돌아왔다. "그렇군요. 마틸다를 데려오겠습니다."

"마틸다가 잘 보살펴주겠죠." 내가 말했다.

"저희 모두가 잘 보살펴드리려 노력합니다." 그가 말했다.

"많이 겪어보신 모양이네요."

그는 대꾸하지 않았다. "그럼 안녕히 계세요." 내가 말했다. "이 일은 집사님에게 맡기죠."

"알겠습니다. 택시를 불러드릴까요?"

"절대로 안 되죠. 사실 저는 이 집에 안 왔습니다. 지금은 허깨비를 보시는 거고요."

그러자 그가 미소를 지었다. 그러더니 살짝 고개를 숙였고 나는 돌아서서 진입로를 내려가 대문을 빠져나갔다.

그때부터 열 블록이나 걸어야 했다. 비에 젖은 거리를 이리저리 지나고, 빗물이 끊임없이 떨어지는 나무 밑을 지나고, 대저택들의 불 켜진 창문과 희미하게 보이는 드넓은 집터를 지났다. 산비탈 높은 곳 여기저기 어렴풋한 처마와 박공지붕과 불 켜진 창문 들은 마치 숲속에 숨은 마녀의 집처럼 까마득히 멀고 도저히 접근할 수 없는 곳인 듯했다. 이윽고 눈부시게 불을 밝혀 전기를 낭비하는 주유소가 나타났다. 뿌옇게 김이 서린 유리창 너머에서는 흰색 모자를 쓰고 검푸른 점퍼를 입은 직원 한 명이 심심한 듯 걸상에 웅크리고 앉아 신문을 읽고 있었다. 나는 다시 길가로 나가 계속 걸었다. 벌써 온몸이 흠뻑 젖어버린 뒤였다. 이런 밤에 택시를 기다렸다간 수염이 길게 자라겠지. 그리고 택시 운전사가 나를 기억하겠지.

나는 반시간 넘게 부지런히 걸어 다시 가이거의 집 앞에 도착했다. 주위에는 아무도 없고 도로에도 차 한 대 없이 이웃집 앞에 세워둔 내 차뿐이었다. 차는 버림받은 개처럼 우울해 보였다. 차 안에서 위스키를 꺼내 남은 분량의 절반을 목구멍에 콸콸 부어버린 후 차에 들어가 담뱃불을 붙였다. 절반쯤 피우다가 던져버리고 다시 내려 가이거의 집으로 내려갔다. 문을 열고 여전히 따뜻한 어둠 속으로 들어갔다. 우두커니 서서 바닥에 조용히 물방울을 떨어뜨리며 빗소리에 귀를 기울였다. 이윽고 전등을 더듬어 찾아 불을 켰다.

제일 먼저 눈에 띈 변화는 벽에 걸렸던 비단 자수품 몇 점이 없어졌다는 사실이었다. 일일이 세어보지는 않았지만 갈색 회벽에 빈자리가 한눈에 들어왔다. 조금 더 들어가서 다른 전등을 켰다. 토템 기둥을 살펴보았다. 기둥 밑에, 중국 양탄자 가장자리 너머 맨바닥에 다른 양탄자가 깔려 있었다. 아까는 없었던 물건이다. 가이거의 시신이 있던 곳이다. 가이거의 시신이 사라져버렸다.

나는 그대로 얼어붙고 말았다. 입술에 힘을 주고 토템 기둥에 달린 유리 눈알을 노려보았다. 다시 집안을 둘러보았다. 모든 것이 그대로다. 가이거는 주름장식이 달린 침대 위에도 없고 침대 밑에도 없고 옷장 안에도 없다. 부엌이나 화장실에도 없다. 남은 곳은 복도 오른쪽에 있는 잠긴 문 하나뿐이었다. 가이거의 열쇠 하나가 그 문에 맞았다. 방 안이 흥미로웠지만 그곳에도 가이거는 없었다. 그 방이 흥미로운 까닭은 가이거의 방과는 전혀 달랐기 때문이다. 삭막하고 휑뎅그렁하고 남성적인 침실이었다. 바닥에는 반들반들한 마루를 깔고 인도풍 문양이 들어간 작은 양탄자 두 장을 놓아두었다. 딱딱한 의자 두 개, 나뭇결을 살린 검은색 사무용 책상 위에 남성용 화장품 세트, 높이 30센티미터쯤 되는 놋쇠 촛대와 검은색 양초 두 개. 폭이 좁고 딱딱해 보이는 침대에는 적갈색 납결무늬 침대보를 씌웠다. 이 방은 좀 추웠다. 나는 방문을 다시 잠그고 손수건으로 문손잡이를 닦은 후 토템 기둥으로 돌아갔다. 정문 방향으로 무릎을 꿇고 양탄자의 보풀을 두루 살펴보았다. 마치 발꿈치를 질질 끌며 그쪽으로 나간 것처럼 두 줄로 나란히 눌린 자국이 어렴풋이 보이는 듯했다. 누군지 몰라도 단단히 결심한 모양이다. 죽은 사람은 상처받은 마음보다도 무거우니까.

경찰은 아니다. 경찰이었다면 아직도 이곳에 남아 있을 테고, 끈과 분필과 카메라와 지문채취용 파우더와 싸구려 시가 따위를 가지고 이제 막 일을 시작했으리라. 아마도 꽤나 북적거렸겠지. 살인범도 아니다. 그자는 너무 급하게 달아났다. 틀림없이 카멘을 보았을 것이다. 그녀가 너무 취해서 자기를 못 봤을 가능성도 있지만 확신할 수는 없었으리라. 지금쯤 멀리 도망치는 중이겠지. 나로서는 짐작조차 못하겠지만 누구든 간에 가이거가 죽기보다 실종되기를 원한다면 나에게도 고마운 일이다. 덕분에 카멘 스턴우드를 연루시키지 않고 이 사건을 설명할 기회를 얻었으니까. 나는 다시 문을 잠근 후 내 차에 시동을 걸었고, 집에 가서 샤워를 한 다음 마른 옷으로 갈아입고 늦은 저녁을 먹었다. 그러고 나서는 아파트에서 핫토디*를 너무 많이 퍼마시며 가이거의 색인이 붙은 파란색 공책의 암호문을 풀어보려고 애썼다. 그러나 내가 확신할 수 있는 것은 이 공책이 이름과 주소를 기록한 목록이라는 사실뿐이었다. 아마도 고객 명단이겠지. 전부 사백 명도 넘는다. 이 정도면 공갈협박을 하지 않았어도 짭짤한 장사였을 테고 물론 공갈협박도 꽤 많이 했을 터였다. 명단에 적힌 사람은 누구든 범인일 가능성이 있는 셈이다. 이 공책이 경찰의 손에 들어가면 다들 얼마나 바빠질까 생각하니 그들이 안쓰러웠다.

나는 위스키와 좌절감에 푹 절어 잠자리에 들었는데, 피투성이 중국 상의를 입은 남자가 꿈속에 나타나 기다란 비취 귀고리만 달고 홀라당 벗은 여자를 쫓아다녔고, 나도 그들을 따라 달리며 필름도 없는 카메라로 사진을 찍었다.

## 9

이튿날 아침은 맑고 화창하고 햇빛이 가득했다. 깨어나보니 걸레를

---

* 위스키나 럼에 뜨거운 물을 타고 설탕과 레몬을 넣은 음료.

물고 잔 듯 입맛이 쓰디썼다. 커피 두 잔을 연달아 마시며 조간신문을 훑어보았다. 아서 귄 가이거에 대한 기사는 어디에도 없었다. 축축한 양복을 툭툭 털어 주름을 펼 때 전화벨이 울렸다. 지검장실 수사팀장 버니 올즈였다. 스턴우드 장군에게 나를 추천해준 사람이다.

"그래, 잘 지냈나?" 그가 말문을 열었다. 잠도 푹 자고 빚도 많지 않은 사람의 목소리다.

"숙취 때문에 죽겠소." 내가 말했다.

"쯧쯧." 그는 건성으로 웃다가 이내 조금 지나치게 가벼운 듯싶지만 사실은 빈틈 하나 없는 경찰의 목소리로 물었다. "스턴우드 장군은 만나봤어?"

"그랬죠."

"일 좀 해줬나?"

"비가 많이 와서." 내가 대답했다. 대답이 되었는지는 모르겠지만.

"그 집안은 말썽이 따라다니는 모양이야. 그 집 식구 명의로 된 대형 뷰익 한 대가 지금 리도 잔교 앞에서 파도에 둥둥 떠다녀."

나는 수화기에 금이 갈 정도로 힘껏 움켜쥐었다. 숨도 쉴 수 없었다.

"그렇다니까." 올즈가 명랑하게 말했다. "잘빠진 뷰익 세단 신차가 모래와 바닷물에 똥차가 돼버리고…… 참, 잊을 뻔했네. 남자 한 명이 타고 있었지."

숨을 너무 천천히 내쉬었더니 숨이 입술을 벗어나지도 못하는 듯했다. "리건이오?"

"응? 누구? 아하, 그 집 큰딸이 어디서 주워 결혼했다는 전직 밀주업자 말이군. 나야 낯짝도 못 봤지만. 그 친구가 물속에서 무슨 볼일이 있겠나?"

"시간 끌지 말고. 누구는 볼일 있어서 물속에 들어갔겠소?"

"이 친구야, 낸들 알겠나. 나도 보러 갈 참이야. 같이 갈래?"

"그러지요."

"그럼 서둘러. 내 골방에서 기다리지."

면도하고 옷을 입고 간단한 아침식사를 하고 검찰청 앞에 도착하기까지 한 시간도 안 걸렸다. 승강기를 타고 7층으로 올라가 지검장실 소속 직원들이 사용하는 작은 사무실들이 모인 곳으로 갔다. 올즈의 방도 다른 방보다 크지는 않지만 혼자 쓰는 방이었다. 책상 위에 놓인 것은 압지철, 싸구려 펜 세트, 모자, 그리고 그의 발 하나가 전부다. 그는 중키에 금발인데 뻣뻣한 눈썹만 백발이다. 눈빛이 침착하고 치아 관리를 잘하는 사람이다. 생김새는 길거리에서 지나치는 사람들과 다를 바 없다. 그러나 나는 그가 아홉 명을 죽였다는 사실을 안다. 그중 세 번은 상대가 그에게 총구를 겨눈 상황, 적어도 본인은 안심해도 된다고 믿는 상황이었다.

그는 자리에서 일어나 앙트락트*라는 소형 시가가 담긴 납작한 양철통을 주머니에 넣더니, 입에 문 시가 한 개비를 아래위로 흔들거리며 머리를 뒤로 젖히고 콧등 너머로 나를 유심히 바라보았다.

"리건은 아니야." 그가 말했다. "확인해봤어. 리건은 덩치가 크잖아. 키는 자네만 하고 체중은 좀더 무겁지. 피해자는 젊은 애야."

나는 아무 말도 하지 않았다.

---

* 연극이나 공연의 '막간' '막간극' '간주곡'을 뜻하는 프랑스어.

"리건은 왜 집을 나갔지?" 올즈가 물었다. "자네도 그 일에 관심 있나?"

"아닐걸요."

"밀주장사를 하던 남자가 부잣집에 장가들었다가 예쁜 마누라랑 합법적인 돈 몇백만 달러도 버리고 튀어버렸다…… 나 같은 놈도 충분히 짐작할 만한 상황이지. 자네는 이게 비밀이라고 생각했던 모양이군."

"뭐 그렇죠."

"알았어. 그럼 입 처닫고 있어. 원망은 안 할 테니까." 그는 책상 뒤에서 빠져나와 주머니를 툭툭 치며 모자를 집었다.

"나는 리건을 찾는 게 아니오." 내가 말했다.

그는 방문을 잠갔고 우리는 직원용 주차장으로 내려가 파란색 소형 세단에 올랐다. 선셋 대로를 따라 달리며 이따금씩 사이렌을 켜고 교통신호를 무시했다. 적당히 선선하고 상쾌한 아침, 마음에 걸리는 일만 없다면 인생이 그저 순조롭고 즐겁다고 느낄 만한 날씨였다. 그러나 나는 걱정거리가 너무 많았다.

해안고속도로를 타면 리도까지 거의 50킬로미터, 그중 초반 15킬로미터는 교통량이 많은 구간이다. 올즈는 이 거리를 사십오 분 만에 주파했다. 그 시간이 끝난 후 우리는 치장벽토로 장식한 빛바랜 아치문 앞에 차를 세웠고, 나는 비로소 바닥판에서 발을 떼고 올즈와 함께 차에서 내렸다. 발을 내려 밖으로 나갔다. 아치문 너머에는 흰색 각목으로 난간을 세운 긴 잔교가 저멀리 바다 쪽으로 뻗어 있었다. 잔교 끄트머리에 사람들이 모여 난간 너머로 몸을 내밀었다. 모터사이클 경찰관이 아치문 밑에서 다른 사람들이 잔교로 나가지 못하게 막고 있었다.

고속도로 양쪽에 차들이 줄줄이 서 있었다. 남녀노소를 막론하고 엽기적 취향의 구경꾼들이다. 올즈가 모터사이클 경찰관에게 배지를 보여주었고 우리는 잔교를 따라 걸었다. 하룻밤의 폭우로는 조금도 씻어낼 수 없는 생선 비린내가 진동했다.

"저기 올려놨군. 동력바지선 위에." 올즈가 소형 시가로 아래를 가리켰다.

예인선 조타실 같은 시설을 갖춘 나지막한 검은색 바지선 한 척이 잔교 끄트머리의 기둥 밑에 웅크리고 있었다. 갑판 위에서 아침햇살을 받으며 반짝거리는 물체, 인양할 때 묶어놓은 쇠사슬이 아직도 남아 있는 그것은 크롬으로 장식한 검은색 대형 승용차였다. 기중기의 긴 팔은 이미 거둬들여 갑판 높이로 내려놓은 상태였다. 사람들이 차를 둘러싸고 있었다. 우리는 미끌미끌한 계단을 내려가 갑판으로 건너갔다.

올즈가 녹색과 카키색 제복을 입은 보안관보와 사복 차림의 남자에게 인사를 건넸다. 바지선의 선원 세 명이 조타실 정면에 등을 기대고 나란히 서서 씹는담배를 우물거렸다. 한 명은 지저분한 목욕수건으로 젖은 머리를 말리는 중이었다. 쇠사슬을 감으려고 물에 들어갔던 사람이겠지.

우리는 차를 살펴보았다. 앞 범퍼가 휘어지고, 전조등 하나가 박살나고, 반대쪽도 찌그러졌지만 유리는 아직 깨지지 않았다. 라디에이터 그릴도 움푹 꺼지고 차 전체의 도색과 크롬 부분에 긁힌 자국이 수두룩하다. 타이어는 모두 멀쩡해 보인다.

운전자는 운전대 위에 엎어진 채 그대로 놓아두었는데 머리가 부자연스러운 각도로 꺾인 채 어깨 위에 늘어져 있다. 얼마 전까지만 해도 젊고 호리호리한 미남이었을 흑발 청년이다. 지금은 얼굴이 창백하고 푸르뎅뎅한데다 게슴츠레한 눈꺼풀 밑에는 부옇게 흐려진 눈동자가 번질거리고 벌어진 입속에는 모래가 가득하다. 이마 왼쪽에 있는 칙칙한 빛깔의 타박상 흔적이 파리한 피부색 때문에 더욱 두드러진다.

올즈가 뒤로 물러나며 목구멍소리를 내더니 성냥을 그어 작은 시가에 불을 붙였다. "어찌된 일이오?"

제복 입은 남자가 잔교 끄트머리에 모인 구경꾼들을 가리켰다. 그중 한 명이 널찍하게 부서져버린 흰색 난간의 부러진 부분을 만져보고 있었다. 부러진 곳은 방금 자른 소나무처럼 노르스름하고 깨끗했다.

"저리로 떨어졌어요. 꽤나 세게 들이받은 모양입니다. 이 근방은 비가 일찍 그쳤죠. 밤 아홉시쯤. 부러진 각목은 속이 안 젖었어요. 비가 그친 다음에 부서졌다는 거죠. 물이 꽤 깊을 때 떨어져서 차가 심하게 파손되지 않았으니 아마 반조半潮 때쯤이었을 겁니다. 물이 더 많았다면 더 멀리 떠내려갔을 테고, 물이 더 빠진 뒤였다면 잔교 근처에 그대로 남았을 테니까요. 그러니까 어젯밤 열시쯤이었을 겁니다. 일러도 아홉시 반, 그 이전은 아니고. 오늘 아침에 아이들이 낚시하러 왔다가 물에 잠긴 차를 봤고, 그래서 바지선을 불러 인양하고 나서야 시신을 발견했습니다."

사복 입은 남자가 구두코 밑창으로 갑판을 비비적거렸다. 올즈가 곁눈질로 나를 힐끔 보더니 작은 시가를 궐련처럼 움찔움찔 움직였다.

"음주운전?" 올즈가 말했다. 누구에게 묻는지 불분명한 질문이었다.

수건으로 머리를 말리던 남자가 바지선 난간 쪽으로 다가가더니 요란한 소리를 내며 헛기침을 해서 모두가 돌아보았다. "모래가 들어가서요." 그러면서 침을 뱉었다. "저 친구만큼은 아니지만 꽤 많이 들어갔수다."

제복 입은 남자가 말했다. "음주운전일 수도 있죠. 빗길에서 혼자 기분 내다가. 술 마시면 무슨 짓을 못하겠어요."

"음주운전은 무슨." 사복 입은 남자가 말했다. "수동식 가속레버가 반쯤 내려가 있고 옆머리를 한 방 얻어맞았어. 내가 보기엔 살인 사건이야."

올즈가 수건을 든 남자를 돌아보았다. "그쪽은 어떻게 생각하시나?"

수건을 든 남자는 우쭐해진 듯했다. 그가 빙긋 웃으며 말했다. "나는 자살 쪽이오. 내가 상관할 일은 아니지만 물어보셨으니 말씀인데 이건 자살이지. 우선 저 친구는 잔교를 따라 일직선으로 들어왔수다. 거의 끝에서 끝까지 타이어 자국이 남았거든. 그러니 보안관님 말씀대로 비가 그친 다음이지. 그러다가 잔교를 세차게 들이받고 튀어나갔소. 안 그랬으면 떨어지지 않았든지 이렇게 똑바로 착륙하지 못했을걸. 아마 몇 바퀴 굴렀을 거요. 그러니 상당한 속력으로 달려와서 난간을 정면으로 들이받았다는 뜻이지. 레버가 중간에 있는 거야 떨어지는 순간에 눌렀을 수도 있고, 머리도 떨어질 때 다쳤을 거요."

올즈가 말했다. "관찰력이 좋으시군." 그러더니 보안관보에게 물었다. "저 친구 몸수색은 했나?" 그러자 보안관보가 나를 쳐다보고 조타실에 기대고 있는 선원들 쪽도 돌아보았다. "알았네, 그냥 넘어가지." 올즈가 말했다.

키가 작고 안경을 쓰고 지친 표정이 역력한 남자가 검은색 가방을 들고 잔교 계단을 내려왔다. 그는 갑판 위에서 그럭저럭 깨끗한 곳을 찾아 가방을 내려놓았다. 그러더니 모자를 벗고 목덜미를 주무르며 바다를 바라보았다. 마치 이곳이 어디인지, 자기가 왜 왔는지 모르는 듯한 모습이었다.

올즈가 말했다. "의사선생, 환자는 이쪽이오. 간밤에 잔교 위에서 다이빙을 했지. 아홉시에서 열시 사이. 우리가 아는 건 거기까지요."

키 작은 남자는 죽은 남자를 뚱한 표정으로 들여다보았다. 시신의 머리를 만지작거리고, 관자놀이의 타박상을 자세히 보고, 두 손으로 머리를 잡아 이리저리 돌려보고, 늑골 부위를 만져보았다. 시신의 축 늘어진 손을 들고 손톱을 살펴보았다. 그러더니 손을 툭 떨어뜨리며 움직임을 관찰했다. 이윽고 뒤로 물러나 가방을 열고는 인쇄된 검안용지 패드를 꺼내 먹지를 받쳐 기록하기 시작했다.

"외견상의 사인은 경골 골절." 그가 쓰면서 말했다. "그렇다면 체내에는 물이 많이 들어가지 않았겠죠. 그렇다면 이제 대기에 노출됐으니 사후경직이 아주 빠르게 진행될 테고. 더 굳어지기 전에 차에서 꺼내야겠어요. 나중에 하려면 고생깨나 하실 테니까."

올즈가 고개를 끄덕였다. "언제쯤 사망했소, 의사선생?"

"모르죠."

올즈가 검시관을 뚫어져라 노려보더니 물고 있던 작은 시가를 손에 들고 역시 뚫어져라 노려보았다. "만나서 반갑소, 의사선생. 오 분 이내에 사망추정시각도 못 알아내는 검시관을 다 만나보다니 이거 신선하구먼."

키 작은 남자는 쓴웃음을 지으며 패드를 가방에 집어넣고 연필을 조끼에 도로 꽂았다. "사망자가 간밤에 저녁식사를 했다면 말씀드릴 수 있을 텐데. 언제 먹었는지만 알면 말이죠. 그래도 오 분 이내는 힘들어요."

"타박상은 어쩌다 생긴 거요? 추락할 때?"

키 작은 남자가 타박상을 다시 살펴보았다. "아닐 겁니다. 표면을 감싼 둔기로 때렸어요. 살아 있을 때 벌써 피하출혈이 발생했고."

"블랙잭*인가?"

"그럴 가능성이 높죠."

키 작은 검시관이 고개를 끄덕이더니 갑판에 놓아둔 가방을 들고 잔교 계단을 올라갔다. 치장벽토 아치문 너머에 구급차 한 대가 자리를 잡으려고 후진하는 중이었다. 올즈가 나를 보며 말했다. "가세. 여기까지 온 보람이 별로 없지?"

우리는 잔교를 지나가서 올즈의 세단을 다시 탔다. 그는 고속도로에서 이리저리 종횡무진하며 시내 쪽으로 차를 몰았다. 빗물이 깨끗이 씻어놓은 3차선 고속도로를 달리며 우리는 굽이치며 지나가는 나지막한 황백색 모래언덕과 곳곳을 뒤덮은 분홍색 이끼를 보았다. 바다 쪽에서는 갈매기 몇 마리가 빙빙 돌다가 쏜살같이 내리꽂혀 파도 위에 떠 있는 무엇인가를 낚아챘고, 저멀리 새하얀 요트 한 척은 마치 하늘에 떠 있는 듯했다.

올즈가 턱짓으로 나를 가리키며 말했다. "아는 사람이었나?"

"그래요. 스턴우드 댁 운전사. 어제 그 집에서 바로 저 차를 닦는 걸 봤소."

---

* 금속이나 나무 막대의 양쪽 끝에 타원형 쇠붙이를 달고 가죽, 고무, 끈 등으로 감싸 파괴력을 줄인 곤봉. 주로 경찰이나 경비원이 사용했으나 지금은 금지한 지역도 많다.

"성가시게 하긴 싫어, 말로. 그냥 말해줘. 이번에 맡은 일이 그 친구와 관련이 있나?"

"아뇨. 나는 이름도 모르는데요."

"오웬 테일러야. 어떻게 아느냐고? 웃기는 일이 있었지. 한 일 년 전에 우리가 그 친구를 맨 법* 위반혐의로 유치장에 가뒀거든. 스턴우드 댁 섹시한 딸내미를, 작은딸 말이야, 차에 태우고 유마**로 갔던 모양이야. 언니가 뒤쫓아가서 둘 다 데려온 다음에 오웬을 빵에 처박아버렸지. 그러더니 다음날 지검장을 찾아와서 그 애송이를 도로 꺼내달라고 부탁하더군. 언니 말로는 그 친구가 동생이랑 결혼할 생각이었고 진심이었는데 동생은 그 사실을 몰랐다는 거야. 동생 쪽은 술이나 진탕 퍼마시며 신나게 놀고 싶었을 뿐이라나. 그래서 그 애송이를 풀어줬는데, 웬걸, 그 집에서 도로 데려다놓고 일을 시키더라고. 그러고 얼마 안 돼서 우리가 절차대로 워싱턴에 의뢰했던 지문조회 결과가 나왔는데, 글쎄 그 친구, 인디애나주에서 전과가 있더라니까. 육 년 전, 강도 미수. 카운티 교도소에서 육 개월 살다 나왔더군. 딜린저***가 탈옥했던 바로 거기였지. 스턴우드 댁에 그 사실을 알려줬는데도 안 쫓아내고 그냥 두더라고. 자네는 어떻게 생각하나?"

"콩가루 집안 같더군요. 어젯밤 일, 그 사람들도 아는 거요?"

"아니. 이제 곧 가서 찔러봐야지."

---

* 매춘 등의 목적으로 여성을 입국시키거나 다른 주 또는 국외로 이송하는 행위를 금지한 법률.

** 로스앤젤레스 동남쪽, 애리조나주에 있는 국경 부근의 도시.

*** 대공황 당시 악명을 떨친 은행 강도 존 딜린저.

"웬만하면 노인네는 좀 빼주쇼."

"왜?"

"안 그래도 골칫거리가 많은데다 몸도 성치 않거든."

"리건 문제 말인가?"

나는 눈살을 찌푸렸다. "리건에 대해서는 아는 게 없다니까. 아까도 말했듯이 나는 리건을 찾는 게 아니란 말이오. 내가 알기로 리건은 아무도 안 괴롭혔고."

그러자 올즈가 말했다. "허!" 그러더니 생각에 잠겨 멍하니 바다를 바라봤고 그러다 하마터면 도로를 벗어날 뻔했다. 그때부터 시내에 도착할 때까지 좀처럼 입을 열지 않았다. 그는 할리우드로 들어가서 차이니즈 극장 근처에 나를 내려주고 차를 돌려 앨타브레아 크레센트가 있는 서쪽으로 달려갔다. 나는 카운터 자리에 앉아 점심을 먹으면서 석간 신문을 훑어봤지만 이번에도 가이거에 대한 기사는 보이지 않았다.

식사 후 가이거의 서점에 다시 들러보려고 큰길을 따라 동쪽으로 걸어갔다.

## 10

깡마르고 눈동자가 까만 보석상 주인은 어제 오후처럼 오늘도 문간에 서 있었다. 내가 서점으로 들어가자 이번에도 의미심장한 표정을 지었다. 서점도 변함없었다. 구석에 놓인 책상 위에서 빛나는 전등도 똑같고, 옅은 금발 여자도 똑같고, 스웨이드 가죽으로 보이는 검은색 드레스도 똑같고, 책상 뒤에서 일어나 다가오며 머뭇거리는 듯한 미소도 똑같았다.

"무슨 일로—?" 여자가 말을 뚝 끊었다. 은빛 손톱이 허벅지 부근에서 씰룩씰룩 움직였다. 미소에도 긴장한 기색이 역력했다. 아니, 미소라고 할 수도 없다. 찡그린 표정이다. 본인만 미소라고 착각할 뿐이다.

"또 왔습니당." 나는 명랑하게 짹짹거리며 담배 한 개비를 살랑살랑 흔들었다. "오늘은 가이거 사장님 나오셨나용?"

"아니—아니, 안 나오셨어요. 네—안 나오셨네요. 가만있자—찾으시던 물건이……?"

나는 검은 선글라스를 벗고 그걸로 왼쪽 손목 안쪽을 우아하게 톡톡 두드렸다. 85킬로그램도 넘는 남자가 페어리* 흉내를 내는 것이 가능한 일인지 모르겠지만 나로서는 최선을 다했다.

"초판본 얘기는 핑계였어요." 내가 속삭였다. "조심해야 하니까용. 가이거 사장님이 원하는 물건을 내가 갖고 있어요. 사장님이 오래전부터 원하시던 물건 말예요."

은빛 손톱이 작은 흑요석 귀고리를 붙인 귀 너머로 금발을 만지작거렸다. "아, 외판원이셨군요." 그녀가 말했다. "글쎄요—내일 다시 오세요. 내일은 아마 나오실 거예요."

"솔직하게 말씀하셔도 괜찮아용. 나도 같은 업계에 있으니까."

여자의 눈이 가늘어져 마치 나무그늘에 가려진 숲속 웅덩이처럼 푸르스름하게 빛났다. 손톱이 손바닥을 박박 긁었다. 그녀가 나를 쳐다보

---

* 남성 동성애자, 혹은 그렇게 보이는 남자를 가리키는 속어.

더니 숨을 뚝 끊어버렸다.

"사장님 어디 편찮으신가요? 내가 댁으로 찾아뵈어도 되는데용." 나는 초조한 체하며 말했다. "마냥 기다릴 수도 없으니."

"손님—음—손님은—음—" 목이 잠긴 모양이다. 금방이라도 엎어져 코가 깨지려나 싶었다. 온몸이 부들부들 떨리고 얼굴이 파이껍질처럼 부스러진다. 그녀는 마치 무거운 짐을 들어올리듯이 의지력만으로 천천히 표정을 바로잡았다. 미소가 되살아났지만 군데군데 심하게 일그러진 미소였다.

"아뇨." 그녀가 비로소 숨을 토했다. "아뇨, 지금은 시외로 나가셨어요. 그러니—댁으로 가보셔도 소용없어요. 내일—다시 오시면—안 될까요?"

내가 무슨 말을 하려고 입을 여는 순간 칸막이 문이 30센티미터쯤 열렸다. 키 크고 잘생긴 흑발 청년이 가죽조끼 차림으로 내다보는데 안색이 창백하고 입을 앙다문 표정이다. 청년이 나를 보더니 황급히 문을 닫았지만 나는 이미 칸막이 안에 여기저기 널린 나무상자들을 봐버린 뒤였다. 상자마다 신문지를 깔고 책을 얼기설기 담아놓았다. 새로 산 듯한 작업복을 입은 남자가 상자를 바삐 옮겼다. 가이거의 상품들을 내보내는 모양이었다.

문이 닫힌 후 나는 선글라스를 다시 쓰고 모자를 만졌다. "그럼 내일 올게용. 명함을 드리고 싶지만 사정이 어떤지는 잘 아실 테고."

"네에. 어떤 사정인지 알죠." 여자가 다시 부르르 떨며 반짝거리는 입술 사이로 희미하게 숨을 들이마시는 소리를 냈다. 나는 서점을 나서서 큰길을 따라 서쪽으로 걷다가 모퉁이를 돌아 북쪽 길로 올라간 후 이내 서점 뒷골목으로 접어들었다. 짐칸에 철망을 둘렀고 글자 하나 안 찍힌 검은색 소형트럭 한 대가 가이거의 서점 쪽으로 꽁무니를 붙인 채 서 있었다. 때마침 새 작업복을 입은 남자가 짐칸 뒷문 너머로 상자 하나를 싣는 중이었다. 나는 다시 큰길로 나가서 가이거 서점 옆의 블록을 따라 걷다가 소화전 옆에 서 있는 택시를 보았다. 얼굴이 해맑은 청년이 운전석에 앉아 공포잡지를 읽고 있었다. 나는 고개를 숙이고 일 달러 지폐 한 장을 보여주었다. "미행하는 일인데?"

그가 나를 훑어보았다. "경찰이세요?"

"사설탐정."

그가 빙긋 웃었다. "제 특기예요." 그는 잡지를 백미러 뒤에 꽂았고 나는 택시에 올라탔다. 우리는 블록을 끼고 빙 돌아 가이거 서점 뒷골목이 마주 보이는 다른 소화전 옆에 차를 세웠다.

이윽고 트럭 위에 상자가 여남은 개쯤 쌓였을 때 작업복 남자가 철망 문을 닫고 짐칸 뒷문을 올려 빗장을 채운 후 운전석에 올라탔다.

"따라가지." 내가 택시기사에게 말했다.

작업복 남자가 시동을 걸고 골목 좌우를 살피더니 반대쪽으로 부리나케 출발했다. 골목 끝에서 좌회전을 했다. 우리도 그대로 따라했다. 나는 프랭클린 애비뉴에서 동쪽으로 방향을 꺾는 트럭을 보고 택시기사에게 조금 더 가까이 붙으라고 말했다. 그는 다가붙지 않았는데 그러지 못했을 수도 있다. 우리가 프랭클린 애비뉴에 이르렀을 때 나는 벌써 두 블록 너머에 가 있는 트럭을 보았다. 그때부터 바인 스트리트까지, 그리고 바인 스트리트를 건너 웨스턴 애비뉴까지는 줄곧 트럭을 지켜볼 수 있었다. 웨스턴 애비뉴를 지난 뒤에는 겨우 두 번 보았다. 교통량이 많은데다 해맑은 청년이 너무 뒤처진 탓이다. 내가 점잖은 말 따위는 생략하고 투덜거리는데 까마득히 멀리서 트럭이 다시 북쪽으로 방향을 틀었다. 트럭이 들어간 곳은 브리트니 플레이스라는 거리였다. 우리가 브리트니 플레이스에 도착했을 때 트럭은 온데간데없었다.

해맑은 청년이 칸막이 너머로 나에게 안심하라는 의미가 담긴 소리를 냈고, 우리는 시속 6킬로미터로 언덕길을 오르며 수풀 뒤에 트럭이 있는지 찾아보았다. 두 블록쯤 지나 브리트니 플레이스가 동쪽으로 꺾이며 랜들 플레이스와 만나는 곳에 혓바닥처럼 길쭉한 부지가 있고 그곳에 흰색 아파트 한 채가 있었다. 정문은 랜들 플레이스, 지하주차장 입구는 브리트니 플레이스였다. 이 건물을 지나면서 해맑은 청년이 트럭이 멀리 갔을 리가 없다고 중얼거릴 때 내가 주차장 아치문 너머 어두컴컴한 안쪽에서 다시 뒷문을 열어놓은 트럭을 발견했다.

우리는 아파트 정문 쪽으로 돌았고 나는 택시에서 내렸다. 로비에는 아무도 없고 전화교환대도 없었다. 벽면에 나무책상 하나를 붙여놓았는데 그 옆에 금색 우편함이 있었다. 이름들을 훑어보았다. 조지프 브로디라는 남자가 405호에 산다. 스턴우드 장군이 카멘과 놀지 말고 딴 여자애를 찾아보라고 오천 달러를 줬다는 그 남자 이름도 조 브로디였다. 아마 동일인이겠지. 내기를 해도 좋다.

벽 모퉁이를 돌자 타일이 깔린 계단과 자동승강기 통로가 나타났다. 승강기 지붕이 바닥 높이에 있었다. 통로 옆에 '주차장'이라고 적힌 문이 있었다. 그 문을 열고 비좁은 계단을 따라 지하로 내려갔다. 새 작업복을 입은 남자가 자동승강기 문이 닫히지 못하게 막아놓고 낑낑거리며 무거운 상자를 안으로 옮겼다. 나는 가까이 가서 담뱃불을 붙이고 그를 지켜보았다. 그는 내가 지켜보는 것을 거슬려했다.

잠시 후 내가 말했다. "중량 잘 보쇼, 형씨. 중량제한이 반 톤밖에 안 되니까. 뉘 댁으로 올라가는 짐이오?"

"405호 브로디 씨." 그가 낑낑거리며 말했다. "관리인이우?"

"그렇소. 보아하니 어디서 잔뜩 털어왔구먼."

그러자 그가 흰자위를 허옇게 드러내며 나를 노려보았다. "다 책이란 말요!" 그가 딱딱거렸다. "상자 하나가 45킬로그램은 거뜬히 넘겠소. 내 허리는 중량제한 35킬로그램인데."

"알았으니까 중량 잘 보라고."

그는 상자 여섯 개를 실은 후 자기도 타고 문을 닫았다. 나는 다시 계단을 올라가서 로비를 거쳐 밖으로 나갔고 아까 그 택시를 타고 시내에 있는 내 사무실로 갔다. 나는 해맑은 청년에게 과하다 싶은 돈을 주었고 청년은 나에게 모서리가 너덜너덜한 명함을 건넸다. 이 명함만은 승강기 옆, 모래를 담아놓은 마졸리카* 항아리에 던져버리지 않고 잘 간직했다.

나는 7층 뒤쪽에 있는 널찍한 방을 사용한다. 이 방을 둘로 나눠 절반은 사무실로 쓰고 절반은 대기실로 꾸몄다. 내 방에는 달랑 내 이름만 적어놨고 그나마도 대기실 문에만 붙였다. 의뢰인이 찾아올 경우에 대비하여 언제든지 앉아서 기다릴 수 있도록 대기실 문은 늘 열어둔다.

오늘은 의뢰인이 있었다.

---

* 납 유약을 발라 구운 채색 도자기.

## 11

그녀는 얼룩덜룩한 갈색 트위드슈트를 입고 남성용 셔츠에 넥타이를 매고 수제화를 신었다. 스타킹은 어제 본 것만큼이나 얇디얇았지만 이번에는 다리가 그렇게 많이 보이지 않았다. 갈색 로빈후드 모자를 쓴 검은 머리에 윤기가 흘렀다. 모자는 오십 달러는 들였겠지만 압지를 가지고 한 손으로 접어도 충분히 만들 만한 모양새였다.

"드디어 일어나셨네." 그녀는 빛바랜 빨간색 소파, 안락의자처럼 생긴 짝짝이 의자 두 개, 세탁이 필요한 망사커튼, 아동용 책상, 전문가다운 분위기를 살린답시고 책상 위에 쌓아둔 고색창연한 잡지 따위를 둘러보며 콧등을 찡그렸다. "마르셀 프루스트처럼 침대에서 일하는 분인 줄 알았네요."

"그게 누구요?" 나는 담배 한 개비를 입에 물고 그녀를 빤히 보았다. 조금 창백하고 긴장한 듯했지만 아무리 긴장해도 제 앞가림은 하는 여자 같았다.

"프랑스 소설가예요. 변태들을 잘 아는 사람이죠. 당신은 모르겠네요."

"쯧쯧. 내 부두아르*로 들어오시오."

그녀가 일어서며 말했다. "어제는 별로 화기애애하지 못했죠. 내가 좀 무례했나봐요."

"둘 다 무례했지." 내가 말했다. 사무실 문을 따고 그녀가 들어가도록

* 주로 여인의 잘 꾸민 내실을 뜻하는 프랑스어.

문을 잡아주었다. 우리는 내 사무실로 들어갔다. 이 방에는 신품이라고 할 수 없는 적갈색 카펫을 깔았고, 녹색 서류캐비닛이 다섯 개 있지만 그중 세 개에는 캘리포니아 공기만 잔뜩 들었다. 광고용 달력에는 분홍색 드레스를 입고 하늘색 방바닥에 굴러다니는 다섯쌍둥이를 찍은 사진이 있는데 암갈색 머리에 검은 눈동자가 자두처럼 크고 초롱초롱하다. 그 밖에도 호두나무 빛깔의 의자 세 개, 평범한 책상 위에 평범한 압지철, 펜 세트, 재떨이, 전화기, 그 너머에는 삐걱거리는 평범한 회전의자가 있다.

"겉치레는 별로 신경 안 쓰는군요." 그녀가 책상 앞의 의뢰인용 의자에 앉으며 말했다.

나는 우편물 투입구로 가서 봉투 여섯 통을 주워모았다. 두 통은 편지, 네 통은 광고지였다. 모자를 전화기에 올려놓고 내 자리에 앉았다.

"핑커튼* 사람들도 신경 안 쓰지. 올곧은 사람은 이런 일로 큰돈을 못 벌어요. 겉치레를 좋아한다면 돈을 많이 번다는 뜻이지. 많이 벌 계획이거나."

"오호—당신도 올곧은 사람이에요?" 비비언이 그렇게 물으며 핸드백을 열었다. 프랑스제 에나멜 담뱃갑에서 담배 한 개비를 꺼내고 작은 휴대용 라이터로 불을 붙인 후 담뱃갑과 라이터를 핸드백에 넣고 핸드백은 열린 채로 놓아두었다.

"괴로울 정도요."

"그런데 어쩌다 이렇게 구질구질한 일을 하게 됐죠?"

---

* 미국 탐정 앨런 핑커튼이 1850년 설립한 사설경비 및 탐정회사.

"그러는 당신은 어쩌다 밀주업자와 결혼했소?"

"맙소사, 우리 또 싸우지 말죠. 아침 내내 당신한테 전화를 걸었어요. 여기랑 아파트랑."

"오웬 때문이오?"

그녀의 얼굴이 확 굳어버렸다. 그녀가 작은 소리로 말했다. "불쌍한 오웬. 당신도 알고 있었군요."

"지검장실 직원이 리도 잔교에 데려다줬소. 내가 그 사건에 대해 뭔가 안다고 생각한 모양이오. 그런데 사실은 그 사람이 나보다 훨씬 더 많이 알더군. 오웬이 예전에 당신 동생과 결혼하려 했다는 것도 알던데."

그녀는 말없이 담배를 피우며 검은 눈으로 나를 차분히 응시했다. "차라리 그랬으면 더 좋았을지도 몰라요." 그녀가 조용히 말했다. "그 사람은 카멘을 사랑했거든요. 우리 같은 계층에서는 그런 사람을 보기 힘들죠."

"전과도 있잖소."

그러자 비비언이 으쓱 어깻짓을 했다. 그리고 대수롭지 않다는 듯이 말했다. "질 나쁜 사람들과 어울렸을 뿐이에요. 범죄가 만연한 썩어빠진 나라에서 전과가 뜻하는 건 그것뿐이죠."

"그 말은 좀 심하군."

그녀가 오른쪽 장갑을 벗고 집게손가락 첫 마디를 깨물며 나를 차분히 바라보았다. "오웬 문제로 온 게 아니에요. 우리 아빠가 무슨 일로 만나자고 했는지 아직도 말해줄 수 없어요?"

"아버님이 허락하시기 전에는 말할 수 없소."

"카멘에 대한 일인가요?"

"그것도 말 못하지." 나는 파이프에 연초를 채우고 성냥으로 불을 붙였다. 그녀가 잠시 담배연기를 지켜보았다. 그러더니 열어놓은 핸드백 속에서 두툼한 흰색 봉투를 꺼냈다. 그녀가 봉투를 책상 위로 던져주었다.

"어쨌든 그건 한번 봐둬요." 그녀가 말했다.

나는 봉투를 집었다. 타자기로 찍은 주소였다. 수신자는 웨스트 할리우드, 앨타브레아 크레센트 3765번지, 비비언 리건 부인. 택배회사에서 배달했고 접수시각은 오전 여덟시 삼십오분이었다. 나는 봉투를 열고 가로 11센티미터, 세로 8센티미터 크기의 유광사진 한 장을 꺼냈다. 봉투 안에는 그것밖에 없었다.

카멘을 찍은 사진이다. 가이거의 집 연단 위에서 등받이가 높은 티크나무 의자에 앉은 모습인데 귀고리 말고는 태어날 때 모습 그대로 알몸이다. 내가 기억하는 것보다도 광기가 더 심한 눈빛이다. 사진 뒷면에는 아무것도 없다. 나는 사진을 도로 봉투에 넣었다.

"얼마나 달라고 했소?" 내가 물었다.

"오천 달러—원판이랑 사진이랑 다 주겠다고. 오늘밤에 교환하지 않으면 그 사진을 삼류 잡지사에 뿌리겠대요."

"요구사항은 어떻게 전달했고?"

"어떤 여자가 나한테 전화를 걸었어요. 사진이 배달되고 반시간쯤 지났을 때."

"잡지사는 걱정할 필요 없소. 요즘 그런 짓을 했다가는 배심원들이 앉은자리에서 유죄평결을 내릴 테니까. 문제가 또 있소?"

"문제가 더 필요해요?"

"그렇소."

그녀가 조금 어리둥절한 표정으로 나를 쳐다보았다. "있긴 있어요. 그 여자가 그러는데 경찰에 얽힐 일이 있다고, 빨리 처리하지 않으면 동생을 철창 너머로 만나게 된대요."

"얼씨구. 어떤 일이오?"

"모르겠어요."

"카멘은 지금 어디 있소?"

"집에 있어요. 간밤에 좀 앓았거든요. 아직 자고 있겠죠."

"카멘이 어젯밤 외출했소?"

"아뇨. 나는 외출했지만 하인들이 그러는데 카멘은 안 나갔대요. 나는 라스올린다스에 있는 에디 마스의 사이프러스 클럽에서 룰렛을 했어요. 탈탈 털렸지만."

"룰렛을 좋아하셨군. 당신답네."

그녀가 다리를 꼬며 다시 담배 한 개비에 불을 붙였다. "맞아요. 룰렛 좋아해요. 스턴우드 집안 사람들은 다 게임에서 지길 좋아하죠. 룰렛도 그렇고, 집 나가버릴 남자랑 결혼하는 것도 그렇고, 쉰여덟 살에 말 타고 장애물 경주 하다가 말에 깔려 평생 다리를 못 쓰는 것도 그렇고. 스턴우드 집안은 돈이 많아요. 그 돈으로 사들이는 건 실망뿐이지만."

"간밤에 오웬이 당신 차를 왜 몰고 나간 거요?"

"아무도 몰라요. 허락도 안 받고 가져갔어요. 쉬는 날 저녁에는 언제든지 차를 쓰게 해줬지만 어젯밤은 쉬는 날도 아니었죠." 그녀의 입술이 일그러졌다. "설마—?"

"이 누드사진에 대해 그 친구도 알았느냐고? 낸들 어찌 알겠소? 어쨌든 그 친구를 배제할 수는 없지. 현금 오천 달러를 금방 준비할 수 있소?"

"아빠한테 말씀드려야—아니면 빌리든지. 에디 마스한테 빌려달라고 하면 되겠죠. 그 사람은 나한테 잘해줄 만한 사정이 있어요."

"그럼 빌려봐요. 급하게 필요할지도 모르니까."

그녀가 몸을 뒤로 기대며 등받이에 한쪽 팔을 걸쳐놓았다. "경찰에 알리는 건 어때요?"

"좋은 생각이오. 당신은 그러지 않겠지만."

"내가 안 그런다고요?"

"안 그럴 거요. 아버지와 동생을 보호해야 하니까. 경찰이 뭘 알아낼지 모르잖소. 경찰이 눈감아줄 수 없는 문제가 드러날 수도 있고. 협박 사건일 때는 웬만하면 봐주긴 하지만."

"당신이 어떻게 못하나요?"

"해줄 수야 있겠지. 그렇지만 이유나 방법은 말해줄 수 없소."

"당신이 마음에 들어요." 그녀가 뜬금없이 말했다. "기적을 믿는군요. 사무실에서 술 좀 마셔도 돼요?"

나는 깊숙한 서랍을 열고 사무실용 술병과 작은 유리잔 두 개를 꺼냈다. 내가 술을 따랐고 우리는 함께 마셨다. 그녀가 핸드백을 찰칵 닫더니 의자를 뒤로 밀었다.

"오천 달러는 구해볼게요. 에디 마스한테 나는 좋은 고객이었어요. 당신은 모르겠지만 그 사람이 나한테 잘해줄 이유가 또 있고요." 그녀가 미소를 던졌지만 이번에도 입술만 웃을 뿐 눈에는 웃음기가 없었다.

"러스티와 함께 달아난 여자가 바로 에디의 금발 아내거든요."

나는 아무 말도 하지 않았다. 그녀가 나를 뚫어져라 쳐다보며 덧붙였다. "관심 없어요?"

"러스티를 찾는 일이 쉬워지긴 하겠군. 내가 러스티를 찾는 중이라면. 이 난장판에 그 사람도 가담했다고 생각하시오?"

그녀는 빈 술잔을 내 쪽으로 밀어놓았다. "한 잔 더 줘요. 당신은 정말 속이 안 보이는 사람이군요. 귀도 쫑긋거리지 않네요."

나는 작은 술잔을 채워주었다. "당신이 궁금해했던 사실은 다 알아냈잖소. 내가 남편을 찾지 않는다는 것쯤은 충분히 짐작했을 테니."

그녀는 꿀꺽꿀꺽 급하게 마셨다. 그러다가 사레가 들어 캑캑거렸다. 혹은 사레 때문에 캑캑거리는 시늉을 했다. 그녀가 천천히 숨을 내쉬었다.

"러스티는 범죄자가 아니에요. 범죄자라고 해도 푼돈 벌자고 움직일 리가 없죠. 그이는 현금으로 만오천 달러를 가지고 다녔어요. 비상금이라고 했죠. 나랑 결혼할 때도 그 돈이 있었고 떠날 때도 가져갔어요. 아뇨—러스티는 그렇게 너절한 공갈협박에 가담할 사람이 아니에요."

그녀가 봉투를 집으며 일어섰다. "곧 연락하겠소." 내가 말했다. "나한테 전할 말이 있으면 내 아파트 건물 교환원한테 말씀하시오."

우리는 문 쪽으로 함께 걸어갔다. 그녀가 흰색 봉투로 주먹을 톡톡 두드리며 말했다. "아직도 아빠가 어떤 일을 시키셨는지—"

"그전에 아버님부터 뵈어야겠지."

문 바로 안쪽에서 그녀가 걸음을 멈추고 사진을 꺼내 들여다보았다. "몸매가 정말 예쁘죠?"

"흠."

그녀가 내 쪽으로 몸을 살짝 기울였다. "내 몸매도 봤으면 좋았을 텐데." 그녀가 진지하게 말했다.

"보여주겠소?"

그녀가 갑자기 폭소를 터뜨리더니 문을 나서다가 고개를 돌리고 냉랭하게 말했다. "당신 같은 냉혈동물은 처음 봤어요, 말로. 아니, 필이라고 불러도 되나요?"

"그러시오."

"나도 비비언이라고 불러줘요."

"고맙소, 리건 부인."

"아, 지옥에나 가요, 말로." 그녀는 나가버렸고 끝내 돌아보지 않았다.

문이 저절로 닫힌 후 나는 문짝에 손을 얹고 멍하니 손등을 들여다보았다. 얼굴이 조금 화끈거렸다. 책상 쪽으로 돌아가서 위스키병을 치우고 작은 술잔 두 개는 물에 헹궈 넣어두었다.

전화기에 얹어놓았던 모자를 쓰고 지검장실에 연락해 버니 올즈를 바꿔달라고 했다.

그는 자기 골방에 돌아와 있었다. "그래, 노인네는 안 건드렸네. 집사가 그러는데 자기나 딸내미 하나가 대신 전해주겠다나. 오웬 테일러가 차고 위층에 살았다고 해서 소지품을 뒤져봤어. 부모가 아이오와주 더뷰크에 산다더군. 그쪽 경찰국장한테 부모가 어떤 조처를 원하는지 물어보라고 연락해놨네. 비용은 스턴우드 집안에서 부담하기로 했고."

"자살이오?"

"그야 모르지. 유서도 안 남겼어. 허락도 없이 차를 가져갔고. 어젯밤에는 리건 부인만 빼고 다들 집에 있었지. 부인은 라스올린다스에서 래리 코브라는 바람둥이랑 같이 있었고. 내가 확인해봤네. 아는 녀석이 거기 딜러거든."

"그런 불법도박은 좀 금지해야 할 텐데."

"이 나라 범죄조직을 다 무시하고? 철 좀 들게, 말로. 그 친구 머리에 생긴 타박상이 마음에 걸려. 자네가 좀 도와줄 수는 없겠지?"

그런 식으로 물어봐줘서 반가웠다. 덕분에 굳이 거짓말을 하지 않고 거절할 수 있었으니까. 우리는 작별인사를 나눴고, 나는 사무실에서 나가 석간신문 세 부를 모두 산 후 택시를 잡아타고 내 차를 세워둔 검찰청 주차장으로 향했다. 가이거에 대한 기사는 어떤 신문에도 없었다. 그의 파란색 공책을 다시 살펴보았지만 암호문은 어젯밤과 다름없이 알쏭달쏭할 뿐이었다.

## 12

래번 테라스 위쪽의 나무들이 비를 맞아 더 푸르고 싱싱해졌다. 선선한 오후의 햇빛 아래서 나는 세 발을 쏜 살인자가 어둠 속에서 달려 내려갔던 뒤쪽 계단과 가파른 언덕비탈을 내려다보았다. 저 아래 보이는 도로변에 작은 집 두 채가 있었다. 총소리가 거기까지 들렸을지 모르겠다.

가이거의 집 앞이나 근방에는 아무런 움직임도 없었다. 회양목 산울타리는 푸르고 평화로워 보였다. 지붕널이 아직도 젖어 있었다. 나는 천천히 차를 몰며 어떤 생각을 곱씹었다. 간밤에 나는 차고를 살펴보지 않았다. 가이거의 시신이 사라졌지만 굳이 찾아보고 싶지는 않았기 때문이다. 어쩔 수 없이 개입해야 할지도 모르니까. 그러나 시신을 처리하는 좋은 방법은 일단 차고로 끌고 가서 가이거의 차에 싣고 로스앤젤레스 곳곳에 널린 호젓한 골짜기에 내다버리는 것이다. 며칠 또는 몇 주 동안 발견되지 않을 테니까. 여기에는 두 가지 전제조건이 있다. 가이거의 차 열쇠가 있어야 하고 범인이 두 명이어야 한다. 그렇다면 수색범위를 대폭 줄일 수 있다. 시신이 사라졌을 때 가이거의 열쇠는 모두 내 주머니 속에 있었으니 더욱더 그렇다.

그러나 미처 차고 안을 들여다볼 기회가 없었다. 차고는 문을 내리고 맹꽁이자물쇠를 채워놓은데다, 내가 차고 앞을 지나는 순간 울타리 너머에서 뭔가 움직였기 때문이다. 녹색과 흰색 체크무늬 상의를 입고 옅은 금발에 단추처럼 생긴 작은 모자를 쓴 여자가 미로 속에서 걸어 나오더니 놀란 눈으로 내 차를 노려보았다. 내가 언덕을 올라오는 소리를 못 들었던 모양이다. 여자는 곧 재빨리 돌아서서 다시 시야를 벗어났다. 물론 카멘 스턴우드였다.

나는 길을 따라 조금 더 올라가서 차를 세우고 걸어서 되돌아갔다. 대낮에 걷자니 너무 눈에 띄어 위험하다는 느낌이 들었다. 이윽고 산울타리 안으로 들어갔다. 그녀는 잠긴 정문에 등을 대고 말없이 꼿꼿하게 서 있었다. 그녀가 한 손을 천천히 올리더니 특이하게 생긴 엄지를 깨물었다. 눈 밑은 보랏빛으로 얼룩졌고 고민을 많이 했는지 얼굴이 핼쑥했다.

그녀가 나를 보고 어정쩡한 미소를 지었다. "안녕하세요." 힘없고 가

날픈 목소리였다. "뭐—무슨—?" 그렇게 말꼬리를 흐리더니 다시 엄지를 깨물었다.

"나 알지? 도그하우스 라일리. 키가 너무 커버린 남자. 생각나?"

그녀가 고개를 끄덕였다. 얼굴에 실룩거리는 미소가 얼핏 지나갔다.

"들어가자. 나한테 열쇠가 있거든. 잘됐지?"

"무—뭐—?"

나는 그녀를 옆으로 밀어내고 열쇠를 꽂아 문을 연 후 그녀를 안으로 밀어넣었다. 문을 도로 닫고 그 자리에 서서 냄새를 맡았다. 낮에 보니 집안이 너무 꼴사나워 보였다. 벽에 걸린 중국풍 잡동사니, 양탄자, 지나치게 화려한 전등들, 티크나무 가구들, 알록달록 어수선한 색 물건들, 토템 기둥, 에테르와 아편이 든 술병—대낮에 그런 곳을 둘러보니 동성애자들의 파티장처럼 은밀하고 불쾌한 느낌이 들었다.

여자애와 나는 마주서서 서로를 바라보았다. 그녀는 귀여운 미소를 지으려 했지만 너무 지쳤는지 얼굴이 말을 듣지 않았다. 자꾸 무표정한 얼굴로 돌아갔다. 모래밭에서 물 빠지듯이 미소가 스르르 사라졌고, 창백한 피부는 사포처럼 거칠거칠했고, 공허한 두 눈은 어리벙벙하고 멍청해 보였다. 백태 낀 혀가 날름거리며 입가를 핥았다. 예쁘고 버릇없고 그리 똑똑하지는 않은 소녀가 몹시 잘못된 길로 빠져버렸건만 돌봐주는 사람은 아무도 없다. 부자들은 모조리 지옥에나 떨어져라. 역겨운 것들. 나는 담배 한 개비를 손가락 사이에 끼워 굴리며 책 몇 권을 밀어내고 검은색 책상 끄트머리에 걸터앉았다. 담뱃불을 붙이고 뻐끔뻐끔 연기를 뿜어내면서 엄지와 앞니의 움직임을 한동안 말없이 지켜보았다. 카멘은 교장실에 불려온 불량소녀처럼 내 앞에 우두커니 서 있었다.

"여긴 왜 왔어?" 마침내 내가 물었다.

카멘은 대답하지 않고 옷자락만 만지작거렸다.

"어젯밤 일은 어디까지 기억하지?"

이번에는 대답했다. 그러나 눈동자 깊은 곳에서 교활한 빛이 번뜩였다. "뭘 기억해요? 어젯밤엔 아팠어요. 집에 있었다고요." 목구멍 속에서 조심스럽게 웅얼거리는 목소리가 들릴락 말락 했다.

"집에 있기는 무슨."

그녀가 눈을 치떴다가 재빨리 내리깔았다.

"집에 들어가기 전에 말이야. 내가 데려다주기 전에. 이 집에서. 저 의자 위에"—나는 의자를 가리켰다—"저 주황색 숄을 깔고 앉았을 때. 분명히 기억할 텐데."

카멘의 목이 서서히 붉어졌다. 그나마 다행이다. 얼굴을 붉힐 줄도 알다니. 무겁게 가라앉은 잿빛 눈동자 밑으로 흰자위가 살짝 드러났다. 그녀가 엄지를 힘껏 깨물었다.

"아저씨가— 데려다줬어요?" 그녀가 속삭였다.

"그랬지. 어디까지 생각나니?"

그녀가 불분명한 목소리로 물었다. "그럼 경찰이에요?"

"아니야. 너희 아버지 친구지."

"경찰 아니에요?"

"아니라니까."

그녀가 가느다란 한숨을 내쉬었다. "뭐—뭘 원하는데요?"

"누가 죽였지?"

그녀의 어깨가 움찔했지만 얼굴은 전혀 움직이지 않았다. "또 누가—알죠?"

"가이거 문제? 그건 나도 모르지. 어쨌든 경찰은 아직 몰라. 알았다면 여기 죽치고 있었겠지. 조 브로디라면 알까."

넌지시 찔러봤을 뿐인데 그녀가 빽 소리치며 예민한 반응을 보였다. "조 브로디! 바로 그 인간이에요!"

그러고 나서 둘 다 침묵했다. 나는 담배를 피우고 그녀는 엄지를 빨았다.

"잔머리 굴리지 마라, 제발!" 내가 다그쳤다. "이 대목에서는 고분고분 곧이곧대로 대답하는 거야. 브로디가 죽였다고?"

"누굴 죽여요?"

"아, 염병할!"

그녀가 시무룩한 표정을 지었다. 턱이 조금 내려갔다. "맞아요." 엄숙한 목소리다. "조가 그랬어요."

"왜?"

"몰라요." 그녀가 고개를 가로저었다. 정말 모른다고 자신을 설득하려는 듯이.

"최근에 자주 봤어?"

그녀가 두 손을 꼬아 작고 하얀 매듭 몇 개를 만들었다. "한두 번 봤어요. 그 사람 싫어해요."

"그럼 어디 사는지 알겠구나."

"알죠."

"그런데 이젠 안 좋아한다고?"

"싫어한다니까요!"

"그럼 골탕 먹이고 싶겠구나."

그녀가 또 멍해졌다. 내가 너무 급하게 닦아세워 못 따라온 탓이다. 애한테 맞춰주기가 쉽지 않다. "경찰한테 조 브로디가 범인이라고 증언할래?"

갑자기 얼굴 전체가 두려움에 휩싸였다. "물론 내가 누드사진 문제를 해결한 다음에 말이야." 내가 달래듯이 덧붙였다.

그러자 그녀가 킥킥 웃었다. 기분이 확 더러워졌다. 차라리 비명을 지르거나 울거나 푹 고꾸라져 기절해버렸으면 좀 나았을 텐데. 그녀는 느닷없이 킥킥 웃었다. 별안간 재미있어 못 견디겠다는 듯이. 그녀는 이시스 여신* 같은 모습으로 사진을 찍었고, 누군가 그 사진을 훔쳐갔고, 누군가 그녀 앞에서 가이거를 골로 보냈고, 그때 그녀는 재향군인회 모임처럼 곤드레만드레 취해버린 상태였다. 그런데 이 모든 일이 갑자기 신나고 즐거운 모양이다. 그래서 킥킥 웃어댄다. 아이고, 귀여워라. 웃음소리가 점점 커져 판자벽 속에 쥐떼 뛰듯이 구석구석 울려퍼졌다. 히스테리 증상인 듯하다. 나는 책상 위에서 미끄러지며 성큼 다가가서 뺨을 찰싹 때렸다.

"어젯밤에도 이랬지." 내가 말했다. "우리 꼬락서니가 가관이었어. 라일리와 스턴우드, 코미디언 한 명 빠진 바보 이인조."**

웃음소리는 뚝 그쳤지만 어젯밤처럼 그녀는 뺨을 때려도 아랑곳하

---

* 이집트신화에서 농사와 수태를 관장하는 풍요의 여신.

** 1922년부터 1970년까지 선풍적 인기를 끈 미국 슬랩스틱 코미디팀 '바보 삼인조'에 빗댄 것.

지 않았다. 아마 남자친구들도 이르건 늦건 손찌검을 했겠지. 다들 어떤 심정이었을지 이해할 만하다. 나는 다시 검은색 책상 끄트머리에 걸터앉았다.

"아저씨 이름은 라일리가 아니잖아요." 그녀가 정색을 하고 말했다. "필립 말로죠. 사설탐정이고. 비브 언니가 다 말해줬어요. 명함도 보여주고." 그녀가 나에게 맞은 뺨을 쓰다듬었다. 그러더니 나를 만나 즐겁다는 듯이 방긋 웃었다.

"그래, 잘 기억하네. 그래서 사진을 찾으러 왔는데 집안으로 들어올 방법이 없었구나. 그렇지?"

그녀의 턱이 까딱 내려갔다 올라왔다. 그녀가 미소를 한층 더 끌어올렸다. 나를 보는 눈빛에 교태가 가득했다. 나를 유혹하려는 속셈이다. 이대로 일 분만 더 지나면 나도 "야호!" 하고 외치며 유마로 가자고 애원하겠지.

"사진은 없어졌어." 내가 말했다. "간밤에 널 데려다주기 전에 찾아봤지. 브로디가 가져간 모양이야. 브로디 얘기는 거짓말 아니겠지?"

그녀가 열심히 고개를 끄덕였다.

"간단한 일이야. 너는 아무것도 걱정할 필요 없어. 여기 들렀다는 말은 아무에게도 하지 마라. 어젯밤이든 오늘이든. 비비언에게도 말하지 마. 네가 이 집에 있었다는 사실을 잊어버려. 이 라일리한테 맡기라고."

"아저씨 이름은 그게—" 그녀가 말을 하다가 뚝 끊더니 힘차게 고개를 끄덕였다. 내 말에 동의한다는 뜻인지, 방금 떠오른 어떤 생각에 동의한다는 뜻인지. 아무튼 두 눈이 가늘어져 검은색에 가까워지면서 식당 쟁반에 칠한 에나멜처럼 얄팍해졌다. 좋은 수가 생각난 모양이다.

"이제 집에 가야겠어요." 마치 차 한 잔 마시고 떠나는 사람처럼.

"그래라."

나는 움직이지 않았다. 그녀가 다시 귀여운 시선을 던지더니 정문 쪽으로 걸어갔다. 그녀가 문손잡이를 잡는 순간 우리 둘 다 차가 다가오는 소리를 들었다. 그녀가 의문이 담긴 표정으로 나를 돌아보았다. 나는 으쓱 어깻짓을 했다. 차가 바로 집 앞에 멈춰 섰다. 그녀의 얼굴이 공포로 일그러졌다. 발소리가 들리더니 초인종이 울렸다. 카멘이 문손잡이를 움켜쥔 채 어깨 너머로 나를 뚫어져라 쳐다보았다. 겁에 질려 곧 침이라도 흘릴 지경이었다. 초인종이 계속 울렸다. 이윽고 초인종소리가 그쳤다. 열쇠가 달그락거리는 소리가 들리자 카멘이 펄쩍 뛰어 물러나더니 그대로 얼어붙었다. 문이 활짝 열렸다. 한 남자가 경쾌하게 들어오다가 우뚝 발을 멈추고 조용히 우리를 바라보았다. 더없이 침착한 표정이었다.

## 13

회색 인간이었다. 반질반질한 검은색 구두와 회색 공단 넥타이에 그려진 룰렛판 다이아몬드 모양의 진홍색 다이아몬드 두 개만 빼고 나머지는 온통 회색이었다. 셔츠도 회색, 보들보들한 플란넬을 근사하게 재단한 더블슈트도 회색이다. 카멘을 보더니 회색 모자를 벗는데 그 아래 회색 머리카락이 거즈로 걸러낸 듯 곱디곱다. 숱 많은 회색 눈썹이 왠지 화려한 인상이다. 턱이 길고 코는 매부리코, 신중해 보이는 회색 눈은 겉꺼풀 피부가 속꺼풀 양끝을 덮어 살짝 처져 보인다.

그는 우아한 자세로 서서 등뒤의 문에 한 손을 대고 다른 손에 쥔 회색 모자로 허벅지를 가볍게 톡톡 쳤다. 강인해 보이지만 폭력배의 강인함과는 다르다. 비바람을 이겨낸 승마선수 같은 강인함이다. 그러나 그는 승마선수가 아니다. 에디 마스다.

그가 등뒤의 문을 밀어 닫더니 그 손을 상의 주머니에 꽂고 엄지만 내놓았다. 어둑어둑한 방안에서 엄지가 반들거렸다. 그가 카멘에게 미소를 던졌다. 편안하고 매력적인 미소였다. 카멘이 입술을 핥으며 멍하니 쳐다보았다. 얼굴에서 두려움이 사라졌다. 그녀도 미소를 지었다.

"불쑥 들어와서 미안합니다." 마스가 말했다. "초인종을 눌렀는데 아무도 안 나와서요. 가이거 씨 계십니까?"

내가 대답했다. "없어요. 어디 계신지 우리도 모릅니다. 우리가 왔을 때 문이 좀 열려 있었죠. 그래서 그냥 들어왔어요."

그가 고개를 끄덕이더니 모자챙을 긴 턱에 댔다. "물론 가이거 씨를 잘 아는 분들이겠죠?"

"일 때문에 만난 사이죠. 책 때문에 들렀습니다."

"책이라고요?" 그는 곧바로 명랑하게 말했지만 듣기에는 조금 은근한 말투인 것이 아마도 가이거의 책에 대해 다 아는 듯싶었다. 그가 카멘을 다시 보며 어깨를 으쓱거렸다.

나는 문 쪽으로 움직였다. "우린 이만 가보죠." 나는 카멘의 팔을 잡아당겼다. 그녀가 에디 마스를 쳐다보았다. 마음에 드는 모양이다.

"혹시 용건이—가이거가 돌아오면 전할까요?" 에디 마스가 상냥하게 물었다.

"안 그러셔도 됩니다."

"아쉽군요." 지나치게 의미심장한 말투였다. 회색 눈동자가 반짝거리더니 내가 그의 곁을 지나 문을 열자 눈빛이 차가워졌다. 그가 가벼운 말투로 덧붙였다. "아가씨는 나가도 돼. 거기 형씨는 나랑 얘기 좀 하지."

나는 카멘의 팔을 놓아주었다. 그리고 담담하게 그를 바라보았다. "허세 좀 부려보시겠다?" 그가 싹싹하게 말했다. "쓸데없는 짓이야. 바깥에 우리 애들 둘이 차에서 기다리는데 내가 시키는 일은 뭐든지 하는 애들이거든."

내 곁에서 카멘이 외마디소리를 지르더니 재빨리 문을 빠져나갔다. 발소리가 언덕 아래로 빠르게 멀어져갔다. 올라올 때 그녀의 차를 못 봤으니 아래쪽 어딘가에 세워놨겠지. 내가 말문을 열었다. "도대체 무슨—!"

"아, 그만두라니까." 에디 마스가 한숨 섞인 목소리로 말했다. "뭔가 좀 이상해서 그래. 그게 뭔지 알아야겠어. 배때기에 총 맞고 싶으면 버텨보든지."

"그래, 그래, 건달이었군."

"필요할 때만 그래, 형씨." 그는 이제 나를 거들떠보지도 않았다. 내가 안중에도 없다는 듯이 얼굴을 찌푸리며 방안을 이리저리 돌아다녔다. 나는 앞창의 깨진 유리 너머로 바깥을 내다보았다. 산울타리 너머로 차 지붕이 보였다. 엔진이 공회전하는 중이었다.

에디 마스가 책상 위에 놓인 보라색 유리병과 금색 줄무늬 유리잔 두 개를 발견했다. 술잔 냄새를 맡더니 술병 냄새도 맡아보았다. 역겹다는 듯이 미소를 짓자 입술에 주름이 잡혔다. "더러운 뚜쟁이새끼." 무덤덤한 말투였다.

마스가 책 몇 권을 살펴보고 "흐음!" 하더니 책상을 돌아가서 카메라 렌즈가 달린 작은 토템 기둥 앞에 섰다. 기둥을 찬찬히 살펴보다가 기둥 앞의 방바닥으로 시선을 떨어뜨렸다. 한쪽 발로 작은 양탄자를 밀어보더니 문득 긴장하며 재빨리 허리를 굽혔다. 방바닥에 회색 무릎 한쪽을 꿇고 앉았다. 몸의 일부가 책상에 가려졌다. 그때 마스가 날카롭게 소리치며 벌떡 일어났다. 한 손이 번개처럼 상의 속으로 파고들더니 시꺼먼 루거 권총을 쥐고 나왔다. 그는 긴 갈색 손가락으로 권총을 들고 있었지만 나를 겨누지는 않았고 아무것도 겨냥하지 않았다.

"피." 그가 말했다. "저쪽 방바닥에 피가 묻었어. 양탄자 밑에. 양이 꽤 많아."

"그래?" 나는 흥미롭다는 듯이 말했다.

그가 책상 건너편 의자에 앉아 짙은 자주색 전화기를 끌어다놓고 권총을 왼손으로 옮겨 잡았다. 그러더니 얼굴을 찌푸리며 전화기를 노려보았다. 숱 많은 회색 눈썹이 가운데로 모이고 햇볕에 그을린 매부리코 상단에 깊은 주름이 새겨졌다. "경찰을 불러야겠어." 그가 말했다.

나는 그쪽으로 다가가서 가이거가 쓰러졌던 곳에 깔린 양탄자를 걷어찼다. "꽤 오래됐군. 피가 말라붙었어."

"그래도 경찰을 불러야 돼."

"그럼 부르지 그래?" 내가 말했다.

그의 눈이 가늘어졌다. 가식이 떨어져나가고, 잘 차려입고서 권총을 손에 쥔 강인한 사내만 남았다. 내가 동의한 게 못마땅한 모양이다.

"도대체 형씨는 정체가 뭐야?"

"이름은 말로. 탐정이지."

"처음 듣는 이름이군. 아까 그 아가씨는?"

"의뢰인. 가이거가 그 아가씨를 협박해서 돈을 뜯으려고 했지. 우리는 그 얘기를 하러 온 거야. 그런데 가이거가 없더라고. 문이 열렸기에 들어와서 기다렸고. 이 말은 벌써 했나?"

"공교롭기도 하지. 문이 열려 있었다니. 열쇠도 없는데 말이야."

"그러게. 그런데 이 집 열쇠를 왜 당신이 갖고 있지?"

"형씨가 참견할 일이야?"

"참견할 일이 될 수도 있지."

그러자 그가 딱딱한 미소를 지으며 회색 머리에 다시 모자를 눌러썼다. "그럼 나도 형씨 일에 참견해도 되겠군."

"마음에 안 들걸. 벌이가 신통찮아서."

"알았어, 잘난 친구. 내가 이 집 주인이야. 가이거는 세입자라고. 이제 어떻게 생각하시나?"

"꽤나 훌륭한 분들을 사귀시는군."

"오는 대로 받으니까. 온갖 부류가 찾아오거든." 그가 루거를 내려다보고 으쓱 어깻짓을 하더니 겨드랑이에 도로 넣었다. "혹시 좋은 의견 없나, 형씨?"

"의견이야 많지. 누가 가이거를 쏴버린 거야. 가이거가 누굴 쏴버리고 도망쳤거나. 아니면 다른 두 사람이 죽고 죽였거나. 아니면 가이거가 사이비종교 교주였고 저 토템 기둥 앞에 제물을 바쳤거나. 아니면 저녁때 닭고기를 먹었는데 닭을 거실에서 잡았거나."

회색인간이 오만상을 찡그렸다.

"나도 몰라." 내가 말했다. "그러니까 시내에 있는 친구들 부르시지."

"왜 이래? 무슨 수작이야?" 그가 딱딱거렸다. "무슨 수작을 꾸미냐고."

"어서 짭새들 부르라니까. 반응이 아주 뜨겁겠는걸."

그는 움직이지 않고 생각에 잠겼다. 입술을 악물었다. "그 말도 무슨 소린지 모르겠는데." 그가 딱딱하게 말했다.

"오늘은 당신 일진이 안 좋다는 소리야. 댁이 누군지 나도 알아, 마스 사장님. 라스올린다스, 사이프러스 클럽. 고급 손님들이 즐겨 찾는 고급도박장. 시내 경찰을 손아귀에 틀어쥐고 L. A. 전역에 뇌물을 쫙 깔아 인맥을 만들었지. 다시 말해서 뒷배가 든든하다고나 할까. 가이거도 그런 뒷배가 필요한 장사를 했고. 세입자라면 당신이 더러 밀어주기도 했겠지."

그의 입술이 단단히 굳어져 허옇게 변했다. "가이거가 어떤 장사를 했는데?"

"음란물 장사."

그가 한참 동안 나를 물끄러미 바라보았다. "누군가 가이거를 손봤어." 이윽고 그가 조용히 말했다. "그쪽도 내막을 좀 아나본데. 오늘 가이거가 서점에 안 나타났어. 어디 있는지 직원들도 모르고. 이 집으로 전화를 걸어도 안 받더군. 그래서 확인하러 온 거야. 그런데 방바닥 양탄자 밑에서 피를 봤지. 형씨랑 여자애도 있었고."

"설득력이 약해." 내가 말했다. "그래도 믿어줄 사람은 기꺼이 믿어주겠지. 그런데 당신은 한 가지를 놓쳤어. 누군가 오늘 가이거의 책을 빼돌렸다는 사실 말이야. 가이거가 빌려주던 근사한 책들을."

그러자 그가 손가락을 딱 튕겼다. "내가 그 생각을 못했네. 꽤나 빨빨거리고 다니셨군. 형씨 판단은 어떤데?"

"가이거는 뒈졌을 거야. 저 피도 가이거가 흘렸고. 더구나 책을 빼돌리는 걸 보면 한동안 시신을 감춰둘 만한 동기도 있어. 누군가 그 장사를 물려받으려는데 준비할 시간이 필요했겠지."

"곱게 넘어가진 못할걸." 에디 마스가 냉혹하게 말했다.

"누가 막는데? 당신이랑 저기 차 안에서 기다리는 총잡이들? 여긴 이제 대도시야, 에디. 요즘 아주 무시무시한 놈들이 들어왔다고. 성장의 부작용이지."

"말도 참 더럽게 많네." 에디 마스가 말했다. 그는 이를 드러내며 날카로운 휘파람을 두 번 불었다. 밖에서 차문이 왈칵 열리고 산울타리를 뚫고 달려오는 발소리가 들렸다. 마스가 다시 권총을 휙 꺼내고 내 가슴을 겨눴다. "문 열어."

문손잡이가 덜거덕거리고 누군가 고함을 질렀다. 나는 움직이지 않았다. 루거의 총구가 2번가 터널의 입구처럼 보였지만 꼼짝도 하지 않았다. 나는 총알을 튕겨내지는 못한다는 사실을 자꾸 잊어버려 탈이다.

"직접 열어, 에디. 댁이 뭔데 이래라저래라야? 점잖게 부탁하면 도와줄지도 모르는데."

그는 뻣뻣한 동작으로 일어나서 책상 끝을 돌아 문 쪽으로 걸어갔다. 그러고는 내게서 눈을 떼지 않은 채 문을 열었다. 두 남자가 허둥지둥 뛰어들며 호들갑스럽게 겨드랑이로 손을 넣었다. 한 명은 권투선수가 분명했다. 얼굴이 하얗고 잘생긴 청년인데 코가 주저앉고 한쪽 귀가 고깃덩어리처럼 뭉개졌다. 다른 남자는 호리호리하고 금발이고 무표정하고 미간이 좁은 두 눈에 생기가 하나도 없다.

에디 마스가 말했다. "이 친구 혹시 쇠붙이라도 갖고 있는지 뒤져봐."

금발 남자가 총신이 짤막한 권총을 꺼내 나를 겨눴다. 권투선수가 게걸음으로 불쑥 다가와 주머니마다 꼼꼼히 더듬었다. 나는 이브닝드레스를 선보이는 미녀 모델처럼 따분하다는 표정으로 빙그르르 돌아주었다.

"총은 없습니다." 권투선수가 웅얼거리는 말투로 말했다.

"누군지도 알아보고."

권투선수가 가슴 주머니에 손을 넣어 내 지갑을 꺼냈다. 지갑을 펼치고 내용물을 살펴보았다. "이름은 필립 말로예요, 에디. 프랭클린 애비뉴에 있는 호바트 암즈에 살고. 사설탐정 면허증에 보안관보 배지도 있습니다. 탐정이네요." 그는 지갑을 내 주머니에 도로 넣어준 후 내 뺨을 가볍게 툭 치고 돌아섰다.

"나가들 있어." 에디 마스가 말했다.

두 총잡이가 다시 나가 문을 닫았다. 그들이 차로 돌아가는 소리가 들렸다. 그들은 시동을 걸고 아까처럼 다시 공회전을 시켰다.

"됐어. 말해봐." 에디 마스가 딱딱거렸다. 그의 눈썹 봉우리가 이마 쪽으로 더 뾰족하게 치솟았다.

"아직 털어놓을 준비가 안 됐는걸. 장사를 가로채려고 가이거를 죽였다면 멍청한 짓이고 정말 그런 이유로 벌인 일인지도 잘 모르겠어. 물론 가이거가 살해됐다고 가정할 때 얘기지만. 어쨌든 책을 가져간 놈은 내막을 아는 게 분명하고, 그 서점에서 일하는 금발 여자가 무엇 때문인지 몹시 겁먹은 것도 분명하지. 누가 책을 가져갔는지도 짐작이 가고."

"누군데?"

"털어놓을 준비가 안 됐다는 게 바로 그 문제야. 알다시피 의뢰인이 있으니까."

마스가 콧등을 찡그렸다. "아까 그—" 그가 황급히 말을 끊었다.

"당신도 그 아가씨를 알 거라고 생각했지."

"책은 누가 가져갔냐고, 형씨?"

"말할 준비가 안 됐다니까, 에디. 말해줄 이유도 없잖아?"

그가 루거 권총을 책상 위에 내려놓고 손바닥으로 툭툭 쳤다. "이게 이유지. 대가를 줄 수도 있고."

"진작 그렇게 나왔어야지. 총은 치우셔. 나도 돈 세는 소리 하나는 잘 듣는 사람이야. 얼마 줄래?"

"뭘 해줄 건데?"

"뭘 원하는데?"

그러자 그가 책상을 힘껏 내리쳤다. "잘 들어, 형씨. 내가 질문할 때마다 질문으로 대꾸하지 말라고. 이런 식으로 가면 진전이 없잖아. 나는 가이거가 어디 있는지 알고 싶어. 그럴 만한 사정이 있다고. 나는 그 인간이 하는 장사도 안 좋아하고 그 인간을 비호한 적도 없어. 이 집 주인일 뿐이지. 지금은 그 사실도 마음에 안 들지만. 아무튼 그쪽이 뭘 어디까지 아는지 몰라도 아직은 혼자 꿍쳐뒀을 거야. 안 그랬다면 지금쯤 짭새들이 몰려와서 이 집을 발칵 뒤집어놨을 테니까. 그러니 팔아먹을 만한 정보는 없다는 뜻이지. 내 짐작으로는 형씨야말로 뒷배가 절실한 상황이고. 그러니까 다 불어."

정확한 짐작이었지만 그에게 내색하기는 싫었다. 나는 담뱃불을 붙인 후 성냥불을 불어 끄고 토템 기둥의 유리 눈알 쪽으로 던졌다. "당신 말이 맞아. 가이거한테 정말 무슨 일이 생겼다면 나로서는 경찰한테 말할 수밖에 없어. 그렇게 되면 어차피 다 공개될 테니 따로 팔아먹을 정보도 없고. 그러니까 당신만 괜찮다면 이만 나가볼까 하는데."

그의 그을린 얼굴에서 핏기가 싹 가셨다. 비열하고 잔인하고 사나운 표정이 잠시 떠올랐다. 그가 총을 잡으려 했다. 그 순간 내가 지나가는 말처럼 한마디 툭 던졌다. "그런데 마스 부인은 요즘 잘 지내시나?"

조금 지나치게 약을 올렸다는 생각이 잠시 스쳐갔다. 총을 움켜쥔 그의 손이 부들부들 떨렸다. 안면근육이 굳어 얼굴이 뻿뻿해졌다. "꺼져." 그가 아주 작은 소리로 말했다. "네가 어딜 가든, 거기 가서 뭘 하든 관심 없어. 대신 충고 한마디만 하지, 형씨. 무슨 속셈인지 몰라도 나는 끌어들이지 마. 안 그랬다간 차라리 네놈 이름이 머피였으면, 차라리 리머릭*에서 살았으면 좋았겠다고 후회하게 만들어줄 테니까."

"그래, 거기라면 클론멜도 별로 안 멀지. 듣자니 당신 친구 한 명이 그쪽 출신이라던데."

그는 얼음처럼 싸늘한 눈으로 책상에 몸을 기댄 채 미동도 하지 않았다. 나는 문 쪽으로 가서 문을 열고 그를 돌아보았다. 그의 시선이 나를 따라왔지만 깡마른 회색 몸뚱이는 여전히 움직이지 않았다. 증오가 가득한 눈빛이었다. 나는 문밖으로 나가 산울타리를 벗어나고 언덕을

* 아일랜드 서남부 먼스터 지방의 한 주.

올라가 내 차에 올라탔다. 차를 돌려 고갯마루를 넘어갔다. 아무도 총질을 하지 않았다. 몇 블록 더 가서 시동을 끄고 잠시 우두커니 앉아 있었다. 미행하는 사람도 없었다. 나는 다시 할리우드로 차를 몰았다.

## 14

다섯시 십 분 전, 랜들 플레이스에 있는 아파트 건물의 로비 입구 근처에 차를 세웠다. 창문 몇 개에 불이 켜지고 땅거미 지는 거리에 재잘거리는 라디오 소리가 울려퍼졌다. 나는 자동승강기를 타고 4층으로 올라간 후 녹색 카펫을 깔고 상아색 벽널을 붙인 널찍한 복도를 따라 걸어갔다. 비상구 방충문을 열어놓아 시원한 산들바람이 복도로 흘러들었다.

'405호'라고 표시한 문 옆에 작은 상아색 초인종이 있었다. 초인종을 누르고 꽤 오래 기다린 듯싶다. 이윽고 아무 소리도 없이 문이 한 뼘 남짓 열렸다. 문짝의 움직임이 차분하면서도 어쩐지 조심스러워 보였다. 남자는 다리도 길고 허리도 길고 어깨도 높이 솟아 있었다. 눈동자는 짙은 갈색, 무표정한 갈색 얼굴은 이미 오래전에 표정을 억제하는 요령을 익힌 듯하다. 철수세미 같은 머리카락이 뒤로 멀찌감치 물러앉는 바람에 둥그런 갈색 이마가 훤히 드러나서, 얼핏 보면 그 속에 뇌가 있으리라 오해하기 쉽겠다. 그의 음산한 시선이 냉담하게 나를 훑어보았다. 길고 앙상한 갈색 손가락이 문짝 모서리를 붙잡고 있었다. 그는 아무 말도 하지 않았다.

"가이거?"

남자의 얼굴은 내가 알아볼 만한 변화를 드러내지 않았다. 그는 문짝에 가려졌던 담배 한 개비를 입에 물고 한 모금 빨았다. 연기가 나를 깔보듯이 내 쪽으로 느릿느릿 날아오더니 곧이어 카드 딜러의 목소리처럼 억양이 전혀 없는 침착하고 신중한 목소리가 흘러나왔다.

"뭐라고 하셨나?"

"가이거. 아서 귄 가이거. 책장사하는 사람."

남자는 서두르지 않고 내 말을 찬찬히 곱씹었다. 담뱃불을 내려다본다. 다른 손이, 문을 붙잡고 있던 손이 시야에서 사라졌다. 그렇게 감춘 손으로 손짓이라도 하는지 어깨가 움찔거렸다.

"그런 사람 모르는데. 이 근처에 사는 사람이오?"

나는 미소를 지었다. 내 미소가 마음에 안 든 모양이다. 그의 눈빛이 사나워졌다. 내가 물었다. "당신이 조 브로디요?"

갈색 얼굴이 굳어졌다. "그렇다면 어쩔 건데? 여봐, 무슨 사기를 치려고—아니면 장난인가?"

"그럼 조 브로디 맞군. 그런데 가이거라는 사람을 모른단 말이지. 거참 웃기는 일일세."

"그래? 당신 유머감각이 좀 이상한 모양이지. 내 앞에서 이러지 말고 딴 데 가서 놀아."

나는 문짝에 몸을 기대며 어렴풋한 미소를 지었다. "조 당신은 책을 가져갔지. 나는 호구 명단을 챙겼고. 우리 얘기 좀 해야겠는데."

그는 내 얼굴에서 눈을 떼지 않았다. 그의 어깨 너머 방 안쪽에서 희미한 소리가 들렸다. 금속 커튼고리가 금속 막대에 가볍게 부딪치는 듯한 소리였다. 그가 방 안쪽을 곁눈질했다. 그러더니 문을 더 열었다.

"쓸모 있는 물건이라면야—안 될 거 없지?" 그가 쌀쌀맞게 말하며 옆으로 비켜주었다. 나는 그의 곁을 지나 방안으로 들어갔다.

쾌적한 방이었다. 가구도 고급이고 너무 많지도 않았다. 건너편 벽에는 석조 베란다로 나가는 유리문이 있어 황혼에 물든 산자락이 내다보였다. 유리문에서 가까운 서쪽 벽에 닫힌 문이 하나 있고 현관문이 있는 벽에도 문 하나가 가까이 붙어 있었다. 이 마지막 문에는 상인방 밑에 가느다란 황동 막대를 달고 플러시 커튼을 쳐놓았다.

동쪽 벽에만 문이 없었다. 벽면 중앙에 대형 소파를 붙여놓았다. 나는 그 소파에 앉았다. 브로디가 문을 닫더니 네모난 징을 박은 높다란 참나무 책상 쪽으로 게걸음을 쳤다. 도금 경첩이 달린 삼나무 상자 하나가 접이식 상판 위에 놓여 있었다. 그는 상자를 들고 다른 문 두 개 사이에 놓인 안락의자로 가서 앉았다. 나는 모자를 벗어 소파에 던져놓고 기다렸다.

"그래, 말해보셔." 브로디가 말했다. 그는 시가 상자를 열고 가까이 놓인 재떨이에 담배꽁초를 버렸다. 가늘고 길쭉한 시가를 입에 물었다. "시가 피우겠나?" 그가 시가 한 개비를 나에게 휙 던져주었다.

나는 손을 들어 시가를 받았다. 그 순간 브로디가 시가 상자 속에서 권총을 꺼내서 내 코를 겨냥했다. 나는 권총을 바라보았다. 경찰용 검은색 38구경이다. 일단은 굳이 뭐라고 하지 않았다.

"솜씨 좋지?" 브로디가 말했다. "잠깐 일어나봐. 서너 걸음만 앞으로 나와. 일어나는 김에 두 손 번쩍 들고 만세도 불러." 영화에 나오는 건달처럼 애써 느긋한 체하는 목소리였다. 영화가 사람들을 저렇게 망쳐놓는다.

"쯧쯧." 나는 제자리에서 움직이지 않았다. "총은 남아도는데 머리가 못 따라가니 우리 동네도 참 큰일이야. 총만 잡으면 온 세상을 틀어쥐었다고 착각하는 인간을 몇 시간 사이에 둘이나 만나다니. 조, 멍청한 짓 하지 말고 총 내려놔."

그가 미간을 좁히며 턱을 내밀었다. 눈빛이 험악했다.

"아까 만난 친구는 에디 마스였지." 내가 말했다. "이름 들어봤나?"

"아니." 브로디는 여전히 총을 겨누고 있었다.

"당신이 어젯밤 빗속에서 어딜 쏘다녔는지 그 친구가 알게 되면 당신 인생도 종 치고 막 내리는 거야."

"에디 마스가 나랑 무슨 상관인데?" 브로디가 싸늘하게 물었다. 그러면서도 권총을 무릎으로 내렸다.

"기억력까지 형편없군."

우리는 서로를 노려보았다. 나는 내 왼쪽 방문 앞의 플러시 커튼 밑으로 고개를 내민 뾰족한 검은색 슬리퍼를 못 본 체했다.

브로디가 조용히 말했다. "오해하지 마. 난 건달이 아니야. 조심성이 많을 뿐이지. 형씨에 대해 아는 게 없으니까. 살인범일지도 모르잖아."

"그래도 조심성이 부족해." 내가 말했다. "가이거의 책을 빼돌리다니 한심한 짓이었어."

그가 길고 느리게 숨을 들이마셨다가 소리 없이 내쉬었다. 그러더니 등을 기대며 긴 다리를 꼬고 콜트 권총을 무릎에 얹었다.

"내가 이 총을 안 쏠 거라고 생각하면 오산이야. 필요하면 쏠 테니까. 할 얘기가 뭔데?"

"저기 뾰족한 슬리퍼만 보이는 친구도 나오라고 해. 숨 참느라 힘들 텐데."

브로디가 내 배에서 눈을 떼지 않고 말했다. "나와, 애그니스."

커튼이 걷히고 초록색 눈동자의 옅은 금발 여자가 허리를 흔들며 요염하게 걸어나왔다. 가이거네 서점에 있던 여자다. 그녀는 나를 잡아먹을 듯이 노려보았다. 콧구멍도 오그라들고 눈빛도 사뭇 어두워졌다. 몹시 언짢은 표정이었다.

"당신이 골칫거리인 줄 진작 알았어!" 여자가 나에게 쏘아붙였다. "그래서 조한테 발 조심 좀 하라고 신신당부했는데."

"발이 아니라 엉덩이를 조심했어야지." 내가 말했다.

"그걸 농담이라고 지껄여?" 금발 여자가 빽 소리쳤다.

"원래는 농담이었지. 이젠 웃을 일도 아니겠지만."

"우스갯소리는 그만하지." 브로디가 나에게 충고했다. "발 조심이라면 늘 하는 일이야. 불 좀 켜봐, 여차하면 쏴버리게. 일이 어떻게 풀릴지 모르잖아."

금발 여자가 커다란 사각형 스탠드를 켰다. 그러고 나서 스탠드 곁에 놓인 의자에 너무 꽉 끼는 거들을 입은 듯 뻣뻣하게 굳은 자세로 앉았다. 나는 시가 끄트머리를 물어뜯었다. 성냥을 꺼내고 시가에 불을 붙이는 동안 브로디의 콜트 권총이 나에게 지대한 관심을 보였다. 나는 연기를 음미하며 말문을 열었다.

"아까 말한 호구 명단은 암호문으로 작성됐어. 아직 못 풀었지만 오백 명쯤 되겠더군. 내가 알기로 당신은 책 열두 상자를 빼돌렸어. 적어도 오백 권쯤 되겠지. 손님이 빌려간 책도 꽤 많겠지만 혹시 모르니까

줄잡아 오백 권이라 치고 계산하자고. 이 명단이 정확하다면 손님들 중 절반만 받아도 대출횟수 십이만 오천 번이야. 이 문제는 당신 여자친구가 자세히 알겠지. 나는 어림짐작만 해보는 거야. 대여료는 아무리 낮게 잡아도 일 달러 밑으로 내려가진 않겠지. 이런 상품을 마련하려면 돈이 드니까. 한 번에 일 달러만 받아도 십이만 오천 달러를 버는데다 당신 물건은 고스란히 돌려받지. 아니, 가이거 물건을 돌려받는다고. 그 정도면 사람 하나쯤 죽일 만하지."

금발 여자가 고래고래 소리쳤다. "이 미친 새끼, 혼자 잘난 척—!"

그때 브로디가 이를 악물고 으르렁거렸다. "입 다물어, 제발. 입 좀 다물라고!"

그녀는 곧 잠잠해졌지만 무거운 번민과 억눌린 분노로 부글부글 끓는 듯한 모습이었다. 은빛 손톱이 무릎을 벅벅 긁었다.

"어중이떠중이가 할 만한 장사가 아니야." 내가 브로디에게 곰살궂다시피 한 말투로 말했다. "조 당신 같은 꾀주머니가 필요하다고. 신뢰를 얻고 유지해야 하니까. 자기 돈 내고 야한 걸 빌려보는 사람들은 화장실 못 찾은 귀부인처럼 안절부절못하거든. 내 생각에 공갈협박까지 겸하는 건 크나큰 실수야. 그런 짓거리는 그만두고 합법적인 판매나 대여 사업에 집중하는 편이 낫지."

브로디의 짙은 갈색 눈동자가 내 얼굴을 아래위로 훑었다. 그의 콜트는 여전히 굶주린 듯이 내 급소들을 노려보고 있었다. "거 재미있는 친굴세." 그가 무덤덤하게 말했다. "그렇게 매력적인 장사를 누가 한다고?"

"당신이잖아. 성공하기 직전이고."

금발 여자가 깜짝 놀라 귀를 움켜쥐었다. 브로디는 아무 말도 하지 않았다. 물끄러미 나를 바라볼 뿐이었다.

"뭐가 어째?" 금발 여자가 소리쳤다. "당신 지금 가이거 사장님이 대로변에서 그런 장사를 했다고 우기는 거야? 정말 미쳤구나!"

나는 고상하게 히죽거렸다. "사실이니까. 그런 장사가 성행하는 거, 알 만한 사람은 다 알지. 그런 장사에는 할리우드가 명당이잖아. 어차피 막을 수 없다면 차라리 대로변에서 하는 편이 짭새들 입장에서는 더 실리적이고. 경찰이 홍등가를 선호하는 이유도 바로 그거지. 필요할 때 언제든지 가서 쓸어버리기 편하니까."

"맙소사!" 금발 여자가 울부짖었다. "저 망할 자식이 저렇게 나를 모욕하는데 그냥 내버려둘 거야, 조? 당신은 총을 들었고 저 새끼는 시가 한 개비 말고는 빈손이잖아?"

"나는 마음에 드는데." 브로디가 말했다. "발상이 제법 쓸 만하잖아. 거 주둥이 좀 닥치고 있어. 이걸로 후려갈겨 닫아주기 전에." 그가 권총을 흔들었다. 아까보다 조심성이 한층 줄었다.

금발 여자가 숨을 헉 들이마시며 얼굴을 벽 쪽으로 돌렸다. 브로디가 나를 바라보며 음흉하게 말했다. "그렇게 매력적인 장사를 내가 어떻게 차지했다는 거지?"

"가이거를 쏴버리고 빼앗았잖아. 어젯밤에 비 내릴 때. 총질하기 딱 좋은 날씨였지. 문제는 가이거를 골로 보낼 때 그 인간 혼자가 아니었다는 거야. 당신이 몰랐을 리가 없으니 아마 겁먹고 도망치느라 급했겠지. 그래도 그 와중에 배짱 좋게 카메라에서 감광판을 챙겼고 나중에는 배짱 좋게 다시 가서 시체를 감춰버렸어. 살인 사건이 드러나 경찰이 개입하기 전에 책을 빼돌릴 시간을 벌려고."

"이야!" 브로디가 경멸조로 말했다. 무릎 위에서 콜트가 흔들거렸다. 갈색 얼굴이 나무조각상처럼 굳어 있었다. "이 친구, 위험한 도박을 하는군. 내가 가이거를 찍어내지 않아서 천만다행인 줄 알라고."

"그래봤자 목이 간당간당하긴 마찬가지야." 내가 명랑하게 말했다. "당신이 다 뒤집어쓰기 딱 좋은 상황이거든."

브로디의 목소리가 거칠어졌다. "내가 누명을 쓰게 됐다는 소리야?"

"바로 그거지."

"어째서?"

"그렇게 증언할 사람이 있거든. 목격자가 있다고 했잖아. 멍청하게 왜 이래."

그 순간 그가 벌컥 화를 냈다. "젠장, 그 발정난 계집애!" 그가 버럭버럭 소리쳤다. "그년이라면 그러겠지, 망할 년! 그년이라면 그러고도 남지!"

나는 뒤로 기대며 빙그레 웃었다. "잘됐군. 당신이 그 아가씨 누드사진을 가져갔을 줄 알았어."

그는 아무 말도 하지 않았다. 금발 여자도 입을 열지 않았다. 나는 둘 다 상황을 곱씹어보도록 내버려두었다. 브로디의 얼굴이 서서히 밝아졌다. 조금 안도하는 표정이었다. 그는 콜트를 의자 옆의 작은 협탁에 내려놓았지만 오른손을 가까이 두었다. 시가 재를 카펫에 툭툭 떨더니 눈을 가늘게 뜨고 나를 노려보았다. 눈꺼풀 사이에서 차가운 눈빛이 반짝였다.

"나를 얼간이로 봤겠군." 브로디가 말했다.

"사기꾼치고는 평균이지. 사진이나 가져와."

"무슨 사진?"

나는 고개를 절레절레 흔들었다. "조, 이러지 마. 모르는 체해도 소용없어. 어젯밤에 그 자리에 있었든지 거기 있었던 누군가에게 누드사진을 받아냈잖아. 그 계집애가 현장에 있었다는 사실도 알지. 여자친구를 시켜 경찰까지 들먹이며 리건 부인을 협박한 걸 보면. 그런 짓을 할 만큼 사정을 파악했다면 당신이 사건을 직접 목격했거나 사진만 보고도 언제 어디서 찍었는지 알아차렸다는 뜻이고. 그러니까 다 털어놔. 현명하게 처신하라고."

"돈이 좀 필요해." 브로디가 말했다. 그는 고개를 조금 돌리고 초록색 눈의 금발 여자를 바라보았다. 여자의 눈은 더는 초록색이 아니었고 금발도 겉모습에 지나지 않았다. 갓 잡은 토끼처럼 축 늘어진 모습이었다.

"돈은 못 줘." 내가 말했다.

그의 얼굴이 확 구겨졌다. "나를 어떻게 찾아냈지?"

나는 지갑을 꺼내 배지를 보여주었다. "가이거를 수사하는 중이었어. 의뢰인 부탁으로. 간밤에 비가 내릴 때 그 집 앞에 있었지. 그러다가 총소리를 들었어. 뛰어들었지. 살인자는 못 봤어. 나머지는 다 봤고."

"그런데도 입 다물고 있었군." 브로디가 빈정거렸다.

나는 지갑을 도로 넣었다. "그랬지." 인정했다. "지금까지는. 사진 줄 거야, 말 거야?"

"책에 대해서는 어떻게 알았지?" 브로디가 물었다. "감도 안 잡히네."

"가이거네 서점에서 여기까지 미행했어. 증인도 있고."

"그 펑크* 새끼?"

"어떤 펑크 새끼?"

그가 다시 오만상을 찡그렸다. "서점에서 일하는 애새끼 말이야. 트럭이 출발한 뒤에 어디론가 튀었어. 어디 가서 자빠져 있는지 애그니스도 모른다던데."

"좋은 정보인걸." 나는 빙그레 웃었다. "그 문제가 조금 마음에 걸렸거든. 당신들 혹시 가이거 집에 들어간 적 있나? 어젯밤 말고 그전에?"

"어젯밤에도 안 들어갔어!" 브로디가 사납게 말했다. "그런데 그년은 내가 가이거를 죽였다고 했단 말이지?"

"사진만 내 손에 들어오면 그애가 잘못 봤다고 믿게 만들 수도 있겠지. 어차피 술을 좀 마셨으니까."

브로디가 한숨을 쉬었다. "그년은 나를 미워해. 내가 차버렸거든. 돈을 받긴 했지만 안 그랬어도 어차피 헤어졌을 거야. 나처럼 단순한 놈이 상대하기에는 너무 괴팍스러운 년이라서." 그러더니 목청을 가다듬었다. "조금만 챙겨주면 안 될까? 밑천이 거덜나서 그래. 애그니스랑 나랑 여길 떠야 하는데."

"내 의뢰인은 어림도 없어."

"그러지 말고—"

"사진 내놔, 브로디."

"아, 젠장. 알았어." 그가 일어나서 콜트를 주머니에 넣었다. 왼손이 상의 속으로 들어갔다. 그렇게 손을 넣고서 지긋지긋하다는 듯 오만상

* 남성 동성애자의 어린 남자 애인을 가리키는 속어.

을 짓는데, 초인종이 울리기 시작하더니 좀처럼 그치지 않았다.

## 15

브로디는 못마땅한 표정이었다. 아랫입술을 깨물고 눈썹 양끝을 확 끌어내렸다. 얼굴 전체가 사납고 교활하고 험상궂게 변했다.

초인종의 노랫소리는 끊임없이 이어졌다. 나도 못마땅했다. 이 손님이 혹시 에디 마스 패거리라면 이 자리에 있었다는 이유만으로 나까지 풍진세상 하직하기 십상이다. 혹시 경찰이라면 지금 내가 그들에게 줄 수 있는 것이라고는 미소와 약속뿐이다. 그리고 혹시 브로디의 친구들이라면—과연 친구가 있을지 의심스럽지만—브로디보다 포악스러운 놈들일지도 모른다.

금발 여자도 못마땅한 표정이었다. 갑자기 벌떡 일어나더니 한 손으로 허공을 할퀴었다. 몹시 긴장한 탓에 얼굴이 늙고 못생겨졌다.

브로디는 나를 주시하며 책상에 달린 작은 서랍을 열고 손잡이를 뿔로 장식한 자동권총을 꺼냈다. 그걸 금발 여자를 향해 내밀었다. 여자가 미끄러지듯 다가가더니 떨리는 손으로 권총을 받았다.

"저놈 옆에 앉아!" 브로디가 딱딱거렸다. "하체를 겨냥해. 문 쪽에서 안 보이게. 저 친구가 허튼짓을 하면 알아서 판단하고. 우린 아직 안 죽었어."

"오, 조!" 금발 여자가 울부짖었다. 그녀가 소파로 다가와 내 곁에 앉더니 내 다리 동맥에 권총을 겨눴다. 흔들리는 눈빛이 마음에 들지 않았다.

초인종소리가 멈추더니 이번에는 조바심을 내며 문을 바삐 두드리는 소리가 들렸다. 브로디가 주머니에 손을 넣어 권총을 움켜쥐고 문 쪽으로 걸어가서 왼손으로 열었다. 카멘 스턴우드가 브로디의 얄팍한 갈색 입술에 소형 리볼버를 들이대며 방안으로 들어왔다.

브로디가 입을 우물거리며 뒷걸음질쳤다. 겁에 질린 표정이었다. 카멘이 등뒤로 문을 닫았다. 나와 애그니스 쪽은 거들떠보지도 않았다. 조심스럽게 브로디를 따라붙는다. 이 사이로 혀끝을 조금 내밀고 있었다. 브로디가 양손을 주머니에서 꺼내고 제발 진정하라는 손짓을 했다. 그의 눈썹이 기기묘묘한 각도로 휘어지고 일그러졌다. 애그니스가 내 몸에서 카멘 쪽으로 총구를 돌렸다. 나는 재빨리 손을 뻗어 그녀의 손을 힘껏 움켜쥐고 엄지로 안전장치를 밀었다. 이미 잠긴 상태였다. 그래서 그대로 두었다. 잠깐 동안 소리 없는 싸움이 벌어졌지만 브로디와 카멘은 조금도 아랑곳하지 않았다. 내가 총을 빼앗았다. 애그니스가 깊은 숨을 들이마시며 온몸을 부르르 떨었다. 카멘의 얼굴은 해골처럼 살벌했다. 숨을 쉴 때마다 씩씩거리는 소리가 났다. 그녀가 높낮이 없는 목소리로 말했다.

"내 사진 내놔, 조."

브로디는 침을 꿀꺽 삼키며 웃으려고 애썼다. "알았어, 꼬맹아, 알았다고." 조그맣고 힘없는 목소리, 나에게 말할 때와는 전혀 다른 목소리였다. 스쿠터와 10톤 트럭의 차이랄까.

카멘이 말했다. "당신이 아서 가이거를 죽였어. 내가 다 봤어. 내 사진 내놔." 브로디가 퍼렇게 질렸다.

"어이, 잠깐, 카멘!" 내가 꽥 소리쳤다.

그 순간 금발 애그니스가 갑자기 정신을 차렸다. 고개를 푹 숙이더니 내 오른손을 물어버렸다. 나는 외마디소리를 지르며 그녀를 뿌리쳤다.

"이러지 말고, 꼬맹아." 브로디가 우는 소리로 말했다. "잠깐 내 말 좀—"

금발 여자가 나에게 침을 뱉고는 내 다리로 몸을 던져 물어뜯으려 들었다. 나는 권총으로 너무 세지 않게 그녀의 머리를 내리친 다음 일어나려 했다. 여자가 내 다리에서 굴러떨어지더니 부리나케 두 팔로 내 다리를 한꺼번에 얼싸안았다. 나는 소파 위로 쓰러지고 말았다. 사랑에 미쳤는지 두려움에 미쳤는지 둘 다인지, 그것도 아니면 원래 힘센 여자인지, 아무튼 힘이 대단했다.

브로디가 얼굴에 바싹 붙은 소형 리볼버를 움켜쥐려 했다. 그러나 실패했다. 그 순간 날카로운 총성이 울렸지만 그리 큰 소리는 아니었다. 총알은 열어놓은 유리문을 뚫고 나갔다. 브로디가 무시무시한 신음소리를 내며 방바닥에 주저앉더니 카멘의 두 발을 확 잡아당겼다. 그녀가 털썩 넘어지고 소형 리볼버는 구석으로 굴러갔다. 브로디가 무릎을 꿇은 채 주머니를 더듬었다.

나는 아까보다는 덜 조심스럽게 애그니스의 머리를 냅다 후려갈기고 발길질로 뿌리치며 벌떡 일어섰다. 브로디가 나를 돌아보며 눈을 껌벅거렸다. 내가 자동권총을 보여주었다. 그는 주머니에 손을 넣으려다가 멈췄다.

"맙소사!" 브로디가 징징거렸다. "저년이 날 못 죽이게 해줘!"

나는 웃기 시작했다. 미친놈처럼 정신없이 웃었다. 금발 애그니스는 두 손으로 카펫을 짚은 채 앉아 있었는데, 입을 딱 벌린 채였고 오른쪽 눈 위로 금속 같은 금발 한 가닥이 흘러내려 있었다. 카멘은 여전히 씩씩거리며 엉금엉금 기었다. 구석 굽도리널 앞에서 소형 리볼버의 금속 부분이 반짝거렸다. 그녀는 집요하게 그쪽으로 기어갔다.

나는 브로디에게 권총을 흔들어 보였다. "움직이지 마. 무사할 테니까."

나는 기어가는 여자애를 앞질러가서 권총을 집었다. 그녀가 나를 쳐다보더니 킥킥거리기 시작했다. 나는 카멘의 총을 주머니에 넣고 그녀의 등을 톡톡 쳤다. "일어나지, 천사 아가씨. 발바리처럼 그러지 말고."

나는 브로디에게 다가가서 자동권총을 그의 옆구리에 들이대고 그의 주머니에서 콜트 권총을 끄집어냈다. 이제 밖으로 드러난 권총은 모두 내가 차지했다. 전부 주머니에 집어넣은 다음 브로디에게 한 손을 내밀었다.

"내놔."

그가 입술을 핥으며 고개를 끄덕였다. 여전히 겁먹은 눈빛이다. 그는 윗주머니에서 두꺼운 봉투를 꺼내 건넸다. 봉투 안에는 현상한 원판과 유광사진 다섯 장이 들어 있었다.

"정말 이게 다야?"

그는 다시 고개를 끄덕였다. 나는 봉투를 윗주머니에 넣고 돌아섰다. 애그니스가 다시 소파에 앉아 머리를 매만지고 있었다. 그녀는 증오가 가득한 초록색 눈으로 카멘을 잡아먹을 듯이 노려보았다. 카멘도 일어나서 여전히 킥킥거리고 씩씩거리며 한 손을 내민 채 내 쪽으로 걸어왔다. 입가에 작은 게거품을 물고 있다. 작고 새하얀 이가 입술에 바싹 붙은 채 반짝거렸다.

"이제 주실래요?" 그녀가 수줍은 미소를 던지며 물었다.

"내가 맡아둘게. 넌 집으로 가."

"집?"

나는 문으로 가서 바깥을 내다보았다. 복도에는 선선한 밤바람이 조용히 지나갔다. 흥분한 이웃들이 문간에 나와 서성거리지도 않았다. 작은 권총이 발사되고 유리 한 장이 깨졌지만 그 정도의 소음은 이제 별 의미도 없다. 나는 문을 열어놓은 채 카멘에게 고갯짓을 했다. 그녀가 머뭇거리는 미소를 지으며 다가왔다.

"집에 가서 기다려." 내가 달래듯이 말했다.

카멘이 엄지를 들어 보였다. 그러고는 고개를 끄덕이더니 복도로 나갔다. 내 앞을 지나갈 때 손끝으로 내 뺨을 쓰다듬었다. "카멘을 보살펴 줄 거죠?" 그녀가 다정하게 속삭였다.

"그래."

"아저씨 귀여워요."

"이 정도는 아무것도 아니지. 내 오른쪽 허벅지에는 발리댄서 문신까지 있다고."

카멘의 눈이 휘둥그래졌다. "너무 야해요." 그녀가 나에게 손가락질을 했다. 그러더니 다시 속닥거렸다. "내 총 줄래요?"

"아직 안 돼. 나중에. 내가 가져다줄게."

그녀가 느닷없이 내 목덜미를 붙잡고 내 입에 키스를 해버렸다. "좋아해요. 카멘은 아저씨 많이 좋아요." 그녀는 개똥지빠귀처럼 경쾌하게 복도를 달려가더니 계단 앞에서 나에게 손을 흔들고 달려내려가 시야에서 사라졌다.

나는 브로디의 아파트로 되돌아갔다.

## 16

나는 열어놓은 유리문으로 다가가 유리가 깨진 문짝 상단을 살펴보았다. 카멘의 권총에서 발사된 총알은 주먹으로 때린 듯이 유리를 박살내버렸다. 구멍 하나가 끝이 아니었다. 회벽 한쪽에, 눈썰미 좋은 사람이라면 금방 찾을 수 있는 곳에 작은 구멍이 있었다. 나는 깨진 유리를 커튼으로 가려놓고 주머니에서 카멘의 권총을 꺼내보았다. 할로포인트탄*을 사용하는 22구경 뱅커스 스페셜이다. 손잡이는 진줏빛이고 바닥에 붙은 작은 타원형 은판에 글자를 새겨놓았다. '카멘에게, 오웬.' 그녀는 남자들을 흐물흐물 녹여버린다.

나는 권총을 다시 주머니에 넣고 브로디 옆에 앉아 그의 풀죽은 갈색 눈을 들여다보았다. 일 분이 지나갔다. 금발 여자가 손거울을 들여다보며 화장을 고쳤다. 브로디가 더듬더듬 담배를 찾다가 불쑥 말했다.

"만족하셨나?"

"지금까지는. 그런데 왜 노친네를 두고 리건 부인한테서 돈을 뜯으려 했지?"

* 명중하는 순간 탄두가 펼쳐져 관통력은 낮추고 파괴력은 높이도록 설계한 총탄.

"그 늙은이는 한 번 털었으니까. 예닐곱 달 전에. 늙은이가 화나면 경찰을 부를까봐."

"리건 부인이 아버지한테 말해버릴 수도 있잖아?"

그는 내 얼굴에서 눈을 떼지 않고 담배를 피우며 잠시 곰곰이 생각했다. 이윽고 그가 말했다. "그 여자를 얼마나 알지?"

"지금까지 두 번 만났어. 사진 가지고 돈 뜯어내려고 덤빈 걸 보면 당신이 나보다 훨씬 잘 알겠지."

"꽤나 싸돌아다니는 여자야. 그래서 아버지에게 알리기 싫은 약점 몇 개쯤은 있겠다 싶었지. 오천 달러쯤은 쉽게 마련할 것 같았고."

"좀 부족한데. 그래도 일단 넘어가지. 그래, 빈털터리라고?"

"벌써 한 달째 동전 두 개를 열심히 흔드는 중이야. 혹시 새끼라도 칠까 싶어서."

"원래 직업은 뭔데?"

"보험. 퍼스 월그린 사무실에 내 자리가 있어. 풀와이더 빌딩, 웨스턴 애비뉴와 샌타모니카 대로 사이."

"말하기 시작하니까 술술 털어놓는군. 책은 다 이 아파트에 놔뒀나?"

그가 이를 딱 마주치며 갈색 손을 내저었다. 거동을 보니 슬슬 자신감을 되찾아가는 모양이다. "천만에. 창고로 옮겨놨지."

"사람을 시켜 이리 가져다놓게 하더니 금방 창고 직원들을 불러 다시 내보냈다고?"

"그렇다니까. 가이거네 서점에서 곧장 창고로 옮기는 건 좀 그렇잖아?"

"똑똑하네." 내가 칭찬해주었다. "그럼 이 집에는 문제가 될 만한 물건이 하나도 없나?"

그는 다시 걱정스러운 표정을 지었다. 힘차게 고개를 끄덕인다.

"다행이군." 내가 말했다. 나는 애그니스를 돌아보았다. 그녀는 어느새 화장을 끝내고 멍하니 벽을 쳐다보고 있다. 대화를 귀담아듣지도 않는 것 같다. 긴장과 충격이 지나간 후 졸음이 쏟아지는 듯한 얼굴이었다.

브로디가 경계하는 표정으로 눈을 껌벅거렸다. "이제 됐지?"

"이 사진은 어디서 났어?"

그의 얼굴이 확 구겨졌다. "이봐, 찾던 물건 찾았으면 됐잖아. 그것도 공짜로 넘겨줬는데. 일처리 깔끔하게 하셨고. 이제 자네 두목한테 가져가서 잘 팔아먹어. 나는 다 털어놨어. 사진이고 뭐고 아무것도 몰라. 안 그래, 애그니스?"

금발 여자가 눈을 뜨더니 흐리멍덩하지만 그리 호의적이지 않은 시선으로 브로디를 쳐다보았다. "덜떨어진 인간." 그녀는 넌더리가 난다는 듯이 코웃음을 쳤다. "어떻게 얻어걸리는 놈마다 하나같이 덜떨어졌는지. 진짜 똑소리 나게 머리 좋은 남자는 한 놈도 없더라. 정말 한 놈도 없어."

나는 그녀를 바라보며 빙그레 웃었다. "내가 머리를 너무 아프게 때렸나?"

"남자들만 보면 골치가 아파."

나는 다시 브로디를 돌아보았다. 그는 담배 한 개비를 손가락 사이에 끼고 움찔움찔 흔들었다. 손이 조금씩 떨리는 듯했다. 갈색 포커페이스는 여전히 반질반질했다.

"우선 우리끼리 입을 좀 맞춰야겠어." 내가 말했다. "예를 들자면 카멘은 이 집에 오지 않았어. 이건 아주 중요한 문제야. 카멘은 이 집에 안 온 거야. 당신들이 허깨비를 봤을 뿐이야."

"허!" 브로디가 콧방귀를 뀌었다. "원하신다면 그렇게 하지. 그 대신……" 그는 손바닥이 위로 가도록 손을 들고 손가락을 둥글게 모은 후 검지와 중지를 엄지로 가볍게 비볐다.

나는 고개를 끄덕였다. "생각해볼게. 조금은 보태줄 수도 있겠지. 그렇다고 몇천 달러를 기대하진 말고. 자, 이 사진 어디서 났어?"

"누가 줬어."

"오호. 길거리에서 마주친 사람이 줬단 말이지. 다시 만나도 못 알아볼 사람. 난생처음 만난 사람."

브로디가 하품을 했다. "주머니에서 떨어지더라." 그러면서 곁눈질을 했다.

"오호. 어젯밤 알리바이는 있나, 포커페이스 선생?"

"있고말고. 집에 있었거든. 애그니스도 같이 있었고. 그렇지, 애그니스?"

"당신이 다시 불쌍해지는군." 내가 말했다.

그가 눈을 크게 뜨고 입을 딱 벌렸다. 담배가 아랫입술에 간신히 붙어 있었다.

"본인이 똑똑하다고 생각하겠지만 사실은 정말 멍청해. 퀜틴교도소에서 교수형을 당하지는 않더라도 앞날이 참 삭막하고 따분하고 외롭겠어."

담배가 움찔 흔들리고 담뱃재가 조끼에 떨어졌다.

"얼마나 똑똑하게 살았는지 그때 다시 생각해보라고."

"나가!" 그가 버럭 소리쳤다. "사라지라고. 아가리질은 할 만큼 했어. 꺼져버려."

"그러지 뭐." 나는 자리에서 일어나 높직한 참나무 책상으로 다가가서, 주머니에서 그의 권총 두 자루를 꺼내 총신이 나란히 가도록 압지철 위에 내려놓았다. 그러고 나서 소파 옆의 바닥에 놓아둔 모자를 집어 들고 문 쪽으로 걸어갔다.

브로디가 소리쳤다. "어이!"

나는 다시 돌아서서 기다렸다. 그의 담배가 나선형 스프링에 달린 인형처럼 갈팡질팡 흔들렸다. "다 해결된 거지?" 그가 물었다.

"그야 물론이지. 여긴 자유국가야. 감옥 들어가서 나오기 싫으면 그렇게 해. 시민의 권리니까. 참, 시민권은 있지?"

그는 담배를 건들거리며 말없이 나를 노려보았다. 금발 애그니스가 천천히 고개를 돌리고 같은 표정으로 나를 노려보았다. 그들의 시선에는 교활함과 의혹, 그리고 실망에 따른 분노가 거의 똑같이 담겨 있었다. 애그니스가 갑자기 은빛 손톱을 들어 흘러내린 머리카락 한 가닥을 뽑더니 모질게 잡아당겨 뚝 끊어버렸다.

브로디가 딱딱하게 말했다. "당신은 경찰한테 가지는 않을 거야. 의뢰인이 스턴우드 집안이라면 그럴 리 없지. 내가 그 집안 약점을 너무 많이 알거든. 이제 사진도 받고 입막음도 했잖아. 가서 볼일 보라고."

"마음을 좀 확실히 정해봐." 내가 말했다. "당신이 꺼지라고 해서 나가는 길이었고, 당신이 불러서 걸음을 멈췄고, 이제 다시 나가려는 참이야. 원하는 게 이거 맞아?"

"어차피 날 잡아넣을 만한 근거도 없잖아." 브로디가 말했다.

"살인 두 건이 전부지. 당신 주변에서는 하찮은 일이겠지만."

그는 조금 움찔했을 뿐이지만 정말 혼비백산한 표정이었다. 담뱃잎 빛깔의 홍채 주위에 흰자위가 고스란히 드러났다. 얼굴의 갈색 피부가 불빛 속에서도 푸르뎅뎅해 보였다.

금발 애그니스가 짐승처럼 낮은 소리로 울부짖더니 소파 끄트머리에 놓인 쿠션에 얼굴을 푹 파묻었다. 나는 제자리에 선 채로 그녀의 긴 허벅지가 보여주는 곡선미를 감상했다.

브로디가 천천히 입술을 축인 후 말했다. "일단 앉아봐, 친구. 내가 더 해줄 얘기가 있을지도 모르니까. 살인이 두 건이라니, 그건 또 무슨 소리지?"

나는 문짝에 등을 기댔다. "어젯밤 일곱시 반쯤에 어디 있었지, 조?"

그는 시무룩하게 입술을 늘어뜨리고 방바닥을 내려다보았다. "어떤 놈을 감시했지. 짭짤한 장사를 하는 놈인데 동업자가 필요하겠다 싶어서. 가이거 말이야. 혹시 폭력조직에 연줄이 있는지 확인하려고 가끔 그렇게 살펴봤거든. 뒷배가 없으면 그런 장사를 그렇게 공공연히 할 수 없을 거 아냐. 그런데 그런 놈들은 그 집에 안 오더라고. 여자들만 찾아오고."

"감시를 제대로 못해서 그래. 계속해봐."

"어젯밤에는 가이거네 집 아래쪽 골목에 있었어. 비가 억수로 쏟아지는 바람에 쿠페 안에만 갇혀 있느라 아무것도 못 봤지. 가이거의 집 앞에 차 한 대가 있고 언덕 조금 위쪽에 또 한 대가 있었거든. 그래서 아래쪽으로 내려갔단 말이야. 그런데 내가 들어간 그 골목에도 대형 뷰익 한 대가 있더라고. 그래서 조금 기다렸다가 그쪽으로 가서 들여다봤지. 비비언 리건 명의로 등록된 차더군. 결국 아무 일도 없어서 그냥 떴고. 그게 다야." 그가 담배를 휘휘 내저었다. 그의 눈이 내 표정을 아래위로 살폈다.

"그랬을지도 모르지. 그런데 그 뷰익이 지금 어디 있는지는 아나?"

"그걸 내가 어떻게 알아?"

"보안서 차고에 있어. 오늘 아침 리도 잔교 앞에서 몇 미터 물속에 잠긴 걸 건져냈지. 차 안에는 남자 시체가 있었고. 둔기에 맞은 흔적도 발견됐어. 차는 잔교 너머로 떨어졌는데 수동식 가속레버가 내려간 상태였고."

브로디가 숨을 몰아쉬었다. 발 하나가 초조한 듯이 바닥을 탁탁 두드렸다. "젠장, 내가 그랬다고 단정할 근거는 없잖아." 그가 퉁명스럽게 말했다.

"과연 그럴까? 당신 말대로라면 그 뷰익은 가이거네 집 아래쪽 골목에 있었지. 그런데 그날 그 차를 몰고 나간 사람은 리건 부인이 아니었거든. 그 집 운전사, 오웬 테일러라는 애송이가 몰았지. 그 녀석은 가이거를 만나 한바탕 따지려고 그 집으로 찾아간 거고. 오웬 테일러는 카멘을 좋아했고 가이거가 카멘한테 하는 짓이 못마땅했으니까. 그래서 쇠지레와 권총을 들고 그 집 뒷길로 들어갔다가 가이거가 카멘을 홀라당 벗겨놓고 사진 찍는 장면을 보게 된 거야. 그래서 총을 쐈고, 총은 쏘라고 있는 거니까, 가이거는 쓰러져 죽고 오웬은 도망쳤어. 그런데 그 와중에도 가이거가 방금 찍은 사진 원판을 챙겨갔거든. 그래서 당신이 뒤따라가서 사진을 빼앗았겠지. 안 그랬으면 이 사진이 어디서 났겠어?"

브로디가 입술을 핥았다. "그건 그래. 하지만 내가 죽이진 않았어. 그래, 총소리도 들었고, 집 뒤쪽 계단에서 살인범이 뛰어내려와 뷰익을 몰고 도망치는 장면도 봤어. 그래서 따라갔지. 그놈은 골짜기 아래까지 내려갔다가 선셋 대로를 타고 서쪽으로 갔어. 베벌리힐스를 지났을 때 빗길에 미끄러지는 바람에 차를 세우더군. 내가 다가가서 경찰 행세를 했지. 그놈은 총이 있는데도 담력이 형편없더라고. 그래서 한 방에 때려눕혔지. 그러고 나서 옷을 뒤져 정체를 확인하고 필름도 챙기긴 했는데 그냥 호기심 때문에 그런 거야. 그리고 이게 다 무슨 일일까 머리를 굴리고 있을 때 그놈이 갑자기 깨어나서 나를 차 밖으로 내동댕이친 거야. 내가 일어났을 때는 벌써 어디로 갔는지 안 보이더라. 그다음에는 그놈을 본 적도 없다고."

"그 녀석이 가이거를 쐈는지는 어떻게 알았지?" 내가 퉁명스럽게 물었다.

브로디는 으쓱 어깻짓을 했다. "그렇게 짐작은 했지만 아닐 수도 있다고 생각했어. 그러다가 필름을 현상해서 내용을 보고 나니까 웬만큼 확신이 서더라고. 그리고 오늘 아침에 가이거가 서점에도 안 나오고 전화도 안 받는 걸 보고 거의 확신했지. 그래서 이 틈에 책을 빼돌리고 스턴우드 집안에 후딱 연락해서 여비 좀 마련한 다음 한동안 잠적하기로 한 거야."

나는 고개를 끄덕였다. "제법 그럴싸하네. 당신은 아무도 안 죽였을지도 모르겠군. 그런데 가이거 시체는 어디다 숨겼지?"

브로디가 눈썹을 확 들어올렸다. 그러더니 곧 빙긋이 웃었다. "아니, 아니지. 생사람 잡지 마. 설마 내가 다시 가서 시체를 건드렸겠어? 언제 경찰이 우르르 몰려올지 모르는 판국에? 천만의 말씀."

"누군가 시체를 감췄어."

브로디는 다시 어깻짓을 했다. 얼굴에도 웃음기가 여전했다. 그는 내 말을 믿지 않았다. 그가 여전히 내 말을 못 믿을 때 다시 초인종이 울렸다. 브로디가 굳은 표정으로 벌떡 일어났다. 그러더니 책상 위에 놓인 권총 두 자루를 돌아보았다.

"그년이 또 왔나보네." 그가 툴툴거렸다.

"그렇더라도 총은 없잖아." 내가 안심시켰다. "혹시 다른 친구는 없나?"

"한 명쯤은 있지." 그가 또 툴툴거렸다. "이런 술래잡기는 이제 지긋지긋하다고." 그는 당당하게 책상 앞으로 걸어가 콜트 권총을 집었다. 권총을 옆구리에 대고는 문 쪽으로 갔다. 왼손으로 손잡이를 잡고 돌리더니 권총을 허벅지에 바싹 붙인 채 문을 30센티미터쯤 열고 고개를 내밀었다.

누군가가 말했다. "브로디?"

브로디가 대답했지만 무슨 말인지는 들리지 않았다. 두 발의 총성이 빠르게 이어졌는데 소리가 좀 답답했다. 총구를 브로디의 몸에 들이대고 쏴버린 모양이다. 그가 앞으로 쓰러지며 문짝에 부딪쳤고 그의 체중 때문에 문이 쿵 닫혀버렸다. 그는 문짝 가장자리를 따라 스르르 미끄러졌다. 그의 두 발이 카펫을 뒤로 밀어냈다. 왼손이 손잡이를 놓치는 바람에 팔이 바닥에 털썩 떨어졌다. 머리는 여전히 문틈에 낀 상태였다. 그는 움직이지 않았다. 오른손은 아직도 콜트 권총을 움켜쥐고 있었다.

나는 단숨에 방을 가로질러 달려가서 브로디를 조금 당겨놓고 문틈으로 빠져나갔다. 거의 맞은편에서 한 여자가 문틈으로 바깥을 내다보고 있었다. 겁에 질린 표정이었다. 그녀가 갈고리발톱 모양으로 손을 내밀어 복도 끝을 가리켰다.

복도를 따라 달려가는데 타일이 깔린 계단을 타닥타닥 내려가는 발소리가 들렸고 나는 그 소리를 뒤쫓았다. 로비가 있는 층에 도착해서 보니 앞문이 조용히 닫히는 중이었고 바깥에서 보도를 따라 달려가는 발소리가 들렸다. 나는 문이 완전히 닫히기 전에 도착하여 부리나케 도로 열고 뛰쳐나갔다.

키가 크고 가죽조끼를 입고 모자는 안 쓴 남자가 주차된 차들 사이로 빠져나가 대각선으로 달리며 길을 건너는 중이었다. 남자가 돌아서는 순간 섬광이 터졌다. 무거운 쇠망치가 내 옆의 치장벽토 벽면을 연달아 두 번 두드렸다. 남자는 다시 달려가다가 차 두 대 사이로 빠져나가 사라져버렸다.

한 남자가 내 곁으로 다가오며 소리쳤다. "무슨 일입니까?"

"총질이 한창이오."

"맙소사!" 그는 허둥지둥 아파트 안으로 피신했다.

나는 빠른 걸음으로 보도를 따라 걸어가 내 차를 타고 시동을 걸었다. 길가에서 차를 빼고 너무 빠르지 않은 속도로 언덕을 내려갔다. 도로 건너편에서 시동을 거는 차는 없었다. 발소리가 들리는 듯싶었지만 확신할 수 없었다. 한 블록 반쯤 내려간 후 교차로에서 차를 돌려 다시 언덕을 올라갔다. 보도 쪽에서 소리를 죽인 휘파람소리가 들렸다. 이윽고 발소리도 들렸다. 나는 이중주차를 해놓고 차 두 대 사이로 들어가 자세를 낮췄다. 주머니에서 카멘의 소형 리볼버를 꺼냈다.

발소리가 점점 커지고 즐거운 휘파람소리도 계속되었다. 잠시 후 가죽조끼가 나타났다. 나는 차 두 대 사이에서 빠져나가 말을 걸었다. "성냥 있나, 친구?"

청년이 홱 돌아서고 오른손이 재빨리 가죽조끼로 올라갔다. 원형 꽃전등의 불빛 속에서 두 눈이 촉촉하게 빛났다. 아몬드 모양의 물기어린 검은색 눈, 핼쑥하지만 잘생긴 얼굴, 이마 두 군데에 낮게 늘어뜨린 검은색 곱슬머리. 정말 대단히 잘생긴 청년, 가이거의 서점에서 본 청년이었다.

그는 말없이 나를 바라보았다. 오른손을 조끼 가장자리에 대고 있었지만 아직 안으로 넣지는 못했다. 나는 소형 리볼버를 내 옆구리로 내렸다.

"그 퀸*을 끔찍이도 좋아했던 모양이군." 내가 말했다.

"나가 뒈져." 청년은 보도 안쪽 1.5미터 높이의 축대와 주차된 차들 사이에 우두커니 서서 조용히 말했다.

멀리서 긴 언덕길을 올라오는 사이렌소리가 들렸다. 청년이 그 소리 쪽으로 머리를 갸웃거렸다. 나는 더 가까이 다가가 그의 가죽조끼에 총구를 들이댔다.

"나랑 갈래, 짭새들 따라갈래?" 내가 물었다.

그는 마치 따귀라도 맞은 듯이 고개를 조금 옆으로 돌렸다. "정체가 뭐야?" 그가 으르렁거렸다.

"가이거 친구."

---

* 남자 동성애자 중에서도 외양이 화려하거나 행동거지가 애교스러운 사람을 가리키는 속어.

"저리 비켜, 개자식아."

"이건 작은 총이란다, 애송아. 이걸로 배꼽을 뻥 뚫어주지. 돌아다닐 만큼 나으려면 석 달쯤 걸릴 거야. 그래도 낫긴 낫겠지. 퀜틴교도소에 새로 지은 근사한 가스실까지 걸어갈 수 있을 거라고."

그가 말했다. "나가 뒈져." 그의 손이 조끼 안으로 들어갔다. 나는 그의 배를 더 힘껏 찔렀다. 그가 긴 한숨을 조용히 내쉬더니 조끼에서 손을 빼고 힘없이 옆으로 내렸다. 널찍한 어깨가 축 처졌다. "원하는 게 뭐야?" 그가 속삭였다.

나는 그의 조끼에서 자동권총을 끄집어냈다. "내 차에 타, 애송이."

그가 내 앞을 지나간 후 나도 바싹 따라붙었다. 그가 차에 올라탔다.

"운전석에 앉아, 네가 운전해."

그가 운전석으로 건너갔고 나는 조수석에 앉았다. "경찰차가 지나갈 때까지 기다려. 우리가 사이렌소리를 듣고 길을 비켜줬다고 생각할 거야. 그러고 나서 차를 돌려 집으로 가자고."

나는 카멘의 권총을 치우고 자동권총의 총구를 청년의 갈비뼈에 붙였다. 차창 너머로 뒤쪽을 살펴보았다. 이제 사이렌소리가 몹시 시끄러웠다. 도로 한복판에서 붉은 불빛 두 개가 빠르게 다가왔다. 불빛이 확 커져 하나로 합쳐지더니 경찰차가 엄청난 소음을 일으키며 지나갔다.

"이제 출발해."

청년이 차를 돌려 언덕을 내려갔다.

"집으로 가자고. 래번 테라스로."

그의 반들반들한 입술이 씰룩거렸다. 그는 프랭클린 애비뉴에서 서쪽으로 꺾었다. "넌 참 멍청한 놈이야. 이름이 뭐지?"

"캐럴 런드그런." 그가 힘없이 대답했다.

"넌 엉뚱한 사람을 쏴버렸어, 캐럴. 조 브로디는 네 애인을 안 죽였거든."

그는 다시 낱말 두 개짜리 욕설을 내뱉고 계속 차를 몰았다.

## 17

래번 테라스 유칼립투스나무의 높은 가지 사이에 보름달에서 절반이 깎여나간 반달이 달무리를 두르고 은은히 빛났다. 언덕 아래쪽 어느 집에서 라디오를 크게 틀어놓았다. 청년이 가이거네 집 회양목 산울타리 앞에 차를 대고 시동을 끈 후, 운전대에 두 손을 올려놓고는 똑바로 앞을 바라보았다. 가이거의 산울타리에는 불빛이 비치지 않았다.

내가 말했다. "집에 누가 있지, 애송이?"

"다 알잖아."

"내가 어떻게 알아?"

"나가 뒈지라고."

"사람들이 그러다가 틀니를 끼는 법이야."

그가 굳은 미소를 지으며 이를 드러냈다. 그러더니 문을 걷어차 열고 차에서 내렸다. 나도 뒤따라 내렸다. 그가 두 주먹을 허리춤에 올리고 산울타리 너머로 집 쪽을 말없이 바라보았다.

"좋아." 내가 말했다. "열쇠 있잖아. 들어가지."

"열쇠 있다고 누가 그래?"

"까불지 마, 애송아. 그 호모가 줬잖아. 저 안에 깔끔하고 남자가 쓸 법한 방이 하나 있더군. 그놈은 여자 손님이 올 때마다 너를 내쫓고 그 방을 잠가버렸어. 카이사르처럼 여자들한테는 남편 노릇을 하고 남자들한테는 아내 노릇을* 했겠지. 내가 그놈이나 네놈 같은 인간을 모르는 줄 알아?"

나는 여전히 자동권총으로 대충이나마 그를 겨냥하고 있었지만 그는 아랑곳하지 않고 주먹을 휘둘렀다. 주먹은 내 턱에 정확히 명중했다. 재빨리 뒷걸음질을 친 덕분에 나자빠지는 꼴은 면했지만 충격을 제법 받긴 했다. 제 딴에는 강타를 날리려 했겠지만 이런 팬지**들은 어떻게 생겨먹은 놈이든 뼈대에 강단이 부족하기 마련이다.

나는 권총을 청년의 발치에 툭 던졌다. "이게 필요할 거야."

그는 번개처럼 허리를 굽혀 권총을 집으려 했다. 흠잡을 데 없이 민첩한 동작이었다. 나는 그의 목 측면에 주먹을 꽂았다. 그가 옆으로 픽 쓰러지며 더듬더듬 권총을 찾았지만 손이 닿지 않았다. 나는 권총을 도로 집어 차 안으로 던져버렸다. 청년이 네 발로 엎드린 자세로 몸을 일으키면서 두 눈을 휘둥그렇게 뜨고 나를 노려보았다. 기침을 하더니 머리를 절레절레 흔들었다.

"싸움은 관두는 게 좋을걸. 넌 쓸데없이 힘만 낭비해서 탈이야."

그래도 그는 싸우고 싶어했다. 사출기***로 쏘아올린 전투기처럼 돌

---

* 로마 역사가 수에토니우스의 『열두 명의 카이사르』 중 율리우스 카이사르의 바람기를 설명한 대목에서 인용한 문장.

** 남성 동성애자를 가리키는 속어.

*** 항공모함에서 압축공기나 증기의 힘을 이용하여 항공기를 고속으로 발진시키는 장치.

진하여 다이빙 태클로 내 무릎을 노렸다. 나는 옆으로 살짝 피하면서 그의 목을 붙잡아 겨드랑이에 끼었다. 그가 발에 힘을 주고 힘차게 땅을 긁으면서 두 손으로 내 급소를 공격했다. 나는 그의 몸을 빙글 돌리며 더 높이 들어올렸다. 왼손으로 오른쪽 손목을 움켜쥐고 오른쪽 골반을 그에게 밀어붙이며 잠시나마 무게 균형을 유지했다. 희미한 달빛 아래 뒤엉킨 채 길바닥을 긁어대고 헐떡거리며 안간힘을 쓰는 우리 모습은 마치 기괴한 두 마리 짐승 같았다.

나는 오른쪽 팔뚝으로 그의 숨통을 막고는 두 팔의 힘을 모두 집중시켰다. 그의 두 발이 미친듯이 버둥거렸지만 그는 이제 헐떡일 수도 없었다. 꼼짝도 못하는 상태였다. 그의 왼발이 흐느적거리더니 무릎에서 힘이 빠졌다. 나는 삼십 초쯤 더 버텼다. 그가 축 늘어지면서 내 팔에 감당하기 어려운 무게가 실렸다. 그때 비로소 그를 놓아주었다. 그는 의식을 잃은 채 내 발치에 널브러졌다. 나는 차로 가서 앞좌석 사물함에 넣어둔 수갑을 꺼냈다. 그의 양쪽 손목을 등뒤로 돌려놓고 수갑을 채웠다. 그런 다음 겨드랑이를 잡고 질질 끌어 길에서 보이지 않도록 산울타리 뒤에 감춰놓았다. 다시 차로 가서 30미터쯤 위쪽으로 옮겨놓고 차문을 잠갔다.

내가 돌아왔을 때도 그는 여전히 의식이 없었다. 나는 정문을 따고 그를 집안으로 끌어놓은 후 문을 닫았다. 그가 이제야 다시 헐떡거리기 시작했다. 전등 하나를 켰다. 그가 껌벅거리며 눈을 뜨더니 서서히 나에게 초점을 맞췄다.

나는 그의 무릎이 미치지 않는 위치에서 허리를 굽히며 말했다. "조용히 하지 않으면 똑같은 꼴을 더 호되게 당할 줄 알아. 그대로 조용히 누워서 숨이나 참아봐. 더는 못 버틸 때까지 꾹꾹 참으면서 이런 생각을 해보라고. 이제 숨을 쉬어야 하는데, 얼굴이 시꺼메지고 눈알이 튀어나오게 생겼는데, 당장 숨을 쉬어야겠는데, 이걸 어쩌지, 난 지금 퀜틴교도소 깨끗한 가스실에서 의자에 꽁꽁 묶였는데, 숨을 안 쉬려고 안간힘을 쓰며 버티지만 결국 공기가 아니라 청산가리 가스를 마시게 될 텐데. 요즘 우리 주에서 시행하는 이른바 인도적 처형방식이 바로 그거라고."

"나가 뒈져." 그가 겁에 질려 조용히 한숨을 내쉬며 말했다.

"넌 어차피 다 불 수밖에 없어, 친구. 버틸 수 있다고 착각하지 마. 우리가 원하는 말은 다 털어놓고 우리가 싫어하는 말은 한마디도 안 하게 될 테니까."

"나가 뒈져버려."

"그 소리 한 번만 더 지껄이면 아주 푹 자게 해주지."

그의 입이 씰룩거렸다. 그는 등뒤로 수갑을 차고 한쪽 뺨을 양탄자에 붙인 자세로 엎드려 있었다. 내 위치에서 보이는 한쪽 눈이 짐승의 눈처럼 번뜩였다. 나는 전등을 하나 더 켜고 복도로 나가 거실 뒤쪽으로 향했다. 가이거의 방은 아무것도 건드리지 않은 듯했다. 복도 건너편 방문을 열어보니 이번에는 잠기지 않은 상태였다. 방안에 희미한 불빛이 너울거리고 백단향냄새가 풍겼다. 옷장 위에 놓인 작은 황동접시에 원뿔형 향 두 개를 나란히 태워 재가 소복이 쌓여 있었다. 불빛은 30센티미터 높이의 촛대에 두 개씩 꽂아놓은 길쭉한 검은색 양초가 뿜어내는 빛이었다. 침대 양쪽에 등받이가 곧은 의자를 놓고 그 위에 촛대를 하나씩 올려놓았다.

가이거가 침대 위에 누워 있었다. 사라졌던 중국 태피스트리 두 점을 엑스자 모양으로 겹쳐 피투성이 중국풍 상의를 가려놓았다. 엑스자 밑에는 검은색 파자마를 입은 두 다리가 가지런히 놓인 채 뻣뻣하게 굳어 있었다. 두 발에는 두툼한 펠트 밑창이 달린 중국식 슬리퍼를 신겼다. 엑스자 위로는 두 팔을 올려 손목을 교차시킨 후 손바닥이 아래로 가도록 두 손을 어깨에 걸쳐두고 손가락을 가지런히 모아두었다. 입은 다물었는데 찰리 챈 콧수염이 가짜 수염처럼 비현실적으로 보였다. 두 눈을 감겼지만 완전히 감기지는 않은 상태였다. 유리 의안이 불빛을 받아 희미하게 반짝거리며 나에게 윙크를 던지는 듯했다.

나는 시신을 건드리지 않았다. 아주 가까이 가지도 않았다. 보나마나 얼음처럼 차갑고 널빤지처럼 뻣뻣하겠지.

열린 문으로 외풍이 들이치자 검은색 양초가 깜박거렸다. 검은 촛농이 방울방울 흘러내렸다. 방안 공기는 매캐하고 비현실적이었다. 나는 밖으로 나가서 문을 닫고 거실로 돌아갔다. 청년은 움직이지 않고 그대로 있었다. 나는 우두커니 서서 혹시 사이렌소리가 들리는지 귀를 기울여보았다. 애그니스가 얼마나 빨리 입을 열었는지, 그리고 뭐라고 말했는지가 관건이다. 그녀가 가이거에 대해서도 털어놓았다면 경찰이 들이닥치는 것은 시간문제다. 그러나 몇 시간 동안은 입을 열지 않을지도 모른다. 어쩌면 이미 도망쳤을 수도 있다.

나는 청년을 내려다보았다. "이봐, 일어나 앉을 텐가?"

그는 얼른 눈을 감고 자는 체했다. 나는 책상으로 가서 자주색 전화기를 집어들고 버니 올즈의 사무실 번호를 돌렸다. 그는 여섯시에 퇴근했다고 한다. 그의 집 전화번호를 돌렸다. 올즈가 받았다.

"말로요. 오늘 아침에 본 친구들이 오웬 테일러 시신에서 리볼버 한 자루 찾아내지 않았소?"

나는 그가 목청을 가다듬고 목소리에서 놀라움을 감추려고 애쓰는 것을 들었다. "그건 경찰이 알아서 할 일이야."

"혹시 찾았다면 그 안에 탄피 세 개가 있었을 거요."

"도대체 그걸 어떻게 알았나?" 올즈가 조용히 물었다.

"래번 테라스 7244번지로 오시죠. 로럴 캐니언 대로에서 조금 떨어진 곳이오. 그 세 발이 어디로 갔는지 보여드리지."

"정말이야?"

"정말이고말고."

그러자 올즈가 말했다. "창밖을 내다보면 내가 모퉁이를 도는 게 보일 거야. 어쩐지 이번 일은 자네가 좀 비밀스럽게 군다고 생각하던 참이었지."

"비밀스럽다니 당찮은 소리를." 내가 말했다.

## 18

올즈가 우두커니 서서 청년을 내려다보았다. 청년은 소파에 모로 앉아 벽면에 옆머리를 기대고 있었다. 올즈는 말없이 청년을 지켜보았다. 올즈의 허연 눈썹은 뻣뻣하고 촘촘하고 둥그스름해서 마치 풀러브러시 외판원이 나눠주는 작은 채소 세척용 수세미 같다.

그가 청년에게 물었다. "브로디를 쐈다는 사실은 인정하지?"

청년은 늘 입에 달고 다니는 낱말 두 개짜리 욕설을 작은 소리로 내뱉었다.

올즈가 한숨을 쉬며 나를 돌아보았다. 내가 말했다. "군이 인정할 필요도 없소. 내가 저놈 총을 갖고 있으니까."

"저런 말을 들을 때마다 일 달러씩 생기면 얼마나 좋을까. 뭐가 재미있다고 저런 소리를 하지?"

"재미있으라고 하는 말이 아니니까."

"그래, 그나마 다행이야." 올즈가 말했다. 그러더니 고개를 돌렸다. "와일드 지검장한테 연락해놨다네. 우리가 만나러 간다고. 이 펑크 자식도 데려가야지. 내 차에 태울 테니까 자네는 뒤에서 따라와. 저놈이 내 얼굴을 걷어차려고 덤빌지도 모르니까."

"방안에서 본 건 마음에 들었소?"

"마음에 들어." 올즈가 말했다. "테일러 녀석이 잔교에서 떨어진 게 차라리 고맙군. 그런 인간쓰레기를 죽였다는 이유로 사형수 감방에 처넣어야 했다면 나도 속이 좀 쓰렸을 테니까."

나는 작은 방으로 돌아가서 검은색 양초를 불어 껐다. 연기가 피어올랐다. 거실로 돌아와서 보니 올즈가 청년을 일으켜세운 뒤였다. 청년은 식은 양고기 굳기름처럼 딱딱하고 창백한 얼굴을 하고 검은색 눈동자로 올즈를 험악하게 노려보았다.

"가지." 올즈가 청년에게 손대기도 싫다는 표정으로 그의 팔을 붙잡았다. 나는 전등을 모두 끄고 두 사람을 따라 밖으로 나갔다. 모두 차에 올라탔다. 나는 올즈의 차 미등을 따라 길고 구불구불한 언덕길을 내려갔다. 내가 래번 테라스를 찾는 일은 이번이 마지막이길 바랐다.

태거트 와일드 지검장은 4번가와 라피엣공원 사이 모퉁이의 흰색 목조주택에 산다. 전차 차고처럼 거대한 집인데, 한쪽 측면에는 붉은 사암으로 지은 포트코셰어가 있고 정면 쪽에는 자그마치 8천 평방미터에 달하는 폭신폭신하고 완만하게 굽이치는 잔디밭이 있다. 견고하고 고풍스러운 저택으로, 도시가 서쪽으로 팽창하면서 새 부지로 건물을 옮기는 일이 유행할 때 이 집도 이곳으로 옮겨놓았다. 와일드는 로스앤젤레스의 유서 깊은 가문 출신인데, 아마도 이 집이 웨스트 애덤스 또는 피게로아 또는 세인트 제임스 파크에 있던 시절에 태어났을 것이다.

진입로에는 벌써 차가 두 대나 서 있었다. 하나는 대형 자가용 세단이고 또하나는 경찰차인데, 제복을 입은 운전사가 경찰차 후륜 펜더에 몸을 기대고 달구경을 하며 담배를 피웠다. 올즈가 다가가 뭐라고 말하자 운전사가 올즈의 차 안에 타고 있는 청년을 들여다보았다.

우리는 집으로 다가가 초인종을 눌렀다. 머릿기름을 바른 금발 남자가 문을 열고 우리를 안내했다. 복도를 지나고, 높이를 조금 낮춘 거실에 잔뜩 들여놓은 무겁고 컴컴한 가구들을 지나고, 거실 건너편에서 다시 복도를 따라갔다. 남자가 어느 방 앞에서 노크를 하고 들어가더니 문을 활짝 열어주었다. 우리가 들어간 곳은 벽널을 붙인 서재였는데, 맞은편에 열어놓은 유리문 너머로 어두운 정원과 신비로운 나무들이 내다보였다. 젖은 흙냄새와 꽃향기가 흘러들었다. 방안에는 안락의자 몇 개와 책이 있고, 벽면에는 크고 칙칙한 유화 몇 점, 그리고 젖은 흙냄새와 꽃향기에 어우러져 고급 시가의 연기 냄새도 감돌았다.

태거트 와일드는 책상 너머에 앉아 있었다. 뚱뚱한 중년남자로, 맑고 푸른 눈동자는 실제로는 무표정할 때도 왠지 친근한 표정처럼 보인다.

그는 블랙커피 한 잔을 앞에 놓고 왼손의 단정하고 조심스러운 손가락으로 가늘고 얼룩덜룩한 시가 한 개비를 들고 있었다. 책상 모서리 쪽에는 다른 남자가 파란색 가죽을 씌운 의자에 앉아 있는데, 눈빛이 차갑고 얼굴이 뾰족하고 몸매는 부지깽이처럼 깡말라서 전당포주인처럼 깐깐해 보였다. 깔끔하게 잘 손질한 얼굴은 면도한 지 한 시간도 안 지난 듯했다. 잘 다린 갈색 양복을 입고 넥타이에 흑진주를 달았다. 길고 신경질적인 손가락으로 보아 두뇌 회전이 빠른 남자가 분명했다. 꼭 싸움을 앞둔 사람처럼 보였다.

올즈가 의자를 끌어다놓고 앉으면서 말했다. "반갑네, 크론재거. 이 친구가 필 말로야. 궁지에 빠진 사설탐정." 올즈가 빙그레 웃었다.

크론재거는 눈인사도 없이 나를 빤히 쳐다보았다. 마치 사진을 훑어보는 듯한 눈초리였다, 그러고 나서야 비로소 턱을 살짝 끄덕거렸다. 와일드가 말했다. "자네도 앉게나, 말로. 크론재거 반장은 내가 좀 말려보겠지만 자네도 요즘 어떤지 알잖아. 이젠 여기도 대도시가 돼버려서."

나는 자리에 앉아 담뱃불을 붙였다. 올즈가 크론재거를 보며 말했다. "랜들 플레이스 살인 사건에 대해서는 뭐 좀 건졌나?"

얼굴이 뾰족한 남자가 손가락 하나를 잡아당겨 관절에서 뚝 소리를 냈다. 그러더니 시선을 내린 채 말했다. "총알 두 발 맞은 시체. 발사하지 않은 권총 두 자루. 건물 앞 길거리에서 남의 차에 시동을 걸려고 하던 금발 여자를 붙잡았지. 자기 차는 바로 옆에 있었는데 하필 똑같은 모델이더군. 너무 당황하기에 우리 애들이 잡아들였는데 술술 다 불지 뭔가. 브로디라는 남자가 총 맞을 때 현장에 있었다던걸. 범인은 못 봤다고 하던데."

"그게 다야?" 올즈가 물었다.

크론재거가 눈썹을 조금 올렸다. "겨우 한 시간 전에 일어난 사건이잖나. 뭘 기대했어? 살인 장면을 영화로 찍어 보여줄까?"

"범인 인상착의 정도는 알아냈어야지." 올즈가 말했다.

"가죽조끼를 입은 키 큰 남자. 그것도 인상착의라고 한다면."

"그놈이 지금 내 똥차에 타고 있어." 올즈가 말했다. "수갑 차고. 말로가 붙잡았지. 이건 그놈 총이고." 올즈는 주머니에서 청년의 자동권총을 꺼내 와일드의 책상 한구석에 내려놓았다. 크론재거는 총을 보기만 하고 손대지 않았다.

와일드가 낄낄 웃었다. 그는 뒤로 몸을 기댄 채 얼룩덜룩한 시가를 입에서 떼지 않고 뻐끔뻐끔 피웠다. 그러다가 몸을 숙이고 커피를 한 모금 마셨다. 그는 입고 있는 디너재킷의 가슴주머니에서 비단 손수건을 꺼내 입을 닦은 후 도로 꽂았다.

"관련된 살인 사건이 둘이나 더 있어." 올즈가 턱 끝의 연한 살을 잡아당기며 말했다.

크론재거가 눈에 띄게 긴장했다. 인정머리없는 두 눈이 칼날처럼 차갑게 빛났다.

올즈가 말을 이었다. "오늘 아침 리도 잔교 앞에서 태평양에 빠진 차를 건졌는데 거기서 남자 시신이 나왔다는 소식 들었지?"

"금시초문이야." 크론재거는 여전히 못마땅한 표정이었다.

"차에 있던 그 시체는 어느 부잣집 운전사였네. 그 집은 딸내미 하나 때문에 협박을 당하는 상황이었지. 그래서 와일드 지검장님이 나를 통해서 그 댁에 말로를 소개해주셨고. 말로는 좀 비밀스럽게 움직였을 뿐이야."

"내가 살인 사건에 비밀스럽게 구는 사설탐정을 좀 좋아하지." 크론재거가 으르렁거렸다. "그렇게 쉬쉬할 필요는 없잖나."

"그래, 그렇게 쉬쉬할 필요는 없지. 오히려 시내 경찰한테 쉬쉬할 기회가 너무 드문 게 문제라고. 다들 발목 부러지지 않으려면 조심해서 다니라고 타이르느라 하루가 모자랄 지경이니까."

크론재거의 뾰족한 코 주변이 창백해졌다. 조용해진 방안에 나지막이 씩씩거리는 숨소리가 들렸다. 크론재거가 아주 조용히 말했다. "우리 애들더러 조심해서 다니라고 타이를 필요는 없어, 주제넘은 친구."

"두고 보면 알겠지." 올즈가 대답했다. "리도 잔교에서 익사한 그 운전사가 어젯밤 자네 관할구역에서 어떤 남자를 쏴 죽였네. 할리우드 대로에서 음란서적 장사를 하던 가이거라는 놈이지. 지금 내 차에 타고 있는 펑크 녀석이 바로 그 가이거랑 한집에 살았고. 한집에 산다는 말이 무슨 뜻인지는 알아들었겠지."

크론재거는 이제 올즈를 똑바로 쳐다보고 있었다. "지저분한 얘기가 나오겠군."

"겪어보니 경찰 얘기가 다 그렇더군." 올즈가 툴툴거리더니 나를 돌아보며 눈썹을 곤두세웠다. "자네 차례야, 말로. 설명해줘."

그래서 설명했다.

다만 두 가지 사실은 빠뜨렸는데, 그중 하나는 왜 빠뜨렸는지 그 순간에는 나 자신도 알지 못했다. 나는 카멘이 브로디의 아파트로 찾아온 일, 그리고 그날 오후 에디 마스가 가이거의 집으로 찾아온 일은 생략했다. 나머지는 사실대로 털어놓았다.

크론재거는 내가 말하는 동안 내 얼굴에서 한순간도 눈을 떼지 않았고, 그의 얼굴은 줄곧 무표정했다. 내 이야기가 끝난 뒤에도 한참 동안 침묵을 지켰다. 와일드도 말없이 커피를 홀짝거리고 얼룩덜룩한 시가를 천천히 빼끔거렸다. 올즈는 엄지 하나를 뚫어져라 들여다보았다.

크론재거가 느릿느릿 의자에 등을 기대고 한쪽 발목을 무릎에 걸쳐 놓더니 가늘고 신경질적인 손으로 발목뼈를 문질렀다. 깡마른 얼굴을 잔뜩 찌푸리고 있었다. 그가 지독히도 깍듯하게 말했다.

"그러니까 댁은 간밤에 일어난 살인 사건을 신고하지 않았고, 오늘도 빨빨거리며 돌아다니셨고, 그래서 저녁때 가이거의 애인 녀석이 두 번째 살인 사건을 저질렀다는 얘기로군요."

"그렇습니다." 내가 말했다. "제 입장도 좀 난처했습니다. 잘못한 점은 있지만 의뢰인을 보호하려 했을 뿐이고 그 애송이가 브로디를 노릴 줄은 전혀 몰랐으니까요."

"그런 걱정은 경찰에 맡겨야 했소, 말로. 간밤에 가이거가 죽었다는 사실을 곧바로 신고했으면 서점에서 브로디의 아파트로 책을 옮기는 일도 없었을 거요. 그 애송이가 애꿎은 브로디를 찾아가 죽여버리는 일도 없었을 테고. 물론 브로디야 어차피 죽을 목숨이었지. 그런 놈들은 다 그렇게 끝나니까. 그래도 생명은 생명이잖소."

"그야 그렇죠." 내가 말했다. "다음번에 어느 겁먹은 좀도둑이 훔친 물건을 들고 내뺄 때 경찰이 뒷골목에서 쏴죽이면 그때 그렇게 말씀해 주시죠."

그때 와일드가 두 손으로 책상을 탁 내리쳤다. "그만들 해!" 그가 호통을 쳤다. "말로 자네는 테일러란 놈이 가이거를 쐈다고 확신하는 이유가 뭔가? 가이거를 죽인 총이 테일러의 시체나 그 차 안에서 나왔더라도 그 녀석이 범인이라는 확실한 증거는 아니잖아. 총이야 누군가 가져다놨을 수도 있으니까. 가령 브로디가 진범이라면 그놈이 그랬을지도 모르고."

"물리적으로야 가능하겠지만 심리적으로는 불가능하죠. 너무 많은 우연이 겹쳤다고 가정해야 하는데다 브로디와 그 여자의 성격에도 전혀 안 맞고 그 인간이 꾸민 일에도 전혀 어울리지 않습니다. 저는 브로디를 만나서 한참 동안 얘기해봤습니다. 사기꾼이지만 살인을 할 놈은 아니었죠. 권총이 두 자루나 있는데도 둘 다 안 들고 다니더군요. 브로디는 가이거의 장사에 한몫 끼어들 궁리를 했을 뿐입니다. 물론 그 여자한테 속사정을 다 들었겠죠. 혹시 폭력조직이 뒷배를 봐주는지 확인하려고 가끔 가이거를 감시했다더군요. 저도 그 말을 믿습니다. 브로디 같은 녀석이 책을 가로채려고 가이거를 살해했다, 그리고 가이거가 방금 찍은 카멘 스턴우드의 누드사진을 들고 튀었다, 그러고 나서 오웬 테일러에게 권총을 숨겨놓고 리도 잔교에서 바다로 밀어버렸다? 이건 터무니없는 억측입니다. 반면에 테일러는 질투심에 미쳐버렸으니 살해동기도 있었고 가이거를 죽일 기회도 있었어요. 허락도 없이 그 집 차를 몰고 나왔죠. 그리고 여자애가 보는 앞에서 가이거를 죽여버렸는데, 브로디가 범인이었다면 그런 식으로 죽이진 않았을 겁니다. 가이거에게 금전적 관심만 가진 사람이라면 그럴 리가 없거든요. 반면에 테일러라면 충분히 그럴 만합니다. 그 누드사진 문제만 갖고도 충분히 그럴 만해요."

와일드가 낄낄거리며 크론재거를 건너다보았다. 크론재거가 헛기침을 하며 콧김을 내뿜었다. 와일드가 물었다. "시신을 은폐한 일은 어떻게 된 건가? 영문을 모르겠네."

내가 대답했다. "우리한테 털어놓진 않았지만 저 애송이가 숨겼을 겁니다. 브로디라면 가이거가 사살된 후 그 집에 들어가지도 않았을 테니까요. 제가 카멘을 집에 데려다주러 나간 사이에 저 녀석이 들어왔겠죠. 정체가 드러날까봐 당연히 경찰을 두려워했을 테고* 그 집에서 자기 물건을 치울 때까지 일단 시신을 감춰두는 게 좋겠다고 생각했고요. 양탄자에 남은 흔적으로 봐서 시신을 끌고 앞문으로 나갔는데, 십중팔구 차고에 숨겼을 겁니다. 그러고 나서 자기 소지품을 챙겨 바깥으로 옮겨놨죠. 그런데 그날 밤 시신이 경직되기 전에 뒤늦게나마 양심의 가책을 느꼈고, 죽은 친구를 푸대접했다는 생각이 들었어요. 그래서 돌아와 시신을 침대에 눕혀놓은 겁니다. 물론 모두 짐작일 뿐이지만요."

와일드가 고개를 끄덕였다. "그래놓고 오늘 아침에는 아무 일도 없었다는 듯이 서점에 가서 상황을 살펴봤군. 그러다가 브로디가 책을 빼돌릴 때 어디로 옮기는지 확인했고, 책을 가져간 놈이 그러려고 가이거를 죽였으려니 오해한 거야. 어쩌면 브로디와 그 여자에 대해서도 둘이 생각하는 것보다 잘 알았는지도 모르겠군. 자네 생각은 어떤가, 올즈?"

올즈가 대답했다. "이제부터 알아봐야죠. 그래도 크론재거한테는 별로 도움이 안 되겠네요. 저 친구가 화를 내는 이유는 간밤에 그런 일이

* 당시 캘리포니아주에는 동성애 금지법이 존재했다.

일어났는데 이제야 알게 됐기 때문이잖습니까."

그러자 크론재거가 언짢다는 듯이 말했다. "그쪽 문제도 확인해볼 방법이 있겠지." 그가 나를 째려보더니 곧바로 시선을 돌렸다.

와일드가 시가를 흔들며 말했다. "증거물 좀 보세, 말로." 나는 주머니를 털어 내가 확보한 물건들을 책상 위에 쏟아놓았다. 스턴우드 장군이 받은 어음 석 장과 가이거의 명함, 카멘의 사진, 그리고 이름과 주소를 암호문으로 작성한 파란색 공책. 가이거의 열쇠고리는 이미 올즈에게 넘긴 뒤였다.

와일드는 천천히 시가를 빼끔거리며 내가 내놓은 물건들을 살펴보았다. 올즈도 소형 시가 한 개비에 불을 붙이고 느긋하게 천장으로 연기를 내뿜었다. 크론재거는 책상 쪽으로 몸을 숙여서 내가 와일드에게 준 물건들을 들여다보았다.

와일드가 카멘이 서명한 어음 석 장을 톡톡 두드리며 말했다. "내가 보기에 이건 미끼에 불과했어. 스턴우드 장군이 돈을 내놨다면 더 큰 걱정거리가 있다는 뜻일 테니까. 그랬다면 가이거가 더 심하게 압박했겠지. 장군이 뭘 걱정하는지 알고 있나?" 그는 나를 보고 있었다.

나는 고개를 가로저었다.

"이 사건에 관련된 사실은 빠짐없이 말한 거 맞나?"

"사적인 문제 두 가지는 생략했습니다. 앞으로도 생략할 생각입니다, 와일드 지검장님."

"하!" 크론재거가 코웃음을 치며 반감을 드러냈다.

"왜?" 와일드가 조용히 물었다.

"제 의뢰인을 보호해야 하니까요. 대배심에 소환되기 전까지는 지켜줘야죠. 제겐 사설탐정으로 활동해도 좋다는 면허증이 있습니다. 이 '사설'이라는 말이 중요하다고 생각합니다. 할리우드 관할구역에서 살인 두 건이 일어났는데 둘 다 해결됐잖아요. 둘 다 범인이 밝혀졌어요. 둘 다 살해동기도 있고 흉기도 찾았고. 협박 사건 쪽은 덮어주는 게 맞습니다. 당사자들의 이름만이라도."

"왜?" 와일드가 다시 물었다.

"괜찮습니다." 크론재거가 담담하게 말했다. "저렇게 대단하신 탐정 나리 앞에서 우리야 들러리 노릇도 과분하죠."

내가 말했다. "보여드릴 게 있습니다." 나는 자리에서 일어나 집 밖으로 나간 후 내 차에 가서 가이거의 서점에서 나온 책 한 권을 꺼냈다. 제복을 입은 경찰차 운전사가 올즈의 차 옆에 서 있었다. 구석에 타고 있는 청년이 옆으로 몸을 기대고 있었다.

"뭐라고 하던가요?" 내가 물었다.

"나더러 뭘 하라고 하던데요?" 경찰이 침을 탁 뱉었다. "못 들은 체했어요."

나는 집안으로 돌아가서 와일드의 책상 위에 책을 내려놓고 포장을 벗겨냈다. 크론재거는 책상 끄트머리에 놓인 전화기를 쓰고 있었다. 내가 들어가자 전화를 끊고 자리에 앉았다.

와일드는 굳은 표정으로 책을 대강 훑어본 후 책장을 덮고 크론재거 쪽으로 밀어주었다. 크론재거가 책을 펼치고 한두 쪽 들여다보더니 얼른 덮어버렸다. 그의 광대뼈 언저리가 오십 센트짜리 동전 크기로 붉게 물들었다.

내가 말했다. "앞쪽 면지에 찍힌 날짜를 보세요."

크론재거가 책을 다시 펼치고 날짜를 확인했다. "봤는데?"

"필요하다면 이 자리에서 선서까지 하고 증언하죠. 틀림없이 가이거의 서점에서 나온 책입니다. 금발머리 애그니스도 그 서점에서 어떤 장사를 했는지 인정할 테고. 눈이 있는 사람이라면 누구나 알겠지만 그 서점은 눈속임에 불과했어요. 그런데도 할리우드 경찰은 무엇 때문인지 그런 장사를 내버려뒀죠. 제가 장담하는데 그 이유가 뭔지 대배심도 알고 싶어할걸요."

그러자 와일드가 빙그레 웃었다. "배심원들이 가끔 그렇게 난처한 질문을 던지긴 하지. 도시가 이런 꼬락서니로 돌아가는 이유가 궁금해서 그러겠지만 다 부질없는 짓이고."

그때 크론재거가 벌떡 일어나 모자를 썼다. "삼대 일로 수세에 몰렸군요." 그가 딱딱거렸다. "저야 살인 사건 전담이죠. 가이거가 음란서적을 돌렸건 말건 제가 알 바 아닙니다. 그래도 이 사실이 신문에 실리면 우리 서에도 좋을 게 없다는 건 인정해야겠네요. 그래서 세 분이 원하는 건 뭡니까?"

와일드가 올즈를 돌아보았다. 올즈가 침착하게 말했다. "범인을 넘겨주겠다는 거지. 가자고."

올즈가 일어섰다. 크론재거는 올즈를 매섭게 노려보다가 성큼성큼 나가버렸다. 올즈도 따라갔다. 문이 다시 닫혔다. 와일드가 책상을 톡톡 두드리며 맑고 푸른 눈으로 나를 물끄러미 바라보았다.

"이렇게 사건을 덮는 일을 경찰이 어떻게 생각하는지 자네도 잘 알잖나. 결국 모든 사실을 빠짐없이 진술해줘야 할 거야. 적어도 서류상에는 남겨둬야지. 두 살인 사건을 별개로 처리하고 어느 쪽에도 스턴우드 장군 이름이 안 들어가게 하는 정도는 가능할 듯싶네만. 내가 자네 귀를 뜯어버리지 않는 이유가 뭔지 알겠나?"

"글쎄요. 저는 둘 다 뜯길 줄 알았는데요."

"이런 일을 하면서 얼마나 받지?"

"하루 이십오 달러에 경비 추가요."

"그럼 지금까지 오십 달러에 기름값 조금 벌었겠군."

"대충 그렇죠."

그는 고개를 갸우뚱하며 왼쪽 새끼손가락 윗부분으로 턱밑 언저리를 쓰다듬었다.

"겨우 그 돈을 벌겠다고 카운티 내 경찰 태반의 미움을 사도 좋단 말인가?"

"저도 싫습니다. 그래도 어쩌겠습니까? 사건을 맡았는걸요. 먹고살려면 팔 수 있는 건 팔아야죠. 하늘이 내려주신 보잘것없는 배짱과 지능, 이래저래 들볶이면서도 의뢰인을 보호하겠다는 마음가짐 말입니다. 오늘밤 장군님에게 물어보지도 않고 여기까지 털어놓은 것만 해도 제 원칙을 어긴 겁니다. 그리고 사건을 덮는 문제라면 저도 경찰 노릇을 해봐서 다 압니다. 대도시에서는 흔해빠진 일이죠. 경찰은 외부인이 뭘 좀 감추려 하면 난리법석을 치고 딱 잘라버리면서도 자기들끼리는 하루걸러 한 번씩 똑같은 짓을 하고, 친구나 힘깨나 쓰는 사람들 부탁이라면 뭐든지 눈감아주잖습니까. 더구나 제 일은 아직 덜 끝났습니다. 사건이 다 해결되지 않았단 말입니다. 앞으로도 필요하다면 오늘과 똑같이 행동할 겁니다."

"크론재거가 자네 면허증을 취소하지 않아야 가능한 일이지." 와일드가 빙그레 웃었다. "아까 사적인 문제 두 가지를 생략했다고 했잖나. 중요한 일인가?"

"사건이 다 해결되지 않았다고 말씀드렸잖습니까." 나는 그렇게 대답하며 그의 시선을 똑바로 마주보았다.

와일드가 나를 보며 미소를 지었다. 아일랜드 사람답게 솔직하고 배포가 두둑한 미소였다. "한 가지만 말해두지. 우리 아버지가 스턴우드 어르신과 절친한 사이였네. 그래서 나도 내 직분이 허락하는 한—아니, 내 직분을 훨씬 넘어서까지—어떻게든 어르신의 고민을 덜어주려고 노력했지. 그런데 길게 보면 불가능한 일이야. 그 댁 딸들, 특히 그 금발머리 계집애가 언젠가는 도저히 무마할 수 없는 일에 얽혀들 테니까. 둘 다 제멋대로 돌아다니게 내버려두면 곤란하다고. 나는 어르신 잘못이라고 생각하네. 요즘 세상이 어떤 곳인지 잘 모르시는 모양이야. 그리고 이렇게 윽박지르지 않고 남자 대 남자로 말하는 김에 한마디만 더 하지. 이건 내기를 걸어도 좋은데, 장군님은 술장사하던 당신 사위가 이번 일에 연루됐을까봐 걱정하시는 거야. 사위가 무관하다는 사실을 자네가 밝혀주길 내심 바라신다고. 자네 생각은 어떤가?"

"제가 듣기로 리건이 협박범 같진 않던데요. 그 집안에 애정을 느끼면서도 떠날 수밖에 없었겠죠."

와일드가 콧방귀를 뀌었다. "그 애정이 얼마나 깊었는지는 자네랑 내가 판단할 일이 아니겠지. 어쨌든 그런 친구라면 애정이 깊어봤자 대단찮았을걸. 장군님이 리건을 찾는 중이라고 말씀하셨나?"

"리건이 어디 있는지, 잘 지내는지만 알고 싶다고 하시더군요. 리건을 좋아하셨는데 인사도 없이 떠나버려 섭섭하신 거죠."

와일드가 뒤로 기대며 얼굴을 찡그렸다. "그랬군." 그의 목소리가 달라졌다. 그가 책상에 놓인 물건들을 한 손으로 쓸어모으더니 가이거의 파란색 공책만 한쪽에 치워놓고 나머지 증거물들은 나에게 밀어주었다. "이것들은 자네가 가져가게. 이제 나한테는 필요 없으니까."

## 19

내가 호바트 암즈 주차장에 차를 세운 후 건물을 돌아 정문 쪽으로 걸어갈 때는 벌써 밤 열한시가 가까웠다. 유리문을 열시에 잠가버리기 때문에 열쇠를 꺼내야 했다. 휑뎅그렁한 정사각형 로비에 들어서자 한 사내가 푸르스름한 석간신문을 야자수 화분 옆에 내려놓고 야자수가 자라는 화분에 담배꽁초를 툭 던졌다. 그러고는 일어나더니 모자를 흔들며 말했다. "형님이 얘기 좀 하자고 부르셨수다. 친구들을 너무 오래 기다리게 하시네, 이 형씨."

나는 우뚝 서서 사내의 주저앉은 코와 고깃덩어리처럼 뭉개진 귀를 바라보았다.

"무슨 일인데?"

"뭘 그렇게 따지쇼? 그냥 얌전히 따라오면 아무 일도 없을 텐데." 그의 손이 단추를 채우지 않은 윗도리 첫번째 단춧구멍 부근에 올라가 있었다.

"지금 내 몸에서 경찰냄새가 진동한다고. 너무 피곤해서 말할 기운도 없고 밥 먹을 기운도 없고 생각할 기운도 없어, 아무리 피곤해도 에디 마스의 명령을 거역할 리 없다고 생각한다면—내가 멀쩡한 귀마저 구멍을 뚫어주기 전에 그 총 꺼내든가."

"허풍은. 총도 없는 주제에." 그는 태연하게 나를 노려보았다. 검고 뻣뻣한 눈썹이 가운데로 모이고 입초리가 아래로 내려갔다.

"지난번에야 그랬지. 날마다 빈손으로 다니진 않거든."

그러자 그가 왼손을 내저었다. "그래, 내가 졌어. 어차피 누굴 묻으라는 말을 들은 것도 아니니까. 형님이 연락하시겠지."

"안 해도 된다고 해." 나는 그 말을 남기고 천천히 돌아섰다. 사내가 내 곁을 지나 문 쪽으로 걸어갔다. 그는 뒤를 돌아보지도 않고 문을 열고 나가버렸다. 나는 방금 저지른 어리석은 행동에 피식 웃으며 승강기를 타고 아파트 위층으로 올라갔다. 카멘의 소형 권총을 주머니에서 꺼내 보며 폭소를 터뜨렸다. 이윽고 권총을 깨끗이 닦고 기름을 친 후 면 플란넬로 싸서 서랍에 넣고 잠가버렸다. 술 한 잔을 만들어 마실 때 전화벨이 울렸다. 나는 전화기가 놓인 테이블 옆으로 가서 앉았다.

"오늘밤은 꽤나 사납다더군." 에디 마스의 목소리였다.

"크고 빠르고 사납고 살기등등하지. 용건이 뭔데?"

"거기서 만난 경찰 말인데—어딘지 알잖아. 혹시 내 얘기 안 했겠지?"

"내가 왜 그래야 하는데?"

"형씨, 나한테 잘해줘야 나도 잘해주지. 나를 푸대접하면 나도 푸대접하고."

"잘 들어봐. 이빨 떨리는 소리 들리지?"

그가 담담하게 웃었다. "내 얘기—했냐고?"

"안 했어. 젠장, 왜 그랬는지 나도 모르지만. 안 그래도 충분히 복잡한 사건이라서 그랬겠지."

"고마워, 형씨. 가이거는 누가 죽였지?"

"내일 신문에서 읽어봐. 기사가 나오면."

"지금 알고 싶은데."

"원하는 건 뭐든지 이뤄지나?"

"그건 아니고. 그게 형씨 대답인가?"

"당신도 모르는 사람이 죽였어. 그 정도로 넘어가."

"그게 사실이면 언젠가 내가 그쪽을 도와줄 수도 있지."

"그럼 전화나 끊어. 잠 좀 자게."

그가 다시 웃었다. "지금 러스티 리건을 찾는 중이지?"

"그렇게 오해하는 사람이 많지만 사실은 안 그래."

"혹시 그렇다면 내가 실마리를 줄 수도 있거든. 해변에 들러 나를 찾아와. 언제든지. 그쪽이라면 반겨줄 테니까."

"생각해보고."

"그럼 그때 보자고." 전화가 끊어졌지만 나는 무섭도록 끈질기게 수화기를 붙잡고 앉아 있었다. 이윽고 스턴우드 저택 전화번호를 돌렸다. 신호음이 네댓 번 울린 후 사근사근한 집사 목소리가 들렸다. "스턴우드 장군 댁입니다."

"말로요. 기억합니까? 백 년쯤 전에 만났는데—아니, 그게 어제였나?"

"예, 말로 씨. 당연히 기억하죠."

"리건 부인 계십니까?"

"예, 계실 겁니다. 지금—"

나는 갑자기 마음이 바뀌어 그의 말허리를 잘랐다. "아니, 말씀만 전해주세요. 사진이 저한테 있다고, 전부 다, 그리고 일이 잘 풀렸다고."

"예…… 예……" 목소리가 조금 떨리는 듯했다. "사진을 갖고 계신다고—전부 다—그리고 일이 잘 풀렸다고…… 알겠습니다. 그리고—정말 감사합니다."

오 분 후 다시 전화벨이 울렸다. 술도 다 마셨겠다, 이제 까맣게 잊고 있던 저녁식사를 해도 되겠다고 생각하던 참이었다. 벨소리를 들으며 집을 나섰다. 돌아왔을 때도 전화벨이 울리고 있었다. 그 소리는 열두 시 반까지 드문드문 이어졌다. 나는 그 시각에 불을 끄고 창문을 열어놓은 후 신문지로 덮어 벨소리를 줄여놓고 잠자리에 들었다. 이제 스턴우드 집안이라면 진절머리가 났으니까.

이튿날 아침, 달걀과 베이컨을 먹으며 조간신문 세 부를 모두 읽어보았다. 이번 사건에 대한 신문기사는 여느 때와 비슷한 수준으로 진실에 접근했다. 화성과 토성 사이의 거리랄까. 셋 중 어떤 신문도 '리도 잔교 자동차 자살 사건'의 운전자 오웬 테일러를 '로럴 캐니언 이국풍 방갈로 살인 사건'에 결부시키지 않았다. 어떤 신문도 스턴우드 가족이나 버니 올즈나 내 이름을 언급하지 않았다. 오웬 테일러는 '어느 부잣집 운전사'였다. 할리우드 경찰서의 크론재거 반장이 관할구역에서 일어난 살인 사건 두 건을 해결한 공로를 독차지했는데, 두 사건의 발단은 가이거라는 사람이 할리우드 대로에 위치한 서점 뒷방에서 통신사업을 하다가 수익금을 둘러싸고 분쟁이 벌어졌기 때문이라고 한다. 브로디가 가이거를 사살했고 그 보복으로 캐럴 런드그런이 브로디를 사살했다. 경찰이 캐럴 런드그런을 구금했다. 런드그런은 범행을 자백했다. 전과가 있는데 아마도 고등학교 때의 일인 듯싶다. 경찰은 가이거의 비서 애그니스 로젤도 주요 참고인으로 조사중이다.

잘 쓴 기사였다. 이 기사가 남긴 인상에 따르면 가이거는 어젯밤에 살해되었고, 한 시간쯤 지나서 브로디가 살해되었고, 크론재거 반장은 담뱃불 붙이는 사이에 두 살인 사건을 뚝딱 해결해버린 듯했다. 테일러의 자살에 대한 기사는 두번째 섹션 일면에 있었다. 동력 바지선 갑판에 올려놓은 세단 사진을 실었는데 번호판은 까맣게 지워놓았다. 자동차 발판 옆의 갑판 위에 천으로 가려놓은 물체가 있었다. 오웬 테일러는 실의에 빠진데다 건강도 안 좋았다. 그의 가족이 더뷰크에 살고 있으므로 시신을 그곳으로 보낼 예정이다. 사건 심리는 없다.

## 20

실종수사과의 그레고리 과장은 넓고 평평한 책상 위에 내 명함을 내려놓고 책상 모서리와 명함 모서리가 정확히 평행을 이루도록 배치했다. 그리고 머리를 갸우뚱하며 명함을 들여다보더니 흐음 하는 소리를 내고 회전의자를 빙글 돌려 창밖 반 블록 너머에 있는 검찰청 건물의 쇠창살 박힌 꼭대기 층을 내다보았다. 건장한 체격이지만 눈이 피곤해 보였고, 몸놀림이 야경꾼처럼 느리고 신중했다. 목소리는 맥없고 단조롭고 무관심했다.

"사설탐정이라고?" 내 쪽은 돌아보지도 않고 창밖을 내다보며 그가 말했다. 송곳니에 걸린 브라이어* 파이프의 시꺼멓게 그을린 대통에서 가느다란 담배연기가 피어올랐다. "그래, 무슨 일로 오셨나?"

"가이 스턴우드 장군님께 의뢰받은 일입니다. 웨스트 할리우드, 앨타 브레아 크레센트 3765번지에 사시는."

그레고리 과장은 파이프를 입에서 떼지 않은 채 입가로 담배연기를 조금 뿜어냈다. "어떤 일인데?"

"과장님이 수사중인 사건과 딱히 겹치는 일은 아니지만 제가 궁금해서요. 좀 도와주시면 좋겠습니다."

"뭘 도와달라는 거지?"

"스턴우드 장군님은 갑부십니다. 지검장님 선친과도 오랜 친구셨고. 그런 분이 전속 심부름꾼을 고용했다고 경찰에 누가 될 일은 아니죠. 그럴 만한 여유는 충분한 분이니까."

"내가 그분 일을 돕는다고 생각하는 이유가 뭔가?"

나는 대답하지 않았다. 그가 회전의자를 느릿느릿 돌리더니 방안에 깔린 리놀륨 바닥에 큼직한 두 발을 내려놓았다. 그의 사무실은 오랜 일상의 곰팡내를 풍겼다. 나를 보는 눈빛이 싸늘했다.

"괜히 시간만 뺏고 싶지 않군요." 그러면서 의자를 뒤로 밀었다. 반 뼘 정도.

그는 움직이지 않았다. 지쳐빠진 눈으로 나를 응시할 뿐이었다. "지검장님을 아나?"

"만나뵙고 왔죠. 한때는 그분 밑에서 일했고. 버니 올즈 수사팀장님

---

* 유럽산 석남과 관목으로 뿌리가 매우 단단하여 담배파이프의 소재로 사용한다.

도 잘 압니다."

그레고리 과장이 수화기를 들고 중얼거렸다. "지검장실에 있는 올즈 좀 연결해주게."

그는 수화기를 전화기에 걸고 그대로 손을 얹은 채 기다렸다. 시간이 흘렀다. 파이프에서 담배연기가 흘러나왔다. 그의 눈도 손처럼 무겁게 내려앉은 채 움직이지 않았다. 이윽고 전화벨이 울리자 그가 왼손으로 내 명함을 집어들었다. "올즈? ……나 본서에 있는 앨 그레고리일세. 지금 내 방에 필립 말로라는 사람이 찾아왔어. 명함은 사설탐정이라는군. 정보가 필요하다는데…… 그래? 어떻게 생겼나? ……알았어, 고맙네."

그가 수화기를 내려놓더니 입에 물었던 파이프를 손에 들고 묵직한 연필의 황동 뚜껑으로 연초를 톡톡 다졌다. 마치 오늘의 일과에서 가장 중요한 일이라는 듯이 엄숙하고 조심스러운 태도였다. 이윽고 등을 기대며 다시 나를 쳐다보았다.

"알고 싶은 게 뭔가?"

"수사가 어디까지 진행됐는지 대충이라도 알고 싶습니다."

그는 내 말을 심사숙고했다. "리건 말인가?" 마침내 그가 물었다.

"그렇죠."

"그 사람을 아나?"

"만난 적은 없습니다. 듣자니 잘생긴 아일랜드인이고 나이는 삼십대 후반, 한때 술장사를 했고, 스턴우드 장군님 큰딸과 결혼했지만 천생연분은 아니었다고 하더군요. 그러다가 한 달쯤 전에 사라져버렸고."

"스턴우드 장군 입장에서는 오히려 잘된 일인데 사설탐정까지 고용하다니 쓸데없는 짓이지."

"장군님은 리건을 많이 좋아하셨어요. 그럴 수도 있죠. 다리도 불편한데다 외로운 노인이시잖습니까. 리건이 붙어 앉아 말동무를 해드렸거든요."

"우리도 못하는 일을 혼자서 할 수 있겠나?"

"리건을 찾아내기는 쉽지 않겠죠. 다만 협박 사건에 얽힌 문제가 좀 알쏭달쏭해서요. 저는 리건이 연루되지 않았다는 사실만 확인하면 됩니다. 어디 있는지 없는지만 알아도 도움이 될 겁니다."

"도와주고야 싶지만 그 친구가 어디로 갔는지는 나도 모르겠네. 꼬리를 감춰버렸으니 속수무책이지."

"경찰조직의 눈을 피하다니 꽤나 어려운 일 아닌가요, 과장님?"

"그야 그렇지만—가능한 일이지—얼마간이라면." 그는 책상 옆에 붙은 초인종 단추를 눌렀다. 중년여자가 옆문을 열고 고개를 들이밀었다. "테렌스 리건 서류철 좀 가져다줘요, 애바."

문이 닫혔다. 그레고리 과장과 나는 다시 답답한 침묵 속에서 서로를 마주보았다. 이윽고 여자가 다시 문을 열고 들어와 색인표가 붙은 녹색 서류철을 책상 위에 내려놓았다. 그레고리 과장은 고개를 끄덕여 여자를 내보낸 후 혈관이 드러난 콧잔등에 묵직한 뿔테안경을 얹어놓고 서류철 속의 문서들을 천천히 뒤적였다. 나는 담배 한 개비를 만지작거렸다.

"리건은 9월 16일에 사라졌네. 중요한 점이라면 그날은 운전사가 쉬는 날이었고 리건이 차를 가지고 나갈 때 아무도 못 봤다는 사실이지. 어쨌든 늦은 오후였어. 그리고 나흘이 지났을 때 선셋 타워스 근처에 있는 호화판 방갈로 단지 주차장에서 그 차를 찾았지. 주차장 관리인이 거기 차가 아니라면서 도난차량 담당부서에 신고했거든. 방갈로 단지 이름은 카사 데 오로. 거기에도 한 가지 문제가 있는데 곧 말해주겠네. 차 안에서 지문을 채취했지만 범죄 사건으로 등록된 지문은 없었어. 범죄를 의심할 만한 근거는 있지만 주차장에 있던 그 차는 범죄와 무관했지. 다른 사건에 얽힌 차량인데 그 문제도 금방 말해주겠네."

"에디 마스의 아내가 실종된 사건 말씀이군요." 내가 말했다.

과장이 못마땅한 표정을 지었다. "맞아. 단지 거주자들을 조사하다가 그 여자가 거기 산다는 사실을 알게 됐지. 리건이 사라질 무렵에, 어쨌든 이틀 안쪽으로 그 여자도 사라졌네. 인상착의가 리건과 비슷한 남자가 그 여자와 함께 있는 장면을 누가 목격했다지만 그게 정말 리건이었다는 확증은 없어. 경찰 노릇이 이렇게 뒤죽박죽이지. 가령 어떤 할머니가 창밖을 내다보다가 허둥지둥 달려가는 남자를 얼핏 봤는데 여섯 달이 지나서도 용의자들 속에서 거뜬히 그 남자를 가려내는 일도 있는 반면에 호텔직원들한테 선명한 사진을 보여줘도 잘 모르겠다고 잡아떼기 일쑤거든."

"그거야 유능한 호텔직원의 기본이죠."

"그건 그래. 아무튼 에디 마스 말로는 부인과 별거중이었지만 사이는 좋은 편이었다고 했네. 이 사건에는 몇 가지 가능성이 있어. 우선 리건은 늘 주머니에 만오천 달러를 넣고 다녔지. 모두 진짜 돈이었다고 다들 말하더군. 휴지뭉치에 달랑 지폐 한 장만 얹어놓은 게 아니었단 말이야. 꽤 많은 돈이지만 이 리건이라는 친구는 남들이 보는 앞에서 돈을 꺼내 들여다보길 좋아했는지도 모르지. 아니면 그 정도 액수는 대수롭지 않게 생각했거나. 어쨌든 리건 부인이 그러는데 리건은 스턴우드 장군한테서 땡전 한 푼도 안 받았다는군. 숙식제공 말고는 부인이 선물한 패커드 120 한 대가 전부였지. 전직 밀주업자가 모처럼 돈줄을 물었으면서 왜 그렇게 살았을까 생각해보게."

"정말 모를 일이네요."

"아무튼 어떤 남자가 사라졌는데 이 남자는 현금 만오천 달러를 바지 주머니에 쑤셔넣고 다니는데다 남들도 그 사실을 알고 있었단 말이야. 그 정도면 거액이지. 나 같아도 만오천 달러만 있으면 어디론가 사라지고 싶을 테니까. 고등학교 다니는 애새끼가 둘이나 있는데도. 그래서 제일 먼저 떠오른 생각은 누군가 그 돈을 빼앗으려고 리건을 때렸는데 너무 세게 때리는 바람에 어쩔 수 없이 사막으로 데려가서 선인장 밑에 묻어버리지 않았을까 하는 거였네. 물론 썩 마음에 들진 않았어. 리건은 권총을 소지했고 써본 적도 많거든. 너절한 술장사 패거리만 겪어본 것도 아니고. 내가 알기로는 1922년이었나, 아무튼 아일랜드내전 당시 일개 여단을 지휘했다더군. 강도 따위한테 호락호락 당할 사람이 아니지. 게다가 그 친구 차를 그 주차장에 갖다놓은 걸 보면 리건을 때려눕힌 놈은 리건이 에디 마스 부인을 좋아한다는 사실까지 알았다는 뜻인데, 실제로 좋아했던 모양이지만 도박장에서 빈둥거리는 놈팡이들이 두루 알 만한 일은 아니잖나."

"혹시 사진 있습니까?"

"남자 쪽은 있고 여자 쪽은 없어. 그것도 야릇한 일이지. 이 사건은 야릇한 구석이 너무 많단 말이야. 자, 보시게나." 그는 유광사진 한 장을 책상 너머로 밀어주었고, 나는 명랑하기보다 슬퍼 보이고 뻔뻔스럽기보다 내성적으로 보이는 아일랜드인의 얼굴을 들여다보았다. 폭력배의 얼굴도 아니지만 남에게 휘둘릴 만한 얼굴도 아니었다. 튼튼한 뼈대 위에 똑바로 뻗은 검은색 눈썹. 상하보다 좌우로 널따란 이마, 촘촘하게 뒤엉킨 검은색 머리, 좁고 짤막한 코, 널찍한 입. 턱은 윤곽이 뚜렷하지만 입에 비하면 작은 편이다. 조금은 근엄해 보이는 얼굴, 행동은 민첩하고 결단은 단호한 사내의 얼굴이다. 나는 사진을 돌려주었다. 어디서 만나든 한눈에 알아볼 만한 얼굴이니까.

그레고리 과장이 파이프를 두드려 재를 떨고 다시 연초를 담은 후 엄지로 살살 눌러주었다. 불을 붙이고 연기를 뿜어내더니 다시 말문을 열었다.

"그래, 리건이 에디 마스 마누라를 좋아한다는 사실을 아는 사람도 더러 있었겠지. 에디 말고도 말이야. 희한하게 에디도 그 사실을 알았거든. 그래도 아랑곳하지 않는 눈치였어. 그 무렵에 우리가 꽤나 철저하게 조사했거든. 물론 에디가 질투심 때문에 리건을 죽이지는 않았을 걸세. 그런 상황이라면 제일 먼저 의심을 받을 테니까."

"얼마나 똑똑한지가 문제겠죠. 그런 상황을 역이용할 수도 있잖아요."

그레고리 과장은 고개를 가로저었다. "버젓이 그런 장사를 할 만큼 똑똑하다면 그런 짓을 저지를 리가 없지. 무슨 말인지는 알아들었네. 자기가 그렇게 멍청한 짓을 할 리가 없다고 누구나 생각할 테니 일부러 멍청한 짓을 저질렀을지도 모른다는 거지. 그런데 경찰 입장에서 보면 잘못된 생각일세. 우리가 귀찮게 굴면 사업에 지장이 많을 테니까. 자네라면 그렇게 멍청한 행동이 오히려 똑똑하다고 생각하겠지. 나도 그렇게 생각할 수 있고. 그렇지만 말단경찰은 달라. 에디를 죽도록 괴롭힐 거야. 그래서 그런 생각은 버렸네. 혹시 내 판단이 틀렸다면, 자네가 그걸 증명한다면 내 의자 방석이라도 뜯어먹도록 하지. 그때까지는 에디를 용의선상에서 빼야겠어. 그런 놈한테 질투심은 충분한 살해동기가 아니기 때문이야. 일류급 범죄자들은 사업 수완도 뛰어나거든. 모든 일을 현명하게 처리하고 개인적 감정은 저절로 해결되게 내버려둘 줄도 알지. 그래서 그쪽은 가능성이 없다는 거야."

"그럼 가능성이 있는 건 뭡니까?"

"에디 부인과 리건. 딴 사람들은 상관없어. 부인은 그때 금발이었지만 지금은 아니겠지. 그 여자 차를 못 찾았으니 아마 둘이서 그 차로 떠났을 테고. 우리가 한참 뒤처졌는데—열나흘이나. 리건 차마저 못 찾았으면 이 사건을 조사해볼 엄두조차 못 냈을 걸세. 물론 이렇게 오리무중에 빠지는 일은 많이 겪어봤고 상류층이 관련된 경우라면 더욱더 그렇지. 물론 모든 일을 비밀리에 진행해야 했고."

그는 뒤로 기대면서 크고 묵직한 두 손바닥으로 의자 팔걸이를 툭툭 쳤다.

"지금은 기다려보는 수밖에 없어." 그가 말했다. "수배 전단을 뿌려놨지만 성과를 기대하기는 아직 이르고. 리건은 우리가 아는 액수만 쳐도 만오천 달러나 갖고 있네. 여자 쪽도 얼마쯤 가져갔을 테고 장신구까지 따지면 목돈일지도 모르지. 그래도 언젠가는 돈이 바닥날 거야. 그때 가면 리건이 수표를 현금으로 바꾸거나 차용증을 쓰거나 편지를 보내겠지. 둘이 낯선 도시에 가서 다른 이름으로 살겠지만 취향은 여전할 테니까. 결국 경제제도권으로 돌아올 수밖에 없네."

"에디 마스와 결혼하기 전에 그 여자는 어떤 일을 했습니까?"

"나이트클럽 가수였어."

"예전에 무대에서 찍은 사진이라도 구해볼 수 없었을까요?"

"못 구했네. 에디가 더러 가지고 있을 텐데 한사코 내놓질 않아서. 그 여자를 그냥 내버려두고 싶어하니까. 그렇다고 강요할 수도 없어. 시내에 그놈 친구들이 많거든. 안 그랬으면 거기까지 올라가지도 못했겠지." 그가 툴툴거렸다. "이 정도면 좀 도움이 됐나?"

"둘 다 영영 못 찾으시겠군요. 태평양이 워낙 가까워서."

"의자 방석에 대한 얘기는 진심이었네. 우리가 리건을 찾아낼 거야. 시간은 좀 걸리겠지만. 일이 년쯤 걸릴 수도 있고."

"스턴우드 장군님은 그렇게 오래는 못 버티십니다."

"우리도 할 수 있는 일은 다 해봤어. 장군이 현상금을 걸고 돈을 좀 쓰면 성과가 있을지도 모르지. 시에서는 이런 일에 필요한 돈을 지원해주지 않으니까." 그는 큰 눈으로 나를 물끄러미 바라보았다. 듬성듬성한 눈썹이 꿈틀거렸다. "정말 에디가 둘 다 죽였다고 생각하시나?"

나는 웃었다. "아뇨. 그 말은 농담이었어요. 저도 과장님과 똑같은 생각을 했습니다. 리건은 금슬도 안 좋은 부자 마누라보다 더 소중한 여자를 데리고 도망쳤다고. 더구나 그 마누라는 아직 부자도 아니잖아요."

"리건 부인을 만나보신 모양이군?"

"맞습니다. 화려한 주말을 함께 보내긴 좋겠지만 오래 사귀긴 피곤하겠더군요."

그는 흐음 하는 소리로 대답을 대신했고, 나는 그의 시간과 정보에 고마움을 표시하고 그 방을 나섰다. 회색 플리머스 세단 한 대가 시청에서부터 나를 따라왔다. 어느 한적한 거리에서 나를 따라잡을 기회를 주었다. 그러나 그 차는 내 제안을 거절했고, 그래서 멀리 따돌리고 내 볼일을 보러 갔다.

## 21

스턴우드 일가 쪽으로는 접근조차 하지 않았다. 내 사무실로 돌아가서 회전의자에 앉아 모처럼 다리를 흔들거리는 일에만 열중했다. 창문으로 세찬 바람이 들이치더니 이웃 호텔의 석유버너가 내뿜는 검댕이 방안으로 날아들어 마치 공터에 굴러다니는 회전초처럼 책상 위에서 이리저리 맴돌았다. 점심이라도 먹으러 나갈까, 인생 참 따분하구나, 술을 마셔도 따분하기는 매한가지겠지, 어차피 이런 시간에 혼자 술을 마셔봤자 별 재미도 없을 테고. 그런 생각을 하고 있을 때 노리스에게 전화가 왔다. 그는 변함없이 조심스럽고 공손한 말투로 스턴우드 장군이 오늘 몸이 좀 안 좋다고 말했다. 그리고 신문에 실린 몇몇 기사를 읽어드렸더니 내가 맡은 일을 끝마쳤다고 생각하시더라는 말도 전해주었다.

"가이거 일은 끝난 셈이죠." 내가 말했다. "물론 제가 죽이진 않았습니다."

"장군님도 말로 씨가 죽였다고 생각하진 않으십니다."

"리건 부인이 걱정하는 그 사진에 대한 일을 장군님도 아십니까?"

"아닙니다. 전혀 모르십니다."

"그날 장군님이 저한테 뭘 주셨는지 아시죠?"

"압니다. 어음 석 장이랑 명함 한 장이었겠죠."

"맞습니다. 다 돌려드리죠. 다만 사진은 제가 없애버리는 편이 낫겠군요."

"현명한 판단이십니다. 간밤에 리건 부인이 여러 번 연락을 드렸는데—"

"술 마시느라 나가 있었습니다."

"네에. 그럴 만하니까 그러셨겠죠. 장군님이 오백 달러짜리 수표를 보내드리라고 하셨습니다. 그 정도면 충분할까요?"

"충분하고도 남죠."

"그럼 이번 일은 마무리됐다고 봐도 될까요?"

"물론이죠. 자물쇠 망가진 금고처럼 단단히 마무리됐습니다."

"감사합니다. 저희 모두 고마울 따름입니다. 장군님이 기운을 좀 차리시면—어쩌면 내일쯤—직접 만나서 감사인사를 하고 싶다고 말씀하셨습니다."

"알겠습니다. 가서 또 브랜디나 좀 얻어마시죠. 기왕이면 샴페인도 곁들이고."

"얼음통에 담아놓고 기다리겠습니다." 웃음을 머금은 듯한 목소리로 집사가 말했다.

그것으로 용건이 끝났다. 우리는 작별인사를 하고 전화를 끊었다. 이웃 커피숍 냄새가 검댕과 함께 날아들었지만 시장기는 느껴지지 않았다. 그래서 사무실에 둔 술병을 꺼내 한 잔 마시며 자긍심의 파도에 몸을 맡겼다.

손가락을 꼽으며 사건의 전말을 되새겨보았다. 러스티 리건은 엄청난 재산과 어여쁜 아내를 포기했고, 결혼이야 했건 말건 사실상 범죄자인 에디 마스에게 부인이나 다름없는 알쏭달쏭한 금발 여자와 함께 방랑길에 올랐다. 그는 작별인사도 없이 별안간 사라졌지만 그럴 만한 이유는 얼마든지 있다. 그리고 자존심 때문인지 아니면 나를 처음 만날 때만 해도 조심스러웠기 때문인지 모르겠지만, 장군은 실종수사과가 이 일에 관여했다는 사실을 나에게 밝히지 않았다. 실종수사과 사람들은 이번 일로 지쳐버렸고 이제 굳이 신경을 쓸 가치도 없다고 생각하는 것이 분명하다. 리건은 이미 일을 저질렀지만 그것은 본인 문제다. 그레고리 과장은 에디 마스가 당시 한집에 살지도 않았던 금발 여자와 어떤 남자가 데이트를 즐겼다는 이유만으로 둘 다 살해했을 리가 없다고 했는데 내 생각도 그렇다. 좀 불쾌하긴 했겠지만 어차피 사업은 사업이고 할리우드 일대에는 갈 곳 없는 금발 여자가 발길에 챌 만큼 흔해빠졌다. 혹시 거액의 돈이라도 얽혔다면 사정이 좀 다르다. 그러나 에디 마스에게 만오천 달러 정도는 거액도 아니다. 그는 브로디 같은 잔챙이 사기꾼이 아니니까.

가이거는 죽어버렸으니 카멘이 또 그렇게 요상한 술을 맛보고 싶다면 다른 미심쩍은 인물을 찾아야 한다. 그녀에게는 그리 어려운 일도 아닐 것이다. 길모퉁이에 오 분쯤 우두커니 서서 수줍은 체하기만 하면 될 테니까. 다음번에 그녀를 낚을 사기꾼은 좀 살살 다뤄주길, 허겁지겁 뜯어먹으려 하지 않고 좀 느긋하게 상대하길 바랄 뿐이다.

리건 부인은 에디 마스에게 돈을 빌릴 만큼 잘 아는 사이다. 그녀가 룰렛을 즐기는데다 돈을 잘 잃는 편이라면 당연한 일이다. 그렇게 짭짤한 손님이 궁한 처지에 빠졌을 때 도박장 주인이라면 누구나 돈을 빌려주기 마련이니까. 게다가 그들에게는 리건이라는 공통 관심사도 있다. 그녀의 남편 리건이 에디 마스의 아내와 함께 떠나버렸기 때문이다.

살인범 캐럴 런드그런, 어휘력이 부족한 그 애송이는 산성용액이 담긴 양동이 위 의자에 묶이는* 일만은 그럭저럭 피하더라도 아주 오랫동안 바깥나들이를 못하게 되었다. 사형은 면할 것이다. 범행을 인정해서 군 예산을 절약해줄 테니까. 거물급 변호사를 고용할 형편이 안 되는 사람들은 으레 자백하기 마련이다. 애그니스 로젤은 주요 참고인 신분으로 경찰의 보호감독을 받는다. 캐럴이 범행을 자백하면 참고인도 필요 없고, 피고인 신문에서 캐럴이 유죄를 인정하겠다고 하면 애그니스는 곧 풀려날 것이다. 경찰 입장에서는 가이거의 사업 문제를 굳이 들춰내고 싶지 않을 텐데, 그 일 말고는 애그니스를 구속할 근거가 없기 때문이다.

이제 나만 남았다. 나는 살인 사건을 덮어두고 스물네 시간 동안 증거물을 은닉했지만 체포되지 않았고 머지않아 오백 달러짜리 수표까지 받게 되었다. 이럴 때는 그저 술이나 한 잔 더 마시고 이 모든 난장판을 깨끗이 잊어버리는 것이 현명하다.

아무리 생각해도 그것이 제일 현명한 행동이련만 뜬금없이 에디 마스에게 전화를 걸었다. 저녁때 라스올린다스에 들를 테니 얘기 좀 하자

* 당시 캘리포니아주의 처형 방법. 밀폐된 방안에 의자를 놓고 죄수를 묶은 다음, 의자 아래에 사이안화물이 발생하는 화합물이 담긴 양동이를 두었다.

고 했다. 정말이지 내가 이렇게 현명한 놈이다.

아홉시쯤 그곳에 도착했다. 하늘 높이 뜬 10월의 싸늘한 달이 해변 안개 위쪽에 묻혀 있었다. 시내 끝자락에 자리를 잡은 사이프러스 클럽은 들쭉날쭉하게 생긴 저택으로, 드 캐즌스라는 부자의 여름 별장이었다가 나중에는 호텔로 쓰였다. 지금은 거무스름해져 꾀죄죄해 보이는 웅장한 건물인데, 바람에 뒤틀린 수양실삼나무가 빽빽하게 자란 숲속에 자리잡고 있어 그런 이름이 붙었다. 저택 곳곳에 소용돌이 무늬로 꾸민 거대한 베란다가 있고, 여기저기 탑도 있고, 가장자리를 스테인드글라스로 장식한 넓은 창문도 있고, 건물 뒤편에는 크고 텅 빈 마구간 몇 채가 있는, 전체적으로 향수를 불러일으키는 고풍스러운 분위기였다. 에디 마스는 건물의 외관을 MGM 세트장처럼 뜯어고치지 않고 대체로 처음 모습 그대로 내버려두었다. 나는 아크등이 탁탁거리는 길가에 차를 세우고 축축한 자갈길을 따라 경내로 들어선 후 중앙출입구 쪽으로 걸어갔다. 더블버튼 상의를 입은 문지기가 나를 맞이했고, 안으로 들어가자 거대하고 어둑어둑하고 조용한 로비가 나타났다. 위층 어둠 속으로 휘어져 올라가는 장엄한 흰색 참나무 계단이 있었다. 나는 모자와 외투를 맡겨놓고 육중한 쌍여닫이문 너머에서 흘러나오는 음악소리와 불분명한 목소리들을 들으며 기다렸다. 까마득히 멀게 들리는 소리, 마치 이 건물과는 다른 세상에서 들려오는 듯한 소리였다. 이윽고 계단 밑의 문에서 지난번에 에디 마스와 권투선수와 함께 가이거의 집에서 만났던 호리호리하고 핏기 없는 금발 남자가 나타나 싸늘한 미소를 던지더니 이내 발길을 되돌리고 카펫이 깔린 복도를 지나 사장실까지 나를 안내했다.

낡고 길숙한 퇴창이 있는 정사각형 방이었다. 석조 벽난로에서 노간주나무 장작불이 나른하게 타올랐다. 호두나무 징두리판벽을 둘렀고 판벽 위의 벽면은 빛바랜 능직천으로 도배했다. 천장이 까마득히 높았다. 서늘한 바다 냄새가 감돌았다.

에디 마스의 거무스름하고 광택 없는 책상은 이 방에 어울리지 않았지만 1900년 이후에 만든 물건은 뭐든 마찬가지일 듯하다. 카펫은 플로리다의 햇볕에 그을린 듯한 빛깔이었다. 구석에는 탁상용 라디오가 있고 사모바르* 옆에 세브르산 도자기 다기 세트를 담은 구리 쟁반이 있었다. 이 다기 세트는 누구더러 쓰라고 갖다놓은 걸까. 한쪽 구석에 시한 자물쇠가 달린 문이 있었다.

에디 마스가 사근사근한 미소를 머금고 악수를 청하며 턱짓으로 금고실 쪽을 가리켰다. "여기서는 저런 게 없으면 강도 패거리가 만만하게 볼 테니까." 그가 명랑하게 말했다. "아침에 내가 금고를 열 때마다 이 동네 경찰이 와서 지켜주지. 그러기로 합의했거든."

"나한테 줄 게 있다고 귀띔했잖아. 뭔데?"

"왜 그렇게 서둘러? 앉아서 술이나 한 잔 하자고."

"서두르는 게 아니야. 당신과 내가 할 얘기는 일 문제뿐이잖나."

"일단 마셔보면 마음에 들 거야." 그는 술을 섞어서 두 잔을 만든 후, 빨간색 가죽의자 옆에 내 잔을 내려놓고 자신은 책상에 기대고 서서 다리를 꼬았다. 한 손을 암청색 야회복의 주머니에 넣고 엄지만 밖으로 내놓아 손톱이 반짝거렸다. 야회복을 입으니 회색 플란넬 양복을 입

* 러시아에서 쓰는 전통 찻주전자.

었을 때보다 조금 더 냉혹해 보였지만 승마선수 같은 인상은 여전했다. 우리는 술을 마시며 서로에게 고개를 끄덕였다.

그가 물었다. "여기 와본 적 있나?"

"금주령 시대에. 도박에는 취미를 못 붙였고."

그가 미소를 지었다. "돈 거는 도박만 안 하겠지. 오늘밤 구경 좀 해봐. 형씨 친구가 저 밖에서 룰렛을 하는 중이거든. 그 여자가 오늘은 꽤 잘한다고 들었어. 비비언 리건 말이야."

나는 술을 한 모금 마시고 그의 모노그램이 찍힌 담배 한 개비를 집어들었다.

"어제 그쪽 일처리가 그럭저럭 마음에 들었어." 그가 말했다. "그때는 화가 났는데 나중에 생각해보니 형씨 말이 맞더군. 사이좋게 지내보자고. 이 신세를 어떻게 갚지?"

"내가 뭘 했다는 거지?"

"여전히 조심스러우시다? 경찰서마다 연줄이 있다고. 안 그랬으면 여기까지 오지도 못했어. 그래서 신문에 실린 얘기가 아니라 에누리 없는 진실을 듣게 되지." 그러면서 크고 하얀 이를 보여주었다.

"얼마나 줄 수 있는데?" 내가 물었다.

"돈 얘기는 아니지?"

"정보를 주겠다고 한 것 같은데."

"무슨 정보?"

"기억력이 형편없군. 리건 말이야."

"아, 그거." 그가 손을 내젓자 천장 쪽을 비추는 청동 전등들의 은은한 불빛 속에서 손톱이 하나하나 반짝거렸다. "그 정보는 벌써 들었을 텐데. 형씨한테 수고비라도 챙겨주고 싶더군. 누가 나한테 잘해주면 갚아줘야 직성이 풀리거든."

"돈이나 뜯어내려고 여기까지 온 게 아니야. 나는 일을 해야 돈을 받는 사람이라고. 당신 기준으로 보면 푼돈이겠지만 그럭저럭 지낼 만해. 의뢰인은 한 번에 한 명씩만 받는 게 좋고. 혹시 당신이 리건을 죽여버린 건 아니겠지?"

"아니야. 내가 죽였다고 생각했나?"

"못 죽일 사람은 아니라고 봤지."

그러자 그가 웃었다. "농담도 참."

나도 웃었다. "그래, 농담이야. 리건을 만난 적은 없지만 사진을 봤거든. 당신 똘마니들 실력으로는 어림도 없겠더군. 그리고 말이 나온 김에 말해두는데, 앞으로는 나한테 총 든 양아치들 보내서 이래라저래라 하지 말라고. 열 받으면 확 쏴버릴지도 모르니까."

그는 술잔 유리 너머로 벽난로 불빛을 바라보다가 술잔을 책상 끄트머리에 내려놓고 얇디얇은 한랭사 손수건으로 입술을 닦았다.

"말발 하나는 끝내주는군. 실력도 웬만큼은 되겠지. 리건 문제에 정말 관심이 있는 건 아니지?"

"그래, 내가 맡은 일은 아니지. 그런 의뢰는 못 받았으니까. 다만 리건이 어디 있는지 궁금해하는 사람이 있어서 그래."

"그 여자는 신경도 안 쓰던데."

"그 여자 아버지 말이야."

그가 다시 입술을 닦더니 마치 피가 묻어났는지 확인하는 듯한 시선으로 손수건을 살펴보았다. 숱 많은 회색 눈썹을 잔뜩 찌푸린 채 햇볕에 그을린 콧잔등 옆을 손가락으로 문질렀다.

"가이거가 장군한테 공갈협박을 했거든." 내가 말했다. "장군이 말은 안 했지만 혹시 리건도 관련되지 않았을까 싶어 조금은 걱정하는 눈치더군."

그러자 에디 마스가 웃음을 터뜨렸다. "그래. 가이거는 아무한테나 그런 짓을 하고 다녔어. 순전히 자기가 생각해낸 수법이지. 우선 사람들한테서 진짜로 보이는 어음을 넘겨받는데—아마 실제로도 진짜 어음이겠지만 소송까지 걸어 돈을 받아낼 배짱은 없는 놈이야. 그래서 근사한 말을 곁들여 어음을 넘겨주고 자기는 빈손이 돼버리지. 그러다가 재수좋게 어느 호구가 겁먹고 걸려들면 그때 본격적으로 덤벼드는 거야. 재수가 없을 때는 깨끗이 포기해버리고."

"영리한 놈이군. 결국 다 포기해버린 셈이 됐지만. 협박도 포기하고 목숨도 포기하고. 그런데 당신이 그런 속사정까지 어떻게 알지?"

그는 짜증스럽다는 듯이 어깻짓을 했다. "내 귀에 들어오는 얘기 중에는 차라리 모르고 싶은 일이 태반이라고. 내 주변에서는 남의 일은 모르는 게 상책이니까. 아무튼 형씨가 가이거만 뒤쫓았다면 이번 일은 끝난 셈이군."

"일도 끝나고 계산도 끝났지."

"안타까운 노릇이야. 형씨 같은 친구라면 스턴우드 늙은이가 아예 고정급을 주고 고용해서 딸내미들을 일주일에 며칠만이라도 집에 붙잡아두게 해야 되는데."

"그건 왜?"

그러자 그가 입을 삐죽 내밀었다. "둘 다 골칫거리니까. 까만 머리 큰

딸만 봐도 그래. 여기서는 정말 눈엣가시 같은 여자라고. 돈을 잃으면 물불을 안 가리거든. 결국 애꿎은 내가 아무도 안 받아주는 종이쪼가리만 잔뜩 떠안기 마련이지. 그 여자는 용돈 말고는 재산도 없는데다 그 늙은이가 유언장에 뭐라고 써놨는지는 아무도 몰라. 그런 주제에 돈이라도 따는 날이면 내 돈을 고스란히 가지고 집으로 가버린다고."

"어차피 다음날 되찾잖아."

"일부는 되찾지. 그래도 장기적으로 보면 손해야."

그는 마치 중요한 정보를 알려주었다는 듯 진지한 표정으로 나를 바라보았다. 왜 굳이 나에게 그런 이야기를 했는지 궁금했다. 나는 하품을 하고 술잔을 마저 비웠다.

"나가서 도박장 구경 좀 해야겠어."

"그러든지." 그는 금고실 옆문을 가리켰다. "저리 나가면 테이블 뒤쪽으로 나가는 문이 나와."

"호구들이 드나드는 길로 들어가고 싶은데."

"알았어. 마음대로 해. 우리, 친구 맞지?"

"그래." 나는 일어섰고 우리는 악수를 나눴다.

"언젠가는 내가 정말 자네를 도와줄 수 있을 거야. 이번에는 그레고리가 다 도와줬지만."

"그 사람까지 거머쥐고 있었군."

"아, 그 정도는 아니야. 그냥 친구지."

나는 잠시 마스를 바라보다가 아까 들어왔던 문 쪽으로 걸어갔다. 문을 열고는 마스를 돌아보았다.

"혹시 회색 플리머스 세단을 타고 다니는 사람한테 나를 미행하라고 시키진 않았겠지?"

그의 눈이 휘둥그레졌다. 놀란 표정이었다. "무슨 소리야. 그럴 이유가 없잖아?"

"나도 이유를 모르겠더라고." 그렇게 말하며 문을 나섰다. 정말 놀랐다고 믿을 만한 표정이었다. 조금은 걱정스러워 보이기도 했다. 그럴 만한 이유는 생각나지 않았지만.

## 22

열시 반쯤 되었을 때 노란 어깨띠를 두른 소규모 멕시코 악단이 공연을 마쳤다. 춤추는 사람도 없건만 자기들끼리 화려하게 치장한 룸바를 연주하며 조용조용 노래하는 데 지쳐버린 모양이다. 조롱박을 흔들던 남자가 손이 저린 듯 손끝을 맞대고 비비더니 거의 똑같은 동작으로 담배 한 개비를 입에 문다. 나머지 네 사람은 약속이라도 한 듯이 동시에 허리를 굽혀 의자 밑에 놓아둔 유리잔을 집어들고 홀짝거리고는 입맛을 다시며 두리번거린다. 그들의 거동만 보면 테킬라 같아 보인다. 아마 광천수겠지. 그런 속임수도 음악처럼 헛된 노력이다. 아무도 그들을 거들떠보지 않으니까.

원래는 무도회장으로 쓰던 방인데 에디 마스가 자기 사업에 필요한 만큼만 개조해놓았다. 번쩍거리는 크롬장식도 없고, 각진 돌림띠 너머에 감춰놓은 간접조명도 없고, 색유리를 녹여 그린 그림도 없고, 강렬한 빛깔의 가죽과 반질반질한 금속파이프로 만든 의자도 없고, 아무튼 전형적인 할리우드 나이트클럽에서 흔히 볼 수 있는 사이비 현대풍 잡동사니는 하나도 없다. 조명은 묵직한 크리스털 샹들리에를 썼고, 벽면에는 장미 문양의 문직紋織 천을 바른 벽널을 붙였는데 여전히 장밋빛 문직 천이지만 세월이 흐르면서 빛깔이 바래고 때가 묻어 칙칙해졌다. 이 벽은 오래전에 깔아놓은 쪽매널마루와 잘 어울렸겠지만 지금 그 마루는 멕시코 악단 앞의 작은 공간에만 유리처럼 반들반들하니 드러나 있다. 나머지는 모두 묵직한 연자줏빛 카펫으로 덮어버렸으니 돈이 꽤 많이 들었겠다. 쪽매널마루는 여남은 가지 경재硬材로 세공했는데, 버마산 티크나무로 시작해 빛깔이 서로 다른 참나뭇과 대여섯 종과 마호가니로 보이는 불그스름한 나무를 거치며 점점 색이 밝아져 캘리포니아 산자락에 자생하는 단단하고 허여스름한 라일락나무에 이르기까지, 모두 전경의轉鏡儀*처럼 치밀하게 배열해서 정교한 무늬를 만들어놓았다.

이 방은 여전히 아름답지만 지금은 질서정연하고 고풍스러운 춤 대신 룰렛 도박이 한창이었다. 맞은편 벽면 근처에 테이블 세 개가 있었다. 나지막한 청동 난간으로 테이블 세 개를 연결하고 딜러들을 둘러싼 울타리를 만들었다. 테이블마다 게임을 진행했지만 가운데 테이블에만 사람들이 몰려 있었다. 그 앞에 앉은 비비언 리건의 검은머리가 보였다. 나는 방 건너편 바에 등을 기대고 마호가니 카운터에 올려놓은 작은 바카디** 술잔을 빙빙 돌렸다.

바텐더가 내 곁의 카운터에 팔꿈치를 얹고 가운데 테이블에 모인 잘 차려입은 사람들을 바라보았다. "오늘밤은 저 여자분 혼자 다 긁어가네

---

* 지상이나 천체를 관측하여 방위, 경도와 위도, 시각 따위를 재는 데 쓰는 측량기.

** 쿠바 원산의 고급 럼.

요. 저기 키 크고 머리가 까만 여자분 말입니다."

"저 여자가 누군데?"

"성함까지야 제가 알겠습니까. 어쨌든 자주 오시는 손님이에요."

"그런데 이름을 모를 리가 있나."

"저는 여기서 일할 뿐입니다, 손님." 그는 조금도 반감을 드러내지 않았다. "이젠 저 여자분 혼자 남았어요. 같이 오신 남자분이 취해서 뻗어버렸거든요. 직원들이 데려가서 차에 실어놨죠."

"내가 집에 데려다줘야겠군."

"어림도 없을걸요. 어쨌든 행운을 빌어드리죠. 바카디를 더 순하게 타드릴까요, 지금처럼 그대로 드릴까요?"

"이대로 마시는 게 그나마 마실 만하지."

"저라면 차라리 기침약을 마시겠습니다."

그때 구경꾼들이 좌우로 갈라지며 야회복 차림의 두 남자가 빠져나오자 그 사이로 비비언의 목덜미와 드러난 어깨가 보였다. 등을 깊게 판 회녹색 벨벳 드레스 차림이었다. 이런 곳에서 입기에는 지나치게 화려해 보이는 옷이다. 구경꾼들이 다가서자 다시 가려져 흑발만 겨우 보였다. 두 남자가 걸어오더니 카운터에 몸을 기대며 스카치소다를 주문했다. 한 명은 얼굴이 상기되고 흥분한 상태였다. 그가 검은색 테두리를 두른 손수건으로 얼굴을 닦았다. 바짓가랑이에 붙인 공단 옆줄 두 가닥이 너무 넓어 마치 타이어 자국 같았다.

"맙소사, 저런 연전연승은 처음 봤어." 남자가 떨리는 목소리로 말했다. "줄곧 빨강에만 걸면서 여덟 번 따고 두 번 비기다니. 저거야말로 룰렛이지, 맙소사. 저거야말로 룰렛이라고."

"나까지 손이 근질근질하더라." 상대방이 말했다. "한 판에 천 달러나 걸다니. 저런 여자는 잃을 수가 없어." 그들은 술잔에 코를 처박다시피 하며 꿀꺽꿀꺽 급하게 마셔버리고 제자리로 돌아갔다.

"소인배들이 잘난 체하긴." 바텐더가 느릿느릿 말했다. "한 판에 천 달러가 뭐 그리 대단하다고. 제가 아바나에 있을 때 어느 말상 늙은이를 봤는데—"

그때 가운데 테이블이 갑자기 소란스러워지더니 뚜렷한 외국 억양으로 누군가 말했다. "잠시만 기다려주세요, 손님. 이 테이블에서는 이만한 판돈을 받아드릴 수 없습니다. 마스 사장님이 곧 나오실 거예요."

나는 바카디 술잔을 놓아두고 카펫을 밟으며 터벅터벅 걸어갔다. 소규모 악단이 조금 시끄럽게 탱고를 연주했다. 그러나 춤추는 사람도 없고 춤추려는 사람도 없었다. 나는 야회복이나 이브닝드레스나 운동복이나 정장 차림을 한 사람들 사이로 이리저리 빠져나가 왼쪽 끝에 있는 테이블로 다가갔다. 그 테이블은 놀고 있었다. 딜러 두 명이 테이블 너머에서 머리를 맞대고 곁눈질을 했다. 한 명은 텅 빈 베팅판을 긁개로 하릴없이 비비적거렸다. 둘 다 비비언 리건을 지켜보는 중이었다.

그녀의 긴 속눈썹이 씰룩거렸고 낯빛도 비정상적으로 창백했다. 비비언은 가운데 테이블에, 정확히 룰렛판 건너편에 앉아 있었다. 그녀 앞에는 돈과 칩이 어지럽게 널려 있었다. 액수가 꽤 많아 보였다. 그녀가 싸늘하고 거만하고 못마땅한 말투로 딜러에게 느릿느릿 말했다.

"여기가 무슨 싸구려 노름판인지 궁금하네요. 우물쭈물하지 말고 어서 돌려요, 꺽다리 씨. 나는 한 판 더 해야겠고 여기 있는 돈만 걸겠다는 거예요. 자기가 딸 때는 부리나케 긁어가더니 잃기 시작하니까 왜 이렇게 징징거리는지 모르겠네."

딜러는 시골뜨기 수천 명과 얼간이 수백만 명을 겪어본 사람답게 냉랭하면서도 예절바른 미소를 지었다. 흠잡을 데 없이 초연하고 음울하면서도 무심한 태도였다. 딜러가 침통하게 말했다. "이 테이블에서는 그런 판돈을 받아드릴 수 없습니다, 손님. 만육천 달러도 넘잖습니까."

"이게 다 그쪽 돈이잖아요." 여자가 빈정거렸다. "되찾고 싶지 않아요?"

그때 비비언 곁에 있던 남자가 그녀에게 말을 걸었다. 그러나 그녀가 홱 돌아보며 뭐라고 쏘아붙이자 남자는 얼굴이 벌게진 채 슬그머니 사람들 사이로 숨어버렸다. 이윽고 청동 난간으로 막아놓은 공간 건너편의 널벽에 달린 문이 열리더니 무심한 듯 상투적인 미소를 머금은 에디 마스가 나타났다. 양손을 야회복 상의 주머니에 넣은 채 반짝거리는 엄지만 내놓고 있었다. 그 자세를 꽤나 좋아하는 모양이다. 그는 딜러들 뒤로 어슬렁어슬렁 다가와 가운데 테이블의 한쪽 구석에서 걸음을 멈추었다. 느릿느릿하고 침착한 목소리, 그러나 딜러만큼 정중하지는 않은 목소리로 그가 말했다.

"무슨 일입니까, 리건 부인?"

그러자 비비언은 덤벼들듯한 기세로 에디를 홱 돌아보았다. 내면의 긴장감을 참을 수 없는 듯 한쪽 뺨의 곡선이 뻣뻣하게 굳어지는 것이 보였다. 그녀는 대꾸도 하지 않았다.

에디 마스가 근엄하게 말했다. "이제 그만하시겠다면 댁까지 모셔다 드릴 사람을 붙여드리죠."

여자가 얼굴을 붉혔다. 광대뼈 부분만 하얗게 두드러졌다. 그녀가 기이한 웃음소리를 냈다. 그러더니 불쾌하다는 듯이 말했다.

"한 판만 더 하죠, 에디. 모조리 빨강에 걸겠어요. 빨간색을 좋아하거든요. 피 색깔이니까."

에디 마스가 어렴풋한 미소를 짓더니 고개를 끄덕이며 상의 안주머니에 손을 넣었다. 금색 모서리 장식이 붙은 큼직한 새끼바다표범가죽 지갑을 꺼내 테이블 너머로 딜러에게 아무렇게나 던져주었다. "이걸로 판돈 맞추고 천 달러 단위로 채워드려. 반대하는 분이 안 계시면 이번 판은 저 숙녀분 혼자만 하시도록 하고."

아무도 반대하지 않았다. 비비언 리건이 몸을 숙이더니 그때까지 딴 돈 전부를 양손으로 거칠게 밀어 베팅판의 큼직한 빨강 다이아몬드 위에 올려놓았다.

딜러는 서두르지 않고 테이블 너머로 상체를 기울였다. 그는 돈과 칩을 헤아려가며 차곡차곡 쌓은 후 남은 칩 몇 개와 지폐 몇 장을 긁개로 밀어 베팅판 바깥으로 내보냈다. 에디 마스의 지갑을 열고 얄팍한 천 달러짜리 지폐묶음 두 다발을 꺼냈다. 한 다발은 풀어 지폐 여섯 장만 헤아린 후 묶인 다발에 합쳐놓았고, 남은 넉 장은 도로 지갑에 집어넣고는 마치 성냥갑이라도 치우듯이 아무렇게나 옆으로 밀어놓았다. 에디 마스도 지갑에 손을 대지 않았다. 딜러 말고는 아무도 움직이지 않았다. 딜러는 왼손으로 회전판을 돌린 후 무심하게 손목을 꺾어 상아 구슬을 던졌다. 구슬이 톡톡 튀며 회전판 가장자리를 따라 굴렀다. 딜러가 손을 거두고 팔짱을 끼었다.

비비언의 입술이 서서히 벌어지고 불빛을 받은 이가 칼날처럼 번뜩였다. 구슬이 회전판의 경사면을 따라 느릿느릿 내려가다가 숫자 위쪽의 크롬 칸막이에 부딪혀 톡 튀어올랐다. 긴 시간이 지나간 후 딸까닥 하는 메마른 소리와 함께 구슬의 움직임이 느닷없이 끝나버렸다. 구슬을 싣고 도는 회전판의 속도가 점점 느려졌다. 딜러는 회전판이 완전히 멈춘 뒤에야 비로소 팔짱을 풀었다.

"빨강입니다." 딜러가 정중하게 말했지만 관심도 없는 듯한 말투였다. 작은 상아구슬이 더블제로*에서 겨우 세 칸 떨어진 빨강 25번에 들어 있었다. 비비언 리건이 고개를 젖히고 의기양양한 웃음을 터뜨렸다.

딜러는 긁개를 집어들고 천 달러짜리 지폐 더미를 베팅판 쪽으로 천천히 밀어 비비언의 판돈에 합친 후 전체를 천천히 밀어 베팅판 밖으로 내보냈다.

에디 마스가 미소를 지으며 지갑을 도로 안주머니에 넣고 돌아서서 다시 널벽에 달린 문으로 사라져버렸다.

구경꾼 여남은 명이 동시에 숨을 내뱉은 후 바가 있는 쪽으로 몰려갔다. 나도 그들을 따라갔고, 비비언이 딴 돈을 챙겨 테이블 앞에서 돌아서기 전에 도박장 건너편에 이르렀다. 넓고 조용한 로비에서 보관소 직원에게 맡겼던 모자와 외투를 받아들고 그녀의 쟁반에 이십오 센트를 던져준 후 베란다로 나갔다. 문지기가 내 곁으로 다가와서 물었다.

"차 가져다드릴까요, 손님?"

"잠시 산책 좀 하러 나온 거요."

베란다 가장자리의 소용돌이 무늬 장식이 안개에 젖어 있었다. 바다가 있는 낭떠러지 쪽을 완전히 막아선 수양실삼나무 숲에서도 물방울

---

* 룰렛에서 더블제로 칸은 건 돈의 6배를 받거나 다른 숫자 칸에 들어간 공을 무효로 하는 등, 일반적인 숫자 칸과 다른 배당률을 갖고 있다.

이 뚝뚝 떨어졌다. 어느 쪽을 바라보아도 몇 미터 이상은 분간하기 힘들었다. 나는 베란다 계단을 내려간 후 나무 사이로 빠져나가 희미한 오솔길을 따라갔다. 이윽고 까마득한 낭떠러지 밑에서 안개를 핥으며 철썩거리는 파도 소리가 들렸다. 빛이라고는 단 한 점도 찾아볼 수 없었다. 처음에는 나무 여남은 그루가 또렷하게 보이다가 여남은 그루가 흐릿하게 보이더니 어느덧 안개 말고는 아무것도 보이지 않았다. 나는 왼쪽으로 발길을 돌려 사람들이 차를 세워둔 마구간 쪽으로 이어지는 자갈길이 있는 방향으로 걸어갔다. 저택의 윤곽이 어렴풋이 보일 때 걸음을 멈추었다. 그때 조금 앞쪽에서 남자의 기침소리가 들렸다.

폭신폭신하고 촉촉한 잔디밭이라서 그는 내 발소리를 못 들었을 터였다. 남자가 다시 기침을 하더니 손수건이나 옷소매로 기침소리를 죽였다. 그가 여전히 입을 막고 있을 때 나는 더 가까이 다가갔다. 자갈길 근처에 서 있는 남자의 모습이 희미한 그림자처럼 드러났다. 왜 그랬는지 모르겠지만 나는 곧 나무 뒤에 몸을 숨기고 자세를 낮추었다. 남자가 고개를 돌렸다. 그렇게 고개를 돌렸으니 희끄무레한 얼굴이 보여야 마땅했다. 그런데 아니었다. 남자의 얼굴은 여전히 캄캄했다. 복면을 썼기 때문이다.

나는 나무 뒤에서 기다렸다.

## 23

가벼운 발소리, 여자의 발소리가 아직 보이지 않는 자갈길을 밟으며 다가왔다. 그러자 내 앞에 서 있던 남자가 마치 안개에 몸을 기대듯이 앞으로 나아갔다. 여자의 모습은 전혀 보이지 않다가 차츰 어렴풋이 나타났다. 도도하게 고개를 치켜든 모습이 왠지 낯익었다. 남자가 재빨리 앞으로 나섰다. 두 사람의 모습이 안개에 묻혀 안개의 일부가 되어버린 듯했다. 잠시 쥐죽은 듯한 적막이 흘렀다. 이윽고 남자가 말했다.

"권총이야, 아가씨. 조용히 하쇼. 안개 속에서는 소리가 잘 퍼지니까. 핸드백이나 내놔."

여자는 아무 소리도 내지 않았다. 나는 한 걸음 전진했다. 그러자 남자의 모자테 위에서 일렁이는 안개가 불쑥 나타났다. 여자는 우두커니 서서 움직이지 않았다. 그때 여자의 숨소리가 거칠어져 귀에 거슬리는 소리를 내기 시작했다. 연한 나무를 줄칼로 갈아대는 듯한 소리였다.

"두 동강 나고 싶으면 소리쳐보시든가."

여자는 소리치지 않았다. 움직이지도 않았다. 움직인 사람은 남자 쪽이었다. 냉혹한 소리로 낄낄 웃기도 했다. "돈이 이 안에 없으면 각오하라고." 걸쇠가 찰카닥 열리고 부스럭거리는 소리가 들렸다. 남자가 돌아서더니 내가 숨은 나무를 향해 걸어왔다. 서너 걸음을 옮긴 후 그가 다시 낄낄 웃었다. 내가 기억하는 웃음소리였다. 나는 주머니에서 담배 파이프를 꺼내 권총처럼 거머쥐었다.

내가 조용히 말했다. "어이, 래니."

남자가 우뚝 걸음을 멈추고 한 손을 들려고 했다. 내가 말했다. "안돼. 그러지 말라고 했잖아, 래니. 벌써 너를 겨누고 있단 말씀이야."

아무것도 움직이지 않았다. 자갈길에 서 있는 여자도 움직이지 않았다. 나도 움직이지 않았다. 래니도 움직이지 않았다.

"핸드백은 두 발 사이에 내려놔라, 애송아." 내가 말했다. "천천히 조심해서."

그가 허리를 굽혔다. 나는 그가 허리를 펴기 전에 뛰쳐나갔다. 그가 숨을 거칠게 몰아쉬며 허리를 펴고 대항하려 했다. 두 손은 다 비어 있었다.

"곱게 넘어가진 못할 거라고 말해보시지." 나는 래니를 밀어붙이며 그의 외투주머니에서 권총을 꺼냈다. "걸핏하면 누가 자꾸 권총을 주네. 이대로 가면 무거워서 제대로 걷지도 못하겠어. 이제 가봐."

우리 둘의 숨결이 만나 어우러지고 우리 눈은 담벼락 위에서 마주친 고양이들처럼 서로를 노려보았다. 내가 뒤로 물러섰다.

"어서 가라니까, 래니. 언짢아하지 말고. 네가 입 다물면 나도 입 다물 테니까. 알았지?"

"알았다고." 그가 퉁명스럽게 대답했다.

래니는 안개 속으로 사라져버렸다. 그의 발소리가 점점 희미해지다가 완전히 끊어졌다. 나는 핸드백을 집어 안을 더듬어본 후 자갈길 쪽으로 다가갔다. 여자는 여전히 제자리에 서서 움직이지 않았다. 장갑을 안 낀 맨손으로 회색 모피 외투의 옷깃을 부여잡고 목을 가린 자세였다. 반지 하나가 희미하게 빛났다. 모자는 쓰지 않았다. 가르마를 탄 검은 머리는 어둠의 일부와 다름없었다. 그녀의 눈도 마찬가지였다.

"잘했어요, 말로. 이제 내 경호원이라도 된 거예요?" 조금 사나운 말투였다.

"어쩌다 그렇게 됐소. 핸드백 받아요."

그녀가 핸드백을 받았다. 내가 물었다. "차 가져왔소?"

그녀가 웃었다. "어떤 남자랑 같이 왔어요. 당신은 무슨 일로 왔죠?"

"에디 마스가 보자고 해서."

"에디를 아는 줄은 몰랐네요. 용건이 뭐래요?"

"당신한테는 말해줘도 되겠지. 내가 자기 마누라를 꼬여내서 도망친 어떤 남자를 찾는 중이라고 생각하더군."

"정말 그 사람을 찾는 중이에요?"

"아니."

"그럼 왜 왔어요?"

"내가 자기 마누라를 꼬여내서 도망친 남자를 찾는 중이라고 생각하는 이유가 궁금해서."

"그래서 알아냈어요?"

"아니."

"당신은 라디오 아나운서처럼 여기저기 정보를 흘리고 다니는군요. 내가 상관할 일은 아니죠. 그 남자가 내 남편이라고 해도. 당신은 그 일에 관심이 없는 줄 알았는데."

"사람들이 자꾸 찾아보라고 부추기더군."

그녀가 불쾌한 듯이 이를 딱딱 맞부딪쳤다. 권총을 든 복면 괴한을 만난 사건쯤은 그녀에게 별다른 인상을 심어주지도 못한 듯했다. "그럼 주차장까지만 데려다줘요. 동행을 찾아봐야겠어요."

우리는 자갈길을 따라 걸었다. 저택 모퉁이를 돌자 전방에 불빛이 보였고, 곧 다음 모퉁이를 돌자 울타리를 두른 마구간 앞마당에 투광 조명등 두 개가 눈부시게 빛났다. 마당에는 아직도 벽돌이 깔려 있고 아직도 마당 한복판에 있는 하수구 덮개를 중심으로 지면을 비스듬히 깎아놓은 상태였다. 자동차들이 불빛에 번쩍거렸다. 갈색 작업복을 입은 남자가 걸상에서 일어나 다가왔다.

"내 남자친구는 여전히 곯아떨어져 정신을 못 차리나요?" 비비언이 남자에게 무심하게 물었다.

"그러신 것 같습니다, 아가씨. 담요를 덮어드리고 창문은 닫아놨죠. 괜찮으실 겁니다. 그냥 좀 쉬시는 중이니까요."

우리는 대형 캐딜락 쪽으로 다가갔다. 작업복을 입은 남자가 뒷문을 열었다. 널찍한 뒷좌석에 격자무늬 담요를 턱까지 덮은 남자가 아무렇게나 널브러진 채 입을 딱 벌리고 코를 골며 자고 있었다. 말술도 마다하지 않을 만큼 덩치 큰 금발 남자였다.

"래리 코브 씨예요." 비비언이 말했다. "코브 씨—이쪽은 말로 씨예요."

나는 대답 대신 흐음 소리를 냈다.

"코브 씨가 내 동행이에요. 정말 근사한 동행이죠, 코브 씨는. 이렇게 세심하거든요. 맨정신일 때는 어떤지 꼭 보세요. 나도 이 사람이 맨정신일 때 한번 보고 싶네요. 이 사람이 맨정신일 때 누군가는 꼭 봐야 돼요. 기록이라도 남겨두려면 말예요. 그래야 역사의 일부분이 될 테니까, 섬광처럼 짧은 그 순간이 금방 세월 속에 묻혀버려도 영원히 기억될 테니까요. 래리 코브가 맨정신일 때도 있긴 있었다고."

"그렇구먼."

"이 사람이랑 결혼할까 생각한 적도 있어요." 그녀는 긴장한 듯이 높은 목소리로 말을 이었다. 강도 사건의 충격이 뒤늦게 찾아온 듯했다. "즐거운 일이라곤 하나도 떠오르지 않을 때였죠. 누구에게나 그런 시기가 있잖아요. 이 사람은 돈이 많거든요. 요트도 있는데다 롱아일랜드에 별장이 있고, 뉴포트에도 있고, 버뮤다에도 있고, 아마 세계 곳곳에 별장이 널렸을걸요. 고급 스카치 한 병 비우는 시간이면 오갈 수 있을 만큼. 게다가 코브 씨는 스카치 한 병쯤이야 금세 뚝딱 해치우죠."

"그렇구먼. 이 사람을 집까지 데려다줄 운전사도 있소?"

"'그렇구먼' 하고 말하지 마요. 촌스러우니까." 그녀가 눈썹을 치올리며 나를 빤히 쳐다보았다. 작업복을 입은 남자가 아랫입술을 잘근잘근 씹었다. "아, 운전사야 보나마나 일개 소대쯤 있을 거예요. 아침마다 분대별로 주차장 앞에 집합하겠죠. 단추는 반짝반짝, 제복은 반질반질, 흠잡을 데 없이 새하얀 장갑도 끼고—사관생도처럼 위풍당당하게."

"그럼 그 운전사는 지금 어디 있소?"

"오늘밤은 몸소 운전하셨죠." 작업복을 입은 남자가 괜히 죄송스럽다는 듯이 말했다. "제가 댁에 연락해서 누구든 모시러 오라고 해도 되는데요."

그러자 비비언이 그를 돌아보며 마치 다이아몬드 왕관이라도 선물받은 듯이 활짝 웃었다. "그럼 더 바랄 나위가 없죠. 그렇게 해줄래요? 코브 씨가 저런 꼴로 죽는 건 정말 싫거든요. 저렇게 입을 쩍 벌린 채로. 누가 보면 갈증 때문에 죽었다고 오해할지도 모르잖아요."

작업복을 입은 남자가 대답했다. "냄새만 맡아봐도 금방 알아차릴 겁니다, 아가씨."

그녀는 핸드백을 열고 지폐 한 움큼을 꺼내 남자에게 건넸다. "잘 좀 챙겨줘요."

"아이고!" 남자의 눈이 휘둥그레졌다. "당연히 그래야죠, 아가씨."

"리건이라고 불러요." 그녀가 상냥하게 말했다. "리건 부인. 아마 다시 만나게 될 거예요. 여기서 일한 지 얼마 안 됐죠?"

"그렇습니다." 돈을 움켜쥔 두 손이 어쩔 줄 모르고 움찔거렸다.

"여길 좋아하게 될 거예요." 그러면서 그녀가 내 팔을 붙잡았다. "우리는 당신 차로 가요, 말로."

"내 차는 저 바깥 길가에 있소."

"난 괜찮아요, 말로. 안개 속에서 산책하는 것도 좋아하니까. 이렇게 재미있는 사람들을 만나게 되잖아요."

"하, 나 원 참."

그녀가 내 팔을 붙잡은 채 몸을 떨기 시작했다. 차가 있는 곳까지 걸어가는 동안 줄곧 내 팔에 매달렸다. 차 앞에 도착할 무렵에는 떨림이 가라앉은 뒤였다. 나는 차를 몰고 저택 쪽에서는 안 보이는 구불구불한 숲길을 달려갔다. 라스올린다스의 중심가 드 캐즌스 대로로 통하는 길이었다. 탁탁거리는 낡아빠진 아크등 아래를 한참 달린 후 도시와 건물들과 죽어버린 듯한 상점들이 나타나고 야간 초인종 위에 전등을 켜놓은 주유소가 보이더니 마침내 아직 영업중인 잡화점이 눈에 띄었다.

"당신은 한잔하는 게 좋겠소." 내가 말했다.

그녀가 턱을 움직이자 좌석 구석에 창백한 점 하나가 나타났다. 나는 길가에 대각선으로 차를 세웠다. "블랙커피에 라이위스키를 조금 타서 마시면 괜찮아지겠지."

"뱃사람 두 명분쯤 퍼마시고 취해버렸으면 좋겠어요."

내가 문을 열어주자 그녀가 나에게 몸을 바싹 붙이며 차에서 내렸다. 머리카락이 내 뺨을 스쳐갔다. 우리는 잡화점으로 들어갔다. 나는 주류 판매대에서 반 리터들이 위스키 한 병을 사들고 걸상들이 놓인 곳으로 가서 금이 간 대리석 카운터 위에 내려놓았다.

"커피 두 잔." 내가 말했다. "블랙으로, 진하게, 올해 끓인 걸로."

"여기서 술 드시면 안 됩니다." 점원이 말했다. 물 빠진 파란색 작업복을 입은 남자였는데 정수리가 듬성듬성하고 눈빛이 제법 순박했으며, 턱을 보아하니 실수로 벽에 부딪쳐도 턱이 깨지는 일은 없을 듯싶었다.

비비언 리건이 핸드백에서 담뱃갑을 꺼내더니 남자처럼 담뱃갑을 흔들어 두 개비만 빠져나오게 했다. 그러고는 담뱃갑째 나에게 내밀었다.

"여기서 음주는 위법입니다." 점원이 말했다.

나는 그의 말을 들은 체도 하지 않고 두 개비 모두 불을 붙였다. 그는 변색된 니켈 주전자에서 커피 두 잔을 따라 우리 앞에 내려놓았다. 그러더니 라이위스키 병을 바라보며 중얼중얼 혼잣말을 하고 나서 지쳤다는 듯이 말했다. "알았어요, 술 따르시는 동안 망 봐드리죠."

그는 진열창 앞으로 다가가서 우리를 등진 채 귀를 곤두세우고 바깥 동정을 살폈다.

"이런 짓을 하자니 조마조마하군." 나는 그렇게 말하면서 병마개를 비틀어 따고 커피에 위스키를 섞었다. "이 동네 경찰은 정말 대단하다니까. 금주법 시대에 에디 마스네 도박장은 줄곧 나이트클럽이었는데 밤마다 정복경찰 두 명이 로비를 지켜줬소. 손님들이 클럽 안에서 술을 사 마시는 게 아니라 몰래 가지고 들어오는 걸 막으려고."

그때 점원이 갑자기 돌아서더니 다시 카운터 안으로 들어가서 조제

실의 작은 유리창 뒤로 사라졌다.

우리는 위스키 섞인 커피를 조금씩 마셨다. 나는 커피 주전자 너머 거울에 비친 비비언의 얼굴을 바라보았다. 단정하고 창백하고 아름답고 야성적이다. 입술이 붉고 요염하다.

"당신 눈빛이 살벌하군. 에디 마스한테 뭐라도 잡혔소?"

그녀도 거울 속의 나를 바라보았다. "오늘밤 룰렛 테이블에서 큰돈을 따버렸어요. 어제 에디한테 오천 달러를 빌렸는데 그 돈은 쓸 필요도 없었죠."

"화가 날 만도 하군. 아까 그 잡탕패도 에디가 보냈다고 생각하시오?"

"잡탕패가 뭔데요?"

"권총 들고 설치는 놈."

"그럼 당신도 잡탕패예요?"

"그런 셈이지." 내가 웃으며 말했다. "다만 엄격히 말하자면 잡탕패는 악의 무리요."

"악의 무리가 따로 있는지 궁금할 때가 많아요."

"얘기가 다른 데로 새는군. 에디 마스한테 뭘 잡혔소?"

"약점 같은 거 말예요?"

"그래요."

그녀가 윗입술을 말아 올렸다. "좀더 재치 있게 말해봐요, 말로. 훨씬 더 재치 있게."

"장군은 좀 어떠시오? 일부러 재치 있는 체하는 건 아니오."

"별로 좋지 않아요. 오늘은 일어나지도 못하셨어요. 이것저것 그만 좀 캐물어요."

"언젠가 나도 당신을 보면서 똑같은 생각을 했지. 장군님은 어디까지 아시오?"

"아마 다 아실 거예요."

"노리스가 말씀드렸을까?"

"아뇨. 와일드 지검장이 다녀갔거든요. 그 사진은 태웠어요?"

"물론이오. 동생이 걱정스러운 모양이군. 시시때때로."

"내가 걱정할 일은 걔 하나뿐일 거예요. 어떤 면에서는 아빠도 걱정스럽죠. 이것저것 모르시게 하느라."

"부질없는 환상을 품을 분은 아니지만 자존심 하나는 여전하신 듯싶소."

"우리는 한 핏줄이니까요. 그래서 더 힘든 거죠." 그녀는 깊고 아련한 눈빛으로 거울 속의 나를 응시했다. "아빠가 당신 핏줄을 경멸하면서 돌아가시게 하긴 싫어요. 원래 자유분방한 핏줄이지만 늘 타락한 핏줄은 아니었거든요."

"지금은 타락했다는 뜻이오?"

"당신은 그렇게 생각하겠죠."

"당신은 타락하지 않았소. 그런 척 연기를 할 뿐이지."

그녀가 시선을 떨어뜨렸다. 나는 커피를 좀더 마신 후 다시 두 사람의 담배에 불을 붙였다. 그녀가 조용히 말했다. "역시 사람을 죽이는군요. 당신은 살인자예요."

"내가? 어째서?"

"신문도 경찰도 그럴싸하게 얼버무렸더군요. 그런데 난 신문기사를 다 믿지는 않거든요."

"아하, 가이거를—아니면 브로디를—그것도 아니면 둘 다 내가 없애버렸다고 생각하시는군."

그녀는 아무 말도 하지 않았다. 내가 말했다. "그럴 필요도 없었소. 내가 죽였어도 무사히 넘어갔겠지만. 둘 다 서슴없이 나를 쏴버릴 만한 놈들이었으니."

"그러니까 속마음은 살인자와 다름없죠. 경찰이 다 그렇듯이."

"하, 나 원 참."

"정육점 주인이 도살된 고깃덩어리를 보듯이 아무 감정도 못 느끼는 음흉하고 위험하고 말없는 남자들. 처음 보자마자 당신도 그런 사람일 줄 알았어요."

"당신처럼 수상쩍은 친구가 많은 사람은 뭐가 다른지도 알 만한데."

"그 친구들도 당신에 비하면 순한 편이죠."

"고맙소, 부인. 당신도 양처럼 순하진 않지."

"이 썩어빠진 동네를 떠나고 싶어요."

내가 값을 치르고 위스키병을 주머니에 넣은 후 우리는 잡화점을 나섰다. 점원은 여전히 나를 못마땅해했다.

라스올린다스를 벗어나 축축한 해변마을들을 차례로 지나쳤다. 철썩거리는 파도와 가까운 모래밭에는 오두막 같은 집이 늘어서 있고 그 너머 경사지에는 좀더 큰 집이 있었다. 여기저기 노란빛이 새어나오는 창문도 보였지만 대부분 캄캄했다. 물가에서 해초 냄새가 밀려와 안개 속에 스며들었다. 젖은 콘크리트길을 달리며 타이어가 쏴아쏴아 노래를 불렀다. 온 세상이 물기를 머금은 공허였다.

델레이가 가까워졌을 때 그녀가 잡화점을 떠난 후 처음으로 나에게 말을 걸었다. 마음의 동요를 감추려는 듯 억누른 목소리였다.

"델레이 비치 클럽 옆으로 내려가요. 바다를 보고 싶어요. 다음 네거리에서 좌회전."

교차로에서 노란 불빛이 깜박거렸다. 나는 차를 돌려 비탈길을 내려갔다. 왼쪽에는 높은 절벽이 있고, 오른쪽에는 노면전차의 철로가 뻗어나가고, 철로 너머에는 나지막이 흩어진 불빛들이 보이고, 저멀리 반짝거리는 방파제의 불빛과 도시 상공의 흐릿한 하늘도 보였다. 그쪽 방향은 안개가 거의 다 사라진 뒤였다. 절벽 아래로 휘어지며 지나가는 철로를 건너자 길은 해안고속도로의 포장길로 이어졌다. 길가에 넓고 탁트인 해변이 있었다. 보도 옆에는 바다를 바라보며 늘어선 차들이 있었지만 모두 캄캄했다. 비치 클럽의 불빛은 몇백 미터 떨어진 곳에 있었다.

나는 갓돌에 차를 붙이고 전조등을 끈 후 두 손을 운전대에 올린 채 그대로 앉아 있었다. 마치 의식의 저변에서 떠오를락 말락 하는 생각처럼, 스러져가는 안개 속에서 파도가 거의 소리 없이 밀려들어 물거품을 일으켰다.

"가까이 와요." 그녀가 속삭이듯이 말했다.

나는 운전대 앞에서 앞좌석 한복판으로 자리를 옮겼다. 그녀가 창밖을 내다보려는 듯이 몸을 조금 돌렸다. 그러더니 소리도 없이 뒤로 쓰러져 내 품에 안겨버렸다. 하마터면 운전대에 머리를 부딪칠 뻔했다. 두 눈을 감았는데 얼굴이 어렴풋했다. 이윽고 그녀가 눈을 뜨고 깜박거리는 것이 보였다. 어둠 속에서도 눈빛이 선명했다.

"꽉 안아줘요, 야수 같은 사람."

처음에는 두 팔로 그녀를 느슨하게 안고 있었다. 얼굴에 스치는 머리카락의 감촉이 까칠까칠했다. 두 팔에 힘을 주고 그녀를 살짝 들어올렸다. 그녀의 얼굴을 내 얼굴 쪽으로 당겼다. 그녀의 눈꺼풀이 나방의 날개처럼 빠르게 파닥거렸다.

나는 짧고 강렬하게 입을 맞췄다. 그다음에는 한결 가볍지만 길고 집요한 입맞춤을 이어갔다. 내 입술에 닿은 그녀의 입술이 조금 벌어졌다. 내 품에 안긴 그녀의 몸이 떨기 시작했다.

"살인자." 그녀가 조용히 말하자 그 숨결이 입속으로 들어왔다.

그녀를 바싹 부둥켜안자 떨림이 고스란히 전해져 내 몸까지 떨릴 지경이었다. 나는 그녀에게 계속 키스를 했다. 오랜 시간이 지났고 그녀가 말할 수 있을 만큼만 고개를 한쪽으로 돌렸다. "어디 살아요?"

"호바트 암즈. 켄모어 근처, 프랭클린 애비뉴에 있소."

"못 가봤어요."

"가보고 싶소?"

"그래요." 그녀가 속삭였다.

"에디 마스한테 무슨 약점을 잡힌 거요?"

내 품에 안긴 몸이 굳어지고 숨소리가 거칠어졌다. 그녀가 머리를 내리더니 흰자위가 고스란히 드러날 만큼 눈을 크게 뜨고 나를 노려보았다.

"결국 이렇게 나오는군." 그녀가 실망한 목소리로 조용히 말했다.

"이럴 수밖에 없지. 키스는 좋았지만 당신 아버지가 당신이랑 자라고 의뢰하진 않았으니까."

"나쁜 놈." 그녀가 움직이지 않고 침착하게 말했다.

나는 그녀를 내려다보며 웃었다. "나도 목석은 아니니까 오해하지 마시오. 눈이 멀지도 않았고 감정도 느끼지. 누구 못지않게 피가 뜨거운 사내요. 그런데 당신은 너무 쉬웠소. 쉬워도 너무 쉬웠다고. 에디 마스한테 무슨 약점을 잡혔지?"

"또 물어보면 비명을 지르겠어요."

"지를 테면 질러보시든가."

그녀가 별안간 나를 뿌리치고 몸을 일으켜 구석으로 멀찌감치 물러났다.

"남자들은 이렇게 사소한 일로 총에 맞기도 해요, 말로."

"남자들은 사실상 아무것도 아닌 일로 총에 맞기 일쑤지. 처음 만날 때부터 나는 탐정이라고 분명히 밝혔소. 그 예쁜 머릿속을 잘 뒤져봐요. 그게 내 직업이라고. 놀이가 아니란 말이오."

그녀가 핸드백을 뒤져 손수건을 꺼내더니 고개를 돌리고 손수건을 입에 물었다. 손수건 찢어지는 소리가 들렸다. 그녀는 거듭거듭 손수건을 이로 물고 조금씩 천천히 찢어댔다.

"그 사람한테 약점을 잡혔다고 생각하는 이유가 뭐죠?" 그녀가 손수건을 입에 문 채 불분명한 목소리로 물었다.

"당신이 큰돈을 따게 해주더니 그 돈을 회수하라고 총잡이를 보냈지. 그런데도 당신은 크게 놀라지도 않더군. 내가 돈을 지켜줬는데 고맙다는 말도 안 하고. 그래서 그게 다 연극이 아니었을까 생각한 거요. 내 입으로 말하기는 쑥스럽지만 어느 정도는 나한테 주는 보상인 것도 같고."

"돈을 잃건 따건 그 사람 뜻대로 된다고 믿는 모양이네요."

"물론이오. 일대일로 맞붙었을 때 다섯 판 중에서 네 판 정도는."

"내 입에서 당신이 지긋지긋하다는 말이 나와야 속이 시원하겠어요, 탐정 씨?"

"당신이 나한테 빚진 건 아무것도 없소. 수고비는 벌써 받았으니까."

그녀는 갈기갈기 찢은 손수건을 차창 밖으로 던져버렸다. "여자들한테는 꽤나 자상하시네요."

"키스는 좋았소."

"그런데도 이성을 잃지 않았군요. 내 꼴만 우습게 돼버렸어요. 당신한테 축하를 해줘야 할까, 아니면 우리 아빠한테 해야 하나?"

"키스는 좋았다니까."

그녀가 얼음처럼 차가운 목소리로 느릿느릿 말했다. "친절을 베푸는 김에 나 좀 데려다줘요. 이젠 집에 가고 싶어요."

"내 누이동생이 되지 않겠소?"

"면도칼만 있었다면 당신 목을 따버렸을 거예요. 뭐가 나오는지 보고 싶어서."

"송충이 피가 흐르겠지." 내가 말했다.

나는 시동을 걸고 차를 돌린 후 다시 노면전차의 철로를 건너 고속도로를 탔고 시내를 거쳐 웨스트 할리우드 쪽으로 달려갔다. 비비언은 아무 말도 하지 않았다. 도착할 때까지 거의 움직이지도 않았다. 나는 대저택의 정문을 통과한 후 지면보다 낮은 진입로를 따라가서 포트코셰어 밑에 이르렀다. 차가 완전히 멈추기도 전에 그녀가 문을 벌컥 열고 뛰쳐나갔다. 그 순간에도 아무 말이 없었다. 그녀가 초인종을 누르고는 문짝에 몸을 기대고 서 있는 동안 나는 그녀의 등을 바라보았다. 이윽고 문이 열리고 노리스가 고개를 내밀었다. 그녀가 재빨리 노리스를 밀치며 안으로 들어갔다. 문이 쾅 닫힌 뒤에도 나는 문을 바라보며 우두커니 앉아 있었다.

이윽고 다시 진입로를 내려가 집으로 향했다.

## 24

오늘은 아파트 로비에 아무도 없었다. 화분에 심은 야자수 아래 앉아 기다리다가 나에게 명령을 전하는 총잡이도 없었다. 나는 자동승강기를 타고 내가 사는 층으로 올라간 후 문 너머에서 흘러나오는 나지막한 라디오 소리를 들으며 복도를 걸어갔다. 술이 필요해서 얼른 한 잔 마시고 싶었다. 문을 열고 들어갔지만 불도 켜지 않았다. 곧바로 부엌으로 향하다가 불과 몇 걸음 만에 우뚝 멈춰 섰다. 뭔가 이상했다. 공기 속에 어떤 냄새가 감돌았다. 창문에 블라인드를 쳐놓았지만 양옆으로 거리의 불빛이 스며들어 방안이 어슴푸레했다. 나는 우두커니 서서 귀를 기울였다. 공기 중의 냄새는 향수 냄새였다. 짙고 느글느글한 향수 냄새.

소리는 전혀 없었다. 어둠에 눈이 익었을 때 방 건너편에서 뭔가 발견했다. 그곳에 있을 이유가 없는데. 나는 뒷걸음질을 친 후 엄지로 벽면 스위치를 올려 불을 켰다.

세워놓았던 침대가 내려와 있었다. 침대 위에서 킥킥거리는 소리가 났다. 내 베개 위에 금발머리가 있었다. 맨살을 드러낸 두 팔이 곡선을 그리고 깍지 낀 두 손이 금발머리를 가리고 있었다. 카멘 스턴우드가 내 침대에 누운 채 킥킥 웃었다. 베개 위에 펼쳐진 황갈색 곱슬머리는 일부러 정성껏 배열한 듯했다. 그녀의 청회색 눈동자가 나를 훔쳐보았다. 여느 때처럼 오늘도 총신 너머로 나를 겨냥하는 듯한 시선이었다. 그녀가 미소를 지었다. 작고 뾰족한 이가 번뜩였다.

"나 귀엽지 않아요?"

나는 거칠게 내뱉었다. "토요일 밤에 놀러다니는 필리핀 애들*만큼이나 귀엽군."

나는 방바닥에 서 있는 스탠드로 다가가 스위치를 잡아당긴 후 되돌아가 천장 전등을 도로 꺼버리고 다시 방을 가로질러 스탠드 아래 놓인 카드 테이블로 향했다. 테이블 위의 체스판에는 여섯 수 이내에 풀어야 하는 체스 문제를 펼쳐놓았다. 내가 맞닥뜨린 문제가 흔히 그렇듯이 이 문제도 좀처럼 풀리지 않았다. 나는 팔을 뻗어 나이트를 옮겨놓은 다음 모자와 외투를 벗어 대충 던져놓았다. 그러는 동안에도 침대 쪽에서는 나지막이 킥킥거리는 소리가 계속되었다. 낡은 집의 판자벽 속에서 뛰어다니는 쥐떼를 떠올리게 했던 바로 그 소리였다.

"내가 어떻게 들어왔는지 모를 거예요."

나는 담배 한 개비를 꺼내고 차가운 눈으로 그녀를 바라보았다. "모르긴 왜 몰라. 열쇠구멍으로 들어왔겠지, 피터 팬처럼."

"그게 누군데요?"

---

* 당시 필리핀에서 캘리포니아로 많은 노동자가 이주해왔다. 대부분은 젊은 남자였으며 주말이 되면 화려하게 차려입고 놀러다녀 필리핀인은 멋쟁이라는 인식이 생겼다.

"아, 그냥 도박장에서 알게 된 남자."

그녀가 킥킥 웃었다. "아저씨 참 귀엽네요?"

나는 이렇게 말문을 열었다. "그 엄지 말인데—" 그 순간 카멘이 선수를 쳤다. 굳이 내가 일깨워줄 필요도 없었다. 그녀는 머리를 받쳤던 오른손을 꺼내 엄지를 쪽쪽 빨면서 아주 동그랗고 음탕한 눈으로 나를 곁눈질했다.

"나 지금 알몸이에요." 내가 잠시 담배를 피우며 그녀를 마주보고 있을 때 카멘이 말했다.

"맹세코 그 생각을 하기 직전이었어. 생각이 날락 말락 했지. 거의 생각났을 때 네가 먼저 말해버린 거야. 조금만 더 있었으면 내가 이렇게 말했겠지. '너 보나마나 알몸이겠구나.' 나는 잠자리에 들어도 덧신은 안 벗어. 잠이 깼을 때 양심의 가책을 느끼면 살금살금 도망쳐야 하니까."

"아저씨 참 귀여워요." 카멘이 새끼고양이처럼 고개를 조금 갸우뚱했다. 그러더니 머리맡에서 왼손을 꺼내 이불을 붙잡고는 극적인 효과를 위해 잠깐 멈췄다가 이불을 홱 걷어버렸다. 역시 알몸이었다. 침대 위에 누운 알몸뚱이가 불빛을 받아 진주처럼 은은히 빛났다. 오늘밤 스턴우드 장군의 두 딸이 약속이라도 한 듯이 나에게 총구를 겨눴다.

나는 아랫입술 언저리에 묻은 담배 부스러기를 떼어냈다.

"근사하구나. 그런데 난 벌써 다 봤어. 기억하지? 너는 나를 만날 때마다 알몸이잖아."

그녀가 다시 킥킥거리며 몸을 가렸다. "그래, 정말 어떻게 들어왔지?" 내가 물었다.

"관리인이 열어줬어요. 아저씨 명함을 보여줬거든요. 언니한테서 훔쳐냈죠. 관리인한테는 아저씨가 나더러 먼저 들어가서 기다리랬다고 말했어요. 조금—조금 신비롭게 굴긴 했죠." 즐거워하는 그녀는 환하게 빛났다.

"제법인걸. 관리인들이 그렇지 뭐. 어떻게 들어왔는지는 알았으니 이제 어떻게 나갈지도 말해봐."

그러자 그녀가 킥킥 웃었다. "안 나가요—아주 오랫동안. ……여기가 좋아요. 아저씨도 귀엽고."

"내 말 잘 들어." 나는 담배로 그녀를 가리켰다. "내가 또 옷을 입혀주게 만들지 마라. 지금은 너무 피곤하거든. 호의는 고마운데 이건 내가 받을 만한 게 아닌 것 같아서 그래. 도그하우스 라일리는 그런 식으로 친구를 실망시키지 않아. 너도 내 친구잖아. 너를 실망시키긴 싫어. 네가 뭐라고 해도 상관없어. 너와 나는 계속 친구로 지내야 하는데 이런 짓을 하면 곤란해. 자, 착하지, 옷 좀 입을래?"

그녀가 고개를 가로저었다.

"잘 들어." 나는 다시 말을 이었다. "너는 나를 정말 좋아하지도 않잖아. 네가 얼마나 말썽꾸러기인지 과시하고 싶을 뿐이지. 그렇지만 나한테는 굳이 과시할 필요도 없어. 벌써 다 아니까. 너는 나를 만날 때마다—"

"불 좀 꺼요." 그녀가 킥킥거리며 말했다.

나는 담배를 방바닥에 팽개치고 짓밟았다. 손수건을 꺼내 손바닥을 번갈아 닦았다. 그리고 한 번 더 시도했다.

"이웃집 눈치를 보는 게 아니야. 남들은 별로 관심도 없어. 어떤 아파트든 헤픈 여자들은 드나들기 마련이고 하나쯤 더 들어왔다고 해서 건물이 무너지지도 않으니까. 이건 직업상의 자존심이 걸린 문제야. 그래, 직업상의 자존심이라고. 나는 너희 아빠가 시킨 일을 하는 중이야. 지금 편찮으시잖아. 몹시 쇠약해지고 몹시 무력해지셨지. 그런 분이 나를 믿어주신 거야. 허튼 짓은 안 하리라 믿으신다고. 그러니까 제발 옷 좀 입을래, 카멘?"

"아저씨는 도그하우스 라일리가 아니에요. 필립 말로잖아요. 안 속아요."

나는 체스판을 내려다보았다. 나이트를 움직인 것은 악수였다. 나는 나이트를 제자리로 돌려놓았다. 이 게임에서 기사들은 아무 의미도 없다. 이것은 기사들을 위한 게임이 아니다.

나는 다시 카멘을 바라보았다. 그녀는 이제 가만히 누워 있었다. 베개 때문에 얼굴이 더 창백해 보였다. 두 눈이 가뭄 때의 빗물통처럼 크고 어둡고 공허했다. 엄지가 없는 듯한 조그마한 손의 다섯 손가락이 이불을 쉴새없이 만지작거렸다. 그녀의 마음속 어딘가에 희미한 의혹의 불꽃이 피어나기 시작했다. 그러나 본인은 그 사실을 미처 몰랐다. 자신의 육체 앞에 굴복하지 않는 남자도 있다는 사실을 깨닫기란 여자들에게—정숙한 여자들에게도—매우 어려운 일이다.

내가 말했다. "부엌에 가서 술 한 잔 가져올게. 너도 마실래?"

"으응." 어둡고 말없고 어리둥절한 눈이 나를 진지하게 응시했다. 의혹이 점점 커져, 마치 무성한 풀밭에서 어린 찌르레기를 노리는 고양이처럼 소리도 없이 그녀의 눈으로 살금살금 기어들었다.

"내가 돌아올 때까지 옷을 다 입으면 한 잔 줄게. 알았지?"

그녀의 이가 벌어지더니 씩씩거리는 소리가 희미하게 새어나왔다. 그녀는 대답하지 않았다. 나는 부엌으로 가서 스카치위스키와 소다수를 섞어 하이볼 두 잔을 만들었다. 니트로글리세린이나 증류한 호랑이 입김처럼 아주 끝내주는 재료는 아무것도 없었다. 내가 술잔 두 개를 들고 돌아갔을 때 그녀는 여전히 그대로 있었다. 씩씩거리는 소리는 멈춘 뒤였다. 그녀의 눈빛은 다시 생기를 잃어버렸다. 그녀의 입술이 나를 향해 미소를 던졌다. 그러더니 별안간 그녀가 벌떡 일어나 앉으며 몸을 가렸던 이불을 단숨에 걷어내고 손을 내밀었다.

"줘요."

"옷 입으면. 옷 입기 전에는 절대로 안 줘."

나는 술잔을 둘 다 카드 테이블에 내려놓고 그 앞에 앉아 다시 담뱃불을 붙였다. "어서 입어. 안 볼 테니까."

그러고는 고개를 돌렸다. 그때 문득 씩씩거리는 소리가 더욱더 커진 듯했다. 그래서 깜짝 놀라 다시 그녀를 돌아보았다. 카멘은 벌거벗은 채 양손을 짚고 앉아 있었는데 입은 조금 벌어졌고 얼굴은 해골처럼 살벌했다. 씩씩거리는 소리는 그녀의 의지와는 무관하게 입속에서 저절로 터져나오는 듯했다. 비록 공허한 눈빛이었지만 그 속에는 내가 여자의 눈에서는 한 번도 본 적이 없는 무언가가 깃들어 있었다.

그때 그녀의 입술이 매우 천천히 신중하게 움직였다. 마치 끈으로 조종하는 인조 입술 같았다.

그녀는 나에게 지독한 욕설 한마디를 내뱉었다.

나는 아랑곳하지 않았다. 그녀가 무슨 욕을 하든, 남들이 무슨 욕을 하든 상관없다. 그러나 이 방은 내가 살아가는 곳이다. 내가 집이라고 부를 만한 곳은 여기뿐이다. 내 소유물은 모두 이곳에 있다. 나와 조금이라도 관련이 있는 물건들, 내 과거와 얽힌 물건들, 내 가족의 빈자리를 채워주는 물건들이다. 대단한 것들은 아니다. 책 몇 권, 사진 몇 장, 라디오, 체스 말, 오래된 편지, 그런 것들이 전부다. 보잘것없다. 그러나 나에게는 모두 추억이 담긴 물건들이다.

그런 방에 그녀가 들어왔다는 것을 더는 참을 수 없었다. 그녀의 욕지거리는 그 사실을 상기시킬 뿐이었다.

나는 차근차근 이렇게 말했다. "삼 분 줄 테니 옷 입고 나가. 그 안에 안 나가면 내쫓을 거야. 강제로. 지금처럼 벌거벗은 그대로. 그런 다음에 옷은 복도에 내동댕이칠 거고. 자, 어서 옷 입어."

그녀가 이를 덜덜 떨었다. 씩씩거리는 소리는 마치 사나운 동물이 내는 소리 같았다. 그녀는 두 발을 방바닥에 내려놓고 침대 옆의 의자에 놓아둔 옷을 집어들었다. 그러고는 옷을 입기 시작했다. 나는 그녀를 지켜보았다. 여자치고는 손놀림이 뻣뻣하고 서툴렀지만 꽤나 빠르게 입긴 했다. 다 입을 때까지 이 분 남짓 걸렸다. 내가 시간을 확인했다.

그녀는 모피 테두리가 달린 외투에 녹색 핸드백을 찰싹 붙인 채 침대 옆에 서 있었다. 머리에는 멋진 녹색 모자를 삐딱하게 썼다. 그녀는 잠시 그곳에 서서 나를 노려보며 씩씩거렸다. 얼굴은 여전히 해골처럼 살벌하고 눈빛은 여전히 공허하면서도 사나운 감정이 가득했다. 이윽고 그녀가 재빨리 문 쪽으로 가서 문을 열고 나가버렸다. 아무 말도 하지 않고 돌아보지도 않았다. 승강기가 작동하여 통로를 따라 내려가는 소리가 들렸다.

나는 창가로 가서 블라인드를 올리고 창문을 활짝 열었다. 자동차 매연과 도시의 길거리를 여전히 기억하는 듯 퀴퀴한 단내를 머금은 밤공기가 밀려들었다. 나는 술잔을 들고 천천히 마셨다. 저 밑에서 아파트 정문이 저절로 닫혔다. 적막한 보도를 밟으며 걸어가는 발소리가 또각또각 울려퍼졌다. 그리 멀지 않은 곳에서 차 한 대가 시동을 걸었다. 차는 거칠게 기어를 바꾸는 소리와 함께 쏜살같이 어둠 속으로 멀어져갔다. 베개에는 그녀의 머리에 눌린 자국이 아직도 남아 있고 침대보에는 그녀의 작고 썩어빠진 몸뚱이의 흔적이 아직도 남아 있었다.

나는 빈 술잔을 내려놓고 난폭하게 덤벼들어 이부자리를 갈기갈기 찢어버렸다.

## 25

이튿날 아침에 또 비가 내렸다. 흔들리는 크리스털 주렴처럼 잿빛 빗줄기가 비스듬히 쏟아졌다. 일어난 뒤에도 나른하고 피곤해서 창밖을 내다보며 우두커니 서 있었다. 스턴우드 자매 때문에 아직도 입맛이 쓰디썼다. 나는 허수아비의 호주머니처럼 활력이라고는 찾아볼 수 없는 상태였다. 부엌으로 가서 블랙커피를 두 잔 마셨다. 숙취는 술을 마신 뒤에만 경험하는 것이 아니다. 나는 여자들 때문에 숙취를 느꼈다. 이제 여자라면 넌더리가 났다.

면도와 샤워를 마치고 옷을 입고 레인코트를 챙긴 후 아래층으로 내려가서 정문 앞을 살펴보았다. 길 건너 30미터쯤 앞쪽에 회색 플리머스 세단 한 대가 서 있었다. 어제 나를 미행하려 했던 그 차, 내가 에디마스에게 물어보았던 바로 그 차다. 어쩌면 경찰일지도 모르지만 내 뒤를 졸졸 따라다닐 만큼 시간이 남아도는 경찰이 있긴 한지 의심스럽다. 남의 사건에 끼어들어 한몫 챙기려는 넉살 좋은 탐정일지도 모른다. 어쩌면 나의 밤나들이를 못마땅하게 여기는 버뮤다 주교일 수도 있고.

나는 뒷문으로 나가 주차장에서 컨버터블을 몰고 아파트 정면으로 돌아와서 회색 플리머스 옆을 지나쳤다. 차 안에는 작은 남자가 혼자 타고 있었다. 그는 내가 지나가자마자 시동을 걸었다. 빗길 운전을 유난히 잘하는 듯했다. 길이가 짧은 블록을 지날 때조차 내가 완전히 빠져나가기 전에 같은 블록으로 접어들 만큼 가까이 따라붙으면서도, 대개는 다른 차가 중간에 끼어 있을 만큼 적당한 간격을 유지했다. 나는 대로를 만날 때까지 달려가서 내 사무실 옆의 주차장에 차를 댄 후 레인코트 목깃을 세우고 모자를 푹 눌러쓴 채 주차장을 나섰다. 차디찬 빗방울이 레인코트와 모자 사이로 파고들어 얼굴을 두드렸다. 플리머스는 길 건너 소화전 옆에 서 있었다. 나는 교차로까지 걸어가서 파란불이 켜졌을 때 길을 건넌 후 보도 가장자리에 주차된 차들 쪽으로 바싹 붙어 사무실 쪽으로 되돌아갔다. 플리머스는 아까 그 자리에 그대로 있었다. 아무도 내리지 않았다. 나는 차로 다가가서 보도 쪽 문을 벌컥 열었다.

몸집이 작고 눈빛이 초롱초롱한 남자가 운전석 구석에 웅크리고 있었다. 나는 선 채로 남자를 들여다보았다. 빗방울이 내 등을 때렸다. 그는 소용돌이치는 담배연기 속에서 눈을 껌벅거렸다. 두 손으로 가느다란 운전대를 끊임없이 두드렸다.

"아직도 결단을 못 내리셨나?"

그가 침을 꿀꺽 삼키자 입에 문 담배가 까딱거렸다. "누구신지 모르겠네요." 긴장한 듯 기어들어가는 목소리였다.

"내 이름은 말로요. 당신이 이틀째 따라다니는 사람."

"저는 아무도 안 따라다녔어요."

"이 똥차는 분명히 따라다녔는데. 차가 제멋대로 움직인 모양이군. 정 그렇다면 마음대로 하시지. 난 이제 길 건너 커피숍에서 아침을 먹을 거요. 오렌지주스, 베이컨, 달걀, 토스트, 꿀, 커피 서너 잔, 이쑤시개. 그다음에는 내 사무실로 올라갈 거고. 저 건너편 건물 7층이지. 못 견디게 걱정스러운 일이 있으면 언제든지 올라와서 한바탕 읊어봐. 기관총에 기름칠이나 하면서 기다릴 테니까."

나는 눈만 껌벅거리는 그를 내버려두고 걸음을 옮겼다. 이십 분 뒤에는 청소부가 사무실에 남긴 수아레 다무르* 향수 냄새를 내보내면서 뾰족뾰족하고 고상하고 고풍스러운 필체로 주소를 적어놓은 거칠거칠하고 두툼한 봉투를 열었다. 봉투에는 짤막하지만 정중한 편지와 함께 큼직한 담자색 수표 한 장이 들어 있었다. 일금 오백 달러, 수취인 필립 말로, 지급인 가이 드 브리세이 스턴우드, 대서인 빈센트 노리스. 덕분에 아침부터 기분이 좋아졌다. 은행 입금용지를 작성할 때 초인종이 울려 내 비좁은 대기실에 누군가 들어왔다고 알려주었다. 플리머스를 타고 다니는 왜소한 남자였다.

"잘 왔소. 들어와서 외투 좀 벗어요."

---

* '사랑의 야회'라는 뜻.

내가 문을 잡아주자 그는 조심스럽게, 마치 내가 그 앙증맞은 엉덩이를 걷어차기라도 할까봐 걱정스럽다는 듯 조심스럽게 내 앞을 지나갔다. 우리는 책상을 사이에 두고 마주앉았다. 정말 조그마한 남자였다. 키는 160센티미터도 안 될 듯하고 체중은 정육점 주인의 엄지손가락 무게에도 못 미칠 듯싶었다.* 근엄하고 영롱한 두 눈은 강인해 보이려고 애쓰는 듯했지만 그래봤자 껍데기 한 짝만 남은 생굴처럼 연약해 보일 뿐이었다. 진회색 더블슈트를 입었는데 어깨 폭이 너무 커 헐렁헐렁하고 옷깃도 너무 넓었다. 양복 위에는 여기저기 심하게 해진 아이리시 트위드 외투를 걸치고 단추는 모두 풀어놓았다. 겹쳐진 옷깃 위로 잔뜩 비어져나온 풀라르** 넥타이가 빗물에 젖어 얼룩덜룩했다.

"나를 아실지도 모르겠소. 해리 존스요."

나는 모른다고 대답했다. 납작한 주석 담뱃갑을 남자에게 밀어주었다. 그의 작고 깔끔한 손이 미끼를 낚아채는 송어처럼 날렵하게 담배 한 개비를 집어들었다. 그는 탁상용 라이터로 불을 붙인 후 손을 내저었다.

"이 근방에서는 좀 알려진 편이오. 인맥도 빵빵하고. 전에는 와이니미곶***에서 소규모로 주류 밀수를 했지. 꽤 험한 일이었소. 선두 차를 몰 때마다 허벅지에 권총을 올려놓고 허리춤에는 석탄 통로도 틀어막을 만한 돈뭉치를 차고 다녔소. 베벌리힐스에 도착할 때까지 네 번이나 경

* 엄지로 저울을 눌러 중량을 속이는 수법에 대한 언급.

** 얇은 비단이나 견면으로 만든 천.

*** 로스앤젤레스 서북쪽의 항구도시 포트 와이니미에 있는 곳으로, 금주법 시대에 밀수가 성행했다.

찰한테 뇌물을 먹여야 했으니까. 그렇게 험한 일이었지."

"무시무시하군."

그는 뒤로 기대면서 작고 근엄한 입술의 작고 근엄한 입가로 연기를 훅 내뿜어 천장 쪽으로 날려보냈다.

"내 말을 안 믿으시는 모양이군."

"안 믿을 수도 있지. 믿을 수도 있고. 어쩌면 굳이 결단을 내리기가 귀찮은지도 모르고. 그런데 그게 나랑 무슨 상관이라고 이렇게 서론이 길지?"

"상관있다는 말이 아니잖소." 그가 톡 쏘아붙였다.

"당신은 이틀 동안이나 나를 졸졸 따라다녔소. 여자를 꼬시고는 싶은데 차마 용기를 못 내는 남자처럼. 어쩌면 당신은 보험사원일 수도 있지. 어쩌면 조 브로디라는 친구를 알 수도 있고. '어쩌면'이 여러 개 따라붙긴 했지만 이런 일을 하다 보면 주워듣는 게 많거든."

남자의 눈이 휘둥그레졌고 아랫입술은 무릎에 닿을 정도가 되었다. "맙소사, 그걸 어떻게 알았소?" 그가 다그쳤다.

"이래봬도 내가 신통력이 있으니까. 시간 끌지 말고 털어놓으시지. 나도 바쁜 사람이오."

그가 눈을 내리까는 순간 초롱초롱하던 눈빛이 거의 다 사라져버렸다. 침묵이 흘렀다. 내 사무실 창문에서 내려다보이는 맨션하우스 호텔 로비 위의 타르칠한 평면 지붕에 폭우가 쏟아지고 있었다. 그가 눈을 조금 뜨자 눈빛도 되살아났다. 그는 많이 생각해본 듯이 말문을 열었다.

"형씨에 대해 좀 알아보려고 그랬소. 넘겨줄 만한 정보가 있어서. 저

렴하게, 백짜리 두 장 정도로 합시다. 조와 내가 아는 사이인 줄은 어떻게 알았소?"

나는 편지 한 통을 뜯어 읽어보았다. 지문감식에 대한 육 개월짜리 통신강좌를 동종업계 종사자에게 특별할인가로 제공한다는 내용이었다. 나는 그 편지를 쓰레기통에 던져버리고 다시 왜소한 남자를 바라보았다. "그 말은 신경쓰지 마시오. 넘겨짚었을 뿐이니까. 우선 당신은 경찰이 아니라고 봤지. 그렇다고 에디 마스 패거리도 아니고. 어젯밤 에디한테 물어봤거든. 그렇다면 나한테 그렇게까지 관심을 가질 만한 사람은 조 브로디의 친구밖에 없다고 판단했소."

"아이고." 그는 그 말을 내뱉고 아랫입술을 핥았다. 내가 에디 마스의 이름을 입 밖에 내는 순간 그의 얼굴이 백지장처럼 하얗게 질려버렸다. 입을 딱 벌리고 있는데도 입가에 문 담배는 풀로 붙여버린 듯 떨어지지 않아서 마치 마술을 보는 듯했다. "에이, 농담 좀 작작 하시오." 마침내 그렇게 말하면서 그는 수술실 앞에서나 볼 법한 안도의 미소를 떠올렸다.

"그래, 농담이오." 나는 다른 편지를 뜯어보았다. 이번에는 워싱턴 정계의 취사장에서 흘러나온 내부기밀을 날마다 취합하여 소식지 형태로 보내주겠다는 제안이었다. "애그니스가 풀려났겠군." 내가 덧붙였다.

"풀려났지. 애그니스가 보내서 온 거요. 관심 있소?"

"글쎄—그 여자는 금발이라서."

"헛소리도 참. 당신은 그날 밤 그 집에서도 이렇게 우스갯소리를 했다더군. 조가 죽던 그날 밤 말이오. 브로디는 스턴우드 집안에 대해서 좋은 건수를 잡았을 거요. 그렇지 않았다면 위험을 무릅쓰고 그런 사진을 보내지도 않았을 테니까."

"아하. 건수를 잡았다? 어떤 건수?"

"이백 달러짜리 정보가 바로 그거요."

나는 다시 팬레터 몇 통을 쓰레기통에 처박아버리고 새 담배에 불을 붙였다.

"우리는 이 동네를 떠야겠소. 애그니스는 좋은 여자요. 지난번 일로 그 여자를 탓하지 마시오. 여자 힘으로 살아남기가 쉽지 않은 세상이니까."

"당신한테는 너무 큰 여자인걸. 밑에 깔리기만 해도 숨막혀 죽을 텐데."

"형씨, 농담이 좀 심했소." 은근한 위엄이 깃든 말투 때문에 그를 유심히 보게 되었다.

내가 말했다. "그 말이 맞군. 내가 요즘 막돼먹은 인간들만 만나다보니 그만. 이제 잡담은 집어치우고 본론으로 들어갑시다. 돈 받고 팔겠다는 정보가 도대체 뭐요?"

"돈 주겠다는 뜻이오?"

"어떤 정보인지는 알아야 하지 않겠소?"

"러스티 리건을 찾는 데 도움이 될 거요."

"나는 러스티 리건을 찾을 생각이 없는데."

"설마. 듣겠다는 거요, 말겠다는 거요?"

"뜸들이지 말고 말해보시지. 쓸모가 있는 정보라면 뭐든 기꺼이 살 테니까. 백짜리 두 장이면 내 주변에서는 꽤 많은 정보를 살 수 있는 돈이라고."

"에디 마스가 리건을 죽였소." 그가 침착하게 말하더니 마치 방금 부통령이 되기라도 한 양 뒤로 기댔다.

나는 손을 내저어 문 쪽을 가리켰다. "댁이랑 왈가왈부하기 싫어. 괜히 산소만 낭비하기 싫으니까. 이만 가보지, 땅꼬마 친구."

그러자 그가 책상 너머로 상체를 기울였다. 양쪽 입가에 희끄무레한 주름이 잡혔다. 그는 시선을 돌리지도 않고 담배꽁초를 몇 번이나 꼼꼼하게 짓눌러 꺼버렸다. 옆방으로 통하는 문 너머에서 한 줄 한 줄 단조롭게 두드려대는 타자기 소리가 들렸다. 찰칵찰칵, 땡, 드르륵.

"농담이 아니오." 그가 말했다.

"꺼지라니까. 귀찮게 하지 말고. 난 바쁘다고."

"바쁘긴 개뿔!" 그가 발끈했다. "나 그렇게 만만한 놈 아니오. 할말이 있어서 왔으니 할말은 다 하고 가야겠소. 러스티는 내가 좀 알던 친구요. 친하진 않았지만 잘 지냈느냐고 물어보면 그날그날 기분에 따라 대답하기도 하고 안 하기도 하는 정도는 됐지. 어쨌든 괜찮은 친구였소. 처음부터 마음에 들었지. 러스티는 모나 그랜트라는 가수를 좋아했소. 그런데 그 여자가 느닷없이 마스 부인이 돼버린 거요. 러스티는 홧김에 어느 부잣집 아가씨랑 결혼해버렸고. 집에 들어가면 잠도 못 자는지 밤마다 술집을 전전하는 여자였지. 누구나 알 만한 여자요. 키 크고 머리 까맣고 더비 경기 우승마만큼이나 예쁘지만 남자한테는 몹시 부담스러운 여자 말이오. 너무 예민하거든. 러스티가 그런 여자랑 알콩달콩 사이좋게 지낼 리가 없지. 그래도 젠장, 그 여자 아버지 재산은 좋아했겠지? 누구나 그렇게 생각하겠지. 그런데 리건은 좀 별난 독수리 같은 친구였소. 언제나 먼 곳을 바라봤거든. 늘 건너편 골짜기를 눈여겨봤지. 현실에 안주하지 않았단 얘기요. 내 생각이지만 재산 따위는 아랑곳하지도 않았을 거요. 그리고 내가 그런 말을 할 때는 칭찬의 뜻이오."

이제 보니 이 왜소한 남자는 그리 멍청하지 않은 모양이다. 사기꾼이라면 보통은 그런 생각조차 못했을 테고 생각을 한 놈이 있더라도 표현할 방법을 못 찾았을 테니까.

내가 말했다. "그래서 결국 달아나버렸군."

"아마 달아나려고 했겠지. 그 모나라는 여자를 데리고 말이오. 그 여자는 에디 마스와 한집에 살지도 않았소. 에디가 벌이는 사업을 싫어했거든. 특히 부업으로 하는 공갈협박, 차량절도, 동부에서 도망쳐온 수배자들을 숨겨주는 일 같은 것들 말이오. 어느 날 밤 리건이 에디한테 모나를 범죄에 끌어들이면 그냥 두지 않겠다고 공개적으로 위협했다는 소문도 있더군."

"대부분은 벌써 수사기록에 올라온 사실이오, 해리. 돈을 요구할 만한 정보는 아니지."

"지금부터는 기록에 없는 얘기요. 아무튼 리건은 떠나버렸소. 나는 리건이 날이면 날마다 오후쯤 바르디 술집에 앉아 아이리시 위스키를 마시며 멍하니 벽을 쳐다보는 모습을 봤소. 그때쯤에는 말수가 더 줄었지. 가끔은 나한테 판돈을 건네기도 했소. 내가 그 술집에 가는 이유가 바로 그거였으니까. 퍼스 월그린 밑에서 도박 판돈이나 걷으러 다녔거든."

"월그린은 보험 장사를 하는 줄 알았는데."

"문짝엔 그렇게 적어놨지. 누군가 걸려들면 보험도 팔아먹을 테고.

아무튼 9월 중순쯤부터 리건이 안 보였소. 곧바로 알아차리진 못했지. 어떤 상황인지 형씨도 알 거요. 어떤 사람이 있을 때는 눈에 띄지만 없을 때는 안 보인다는 사실을 미처 깨닫지 못하다가 나중에 문득 생각나면 그제야 눈치채잖소. 그때 리건이 생각난 이유는 어떤 놈이 에디 마스를 비웃었기 때문이오. 자기 여자가 러스티 리건이랑 야반도주를 했는데도 에디는 화를 내기는커녕 들러리처럼 군다는군. 그래서 조 브로디한테 얘기했는데 조가 꽤 똑똑하거든."

"똑똑하긴 무슨."

"아주 똑똑하진 않지만 그런대로 똑똑한 편이지. 조는 돈냄새를 맡았소. 어떻게든 두 연인의 행방만 알아내면 양쪽에서 돈을 뜯어낼 수 있겠다고 생각했지. 에디 마스한테서 한 번, 리건 마누라한테서 한 번. 조가 그 집안을 좀 알거든."

"오천 달러 값어치만큼은 알았겠지. 예전에 그 금액을 뜯어낸 적이 있으니까."

"그랬소?" 해리 존스는 조금 놀라는 듯했다. "애그니스는 그런 얘기 안 하던데. 역시 대단한 여자라니까. 감추는 게 많단 말이야. 아무튼 조와 내가 계속 신문을 주시했지만 아무 소식도 없더군. 그래서 스턴우드 늙은이가 사건을 덮어버렸다는 걸 알았지. 그러던 어느 날 바르디 술집에서 래시 캐니노를 보게 된 거요. 누군지 아시오?"

나는 고개를 가로저었다.

"어떤 놈들은 자기가 꽤 사납다고 믿을 뿐이지만 그놈이야말로 정말 사나운 놈이오. 에디 마스가 일이 생길 때마다 부려먹는 놈이지. 해결사 말이오. 눈 하나 깜짝하지 않고 사람을 죽이는 놈이거든. 마스도 꼭 필요할 때가 아니면 캐니노 가까이 가지도 않을 정도요. 어차피 캐니노는 LA에 살지도 않으니까. 아무튼 캐니노가 나타난 게 일 때문일 수도 있고 아닐 수도 있겠지. 어쩌면 마스가 리건 소식을 듣고도 웃는 낯짝으로 방관하면서 기회를 엿보는 중이었는지도 몰라. 물론 전혀 다른 일 때문이었는지도 모르고. 어쨌든 내가 조한테 알려줬고 조가 캐니노를 미행했소. 미행 하나는 잘하거든. 나야 엉망이지만. 이 정보는 거저 말해주는 거요. 돈 안 받겠소. 아무튼 조가 캐니노를 몰래 따라갔는데 캐니노가 스턴우드 저택 울타리 앞에 차를 세웠더니 웬 여자가 와서 나란히 차를 세웠다는 거요. 그렇게 둘이서 한참 동안 얘기했는데, 조는 그때 여자가 돈으로 보이는 뭔가를 건네는 것 같았다고 하더군. 여자는 곧 가버렸소. 그게 바로 리건 마누라였지. 옳거니, 저 여자가 캐니노를 아는구나. 캐니노는 마스를 알고. 그래서 조는 캐니노가 리건에 대한 정보를 전해듣고 혼자 부수입 좀 챙기려고 여자한테서 돈을 뜯어냈으려니 짐작했지. 아무튼 캐니노도 그 자리를 떴고 조는 다시 따라가다가 결국 놓쳐버렸소. 거기까지가 1막이오."

"캐니노라는 놈은 어떻게 생겼소?"

"땅딸막하지만 체격이 건장하고 머리도 갈색, 눈동자도 갈색, 언제나 갈색 옷에 갈색 모자만 쓰고 다니지. 비옷까지 갈색 스웨이드 레인코트라니까. 차도 갈색 쿠페를 몰고. 캐니노는 그렇게 뭐든지 다 갈색이오."

"이제 2막을 들어볼까."

"공짜로 해줄 얘기는 여기까지요."

"이백 달러나 줄 만한 얘기인지 잘 모르겠군. 리건 부인은 술집에서 만난 전직 밀주업자와 결혼했소. 그런 부류를 더러 아는 것도 당연한 일이지. 에디 마스도 잘 알더라고. 그러니 리건한테 무슨 일이 생겼다고 생각했다면 제일 먼저 에디를 찾아갔을 테고 에디가 캐니노한테 그 일을 맡겼을지도 모르잖소. 당신이 가진 정보가 그것뿐인가?"

"에디 마누라가 어디 있는지 말해주면 이백 달러 줄 거요?" 왜소한 남자가 차분하게 물었다.

이제야 관심이 확 쏠렸다. 의자 팔걸이에 체중을 싣다가 하마터면 부러뜨릴 뻔했다.

"그 여자가 혼자 있더라도?" 해리 존스는 조용하면서도 사뭇 불길한 어조로 덧붙였다. "그 여자가 리건이랑 야반도주를 한 게 아니라면, 지금 LA에서 65킬로미터쯤 떨어진 은신처에 있다면—경찰이 리건이랑 둘이서 도망쳤다고 믿게 하느라 그렇게 숨어 있는 중이라면 어떨까? 그래도 이백 달러 주시겠소, 탐정 나리?"

나는 입술을 핥았다. 입술이 메마르고 짭짤했다. "아무래도 드려야겠군. 어디요?"

"애그니스가 찾아냈소." 해리 존스는 호락호락하지 않았다. "어쩌다 우연히. 그 여자가 차를 몰고 지나가는 걸 보고 집까지 따라갔거든. 그 집이 어딘지는 애그니스가 말해줄 거요. 그 돈만 쥐여주면."

나는 험상궂은 표정을 지었다. "경찰한테 걸리면 공짜로 다 불어야 할 거요, 해리. 요즘 중부서에 솜씨 좋은 기술자들이 있다더군. 그러다가 당신이 죽어버려도 애그니스가 있으니까."

"할 테면 해보라지. 나도 그렇게 허약한 놈은 아니거든."

"아무래도 애그니스한테 내가 모르는 매력이 있는 모양이군."

"그 여자는 사기꾼이오, 탐정 나리. 나도 사기꾼이지. 다 사기꾼이라고. 그러니 동전 한 푼에도 서로를 기꺼이 팔아넘기지. 좋소. 어디 내 입을 열어보시든가." 그는 내 담배를 한 개비 더 집어가서 날렵하게 입에 물더니 내가 늘 그러듯이 엄지손톱으로 성냥을 긋다가 두 번이나 실패하고 결국 구두 밑바닥에 그어 불을 붙였다. 그는 뻐끔뻐끔 담배를 피우며 나를 똑바로 마주보았다. 내가 마음만 먹으면 홈에서 2루까지 단숨에 던져버릴 만큼 작고 우스꽝스러운 친구인데 제법 강단이 있다. 큰 놈들이 설치는 세상에서 살아가는 작은 놈. 왠지 이 사내가 마음에 들었다.

"나는 아무것도 속이지 않았소." 그가 침착하게 말했다. "백짜리 두 장 달라고 했을 뿐이지. 가격은 아직도 변함없소. 남자 대 남자로 얘기하면 사든 안 사든 결단을 내리실 줄 알았지. 그런데 경찰을 들먹이며 윽박지르다니. 부끄러운 줄 아시오."

내가 대답했다. "이백 내놓겠소. 그 정보만 준다면. 나도 돈부터 마련해야겠지만."

그러자 그가 일어서서 고개를 끄덕이고는 낡고 조그마한 아이리시 트위드 외투의 옷깃을 단단히 여몄다. "그건 괜찮소. 어차피 밤이 더 좋고. 아무래도 조심하는 편이 낫겠지. 에디 마스 같은 놈 비위를 건드리는 일이니까. 그래도 입에 풀칠이라도 하려면 어쩔 수 없지. 요즘은 수금액도 변변찮거든. 아무래도 거물들이 퍼스 월그린한테 꺼지라고 한 모양이오. 아무튼 이따 우리 사무실로 오시오. 웨스턴 애비뉴와 샌타모니카 대로 사이에 있는 풀와이더 빌딩, 건물 뒤쪽 428호실이오. 돈을 가져오면 애그니스를 만나게 해주겠소."

"그냥 당신이 말해주면 안 되겠소? 애그니스는 벌써 만나봤거든."

"약속을 했소." 그가 딱 잘라 말했다. 그는 외투 단추를 잠그고 멋들어지게 모자를 젖히며 다시 고개를 끄덕이더니 문 쪽으로 걸어갔다. 그리고 문을 나섰다. 복도를 따라 걸어가는 발소리가 점점 멀어졌다.

나는 은행에 가서 오백 달러짜리 수표를 예치하고 현금 이백 달러를 인출했다. 다시 사무실로 올라와 내 의자에 앉아서 해리 존스와 그가 들려준 이야기에 대해 생각해보았다. 조금은 지나치다 싶을 정도로 앞뒤가 척척 들어맞았다. 이런저런 사실이 뒤엉킨 듯한 느낌이 아니라 거짓말처럼 간결하고 단순했다. 모나 마스가 그렇게 관할구역 근처에 있었다면 그레고리 과장이 거뜬히 찾아내지 않았을까. 물론 찾으려고 노력했다면 말이지만.

하루종일 그런 생각을 했다. 사무실에는 아무도 찾아오지 않았다. 전화도 오지 않았다. 비가 그치지 않았다.

## 26

일곱시쯤 비가 잠시 뜸해졌는데도 물받이마다 여전히 빗물을 콸콸 쏟아냈다. 샌타모니카 대로는 보도 높이까지 차오른 물이 갓돌 너머로 넘실거렸다. 교통경찰 한 명이 모자부터 장화까지 다 덮는 반질반질한 검은색 비옷을 걸치고 흠뻑 젖은 차일 밑에서 빠져나와 물바다를 첨벙첨벙 건너갔다. 내가 풀와이더 빌딩의 좁다란 로비로 들어설 때 보도를 밟은 고무밑창이 찌익 미끄러졌다. 원래는 금빛이었을 승강기의 문이 활짝 열려 있고 더 안쪽 깊숙한 곳에서 작업용 전등 하나가 빛을 뿜었다. 너덜너덜한 고무깔개 위에 타구를 놓아두었는데 변색이 된데다 여기저기 침이 묻어 지저분했다. 겨자색 벽면에는 마치 울타리를 친 베란다에 달린 두꺼비집처럼 틀니케이스 하나를 걸어놓았다. 나는 모자에 묻은 빗방울을 털어내고 틀니케이스 옆에 붙은 건물 안내판을 훑어보았다. 이름이 적힌 방 번호도 있고 이름이 없는 번호도 있다. 빈방이 많거나 이름을 밝히기 싫어하는 세입자가 많은 모양이다. 무통치료 치과, 악덕 탐정사무소, 죽을 자리를 찾아 여기까지 기어들어온 병약한 소규모 업체들, 철도원이나 라디오 기술자나 시나리오 작가가 되는 방법을 가르쳐주는 통신학교들—우편물 검사관에게 걸리면 사업을 접어야겠지. 정말 지저분한 건물이다. 퀴퀴한 시가꽁초 냄새가 이 건물에서는 그나마 제일 깨끗한 냄새일 듯싶다.

승강기 안에서는 한 노인이 흔들거리는 걸상 위에 구멍이 숭숭 뚫린 방석을 깔고 앉아 졸고 있었다. 입은 헤벌어지고 핏줄이 불거진 관자놀이가 희미한 불빛 속에서 번질거렸다. 푸른색 제복 상의를 걸쳤는데 옷이 너무 헐렁헐렁해서 마치 마구간에 들어간 말을 보는 듯했다. 닳아빠진 커프스가 달린 회색 바지는 아랫단이 너덜너덜하고 그 밑에는 흰색 면양말과 검은색 새끼염소가죽 구두를 신었는데 엄지발가락에 티눈이라도 생겼는지 한쪽 구두를 길게 찢어놓았다. 노인은 걸상 위에서 손님을 기다리다가 청승맞게 잠들었다. 나는 조용히 노인 앞을 지나쳤다. 건물 안에 감도는 은밀한 분위기가 발걸음을 재촉했다. 비상구를 발견하고 잡아당겨 열었다. 비상계단은 한 달 넘게 청소를 안 한 듯했다. 노숙자들이 여기서 먹고 잤는지 빵 껍질과 기름기 묻은 신문지와 성냥개비 따위가 곳곳에 즐비했다. 텅 빈 인조가죽 핸드백도 있었다. 낙서가 가득한 벽 앞의 어둑어둑한 구석에 연한 빛깔의 고무주머니 하나가 떨어져 있는데도 아무도 치우지 않았다. 정말 근사한 건물이다.

나는 4층에서 계단을 벗어난 후에야 비로소 숨을 쉴 수 있었다. 복도에도 로비와 똑같이 너덜너덜한 깔개와 지저분한 타구가 있었다. 겨자색 벽면도 똑같고 밑바닥 인생의 흔적도 똑같다. 나는 복도를 따라 걷다가 모퉁이를 돌았다. 오톨도톨한 유리문 세 개에 'L. D. 월그린—보험설계사'라는 이름을 나란히 붙여놓았는데 첫번째와 두번째 문은 어두컴컴하고 세번째 문에만 불빛이 비쳤다. 불 꺼진 문 하나에 '출입문' 표시가 있었다.

불 켜진 유리문 위에 채광창이 열려 있었다. 그 창 너머에서 해리 존스의 새된 목소리가 흘러나왔다.

"캐니노? ……그래, 어디선가 당신을 본 적이 있지. 맞아."

나는 제자리에서 얼어붙었다. 다른 목소리가 말했다. 벽돌담 너머에서 소형 발전기가 돌아가는 소리처럼 심하게 그르렁거리는 목소리였다. "그럴 줄 알았어." 목소리가 왠지 좀 불길했다.

의자로 리놀륨 바닥을 긁는 소리, 발소리, 내 머리 위에서 채광창이 끼익 닫히는 소리. 오톨도톨한 유리 너머에 누군가의 그림자가 어른거렸다.

나는 월그린이라는 이름이 붙은 유리문 세 개 중 첫번째 문 앞으로 돌아갔다. 조심스럽게 문손잡이를 돌려보았다. 잠겨 있었다. 그러나 문틀이 헐거운지 문이 조금 건들거렸다. 오래전에 덜 마른 나무로 만든 문짝이 이제 다 말라 줄어든 탓이다. 나는 지갑을 꺼내서 운전면허증을 덮은 두껍고 단단한 셀룰로이드판을 뽑아냈다. 법률이 미처 금지하지 못한 도둑질 연장이다. 나는 장갑을 끼고 살포시 다정하게 문짝에 기대면서 문손잡이를 문틀 반대쪽으로 지그시 잡아당겼다. 틈새가 충분히 벌어졌을 때 셀룰로이드판을 밀어넣으면서 용수철 걸쇠의 경사면을 더듬거렸다. 이윽고 딸깍 하고 작은 고드름이 부러지듯 메마른 소리가 났다. 나는 게으른 물고기처럼 그 자리에서 꼼짝도 않았다. 방안에는 아무런 변화도 없었다. 손잡이를 돌리며 문을 밀어 열고 어둠 속으로 들어갔다. 열 때처럼 조심스럽게 문을 닫았다.

내 앞에는 커튼을 치지 않은 직사각형 창문이 불빛에 물들어 있었다. 책상 모서리가 불빛을 조금 가렸다. 책상 위에는 덮개를 씌운 타자기가 어렴풋이 보이고 그 옆에는 옆방으로 들어가는 문의 금속 문손잡이가 있었다. 그 문은 잠기지 않았다. 나는 사무실 세 개 중 두번째 방으로 건너갔다. 그때 갑자기 빗줄기가 쏟아지며 닫힌 창문을 마구 두드렸다. 기회를 놓칠세라 맞은편 문 쪽으로 걸음을 옮겼다. 불 켜진 사무실로 통하는 문이 조금 열려 좁다란 부챗살 모양의 불빛이 새어나왔다. 일이 술술 풀린다. 나는 선반 위에 올라간 고양이처럼 살금살금 걸어가 경첩 쪽의 문틈에 눈을 붙였지만 목재의 각도 때문에 불빛 말고는 아무것도 안 보였다.

걸걸한 목소리는 이제 꽤나 유쾌한 듯이 지껄이고 있었다. "그래, 내막을 좀 아는 놈이라면 이렇게 퍼질러 앉아서도 남의 일을 다 망쳐버릴 수 있고말고. 그래서 네놈이 그 탐정 새끼한테 갔단 말이지. 흠, 그건 실수였어. 에디가 안 좋아했거든. 그 탐정 새끼가 에디한테 누군가 회색 플리머스를 몰고 자기를 미행했다고 말했다더군. 그래서 에디는 당연히 누가 왜 그러는지 궁금했고."

그러나 해리 존스는 태연하게 웃음을 터뜨렸다. "에디가 이 일과 무슨 상관이란 말이오?"

"잡아떼도 소용없어."

"내가 그 탐정을 왜 만났는지는 당신도 알잖소. 벌써 다 말했는데. 조 브로디의 여자 때문이라니까. 그 여자가 이 동네를 떠야 하는데 지금 완전히 빈털터리라서. 탐정이 돈을 줄 거라고 생각해서 간 거요. 돈 없기는 나도 마찬가지니까."

그러자 걸걸한 목소리가 은근하게 물었다. "무슨 대가로 돈을 준다는 거야? 탐정 새끼들이 아무한테나 돈을 나눠주진 않을 텐데."

"돈이야 얼마든지 받아낼 수 있으니까. 그 탐정은 부자들을 많이 알거든." 해리 존스가 다시 웃었다. 조용하지만 담대한 웃음소리였다.

"내 앞에서 까불지 마라, 난쟁이." 걸걸한 목소리가 베어링 속의 모래알처럼 까칠해졌다.

"알았소, 알았다고. 브로디 살인 사건에 대한 얘기는 당신도 알겠지. 그 또라이 애새끼가 저지른 짓이지만 그 일이 벌어진 그날 밤에 말로도 바로 그 방에 있었소."

"누구나 아는 사실이야, 난쟁이. 말로가 경찰한테 다 불었잖아."

"그런데 말하지 않은 사실도 있단 말이오. 그때 브로디는 스턴우드 집안 둘째딸의 누드사진을 미끼로 돈을 뜯어내려고 했거든. 그런데 말로가 알아차리고 들이닥쳤지. 둘이서 그 일로 한창 실랑이를 벌일 때 이번에는 그 집 둘째딸이 찾아왔소. 권총까지 들고. 그 계집애가 브로디한테 총을 쏴버렸소. 한 발이 나갔지만 유리창만 깨졌지. 그랬는데 그 탐정은 경찰한테 그 일을 털어놓지 않았소. 애그니스도 말 안 했고.

그렇게 입을 다물어주는 대신 기찻삯이라도 얻어내자고 생각한 거지."

"그래서 에디와는 아무 상관도 없단 말이지?"

"있을 리가 없잖소."

"애그니스라는 년은 지금 어디 있냐?"

"그건 말 못하지."

"순순히 대답해라, 난쟁이. 여기서 불지 않으면 우리 애들이 동전치기를 하는 으슥한 방으로 끌려가서 다 불게 될 테니까."

"캐니노, 그 여자는 이제 내 여자란 말이오. 누가 뭐래도 내 여자는 못 넘겨줘."

그러자 침묵이 흘렀다. 나는 창문을 두드리는 빗소리를 들었다. 문틈으로 담배연기가 흘러나왔다. 기침이 터지려고 했다. 나는 손수건을 악물었다.

걸걸한 목소리가 여전히 은근하게 말했다. "듣자니 그 금발 년은 가이거가 얼굴마담으로 앉혀놨다던데. 그 문제는 에디랑 의논해보면 되겠지. 탐정 새끼한테는 얼마 달라고 했냐?"

"백짜리 두 장."

"그래서 받아냈고?"

해리 존스가 다시 웃었다. "내일 만나기로 했소. 아마 받게 되겠지."

"애그니스는 어디 있어?"

"이러지 말고—"

"애그니스 어디 있냐고?"

침묵.

"이거 잘 봐라, 난쟁이."

나는 움직이지 않았다. 나에게는 권총이 없었다. 굳이 문틈으로 엿보지 않더라도 걸걸한 목소리가 해리 존스에게 보라는 물건은 권총이 분명했다. 그러나 그렇게 권총을 보여주는 일 말고 캐니노가 무슨 짓을 저지를 가능성은 별로 없다고 판단했다. 그래서 그냥 기다렸다.

해리 존스가 말했다. "보고 있소." 말하기 힘들어 억지로 쥐어짜는 목소리였다. "처음 보는 물건도 아니군. 어디 쏠 테면 쏴보든가. 당신이 어떻게 되는지 두고 보자고."

"어떻게 되긴, 네놈만 물고기밥 되는 거지."

침묵.

"애그니스 어디 있어?"

해리 존스가 한숨을 푹 쉬었다. "알았소." 지친 듯한 말투였다. "벙커힐에 있는 아파트요. 코트 스트리트 28번지 301호. 나도 어쩔 수 없는 겁쟁이였던 모양이군. 하지만 그런 여자 때문에 목숨을 걸 필요는 없지 않겠소?"

"그럴 필요 없지. 잘 생각했어. 나랑 같이 나가서 그년이랑 얘기 좀 해보자고. 나는 그년이 너한테까지 감추는 게 있는지 없는지만 확인하면 돼. 네 말대로 그게 전부라면 아무 일도 없을 거야. 그 탐정 새끼한테 돈이나 받아낸 다음 네 갈 길 가면 된다고. 나한테 유감은 없지?"

"물론이오. 유감없고말고, 캐니노."

"좋았어. 그럼 우선 술이나 한잔하지. 어디 술잔 없어?" 걸걸한 목소리는 이제 극장 안내원의 속눈썹처럼 누가 들어도 꾸며낸 목소리였고 수박씨처럼 뺀질뺀질했다. 서랍을 여는 소리. 뭔가가 나무를 긁는 소리. 의자가 삐걱거리는 소리. 방바닥을 비비는 소리. "최고급이야." 걸걸한 목소리가 말했다.

액체를 꿀꿀 따르는 소리가 들렸다. "여자들 말처럼, 담비털코트가 좀먹을 때까지."

해리 존스가 조용히 말했다. "성공을 위하여."

나는 갑작스러운 기침소리를 들었다. 그다음은 격렬하게 구역질하는 소리. 두꺼운 유리잔 같은 것이 바닥에 쿵 떨어지는 소리. 나는 레인코트 옷자락을 움켜쥐었다.

걸걸한 목소리가 은근하게 말했다. "겨우 한 잔 가지고 벌써 토하냐?"

해리 존스는 대답하지 않았다. 잠시 힘겹게 숨을 몰아쉬는 소리가 들렸다. 그러나 곧 무거운 침묵이 찾아왔다. 이윽고 의자를 미는 소리.

"잘 가라, 난쟁이." 캐니노가 말했다.

발소리, 찰칵, 쐐기꼴로 내 발을 비추던 불빛이 사라졌다. 문이 열렸다가 조용히 닫혔다. 느긋하고 자신만만한 발소리가 멀어져갔다.

나는 문가로 가서 문을 활짝 열고 어둠 속을 응시했다. 창문으로 흐릿한 불빛이 스며들었다. 책상 모서리가 희미하게 빛났다. 그 책상 너머 의자 위에 웅크리고 있는 물체가 모습을 드러냈다. 밀폐된 공기 속에는 향수 냄새처럼 짙고 답답한 냄새가 감돌았다. 나는 복도 쪽의 문으로 다가가 귀를 기울였다. 멀리서 드르륵거리는 승강기 소리가 들렸다.

전등 스위치를 올리자 황동 사슬 세 가닥으로 천장에 매달아놓은 먼지투성이 유리등이 빛을 뿜었다. 해리 존스가 책상 너머에서 나를 쳐다보았다. 휘둥그런 눈, 경련을 일으키다가 그대로 굳어진 얼굴, 푸르뎅뎅한 안색. 작고 까만 머리를 옆으로 기울인 채 그는 의자 등받이에 등을 기댄 자세로 앉아 있었다.

까마득히 머나먼 어딘가에서 전차 종소리가 무수한 벽에 부딪히며 들려왔다. 책상 위에는 뚜껑을 딴 갈색 반 리터들이 위스키병이 놓여 있었다. 해리 존스의 술잔이 책상 바퀴 앞에서 반짝거렸다. 두번째 술잔은 사라져버린 뒤였다.

나는 허파에 닿을락 말락 할 만큼 얕은 숨을 쉬며 술병 위로 고개를 숙였다. 숯내 가득한 버번 냄새 속에 다른 냄새가 조금 섞여 있었다. 쓴맛아몬드 냄새였다. 해리 존스는 죽어가면서 외투에 구토를 했다. 청산가리가 분명하다.

나는 조심스럽게 시신을 돌아가서 나무 창틀에 고정된 고리에 매달아놓은 전화번호부를 집어들었다. 그러나 곧 전화번호부를 놓아두고 왜소한 남자의 시신에서 최대한 멀리 떨어진 곳으로 전화기를 가져갔다. 교환대 번호를 돌렸다. 목소리가 대답했다.

"코트 스트리트 28번지에 있는 아파트 301호 전화번호 좀 알려주시겠어요?"

"잠시만 기다리세요." 목소리에서도 쓴맛아몬드 냄새가 풍기는 듯했다. 침묵. "문의하신 번호는 웬트워스 이-오-이-팔 번입니다. 글렌다워 아파트에 등록된 번호예요."

나는 목소리에게 감사인사를 하고 번호를 돌렸다. 전화벨이 세 번 울렸을 때 누군가 전화를 받았다. 건너편에서 시끄러운 라디오 소리가 들려오다가 곧 조용해졌다. 무뚝뚝한 남자 목소리가 말했다. "여보쇼."

"애그니스 씨 계십니까?"

"애그니스라는 사람 이 집에 안 사는데. 몇 번에 거셨소?"

"웬트워스 이-오-이-팔."

"번호는 맞는데 그런 사람 없수다. 이 노릇을 어쩐다?" 목소리가 낄낄거렸다.

나는 전화를 끊어버린 후 다시 전화번호부를 들고 웬트워스 아파트를 찾아보았다. 관리인 번호를 돌렸다. 캐니노가 두번째 희생자를 찾아 빗길을 질주하는 장면이 어렴풋이 떠올랐다.

"글렌다워 아파트입니다. 관리인 시프고요."

"경찰 신원조회과에 있는 윌리스라고 합니다. 그 건물에 혹시 애그니스 로젤이라는 여자분 안 계십니까?"

"누구라고 하셨죠?"

나는 다시 말해주었다.

"전화번호를 알려주시면 제가—"

"말장난하지 말고!" 내가 퉁명스럽게 쏘아붙였다. "급한 일입니다. 그런 여자 있어요, 없어요?"

"없습니다. 없다고요." 목소리가 막대빵처럼 뻣뻣했다.

"그 싸구려 여관에 금발 여자 없어요? 키가 크고 눈이 초록색인데?"

"아니, 여긴 싸구려 여관이 아니라—"

"아, 그만, 그만!" 나는 경찰 목소리로 윽박질렀다. "단속반을 보내서 한바탕 뒤집어볼까? 어이, 형씨, 벙커힐 일대 아파트라면 내가 잘 알아. 특히 집집마다 전화번호를 따로 등록한 아파트라면 빤하지."

"아니, 진정하세요, 경관님. 협조하고말고요. 금발 여자도 몇 명 있긴 합니다. 금발 여자 없는 데가 어디 있어요? 눈 색깔은 자세히 못 봐서 잘 몰라요. 그 여자가 혼자 사나요?"

"혼자 살거나 작은 남자랑 같이 살 텐데, 키 160에 몸무게는 50쯤 될까, 초롱초롱한 검은색 눈, 옷차림은 진회색 더블슈트, 아이리시 트위드 외투, 회색 모자. 내가 가진 주소는 301호였는데 전화를 걸었더니 웬 놈이 엄청 비아냥거리더군."

"아, 그 집에는 그런 여자 없습니다. 301호에는 자동차 판매원 두 명이 살거든요."

"고맙군, 이따 들러보겠소."

"조용히 처리해주실 거죠? 바로 제 근무실로 와주시겠어요?"

"정말 고맙소, 시프 씨." 그러면서 전화를 끊었다.

얼굴에 흐르는 땀을 닦았다. 사무실 건너편 구석으로 가서는 얼굴을 벽에 대고 한 손으로 벽면을 쓰다듬었다. 이윽고 천천히 돌아선 나는 의자 위에서 오만상을 찡그리고 있는 왜소한 해리 존스를 바라보았다.

"그래, 그놈을 속였구나, 해리." 그렇게 소리내어 말하는데 내가 듣기에도 생소한 목소리였다. "그놈한테 거짓말을 하고 씩씩하게 청산가리를 마셔버렸어. 쥐약 먹은 쥐처럼 허무하게 죽었지만 해리 당신은 절대로 쥐새끼 같은 인간이 아니었어."

해리의 시신을 뒤져야 했다. 꺼림칙한 일이었다. 주머니마다 살펴보았지만 애그니스에 대한 단서는 나오지 않았다. 내가 원하는 것은 아무것도 없었다. 뭔가 나오길 기대하지도 않았지만 일단 확인은 해봐야 했다. 캐니노가 다시 찾아올지도 모른다. 캐니노처럼 자신만만한 놈은 범죄현장을 다시 찾는 일도 피하지 않을 테니까.

나는 불을 끈 후 문을 열었다. 바로 그때 굽도리널 앞에 놓인 전화기가 시끄럽게 울어댔다. 그 소리를 들으며 턱이 아플 정도로 이를 악물었다. 이윽고 문을 닫고 다시 불을 켠 후 전화기 쪽으로 걸어갔다.

"여보세요?"

여자 목소리다. 그 여자다. "해리 있나요?"

"잠깐 나갔소, 애그니스."

그녀는 잠시 동안 대꾸하지 않았다. 천천히 물었다. "누구세요?"

"말로요. 당신한테 골칫거리인 그 사람."

"해리는 어디 갔어?" 사나운 말투.

"정보 값으로 이백 달러 주러 왔지. 내 제안은 변함없소. 돈도 가져왔고. 지금 어디요?"

"해리가 말 안 했어?"

"그렇소."

"그럼 해리한테 물어보시든가. 해리는 어디 갔는데?"

"해리한테는 물어볼 수 없게 돼버렸거든. 혹시 캐니노라는 놈 아시오?"

깜짝 놀라 헛숨을 들이마시는 소리가 마치 내 곁에 있는 듯 또렷하게 들렸다.

"백짜리 두 장, 받을 거요, 말 거요?"

"그—그 돈이 정말 절실해요."

"그럼 됐소. 어디로 가져가면 되는지 말해요."

"그건—그건—" 그녀가 말꼬리를 흐리다가 다급하게 물었다. "해리는 어디 갔냐고요?"

"겁먹고 도망쳤소. 어디서든 좀 만나지—어디든 좋으니까—돈은 준비했소."

"그 말 못 믿겠는데—해리 말예요. 이거 함정이네."

"헛소리 작작 좀 해요. 해리를 경찰에 넘길 생각이었으면 진작 그랬겠지. 뭐하러 함정까지 파겠소. 어디서 무슨 말을 들었는지 캐니노가 찾아오는 바람에 달아나버렸을 뿐이라고. 나도 조용히 넘어가길 바라고 당신도 그렇고 해리도 그렇잖소." 해리는 이미 조용한 곳으로 가버렸다. 아무도 그의 평화를 깨뜨릴 수 없다. "설마 나를 에디 마스 똘마니로 오해하는 건 아니지, 아가씨?"

"아니, 그렇게 생각하진 않아요. 그건 아니겠지. 반시간 뒤에 만나기로 해요. 불럭스 윌셔 백화점, 주차장으로 나가는 동문에서."

"그러지."

나는 수화기를 내려놓았다. 아몬드냄새와 시큼한 토사물냄새가 다시 훅 밀려왔다. 왜소한 망자는 두려움도 변화도 없이 의자 위에 조용히 앉아 있었다.

나는 사무실을 나섰다. 구질구질한 복도에는 인기척이 전혀 없었다. 오톨도톨한 유리문 너머로 불빛이 비치는 방도 없었다. 나는 비상계단으로 2층까지 내려간 후 불을 밝힌 승강기 지붕을 내려다보았다. 단추를 눌렀다. 승강기가 느릿느릿 움직였다. 나는 다시 계단을 뛰어내려갔다. 승강기가 위로 올라갔을 때 나는 벌써 건물을 빠져나가는 중이었다.

다시 폭우가 쏟아지고 있었다. 빗속으로 뛰어들자 굵은 빗줄기가 얼굴을 후려쳤다. 빗방울 하나가 혓바닥에 떨어졌을 때 비로소 내가 입을 벌리고 있었다는 사실을 깨달았다. 턱이 뻐근한 것을 보니 그렇게 입을 딱 벌린 채 잔뜩 힘을 주고 있었던 모양이다. 해리 존스의 얼굴에 새겨진 죽음의 표정을 나도 모르게 흉내내면서.

## 27

"돈부터 줘요."

여자의 목소리 밑에서는 회색 플리머스의 엔진소리가 부르릉거리고 위에서는 빗소리가 요란했다. 불럭스 백화점의 녹색 탑 꼭대기에 켜놓은 보라색 조명이 까마득히 올려다보였다. 어둡고 축축한 도시 위로 높이 치솟은 불빛이 마냥 평화롭고 고즈넉했다. 여자가 검은색 장갑을 낀 손을 내밀었고 나는 돈을 건네주었다. 여자는 침침한 계기판 불빛 속에서 고개를 숙인 채 지폐를 세어보았다. 핸드백이 찰칵 열렸다가 찰칵 닫혔다. 여자가 긴 한숨을 내쉬었다. 그러고는 내 쪽으로 상체를 기울였다.

"나는 떠나요, 탐정 씨. 이대로 떠나버릴 거야. 이 돈이 도피자금인데, 아, 정말 얼마나 절실했는지 몰라요. 해리는 어떻게 된 거예요?"

"도망쳤다고 했잖소. 어떻게 알았는지 캐니노가 찾아왔거든. 해리는 잊어버리시오. 돈을 줬으니 이제 정보를 받아야겠소."

"말해드리죠. 지지난 주 일요일, 조하고 같이 풋힐 대로를 달릴 때였어요. 저녁 무렵이라 여기저기 불이 켜지고 늘 그렇듯이 차들이 마구 뒤엉켰죠. 그러다가 어느 갈색 쿠페를 추월하면서 운전하는 여자를 보게 된 거예요. 옆에는 어떤 남자가 타고 있었는데 땅딸막한 갈색 머리

남자였어요. 여자 쪽은 금발이었고. 예전에 봤던 여자더군요. 바로 에디 마스의 아내 말이에요. 남자는 캐니노였고. 둘 다 한 번만 봐도 잊을 수 없는 얼굴이니까. 조는 앞지른 상태에서 쿠페를 미행했어요. 그런 짓을 잘했거든. 경비견 캐니노가 여자를 데리고 바람 쐬러 나온 거였죠. 리얼리토에서 동쪽으로 1.5킬로미터쯤 가면 산길이 하나 나와요. 남쪽은 온통 오렌지밭이지만 북쪽은 지옥 뒷마당처럼 황량한데 산비탈에 훈증소독용 청산가리 공장이 하나 있고. 그리고 고속도로 바로 옆에 아트 헉이라는 사람이 하는 작은 정비소 겸 도색업체가 있더군요. 보나마나 훔친 차를 처리하는 곳이겠죠. 정비소 너머에 목조주택이 하나 있고 그 너머에는 산비탈이나 바위절벽 말고는 아무것도 없어요. 청산가리 공장은 거기서 3킬로미터쯤 더 가야 되죠. 그 여자가 숨어 있는 곳이 바로 그 집이에요. 두 사람은 그 산길로 접어들고 조는 차를 돌려 되돌아갔는데 그 차가 산길에서 목조주택 쪽으로 빠지는 게 보였거든요. 우리는 반시간쯤 거기 앉아서 지나가는 차들을 지켜봤어요. 산길에서 나오는 사람은 아무도 없더군요. 바깥이 캄캄해졌을 때 조가 몰래 다가가서 동정을 살폈어요. 조가 그러는데 집안에 불을 켜고 라디오도 틀어놨더래요. 집 앞에는 달랑 그 쿠페 한 대만 있고. 그래서 거기를 떴죠."

그녀가 말을 멈추었고 나는 쏴악쏴악 윌셔 대로를 달려가는 바퀴소리에 귀를 기울였다. 이윽고 내가 말했다. "두 사람이 그날 이후 거처를 옮겼을지도 모르지만 당신이 팔려고 했던 정보가 바로 그거였군—팔려던 게 그거였어. 그 여자 얼굴은 분명히 알아봤소?"

"그 여자를 본 적 있는 사람이라면 다시 봤을 때 못 알아볼 리가 없다니까요. 잘 있어요, 탐정 씨, 행운을 빌어주고. 고생만 하면서 살았거든요."

"고생은 개뿔." 나는 그렇게 내뱉고 길을 건너 내 차로 돌아갔다.

회색 플리머스가 출발하여 속력을 높이더니 쏜살같이 모퉁이를 돌아 선셋 플레이스 쪽으로 사라졌다. 엔진소리가 점점 멀어져갔다. 금발의 애그니스는 그렇게 영원히 자취를 감추었다. 적어도 나에게는 그랬다. 가이거, 브로디, 해리 존스, 그렇게 세 남자가 목숨을 잃었건만 그 여자는 상처 하나 없이 핸드백에 내 돈 이백 달러까지 챙겨 빗속으로 유유히 떠나가버렸다. 나는 시동을 걸고 시내로 식사하러 갔다. 저녁을 든든하게 먹었다. 이제부터 빗길을 65킬로미터나 달려가야 했고 무사히 돌아올 수 있기를 바랄 뿐이었다.

나는 북쪽으로 달리다가 강을 건너 패서디나로 들어섰고 패서디나를 벗어나기가 무섭게 오렌지 과수원에 둘러싸였다. 쏟아지는 빗줄기가 전조등 불빛을 받아 물보라처럼 온통 새하얗게 빛났다. 앞유리 와이퍼를 켜놓았는데도 앞이 잘 보이지 않을 정도였다. 그러나 부챗살처럼 가지런히 늘어서서 끝없이 밀려드는 오렌지나무 행렬은 비에 젖은 어둠 속에서도 지워지지 않았다.

지나가는 차들이 무시무시한 굉음을 일으키며 더러운 물줄기를 파도처럼 뿜어냈다. 고속도로가 통과하는 작은 마을에는 포장공장과 창고만 즐비하고 바로 옆에는 철도 측선이 있었다. 남쪽으로 내려갈수록 오렌지 과수원들이 차츰 뜸해지다가 아예 사라져버렸다. 오르막길로 접어들자 기온이 내려가 점점 더 추워졌고, 북쪽에 옹기종기 모인 검은 산들이 산비탈 아래로 사나운 바람을 내려보냈다. 이윽고 어둠 속에서 누르스름한 나트륨등 두 개가 허공에 높이 걸린 채 희미하게 빛나고 그 사이로 '어서 오십시오, 리얼리토입니다'라는 네온사인이 보였다.

넓은 한길에서 멀찌감치 떨어진 곳에 목조주택이 듬성듬성 보이더니 갑자기 상점들이 한꺼번에 나타났다. 유리창에 김이 서린 잡화점의 불빛, 영화관 앞에 파리떼처럼 모인 자동차들, 모퉁이에는 보도 위를 가로질러 시계를 매달아놓은 어두컴컴한 은행, 그리고 마치 공연이라도 구경하듯이 빗속에 우두커니 서서 은행 창문을 들여다보는 사람들. 나는 계속 달려갔다. 다시 허허벌판이 시작되었다.

운명이 무대감독처럼 모든 일을 연출했다. 리얼리토를 벗어나 1.5킬로미터쯤 갔을 때 고속도로가 구부러지고 빗줄기가 눈을 우롱하는 바람에 갓길 쪽으로 너무 가까이 붙고 말았다. 요란한 소리와 함께 오른쪽 앞바퀴가 터져나갔다. 미처 차를 멈추기 전에 오른쪽 뒷바퀴마저 터져버렸다. 도로와 갓길 사이에 허둥지둥 차를 세우고 밖으로 나가 손전등으로 이곳저곳을 비춰보았다. 타이어가 두 개나 터졌는데 스페어타이어는 하나뿐이다. 앞바퀴를 살펴보니 아연도금을 한 무거운 못대가리가 나를 빤히 쳐다본다.

도로변 곳곳에 못들이 즐비하다. 쓸어내긴 했지만 멀찌감치 밀어내지는 못한 모양이다.

나는 손전등을 꺼버리고 우두커니 서서 빗방울을 들이마시며 샛길 저쪽의 노란 불빛을 바라보았다. 아마도 채광창에서 흘러나오는 불빛인 듯싶다. 어쩌면 정비소의 채광창일 것도 같은데, 그렇다면 아트 헉이라는 남자가 운영하는 정비소일 수도 있고, 정비소 옆에 목조주택이 있을지도 모른다. 나는 턱을 목깃에 파묻은 채 불빛을 향해 걸음을 옮기다가 금방 되돌아와서 운전대에 묶어놓은 면허증꽂이를 풀어 주머니에 넣었다. 그러고 나서 운전대 밑으로 더 깊숙이 몸을 숙였다. 묵직한 가림판 뒤쪽에, 내가 운전석에 앉으면 오른쪽 다리 바로 밑에 오는 그곳에 비밀 칸막이가 있다. 그 안에 권총 두 자루가 있다. 하나는 에디 마스의 똘마니 래니의 권총이고 또하나는 내 권총이다. 나는 래니의 권총을 선택했다. 아무래도 내 권총보다는 길이 잘 들었을 테니까. 총구가 아래로 가도록 안주머니에 넣고 다시 샛길을 따라 걸어갔다.

정비소는 고속도로에서 90미터쯤 들어간 곳에 있었다. 고속도로 쪽에서는 텅 빈 측면 벽만 보였다. 손전등으로 벽면을 잠깐 비춰보았다. '아트 헉—자동차 수리, 도색작업.' 나는 혼자 낄낄 웃었다. 그러나 곧 해리 존스의 얼굴이 떠올라 웃음을 그쳤다. 정비소는 이미 문을 닫았지만 문짝 밑의 틈새로 불빛이 조금 새어나오고 두 문짝 사이의 틈새에도 가느다란 불빛이 보였다. 나는 정비소 앞을 지나갔다. 곧 목조주택이 나타났다. 건물 정면의 창문 두 개에 블라인드를 치고 불을 켜놓았다. 집 앞의 자갈길에 차 한 대가 서 있었다. 너무 어두워 잘 보이지 않았지만 보나마나 캐니노의 갈색 쿠페일 터였다. 차는 좁다란 목조포치 앞에 편안하게 웅크리고 있었다.

그는 이따금씩 여자에게 이 차를 운전하게 했을 것이다. 자기는 옆자리에 앉았을 테고 아마도 권총을 가까이 두고 있었겠지. 러스티 리건과 결혼했으면 좋았을 여자, 에디 마스가 결국 놓쳐버린 여자, 리건과 함께 도망치지 않은 여자. 잘한다, 캐니노.

나는 다시 정비소 쪽으로 터벅터벅 걸어가서 손전등 손잡이로 나무문짝을 두드렸다. 잠시 동안 천둥소리처럼 무거운 침묵이 흘렀다. 건물

안에서 전등이 꺼져버렸다. 나는 그 자리에 서서 빙그레 웃으며 입술에 묻은 빗물을 핥았다. 손전등을 켜고 쌍여닫이문 한복판을 비추었다. 불빛이 그리는 하얀 동그라미를 바라보며 빙그레 웃었다. 내가 찾던 곳을 찾아냈으니까.

문 너머에서 퉁명스러운 목소리가 들렸다. “뭡니까?”

“문 좀 열어주세요. 고속도로에서 타이어가 둘이나 터졌는데 스페어가 하나뿐입니다. 좀 도와주세요.”

“죄송합니다, 손님. 영업 끝났어요. 서쪽으로 1.5킬로미터만 가면 리얼리토가 나와요. 그리로 가보세요.”

그 말이 영 마음에 안 들었다. 문짝을 힘껏 걷어찼다. 연거푸 발길질을 퍼부었다. 이윽고 다른 목소리가 들렸다. 벽 너머에서 소형 발전기를 돌리는 듯 걸걸한 목소리였다. “꽤나 시건방진 친굴세? 어디 문 좀 열어봐, 아트.”

삐걱삐걱 빗장을 벗기는 소리가 나더니 문짝 하나가 안쪽으로 열렸다. 내 손전등 불빛이 깡마른 얼굴에 잠시 머물렀다. 그러나 곧 번질거리는 물체가 날아들어 내 손에 쥔 손전등을 후려쳐 떨어뜨렸다. 총구가 나를 노려보았다. 나는 얼른 허리를 굽혀서 젖은 땅을 비추는 손전등을 집어들었다.

퉁명스러운 목소리가 말했다. “형씨, 불 좀 끄지. 그러다 다치기 십상이라고.”

나는 손전등을 끄며 몸을 일으켰다. 정비소 안에 다시 불이 켜지자 작업복을 입은 키 큰 남자의 윤곽이 드러났다. 그는 문을 열어놓고 뒤로 물러나면서도 여전히 권총으로 나를 겨냥했다.

"들어와서 문 닫으쇼, 손님. 어떻게 하면 좋을지 생각 좀 해보자고."

나는 안으로 들어가서 등뒤로 문을 닫았다. 깡마른 남자만 바라보았다. 작업대 옆에 말없이 서 있는 다른 남자의 모습이 어렴풋이 보였지만 그쪽으로는 눈길도 주지 않았다. 지독한 피록실린 페인트 냄새 때문에 정비소 내부의 공기가 달착지근하고 불길했다.

"지금 제정신이쇼?" 깡마른 남자가 나를 타박했다. "오늘 리얼리토에서 백주대낮에 은행털이 사건이 터졌단 말이오."

"죄송하네요." 나는 빗속에서 은행 쪽을 바라보던 사람들을 떠올렸다. "내가 털진 않았어요. 이 동네는 처음 왔거든요."

"아무튼 그런 일이 있었다고." 남자가 시무룩하게 말했다. "풋내기 이인조였는데 이 근처 산자락으로 몰아넣었다는 소문도 있고."

"몸을 숨기기엔 딱 좋은 밤이군요. 그놈들이 못을 뿌린 모양입니다. 나도 당했거든요. 사장님이 돈 벌려고 벌인 짓인 줄 알았는데 말이죠."

"주둥이 한 대 얻어맞은 적 없나?" 깡마른 남자가 간단히 물었다.

"몸무게가 사장님만한 사람한테 맞은 적은 없죠."

그때 걸걸한 목소리가 어둠 속에서 말했다. "아트, 괜히 으르렁대지 말라고. 사정이 딱하잖아. 더구나 정비는 자네 일이잖아?"

"고맙습니다." 그러면서도 나는 여전히 그를 돌아보지 않았다.

"알았소, 알았다고." 작업복을 입은 남자가 툴툴거렸다. 그는 권총을 작업복 주머니에 넣고 손가락 관절을 깨물며 언짢은 표정으로 나를 쳐다보았다. 피록실린 페인트 냄새가 에테르만큼이나 느글느글했다. 한쪽 구석의 작업용 전등 밑에 신차로 보이는 대형 세단 한 대가 있고 바퀴덮개 위에 페인트 분무기가 놓여 있었다.

나는 비로소 작업대 옆에 있는 남자를 바라보았다. 땅딸막하지만 어깨가 딱 벌어져 다부진 체격이었다. 얼굴도 뻔뻔스럽고 갈색 눈빛도 뻔뻔스러웠다. 허리띠가 달린 갈색 스웨이드 레인코트를 입었는데 빗물로 심하게 얼룩진 상태였다. 갈색 모자를 삐딱하게 쓰고 있었다. 그는 작업대에 비스듬히 걸터앉아 서두르는 기색도 없이 관심 없다는 표정으로 나를 물끄러미 바라보았다. 마치 식은 고깃덩어리를 보는 듯한 시선이었다. 어쩌면 정말 사람들을 고깃덩어리로 여기는지도 모른다.

그가 갈색 눈동자를 아래위로 천천히 움직이다가 불빛을 향해 손을 들더니 할리우드가 가르쳐준 대로 손톱을 하나하나 꼼꼼히 살펴보았다. 그러더니 담배를 입에 문 채 말문을 열었다.

"바퀴가 두 개나 터졌단 말씀이지? 안됐구먼. 사람들이 못을 다 치운 줄 알았는데."

"굽잇길에서 조금 미끄러지는 바람에."

"이 동네는 처음이라고 하셨나?"

"그냥 지나가던 길입니다. LA로 가는 중이죠. 거기까지 얼마나 남았습니까?"

"65킬로미터. 이런 날씨에는 더 멀게 느껴지겠지. 손님은 어디서 오셨나?"

"샌타로사."

"꽤 먼길로 돌아서 오셨네? 타호와 론파인을 지나서?"

"타호는 아닙니다. 리노와 카슨시티를 지났어요."

"그래도 먼길이지." 그의 입술이 휘어지며 잠시 미소를 머금었다.

"그러면 안 된다는 법이라도 있습니까?" 내가 물었다.

"응? 아니, 그건 아니고. 너무 꼬치꼬치 캐묻는다고 생각하시는 모양이군. 그냥 그 은행털이 때문에 물어보는 거요. 아트, 잭 챙겨가서 타이어 좀 갈아줘."

"그럴 시간 없소." 깡마른 남자가 투덜거렸다. "할일이 있단 말이오. 도색작업중이라고. 게다가 바깥에는 비가 쏟아지는 거 알잖소."

그러자 갈색 옷을 입은 남자가 명랑하게 말했다. "아트, 어차피 습도가 너무 높아서 도색작업이 제대로 되긴 글렀어. 어서 가."

내가 말했다. "오른쪽 앞바퀴랑 뒷바퀴예요. 하나는 스페어로 바꾸셔도 돼요, 그렇게 바쁘시면."

"아트, 잭 두 개 가져가." 갈색 인간이 말했다.

"아니, 그건……" 아트가 언성을 높였다.

그러자 갈색 인간이 눈길을 돌리더니 온화하고 침착한 시선으로 아트를 물끄러미 바라보다가 수줍기라도 한 양 시선을 떨어뜨렸다. 그는 아무 말도 하지 않았다. 그런데도 아트는 마치 돌풍에 얻어맞은 사람처럼 와들와들 떨었다. 쿵쿵거리며 구석으로 걸어가더니 작업복 위에 고무비옷을 걸치고 방수모자를 머리에 썼다. 소켓렌치와 수동식 잭을 집어들고는 바퀴 달린 잭을 굴리며 문 쪽으로 걸어갔다.

아트는 문을 활짝 열어둔 채 말없이 나가버렸다. 빗줄기가 마구 들이쳤다. 갈색 옷을 입은 남자가 어슬렁어슬렁 걸어가서 문을 닫더니 다시 어슬렁어슬렁 작업대로 돌아가서 정확히 아까 앉았던 그 자리에 엉덩이를 걸쳐놓았다. 그 순간을 노렸다면 그를 제압할 수 있었으리라. 정비소 안에는 우리 둘뿐이었다. 그는 내 정체를 알지 못했다. 캐니노가 나를 슬쩍 쳐다보고 담배꽁초를 시멘트 바닥에 내던지더니 그쪽을 내려다보지도 않고 발로 질끈 밟았다.

"술 한 잔 드시는 게 좋겠군. 속도 좀 적셔줘야 안팎이 잘 어울리지." 그는 등뒤의 작업대 위에서 술병을 집어 가장자리로 옮겨놓고 그 옆에 유리잔 두 개를 나란히 놓았다. 각각의 술잔에 조금씩만 술을 따른 후 한 잔을 내밀었다.

나는 미라처럼 걸어가 술잔을 받았다. 빗물에 젖었던 기억이 남아 아직도 얼굴이 서늘했다. 지독한 페인트냄새가 정비소 내부의 밀폐된 공기를 오염시켰다.

갈색 인간이 말했다. "아트 말인데, 여느 수리공과 다를 바 없지. 일주일 전에 끝냈어야 할 일을 아직도 붙잡고 질질 끌거든. 일 때문에 돌아다니는 중이신가?"

나는 티 나지 않게 술냄새를 맡아보았다. 냄새는 정상이었다. 그가 먼저 마실 때까지 기다렸다가 비로소 술을 마셨다. 입안에 머금은 채 혀를 굴려 맛을 보았다. 청산가리는 없었다. 나는 작은 술잔을 마저 비운 후 그의 곁에 내려놓고 물러섰다.

"일 때문이기도 하죠." 나는 펜더 위에 큼직한 금속제 페인트 분무기가 놓인 세단 쪽으로 다가갔다. 페인트를 칠하다 만 상태였다. 빗줄기가 평평한 지붕을 세차게 두드렸다. 바깥에서 아트가 장대비를 맞으며 욕지거리를 내뱉었다.

갈색 인간이 대형차를 바라보았다. "처음에는 간단한 판때기 작업이었소." 그가 불쑥 말했다. 몹시 걸걸하던 목소리가 술 덕분에 한결 가라앉은 듯했다. "그런데 차주가 돈깨나 있는데다 운전사가 돈을 좀 벌고 싶어했거든. 뻔한 수법이지."

"케케묵은 수법이군요." 입술이 바싹 마른 느낌이었다. 대화를 피하고 싶었다. 그래서 담뱃불을 붙였다. 몇 분이 살금살금 지나갔다. 갈색 인간과 나는 우연히 만났을 뿐 서로 모르는 사이였지만 마주보는 우리 둘 사이에는 해리 존스라는 왜소한 남자의 시신이 있었다. 다만 갈색 인간은 그 사실을 아직 알지 못할 뿐이었다.

바깥에서 저벅저벅 발소리가 들리더니 문이 열렸다. 장대비가 불빛을 만나 은빛 철사로 변했다. 아트가 터져버린 진흙투성이 타이어 두 개를 굴리며 부루퉁하게 들어오더니 발로 차서 문을 닫은 후 타이어 하나를 옆으로 쓰러뜨렸다. 그러고는 험상궂은 표정으로 나를 노려보았다.

"하필 잭도 세우기 어려운 자리를 고르셨더군!" 그가 버럭 소리쳤다.

갈색 인간이 웃어대며 주머니 속에서 오 센트 동전 한 묶음을 꺼내 던졌다 받았다 하며 손장난을 했다.

"불평 좀 작작 해라." 갈색 인간이 담담하게 말했다. "빨리 타이어나 바꿔."

"지금 바꾸는 중이잖소?"

"그럼 우는소리 좀 그만하라고."

"젠장!" 아트가 고무비옷과 방수모자를 벗어던졌다. 타이어 하나를 틀에 올려놓고 테두리를 난폭하게 끄집어냈다. 튜브를 꺼낸 후 고무조각을 붙여 순식간에 구멍을 막았다. 여전히 오만상을 찡그리며 내 옆에 있는 벽 쪽으로 걸어가더니 압축공기 호스를 집어들고 튜브에 바람을 넣어 부풀린 다음 회반죽을 바른 벽면에 압축공기 호스의 노즐을 바싹 붙여놓았다.

나는 종이로 싼 동전 묶음이 캐니노의 손바닥 위에서 춤추는 모습을 지켜보았다. 긴장의 순간은 이미 지나가버린 뒤였다. 내가 고개를 돌렸을 때 깡마른 수리공이 내 곁에서 팽팽한 튜브를 허공으로 휙 던지더니 두 팔을 넓게 벌려서 양쪽 측면을 붙잡아 받아냈다. 그는 언짢은 표정으로 튜브를 살펴보다가 정비소 한쪽 구석에 구정물을 담아놓은 널따란 아연도금 물통을 힐끔 돌아보며 툴툴거렸다.

두 사람의 협동작전이 꽤나 절묘했던 모양이다. 나는 어떤 신호도, 의미심장한 눈짓도, 특별히 중요해 보이는 손짓도 알아차리지 못했다. 깡마른 남자가 팽팽한 튜브를 머리 위로 높이 들고 뚫어지게 쳐다보았다. 그러다가 몸을 반쯤 돌리더니 길게 한 걸음을 떼며 불쑥 달려들어 튜브를 휘둘렀다. 내 머리와 양쪽 어깨가 튜브 속에 꼼짝없이 갇혀버렸다.

그가 내 등에 올라타며 고무튜브를 힘껏 내리눌렀다. 그의 몸무게가 내 가슴을 짓누르고 양쪽 위팔을 옆구리에 찰싹 붙여버렸다. 두 손을 움직일 수는 있었지만 안주머니에 넣은 권총을 꺼낼 수는 없었다.

갈색 인간이 춤을 추는 듯한 동작으로 나에게 달려왔다. 한 손에는 동전 묶음을 움켜쥐고 있었다. 그는 소리도 표정도 없이 성큼성큼 다가왔다. 나는 상체를 푹 숙이며 아트를 번쩍 들어올리려고 했다.

마치 먼지구름을 뚫고 날아드는 돌팔매처럼, 묵직한 동전 묶음을 움켜쥔 주먹이 좌우로 벌어진 내 두 손 사이로 파고들었다. 정신이 얼떨떨했다. 불빛들이 마구 춤을 추고 시야가 흐릿해졌지만 아직 의식을 잃을 정도는 아니었다. 그가 다시 주먹을 날렸다. 내 머리는 아무것도 느끼지 못했다. 눈부신 섬광이 더욱더 밝아졌을 뿐이다. 몹시 고통스러운 이 백색섬광 말고는 아무것도 없었다. 다음 순간 어둠이 밀려오고 그

속에서 붉은 물체들이 마치 현미경 속의 미생물처럼 꿈틀거렸다. 곧이어 빛도 미생물도 사라져버리고 어둠과 공허만 남더니 어디선가 바람이 불어오고 거목이 쓰러지는 듯한 굉음이 들렸다.

## 28

여자가 있는 듯했다. 그녀는 전등 가까이 앉아 있었는데 거기야말로 그녀에게 어울리는 자리, 밝은 불빛을 받는 자리였다. 다른 전등이 내 얼굴을 강렬하게 비추는 바람에 도로 눈을 감고 속눈썹 사이로 여자를 보려고 애썼다. 은백색 머리카락이 은제 과일그릇처럼 눈부시게 빛났다. 널찍한 흰색 목깃을 두른 녹색 니트드레스 차림이었다. 발치에는 반질반질하고 모서리가 뾰족한 핸드백이 놓여 있었다. 그녀는 담배를 피우는 중이었고 팔꿈치 근처에는 호박색 액체가 담긴 기다란 유리잔이 어렴풋이 보였다.

나는 조심스럽게 머리를 조금 움직여보았다. 두통이 느껴졌지만 예상보다 심하지는 않았다. 오븐에 들어갈 준비를 마친 칠면조처럼 꽁꽁 묶여 있긴 해도. 양쪽 손목을 등뒤로 돌려 수갑을 채우고 손목과 발목 사이를 밧줄로 연결한 후, 지금 내가 엎어져 있는 소파 너머로 늘어뜨렸다. 밧줄 끄트머리는 소파에 가려져 보이지 않았다. 몸을 움직여보니 밧줄을 어딘가에 묶어놓은 모양이다.

그렇게 몰래 꼼지락거리다가 결국 포기하고 다시 눈을 뜨며 말했다.

"여기요."

먼 산봉우리를 바라보던 여자가 시선을 거두었다. 작고 야무진 턱이 천천히 움직였다. 두 눈이 산속의 호수처럼 새파랬다. 머리 위에서는 여전히 비가 쏟아졌지만 마치 남의 나라에 내리는 비처럼 아득히 멀게 들렸다.

"몸은 좀 어때요?" 머리카락에 잘 어울리게 은방울처럼 낭랑한 목소리였다. 마치 인형의 집에 달린 종이 울리듯 조그맣게 짤랑거리는 음색이 섞였구나. 그런 생각을 하자마자 바보 같다고 생각했다.

"좋아요. 누군가 내 턱에 주유소를 차린 것 같군요."

"뭘 기대하셨죠, 말로 씨—난초 같은 거?"

"그냥 평범한 소나무관으로 하죠. 청동이나 은제 손잡이는 안 달아도 됩니다. 그리고 내 유골은 저 푸른 태평양에 뿌리지 마요. 나는 지렁이를 더 좋아하니까. 지렁이는 암수한몸이라서 다른 지렁이 아무하고나 사랑을 나눌 수 있다는 거 압니까?"

"좀 어지러운 모양이네요." 그녀가 걱정스러운 표정으로 나를 들여다보며 말했다.

"이 전등 좀 치워줄래요?"

그녀가 일어나 소파 뒤로 걸어갔다. 전등이 꺼졌다. 어둑어둑해서 훨씬 편해졌다.

"당신이 그렇게 위험한 사람이라는 생각은 안 드네요." 그녀는 키가 큰 편이지만 꺽다리는 아니다. 늘씬하지만 깡마른 몸매는 아니다. 그녀가 자기 의자로 돌아갔다.

"내 이름을 아는군요."

"잘 주무시던데요. 그 사람들이 주머니를 뒤져볼 시간이 넉넉했어요.

방부처리만 빼고 별짓 다 했죠. 탐정이라고 하더군요."

"나에 대해 알아낸 게 그것뿐입니까?"

그녀는 대답하지 않았다. 담배연기가 희미하게 피어올랐다. 그녀가 연기를 흐트러뜨렸다. 손이 작고 예뻤다. 요즘 여자들의 손은 대개 정원손질용 농기구처럼 앙상한데 그녀의 손은 달랐다.

"몇시쯤 됐지요?" 내가 물었다.

그녀는 등불의 침침한 불빛의 가장자리에서 나선형으로 피어오르는 담배연기 너머로 자기 손목을 곁눈질했다. "열시 십칠분이에요. 데이트라도 있나요?"

"신기한 일은 아닐 텐데요. 여긴 아트 헉 정비소 옆집입니까?"

"맞아요."

"그 친구들은 뭐하는지—무덤 파는 중입니까?"

"어디 갈 데가 있대요."

"당신만 남겨두고 나갔다고요?"

여자가 다시 천천히 고개를 돌렸다. 미소를 짓는다. "당신이 별로 위험해 보이지 않으니까요."

"난 당신이 강제로 갇혀 있는 줄 알았습니다."

그녀는 그 말을 듣고도 별로 놀라지 않는 듯했다. 오히려 조금은 재미있어하는 표정이었다. "왜 그런 생각을 했죠?"

"당신이 누군지 아니까요."

그녀의 새파란 눈동자가 강렬하게 번뜩였다. 눈동자의 움직임이 칼날의 움직임처럼 뚜렷이 보이는 듯했다. 그녀가 입을 꾹 다물었다. 그러나 목소리는 변함이 없었다.

"그렇다면 위험에 빠지셨군요. 나는 살인을 싫어하는데."

"에디 마스 부인이면서? 거참 신기하네."

내 말이 못마땅했던 모양이다. 그녀가 나를 노려보았다. 나는 빙그레 웃었다. "이 팔찌를 풀어줄 수 없다면—내가 봐도 그냥 두는 편이 신상에 이로울 테니—당신이 안 마시는 저 술이라도 좀 나눠주면 좋겠군요."

여자가 술잔을 가져왔다. 헛된 희망처럼 공기방울이 잇따라 떠올랐다. 그녀가 내 쪽으로 상체를 숙였다. 숨결이 아기사슴의 눈동자처럼 은은했다. 나는 술을 꿀꺽꿀꺽 들이켰다. 그녀가 술잔을 내 입에서 치우고는 조금 흘린 술이 목을 타고 내려가는 모습을 지켜보았다.

그녀가 다시 상체를 숙였다. 내 몸에 피가 돌기 시작했다. 마치 집을 빌리려고 집안을 둘러보는 세입자처럼.

"자국이 남아서 얼굴이 마댓자루 같네요."

"그럼 실컷 감상해요. 지금이야 선명하지만 오래가지는 않을 테니까."

그때 그녀가 고개를 홱 돌리고 귀를 기울였다. 얼굴이 잠시 창백해졌다. 벽면을 타고 흘러내리는 빗소리만 들렸다. 그녀가 건너편으로 걸어가더니 나에게 옆모습을 보인 채로 몸을 조금 숙여 방바닥을 내려다보았다.

"어쩌자고 목숨을 걸고 여기까지 찾아왔죠?" 그녀가 조용히 물었다. "에디는 당신을 해치지 않았어요. 당신도 잘 알겠지만 내가 여기 숨어버리지 않았으면 경찰은 에디가 러스티 리건을 죽였다고 확신했을 거예요."

"실제로 죽였잖아요."

그녀는 움직이지 않았다. 미동조차 없었다. 숨소리가 빠르고 거칠었다. 나는 방안을 둘러보았다. 같은 벽면에 문이 두 개, 그중 하나는 반쯤 열려 있다. 빨간색과 황갈색 네모꼴 무늬를 넣은 양탄자, 창에는 파란색 커튼, 선명한 초록색 소나무를 그린 벽지. 가구는 버스정류장 벤치에 붙은 광고판을 보고 사온 듯하다. 화려하지만 몹시 불편하다.

그녀가 은근하게 말했다. "에디는 러스티를 건드리지도 않았어요. 나도 몇 달 동안 러스티를 못 봤단 말예요. 에디는 그런 사람이 아니에요."

"당신은 에디 집에서 나왔잖습니까. 혼자 살죠. 당신이 사는 동네 사람들이 사진을 보고 리건을 알아봤다던데."

"거짓말이에요." 그녀가 차갑게 말했다.

나는 그레고리 반장이 정말 그런 말을 했는지 안 했는지 기억하려고 노력했다. 그러나 머리가 몽롱해서 확신할 수 없었다.

"당신이 참견할 일도 아니고." 그녀가 덧붙였다.

"전부 내가 참견할 만한 일이죠. 사실을 밝혀내라는 의뢰를 받았으니까."

"에디는 그런 사람이 아니라니까요."

"오호, 범죄자들을 좋아하시는군."

"도박 좋아하는 사람들이 있으니까 도박장이 있죠."

"자기합리화일 뿐이에요. 일단 법의 테두리를 벗어나면 계속 벗어나게 되거든. 당신은 에디가 도박꾼일 뿐이라고 생각하겠지. 내가 보기엔 음란물 장사꾼, 공갈협박범, 도난차량 장물아비, 살인교사범, 부패경찰

뇌물공여범인데요. 솔깃한 건수만 보면 닥치는 대로 덤벼드는 인간, 돈 되는 일이라면 물불을 안 가리는 인간이라고. 범죄자라도 마음만은 깨끗하다고 설득하려 들지 마요, 그런 놈은 없으니까."

"그이는 살인자가 아니라고요." 그녀가 콧구멍을 벌름거렸다.

"직접 죽이진 않겠지. 캐니노가 있으니까. 캐니노는 오늘밤에도 어떤 남자를 죽였단 말입니다. 누군가를 도와주려고 애쓰는 조그맣고 착한 남자를. 살해 장면을 내 눈으로 목격한 거나 다름없어요."

그녀가 지쳤다는 듯이 헛웃음을 지었다.

"좋아요!" 내가 버럭 소리쳤다. "믿기 싫으면 그만두시죠. 에디가 그렇게 좋은 사람이라면 캐니노가 없을 때 단둘이 얘기 좀 하고 싶군요. 캐니노라면 무슨 짓을 할지 뻔하잖습니까. 내 이빨을 모조리 부러뜨려 놓고 우물거린다며 배때기를 걷어차겠지."

그녀가 선 채로 고개를 젖혔다. 무슨 생각을 하는지 골똘히 몰두한 모습이었다.

"은발은 유행이 지나간 줄 알았는데." 방안에 인기척을 이어가고 싶어서, 바깥의 동정에 신경을 곤두세우기 싫어서 괜히 꺼낸 말이었다.

"바보, 가발이에요. 내 머리가 자랄 때까지만 쓰려고." 여자는 손을 들어 가발을 확 벗어버렸다. 전체적으로 소년처럼 짧게 자른 머리가 드러났다. 그녀가 가발을 다시 썼다.

"누가 그런 짓을 한 겁니까?"

그러자 그녀가 놀란 표정을 지었다. "내가 잘라달라고 했어요. 왜요?"

"그렇군요. 왜 그랬죠?"

"왜냐하면, 기꺼이 에디가 원하는 대로 하겠다는, 이렇게 숨어 지내겠다는, 그런 진심을 보여주려고요. 굳이 감시인을 붙이지 않아도 된다고. 그이를 실망시키지 않겠다고. 사랑하니까."

"맙소사!" 내가 탄식했다. "그런 사람이 하필 나랑 한방에 있게 됐네요."

그녀가 한 손을 뒤집어 유심히 들여다보았다. 그러다가 갑자기 방을 나섰다. 그녀는 식칼을 들고 돌아왔다. 허리를 굽히고 톱질하듯이 밧줄을 자르기 시작했다.

"수갑 열쇠는 캐니노가 갖고 있어요." 그녀가 속삭였다. "이건 나도 어쩔 수 없어요."

그녀가 숨을 몰아쉬며 물러섰다. 밧줄의 매듭을 모두 끊어버린 뒤였다.

"그나저나 대단하시네." 그녀가 말했다. "입만 열면 우스갯소리. 이런 상황에서도."

"에디는 살인자가 아니라면서요."

그녀가 홱 돌아서서 전등 쪽으로 가더니 의자에 앉아 두 손으로 얼굴을 가렸다. 나는 두 발을 방바닥에 내리고 섰다. 다리가 뻣뻣해서 이리저리 기우뚱거렸다. 얼굴 왼쪽이 송두리째 저릿저릿 떨렸다. 한 걸음만 옮겨보았다. 아직 걸을 수는 있다. 필요하다면 달릴 수도 있겠다.

"나가라는 뜻이군요." 내가 말했다.

그녀가 얼굴을 가린 채 고개를 끄덕였다.

"당신도 같이 가는 게 좋겠어요. 살고 싶으면."

"시간낭비하지 마요. 캐니노가 언제 돌아올지 몰라요."

"담배에 불 좀 붙여줘요."

나는 무릎이 맞닿을 만큼 그녀 곁에 바싹 다가섰다. 그녀가 갑자기 벌떡 일어났다. 겨우 몇 센티미터 간격을 두고 눈이 마주쳤다.

"반갑군요, 은빛 가발 아가씨." 내가 나지막이 말했다.

그녀가 한 걸음 물러나더니 의자를 돌아가서 탁자 위에 놓인 담뱃갑을 집어들었다. 담배 한 개비를 꺼내 내 입에 거칠게 들이밀었다. 그녀의 손이 부들부들 떨렸다. 그녀는 작은 녹색 가죽 라이터를 켜 담배에 대주었다. 나는 연기를 들이마시며 호수처럼 새파란 눈동자를 들여다보았다. 그렇게 가까이 붙은 채로 내가 말했다.

"해리 존스라는 작은 새가 이렇게 당신을 찾도록 도와줬습니다. 그 새는 술집을 전전하면서 경마 판돈을 걸어 푼돈을 벌었죠. 정보도 수집하고. 그런데 그 새가 어쩌다가 캐니노에 대해 알게 된 겁니다. 그 새와 친구들이 어찌어찌해서 당신이 어디 숨었는지 알아냈죠. 새는 나를 찾아와서 그 정보를 팔겠다고 했죠. 내가 스턴우드 장군 의뢰로 조사중이라는 사실을 알더군요. 어떻게 알게 됐는지 설명하자면 얘기가 길어지겠지만. 아무튼 나는 정보를 얻고 캐니노는 새를 잡았습니다. 작은 새는 죽어버렸어요. 깃털은 다 헝클어지고 모가지는 축 늘어지고 부리에는 진주알 같은 핏방울이 맺혔죠. 캐니노가 죽였어요. 에디 마스는 그런 짓을 할 리가 없죠. 안 그래요, 은빛 가발 씨? 에디는 아무도 안 죽입니다. 남한테 시킬 뿐이지."

"나가요!" 그녀가 사납게 쏘아붙였다. "빨리 나가라니까요."

그녀의 손이 허공에 들고 있던 녹색 라이터를 움켜쥐었다. 손가락에 힘이 잔뜩 들어갔다. 주먹관절이 눈처럼 하얘졌다.

"하지만 캐니노는 내가 안다는 사실을 모릅니다. 작은 새에 대해서 말예요. 내가 여기저기 들쑤시고 다닌다는 사실만 알죠."

그러자 그녀가 웃음을 터뜨렸다. 고통스러울 정도로 격렬한 웃음이었다. 바람에 흔들리는 나무처럼 온몸이 와들와들 떨렸다. 나는 그 웃음 속에 딱히 놀라움은 아니더라도 당혹감이 담겼다고 생각했다. 가령 이미 알고 있던 어떤 사실에 새로운 생각이 추가되었는데 두 가지가 정확히 들어맞지 않을 때처럼. 그러나 곧 웃음 따위에 지나친 의미를 부여한다는 생각이 들었다.

"정말 우습네요!" 그녀가 헐떡이며 말했다. "정말 웃기는데, 왜냐하면, 그게 말이죠—여전히 그이를 사랑하거든요. 여자들은 참—" 그러더니 다시 폭소를 터뜨렸다.

머리가 지끈거렸지만 나는 열심히 귀를 곤두세웠다. 여전히 빗소리만 들렸다. "갑시다. 빨리."

그녀가 두 걸음 물러섰다. 표정이 딱딱하게 굳어졌다. "당신이나 나가요! 나가라니까! 리얼리토까지만 걸어가요. 어려운 일도 아니니까—그리고 입 좀 다물어줘요. 한두 시간만이라도. 그 정도는 해줄 수 있잖아요."

"갑시다. 혹시 권총 있어요, 은빛 가발씨?"

"안 간다고 했잖아요. 알면서 왜 그래요. 제발, 제발 빨리 좀 나가라고요."

나는 몸이 맞닿을 정도로 그녀에게 바싹 다가섰다. "나를 풀어줬으면서 여기 남아 있겠다고? 살인자가 돌아오면 미안하다고 말할 거요? 사람을 파리 때려잡듯이 죽이는 놈인데. 말도 안 돼요. 같이 가야 해요,

은빛 가발 씨."

"싫어요."

"그 잘난 남편이 정말 리건을 죽였으면 어쩔 겁니까? 아니면 에디도 모르게 캐니노가 죽였다면? 그냥 상상이라도 해봐요. 나를 풀어준 다음에 당신은 얼마나 살 수 있을까?"

"캐니노는 안 무서워요. 나는 여전히 우두머리의 아내니까."

"에디는 한주먹거리도 안 돼요. 캐니노라면 티스푼 하나로도 해치울 걸요. 고양이가 카나리아 삼키듯이 간단히 해치울 거라고. 한주먹거리라니까. 당신 같은 여자가 어울리지도 않는 남자한테 푹 빠지는 경우는 그렇게 물러터진 남자일 때뿐이지."

"나가라니까!" 그녀가 침을 뱉듯이 소리쳤다.

"알았어요." 나는 돌아서서 반쯤 열린 문을 지나 어두운 복도로 나갔다. 그러자 그녀가 뒤따라 달려나오더니 나를 앞질러 가서 정문을 열었다. 비가 내리는 어둠 속을 내다보며 귀를 기울였다. 그러고는 나에게 나오라고 손짓했다.

"잘 가요." 그녀가 작은 소리로 말했다. "행운을 빌어요. 다만 한 가지 말해둘 게 있어요. 에디는 러스티 리건을 안 죽였어요. 러스티는 어딘가에 멀쩡히 살아 있을 거예요. 나타나고 싶을 때 나타나겠죠."

나는 그녀에게 다가서서 그녀를 몸으로 밀어 벽면에 밀착시켰다. 그녀의 얼굴에 입을 들이댔다. 그 상태로 이렇게 말했다.

"급할 거 없어요. 다 미리 예정된 일이니까, 세부사항 하나하나를 초 단위로 계산해서 예행연습까지 끝냈으니까. 라디오 연속극처럼. 그러니까 하나도 안 급해요. 키스해줘요, 은색 가발 아가씨."

내 입에 닿은 얼굴은 얼음장 같았다. 그녀가 두 손을 올려 내 머리를 붙잡더니 내 입술에 격렬한 입맞춤을 했다. 입술도 얼음장 같았다.

내가 문을 나서자 등뒤에서 소리 없이 문이 닫혔다. 포치로 비가 들이쳤지만 그녀의 입술만큼 차갑지는 않았다.

## 29

옆집 정비소 건물은 캄캄했다. 나는 자갈이 깔린 진입로와 축축한 잔디밭을 건너갔다. 길바닥 곳곳에 작은 개울이 흐르고 있었다. 개울물이 건너편 도랑으로 흘러들었다. 나는 모자가 없었다. 정비소 안에서 떨어뜨린 모양이다. 캐니노는 굳이 모자를 돌려주려 하지 않았다. 나에게는 이제 모자가 필요 없으리라 생각했을 테니까. 나는 캐니노가 혼자 의기양양하게 빗길을 달려 이곳으로 돌아오는 모습을 상상해보았다. 훔친 차가 분명한 그 세단과 깡마르고 부루퉁한 아트는 이미 안전한 곳으로 빼돌렸겠지. 그 여자는 에디 마스를 사랑하니까 그를 보호하려고 이곳에 숨어 있다. 그러므로 캐니노는 자기가 돌아올 때까지 그녀가 얌전히 기다리고 있으리라 믿겠지. 그녀는 입에 대지도 않은 술잔을 곁에 두고 불빛 속에 다소곳이 앉아 있고, 나는 소파 위에 꽁꽁 묶여 있고. 캐니노는 우선 그녀의 소지품을 챙겨 차에 실어놓고 혹시 집안에 범죄의 증거물을 남겨두지 않았는지 꼼꼼하게 확인할 것이다. 그러고 나면 그녀에게 나가서 기다리라고 해야겠지. 총소리는 안 내도 된다. 근거리에서는 곤봉도 충분히 효과적이니까. 그녀에게는 나를 묶어놓기는 했지만 곧 스스로 풀고 빠져나갈 테니 안심하라고 둘러댈 속셈이겠지. 그토록 멍청한 여자라고 생각할 테니까. 잘한다, 캐니노.

레인코트 앞섶이 벌어져 있지만 수갑 때문에 단추를 잠글 수 없었다. 옷자락이 크고 지친 새의 날개처럼 다리를 휘감으며 펄럭거렸다. 이윽고 고속도로에 이르렀다. 지나가는 차들의 전조등 불빛 앞에 드넓은 물웅덩이가 소용돌이쳤다. 찢어지는 듯한 바큇소리가 금방금방 멀어져갔다. 내 컨버터블은 아까 주차한 곳에 그대로 있고 타이어도 둘 다 갈아끼운 상태였다. 그래야 여차하면 차를 옮겨놓을 수 있을 테니까. 놈들은 이렇게 만반의 준비를 해놓았다. 나는 차문을 열고 옆으로 몸을 기울여 운전대 밑에 숨겨진 칸막이의 가죽 가림판을 더듬더듬 열어젖혔다. 남아 있는 권총을 꺼내 레인코트 속에 넣고 방금 왔던 길로 되돌아갔다. 이 세계는 좁고 어둡고 외딴 곳이다. 캐니노와 나만의 세계.

절반쯤 갔을 때 하마터면 전조등 불빛에 들킬 뻔했다. 그 불빛이 갑자기 고속도로를 빠져나오는 순간 나는 비탈 아래로 미끄러지듯이 몸을 던졌고 도랑에 첨벙 빠지면서 구정물을 마시고 말았다. 차는 속력을 줄이지 않고 지나가버렸다. 나는 비로소 고개를 들었다. 차가 도로를 벗어나 자갈이 깔린 진입로로 들어서는 소리가 들렸다. 엔진이 꺼지고 조명이 꺼지고 차문이 쿵 닫혔다. 현관문이 닫히는 소리는 못 들었지만 나무 덤불 사이로 가느다란 불빛이 새어나오는 것을 보니 창문에 친 커튼을 걷었거나 복도에 불을 켜놓은 모양이다.

나는 흠뻑 젖은 잔디밭으로 되돌아가서 철벅철벅 걸어갔다. 나와 집 사이에 차가 서 있었다. 나는 권총을 허리춤에 대고 왼쪽 어깨가 빠지지 않을 만큼만 최대한 당겨 앞으로 내밀었다. 차는 어둡고 텅 비었으며 따뜻했다. 라디에이터 속에서 냉각수가 즐겁다는 듯 꾸르륵거렸다. 나는 차문 너머를 들여다보았다. 계기판에 열쇠가 꽂혀 있었다. 캐니노는 역시 자신만만한 놈이다. 나는 자갈길을 조심스럽게 밟으며 차를 우회한 후 창가로 다가가 귀를 기울였다. 목소리는 들리지 않았다. 빗물받이 하단에 달린 L자 모양의 금속관 속에 빗물이 통통거리며 빠르게 쏟아지는 소리 말고는 아무 소리도 들리지 않았다.

나는 계속 귀를 기울였다. 고함소리도 없고 사방이 그저 고요하고 평화롭기만 하다. 캐니노는 걸걸한 목소리로 은빛 가발을 다그칠 테고 그녀는 나를 풀어줄 수밖에 없었다고, 그 대신 내가 그들을 내버려두기로 약속했다고 대답하겠지. 그러나 내가 그의 말을 안 믿듯이 그 역시 내 말을 믿지 않을 것이다. 그러므로 이 집에 오래 머물 리가 없다. 부랴부랴 떠날 테고 그녀도 데려가겠지. 나는 놈이 나올 때까지 기다리기만 하면 된다.

그러나 그럴 수는 없었다. 권총을 왼손으로 옮겨쥔 후 허리를 굽히고 잔돌 한 줌을 움켜쥐었다. 방충망이 달린 창문을 겨냥하여 잔돌을 뿌렸다. 형편없는 솜씨였다. 방충망 위의 창유리에 가닿은 잔돌은 극소수에 불과했다. 그러나 이 잔돌 몇 개가 유리를 후드득 때리는 소리는 마치 둑이 터지는 소리처럼 크게 들렸다.

나는 다시 차로 달려가서 뒤쪽 발판 위에 올라섰다. 집안은 이미 불이 꺼진 뒤였다. 반응은 그것뿐이었다. 나는 발판 위에서 조용히 몸을 낮추고 기다려보았다. 역시 실패다. 캐니노는 조심성이 많은 놈이다.

나는 다시 일어나 뒷걸음질로 차 안에 들어가서 더듬더듬 열쇠를 찾아 돌렸다. 발을 뻗어보았지만 이 차는 시동단추가 계기판에 달린 모양이다. 마침내 단추를 찾아 잡아당기자 시동장치가 드르륵거렸다. 엔진이 따뜻한 상태라서 금방 시동이 걸렸다. 엔진이 만족스럽다는 듯 조용히 부르릉거렸다. 나는 다시 차에서 빠져나와 뒷바퀴 옆에 웅크리고 앉았다.

그때쯤에는 몸이 덜덜 떨렸다. 그러나 캐니노가 이번 음향효과를 그리 좋아하지 않을 것은 분명했다. 이 차가 절실히 필요하니까. 이윽고 불 꺼진 창문 하나가 조금씩 열렸다. 유리에 비친 빛의 변화가 없었다면 움직인다는 사실조차 알아차리지 못할 정도였다. 창문에서 갑자기 불꽃이 터지고 세 발의 총성이 빠르게 잇따라 울려퍼졌다. 쿠페 창유리가 쩍쩍 갈라졌다. 나는 고통이 가득한 고함을 질렀다. 고함소리에 이어 길고 처량한 신음을 흘렸다. 신음소리는 곧 피를 머금어 꼬르륵거리는 소리로 변했다. 비참하게 꼬르륵거리는 소리가 점점 약해지고, 마침내 피를 토하며 숨을 거두는 소리. 훌륭한 솜씨였다. 마음에 들었다. 캐니노도 대단히 좋아했다. 그의 웃음소리가 들렸다. 크고 우렁찬 웃음소리, 말할 때의 걸걸한 목소리와는 전혀 다른 소리였다.

그러더니 잠시 적막이 흘렀다. 빗소리, 그리고 조용히 부르릉거리는 엔진소리뿐이었다. 이윽고 현관문이 슬그머니 열렸다. 집안은 어둠에 휩싸인 바깥보다 더 어두웠다. 누군가 조심스럽게 모습을 드러냈는데 목에 뭔가 하얀 것을 두르고 있었다. 여자의 목깃이다. 그녀는 목각인형처럼 뻣뻣하게 걸으며 포치로 나왔다. 은색 가발이 어렴풋이 빛났다. 그녀의 등뒤에는 캐니노가 잔뜩 웅크린 채 용의주도하게 숨어 있었다. 경계심이 너무 철저해서 우스꽝스러울 정도였다.

여자가 계단을 내려왔다. 그러자 창백하게 굳어진 얼굴이 보였다. 그녀가 차 쪽으로 걸어왔다. 내가 아직 그의 눈에 핏물이라도 뱉을 수 있을까봐 캐니노는 이렇게 그녀를 앞세워 방어막으로 삼은 것이다. 빗물 때문에 불분명한 목소리, 높낮이도 없이 단조로운 목소리로 그녀가 천천히 말했다. "아무것도 안 보여, 래시. 창문이 뿌옇게 흐려졌어."

그가 뭐라고 툴툴거렸고 여자의 몸이 왈칵 움직였다. 총구로 허리를 모질게 찔러버린 모양이다. 그녀가 다시 걸음을 옮겨 불 꺼진 차로 다가왔다. 이제 여자 뒤에 숨은 캐니노를 조금이나마 볼 수 있었다. 모자, 한쪽 뺨, 두툼한 한쪽 어깨. 여자가 뻣뻣하게 걸음을 멈추더니 느닷없이 울부짖었다. 가늘고 아름답고 찢어지는 듯한 고함소리가 레프트 훅처럼 나를 강타했다.

"저기야!" 그녀가 버럭 소리쳤다. "앞유리 너머! 운전석이야, 래시!"

캐니노는 감쪽같이 속아넘어갔다. 여자를 거칠게 밀어 옆으로 넘어뜨리고 재빨리 달려오면서 한 손을 들어올렸다. 다시 세 발의 불꽃이 터져 어둠을 갈랐다. 다시 유리가 여기저기 깨져버렸다. 한 발은 유리를 뚫고 나와 내 곁에 있는 나무에 박혔다. 한 발은 어딘가에 튀어 핑 소리를 내며 멀리 사라져갔다. 그러나 조용한 엔진소리는 변함이 없었다.

캐니노는 자세를 낮춘 채 어둠 속에 웅크리고 있었다. 총격의 섬광이 지나간 후 이목구비도 없는 잿빛 얼룩 같던 얼굴이 서서히 제 모습을 되찾는 듯했다. 그의 권총이 리볼버라면 탄창은 비었을 것이다. 그러나 아닐지도 모른다. 모두 여섯 발을 쏘았지만 집안에 있을 때 다시 장전했을 가능성도 있으니까. 나는 그가 장전했기를 바랐다. 빈총을 든

놈을 상대하고 싶지 않았다. 그러나 어쩌면 자동권총일 수도 있다.

내가 말했다. "다 쐈나?"

그가 내 쪽으로 홱 돌아섰다. 옛날 신사들처럼 그에게 한두 발쯤 더 쏠 기회를 주었으면 꽤나 근사했을 텐데. 그러나 그가 여전히 총구를 겨누고 있으니 나로서는 더 기다려줄 여유가 없었다. 지금은 옛날 신사들을 본받을 때가 아니다. 나는 콜트를 늑골에 밀착시킨 채 연달아 네 발을 쏘았다. 그가 쥔 권총이 마치 발길질에 걷어차인 듯이 날아갔다. 그가 두 손으로 배를 움켜쥐었다. 배를 철썩 때리는 소리가 크게 들릴 정도였다. 그는 그 모습 그대로, 커다란 양손으로 배를 움켜쥔 채 곧장 앞으로 쓰러졌다. 그리고 젖은 자갈길에 얼굴을 처박았다. 그다음에는 아무 소리도 내지 않았다.

은색 가발도 소리를 내지 않았다. 쏟아지는 비를 고스란히 맞으며 뻣뻣하게 서 있을 뿐이었다. 나는 캐니노 곁을 지나 공연히 그의 권총을 한번 걷어찼다. 그러고는 권총이 멈춘 곳으로 걸어가서 옆으로 몸을 기울여 권총을 집었다. 여자와 가까운 곳이었다. 그녀가 마치 혼잣말을 하듯이 퉁명스럽게 말했다.

"당신—당신이 돌아올까봐 걱정했는데."

"데이트를 해야 하니까. 모두 예정된 일이라고 했잖아요." 나는 미치광이처럼 웃어대기 시작했다.

그때 그녀가 허리를 굽히고 캐니노의 시신을 더듬었다. 잠시 후 가느다란 사슬에 달린 작은 열쇠를 들고 허리를 폈다.

그녀가 쌀쌀하게 말했다. "꼭 이렇게 죽여야 했어요?"

나는 시작할 때처럼 갑작스럽게 웃음을 그쳤다. 그녀가 내 뒤로 돌아가 수갑을 풀어주었다.

"그랬겠네요." 그녀가 조용히 말했다. "죽일 수밖에 없었겠네요."

## 30

새로운 하루가 시작되고 다시 태양이 빛났다.

실종수사과의 그레고리 과장은 집무실 창문 너머로 쇠창살이 박힌 검찰청 꼭대기층을 침울하게 내다보았다. 빗물에 씻긴 건물이 하얗고 깨끗했다. 이윽고 그가 회전의자에 앉은 채 육중하게 몸을 돌리더니 불에 덴 흔적이 뚜렷한 엄지로 파이프를 다지며 나를 냉랭하게 쳐다보았다.

"그래, 간밤에 또 사지로 뛰어들었더군."

"아, 벌써 들으셨군요."

"내가 이렇게 하루종일 퍼질러 앉아 있으니 대가리가 텅 빈 놈처럼 보이겠지. 하지만 내 귀에 얼마나 많은 정보가 들어오는지 알면 자네도 놀랄걸. 캐니노라는 놈을 쏴버린 거야 괜찮지만 강력계 친구들이 훈장을 달아주지도 않았겠지."

"요즘 제 주변에서 살인 사건이 자꾸 터지더라고요. 저만 제 몫을 못 하는 것 같아서요."

그가 참을성 있게 미소를 지었다. "그 여자가 에디 마스 마누라라는 말은 누구한테 들었나?"

내가 자초지종을 설명했다. 그는 주의깊게 듣다가 하품을 했다. 솥뚜

껑 같은 손바닥으로 금니가 박힌 입을 툭툭 두드리면서. "그 여자는 내가 찾아냈어야 했다고 생각하시겠군."

"추리력이 대단하십니다."

"어쩌면 나도 다 알았겠지. 어쩌면 에디와 그 마누라가 그런 장난을 쳤다는 걸 알면서도 그냥 성공했다고 믿도록 내버려두는 편이 현명하다고, 어쨌든 내 수준에서는 그게 더 현명한 판단이라고 생각했겠지. 하지만 자네는 내가 더 개인적인 이유 때문에 에디를 내버려뒀다고 생각할 테고." 그러더니 커다란 손을 내밀고 엄지로 검지와 중지를 싹싹 비볐다.

"아뇨." 내가 말했다. "그렇게 생각하지는 않았습니다. 우리가 엊그제 여기서 했던 얘기를 에디가 다 아는 것처럼 보였는데도 그런 오해는 안 했어요."

그는 마치 힘겨운 일을 하듯이, 마치 오랫동안 안 해본 묘기를 부리듯이 눈썹을 느릿느릿 치켜떴다. 이마 전체에 주름이 잔뜩 잡혔다가 도로 펴졌다. 이마에 가득한 주름살이 하얗게 변했다가 내가 보는 사이에 다시 불그스름해졌다.

"나도 경찰일세. 평범하고 일반적인 경찰이지. 그럭저럭 성실하고. 성실성이 한물간 시대에 나 정도면 그래도 성실한 편이니까. 자네한테 오늘 아침에 오라고 했던 이유가 바로 그거야. 자네가 믿어줬으면 좋겠네. 나도 경찰이니까 법이 승리하는 세상을 보고 싶어. 빈민가에서 어렵게 자란 놈들만 초범에 덜커덕 붙잡혀 한평생 좋은 시절 못 보고 살면 불쌍하잖아. 에디 마스처럼 번지르르하게 차려입은 깡패새끼들이 폴섬 채석장에서 매니큐어 다 까지도록 고생하는 꼴을 보고 싶다고. 내가 원하는 건 그거야. 그런데 자네도 나도 나이를 먹을 만큼 먹었으니 그런 일을 기대하긴 어렵다는 것도 알지. 이 동네도 그렇고, 여기보다 훨씬 작은 동네도 그렇고, 이 넓고 푸르고 아름다운 미국 땅 어디나 마찬가지야. 우리 나라는 그런 식으로 돌아가지 않는다고."

나는 아무 말도 하지 않았다. 그가 고개를 젖히고 연기를 뿜어내더니 파이프의 물부리를 응시하며 말을 이었다.

"그렇다고 에디 마스가 리건을 죽였다고 생각한다는 뜻은 아니네. 죽일 만한 동기도 없겠지만 동기가 있었더라도 설마 죽이기까지 했을까. 난 그냥 마스가 뭔가 좀 알지 않을까, 조만간 뭔가 드러나지 않을까, 그렇게 생각했을 뿐이야. 마누라를 리얼리토로 빼돌린 일은 유치한 짓이었지만 자기가 똑똑한 줄 아는 얼간이라면 오히려 똑똑한 짓이라고 생각했겠지. 간밤에 마스가 지검장한테 불려갔다가 나온 다음에 나도 여기서 만나봤네. 모든 사실을 인정하더군. 캐니노 정도면 믿음직스러운 경호원이라고 생각했고, 그래서 경호원으로 데리고 다녔다나. 캐니노가 어떤 취미생활을 하는지는 몰랐고 궁금하지도 않았다는 거야. 해리 존스는 모른다더군. 조 브로디도 모르고. 물론 가이거는 알지만 그놈이 무슨 장사를 하는지는 몰랐다고 했어. 그 얘기는 자네도 들었겠지."

"들었습니다."

"리얼리토에서는 일을 꽤 똑똑하게 처리했더군. 사건을 감추지 않았으니까. 요즘은 출처가 불확실한 탄알에 대한 파일을 따로 작성한다네. 언젠가 자네가 그 권총을 다시 쓸 수도 있겠지. 그때는 빼도 박도 못하게 될 거야."

"똑똑하게 처리했습니다." 나는 그를 바라보며 능청스럽게 웃었다.

그는 재를 떨어내고 파이프를 골똘히 들여다보았다. "그 여자는 어떻게 됐나?" 그가 시선을 떨어뜨린 채 물었다.

"글쎄요. 경찰이 체포하진 않았죠. 우리 둘 다 진술을 했는데, 세 번이나요, 와일드 지검장님 앞에서, 보안서에서, 강력계에서. 그러고 나서 그 여자도 보내주더군요. 그때 이후로 저도 못 봤습니다. 다시 보게 될 것 같지도 않고."

"꽤 좋은 여자라고 하더군. 추잡한 짓을 할 여자는 아니라고."

"꽤 좋은 여자죠." 내가 말했다.

그레고리 과장이 한숨을 푹 쉬며 잿빛 머리를 벅벅 긁었다. "하나만 더 말해두겠네." 거의 상냥한 말투였다. "자네는 좋은 친구인 듯싶은데 행동이 너무 거칠어. 진심으로 스턴우드 집안을 도와주고 싶다면—간섭하지 말게."

"과장님 말씀이 옳다고 생각합니다."

"몸은 좀 어떤가?"

"끝내줍니다. 간밤엔 밤새도록 여기저기 불려다니며 시달렸죠. 그전에는 온몸이 흠뻑 젖은 채 두들겨맞고. 날아갈 듯한 기분이네요."

"그럼 도대체 뭘 기대했나?"

"예상이 들어맞았죠." 나는 일어나서 빙그레 웃고 문 쪽으로 걸음을 옮겼다. 내가 문에 닿기 전에 그가 갑자기 목청을 가다듬더니 험악한 말투로 말했다. "말해봤자 입만 아픈데 내가 헛수고를 했나? 아직도 자네는 리건을 찾을 수 있다고 생각하는군."

나는 돌아서서 그의 눈을 똑바로 마주보았다. "아뇨, 리건을 찾을 수 있다고 생각하지 않습니다. 찾으려고 하지도 않을 거예요. 됐습니까?"

그가 천천히 고개를 끄덕였다. 그러더니 으쓱 어깻짓을 했다. "내가 왜 그런 말을 했는지 모르겠군. 행운을 빌겠네, 말로. 아무때나 한 번씩 들르게."

"감사합니다, 과장님."

시청을 빠져나와 주차장에 세워둔 차를 타고 호바트 암즈로 향했다. 외투를 벗고 침대에 누워 멍하니 천장을 쳐다보며 길거리를 지나가는 자동차들의 소음을 듣고 천장 한구석에서 서서히 이동하는 햇빛을 지켜보았다. 잠을 청해보았지만 좀처럼 잠이 오지 않았다. 술을 마시기에는 좀 이르지만 어쩔 수 없이 일어나서 한 잔 마시고 다시 누웠다. 그래도 잠이 오지 않았다. 머리가 시계처럼 똑딱거렸다. 나는 침대 모서리에 걸터앉아 파이프에 연초를 재며 소리내어 말했다.

"그 영감탱이가 뭔가 아는 게 분명해."

담배맛이 잿물처럼 쓰디썼다. 치워버리고 다시 누웠다. 내 마음은 사실과 다른 기억의 파도를 타고 이리저리 떠돌았는데, 그 속에서 나는 똑같은 일을 몇 번이나 반복하고 똑같은 곳에 가서 똑같은 사람들을 만나고 똑같은 말을 되풀이하는 듯했지만 매번 처음 겪는 일처럼, 마치 현실에서 실제로 벌어지는 일처럼 생생했다. 나는 빗줄기를 뚫고 고속도로를 질주했는데, 은빛 가발 씨도 함께였지만 구석에 웅크린 채 아무 말도 하지 않았고, 그래서 우리가 로스앤젤레스에 도착할 때쯤에는 처음 보는 사이처럼 서먹서먹했다. 나는 야간영업을 하는 잡화점에 들러 버니 올즈에게 전화를 걸어서는, 내가 리얼리토에서 사람을 죽였으며 사건을 목격한 에디 마스 부인과 함께 와일드 지검장의 집으로 가는 중이라고 말했다. 빗물에 씻긴 조용한 거리를 지나 라피엣공원에 이르렀고 와일드의 거대한 목조주택 포트코셰어 밑에 차를 세웠다. 벌써 베란다에 불을 켜놓고 있었다. 올즈가 미리 연락해서 내가 간다고 말해주었기 때문이다. 내가 와일드의 서재에 들어갔을 때 지검장은 꽃무늬 잠옷을 입은 채 책상 너머에 앉아 몹시 굳은 표정을 지었다. 얼룩덜룩한 시가 한 개비가 그의 손가락과 씁쓸한 미소를 머금은 입술 사이를 오락가락했다. 이윽고 올즈가 도착했고, 보안서에서도 사람이 왔는데 호리호리하고 백발이 성성한 이 남자는 외모도 말투도 학자 분위기를 풍겨 경찰이 아니라 경제학 교수 같았다. 나는 자초지종을 이야기했고 그들은 조용히 듣기만 했다. 은빛 가발 씨는 어두운 곳에 앉아 두 손을 무릎에 모은 채 아무도 쳐다보지 않았다. 전화통화가 쉴새없이 이어졌다. 강력계에서 나온 두 남자가 마치 순회 서커스단에서 도망친 신기한 동물을 보는 듯한 눈으로 나를 쳐다보았다. 나는 그중 한 명을 옆자리에 태우고 다시 차를 몰아 풀와이더 빌딩으로 달려갔다. 우리가 들어갔을 때 해리 존스는 잔뜩 일그러진 채 굳어진 얼굴로 여전히 책상 앞의 의자에 앉아 있었다. 방안에는 시큼하고 들척지근한 냄새가 감돌았다. 이윽고 검시관이 도착했는데 새파랗게 젊고 목소리가 허스키하고 목에는 뻣뻣한 붉은 털이 수두룩했다. 지문감식 담당자가 이리저리 분주하게 돌아다닐 때 채광창 빗장도 잊지 말라고 내가 말해주었다. (그는 그곳에서 캐니노의 엄지 지문을 발견했다. 갈색 인간이 남긴 유일한 지문이었고 내 이야기를 뒷받침하는 증거였다.)

나는 와일드의 집으로 돌아갔고 그의 비서가 다른 방에서 타이핑한 진술서에 서명했다. 그때 문이 열리더니 에디 마스가 들어왔고 은색 가

발을 보자마자 만면에 미소를 지었다. "안녕, 여보." 그러나 그녀는 그를 쳐다보지도 않고 대답하지도 않았다. 에디 마스는 기운차고 명랑했다. 검은 정장을 입고 트위드 외투에 술 장식이 달린 흰색 스카프를 늘어뜨리고 있었다. 두 사람은 곧 떠나버렸고, 다른 사람들도 모두 방에서 나간 후 나와 와일드만 남았을 때 와일드가 싸늘하고 성난 목소리로 말했다. "이번이 마지막이야, 말로. 다음에 또 이런 짓을 하면 누가 슬퍼하건 말건 사자밥으로 던져버린다."

그런 장면들이 몇 번이나 되풀이되는 동안 나는 침대에 누워 벽면 구석에서 스르르 내려오는 햇빛 한 조각을 멍하니 바라보았다. 그때 전화벨이 울렸다. 스턴우드가의 집사 노리스였는데 여느 때처럼 흠잡을 데 없는 목소리였다.

"말로 씨? 사무실로 전화했는데 안 받으셔서 실례를 무릅쓰고 댁으로 연락했습니다."

"밤새도록 밖에 있었거든요. 사무실엔 아직 못 나갔습니다."

"그러셨군요. 장군님이 오늘 오전에 좀 만나자고 하시는데요, 말로 씨만 괜찮으시다면."

"반시간쯤 걸릴 겁니다. 장군님은 좀 어떠시죠?"

"누워 계시지만 심각하진 않습니다."

"저를 만난 뒤에도 괜찮으실까요." 그렇게 말하고 전화를 끊었다.

면도를 하고 옷을 갈아입고 문 쪽으로 걸어갔다. 그러나 곧 되돌아와서 진줏빛 손잡이가 달린 카멘의 소형 리볼버를 꺼내 주머니에 넣었다. 찬란한 햇빛이 마치 춤을 추는 듯했다. 나는 이십 분 만에 스턴우드 저택에 도착하여 옆문 아치 밑으로 들어갔다. 열한시 십오분이었다. 잘 다듬은 나무에 내려앉은 새들은 비가 그쳤다고 미친듯이 노래를 부르고 계단식 잔디밭은 아일랜드 깃발처럼 푸르렀다. 마치 영내 전체가 십 분 전에 새로 만들어진 듯했다. 나는 초인종을 눌렀다. 내가 이 집 초인종을 처음 누른 후 겨우 닷새가 흘렀다.* 그런데 마치 일 년 전처럼 까마득하다.

하녀가 문을 열어주고 옆문 복도를 따라 정문 현관까지 나를 안내하더니 노리스 집사가 금방 내려온다면서 가버렸다. 정문 현관은 예전과 다름없었다. 벽난로 선반 위에 걸린 초상화의 눈은 여전히 새까맣고 강렬했으며 스테인드글라스의 기사는 여전히 알몸 아가씨를 나무에서 풀어주지 못했다.

몇 분 후 노리스가 나타났는데 그 역시 조금도 달라지지 않았다. 새파란 눈동자는 변함없이 쌀쌀맞고, 잿빛 섞인 분홍색 피부는 푹 쉰 듯 건강하고, 몸동작은 실제 나이보다 스무 살이나 젊어 보였다. 세월의 무게를 느끼는 사람은 오히려 내 쪽이었다.

우리는 타일이 깔린 계단을 올라갔고 비비언의 방으로 가는 방향과는 반대쪽으로 꺾었다. 이 집은 걸음을 옮길 때마다 점점 더 넓어지고 점점 더 고요해지는 듯했다. 우리는 마치 교회 대문처럼 낡고 거대한 문 앞에 이르렀다. 노리스가 살며시 문을 열고 방안을 들여다보았다. 그는 곧 옆으로 물러섰고, 나는 그의 곁을 지나 안으로 들어갔다. 몇백 미터는 되는 듯 까마득한 거리에 헨리 8세가 숨을 거둔 침대처럼 거대한 닫집침대가 있었다.

---

* 사실은 나흘이 지났고 오늘이 닷새째.

스턴우드 장군은 베개에 등을 기대고 앉아 있었다. 핏기 없는 두 손을 이불 위에 맞잡은 자세였다. 이불 때문에 손이 잿빛으로 보였다. 새까만 눈동자에는 여전히 투지가 가득했지만 나머지 얼굴은 여전히 송장과 다름없었다.

"앉으시오, 말로 씨." 기진맥진하고 조금 딱딱한 목소리였다.

나는 그의 곁에 의자를 끌어다놓고 앉았다. 창문이 모두 굳게 닫혀 있었다. 이 시간에는 이 방에 햇빛이 들지 않았다. 그나마 하늘에서 스며드는 빛마저 차일이 모두 차단해버렸다. 공기 속에는 들척지근한 노인 냄새가 감돌았다.

그는 한참 동안 말없이 나를 물끄러미 바라보았다. 마치 아직도 움직일 수 있는지 확인하려는 듯이 한 손을 들었다가 다른 손 위에 도로 내려놓았다. 그가 힘없이 말했다.

"우리 사위를 찾아달라고 부탁한 적은 없소, 말로 씨."

"하지만 내심 찾아주길 바라셨죠."

"그런 부탁은 한 적 없어. 터무니없이 넘겨짚으셨어. 나는 원하는 게 뭔지 확실히 밝히는 사람이오."

나는 아무 말도 하지 않았다.

"수고비도 다 드렸잖소." 그가 냉랭하게 말을 이었다. "많든 적든 돈은 중요하지 않아. 다만 선생이, 물론 고의는 아니었겠지만, 신의를 저버렸다는 생각이 들었소."

그러더니 눈을 감아버렸다. 내가 말했다. "만나자고 하신 용건이 그것뿐입니까?"

그는 눈꺼풀이 납덩이처럼 무겁다는 듯 아주 천천히 눈을 떴다. "내 말을 듣고 화가 나신 모양이군."

나는 고개를 가로저었다. "장군님은 한 가지 면에서 저보다 유리하십니다. 그 이점을 손톱만큼도 빼앗고 싶지 않습니다. 장군님이 감내하시는 온갖 어려움에 비하면 그리 대단한 이점도 아니니까요. 어쨌든 장군님이 무슨 말씀을 하시건 저는 화를 낼 생각조차 안 듭니다. 수고비는 돌려드리고 싶습니다. 장군님한테는 그 돈이 아무것도 아니겠죠. 하지만 저한테는 나름대로 의미가 있을 겁니다."

"어떤 의미가 있소?"

"일처리가 만족스럽지 못하면 보수를 안 받는다는 의미죠. 그뿐입니다."

"일처리가 불만스러운 경우도 많나?"

"더러 좀 있죠. 누구나 그렇듯이."

"그레고리 과장은 왜 만났소?"

나는 등을 기대고 한쪽 팔을 의자 등받이에 걸쳤다. 장군의 표정을 살펴보았다. 아무런 단서도 알아낼 수 없었다. 나는 그의 질문에 어떻게 대답해야 좋을지 몰랐다. 흡족한 답변은 도대체 뭘까.

결국 이렇게 말했다. "장군님이 가이거의 어음을 맡기신 일은 저를 시험해보려 했을 뿐이고 사실은 리건이 협박 사건에 연루되지나 않았을까 좀 걱정스러워 저를 부르셨다고 생각했습니다. 그때만 해도 리건이 어떤 사람인지 전혀 몰랐거든요. 그레고리 과장을 만나고 나서야 비로소 리건은 그런 짓을 할 사람이 전혀 아니라는 걸 알게 됐습니다."

"그건 내 질문에 대한 대답이 아니잖소."

나는 고개를 끄덕였다. "맞습니다. 장군님 질문에 대한 대답은 아니죠. 제가 직감대로 움직였다는 사실을 인정하기 싫었던 모양입니다. 처음 이 댁을 찾아왔던 그날 아침, 제가 난초 온실에서 장군님과 헤어진 후 리건 부인이 부르더군요. 따님은 제가 부군을 찾는 일을 맡은 줄 알고 못마땅하게 생각하는 듯했습니다. 그러면서도 '사람들이' 어느 주차장에서 리건의 차를 찾았다는 말을 흘리더군요. '사람들'이라면 경찰일 수밖에 없죠. 그렇다면 경찰도 그 사건에 대해 뭔가 알고 있었다는 뜻이고. 경찰이 알았다면 당연히 실종수사과에서 사건을 맡았겠죠. 물론 저는 신고한 사람이 장군님인지 다른 사람인지 몰랐고, 경찰이 주차장에 버려진 차를 찾아낸 일 역시 누군가의 제보 덕분인지 아닌지도 몰랐습니다. 하지만 경찰이라면 저도 좀 아는데, 경찰이 거기까지 알았다면 좀더 알아낼 수도 있겠다 싶더군요. 더구나 이 댁 운전사는 전과기록까지 있었으니까요. 다만 경찰이 어디까지 알아낼지는 저도 몰랐죠. 그래서 실종수사과를 떠올리게 됐습니다. 제가 확신하게 된 이유는 와일드 지검장의 태도가 좀 이상했기 때문입니다. 가이거 살인 사건을 비롯한 여러 가지 일로 다들 그 댁에 모여 회의를 했던 그날 밤 말입니다. 그때 일 분쯤 단둘이 있었는데 지검장이 혹시 장군님이 리건을 찾는 중이라고 말씀하셨는지 묻더군요. 저는 리건이 어디 있는지, 잘 지내는지 궁금해하신다고 대답했습니다. 그랬더니 와일드 지검장이 입을 꽉 다물고 야릇한 표정을 지었죠. 또하나 분명한 사실은 장군님이 '리건을 찾는 중'이라고 말씀하셨느냐는 질문은 경찰력을 동원해서 찾는 중이라고 밝히셨느냐는 의미였다는 겁니다. 그런 다음에도 저는 그레고리 과장이 아직 모르는 사실까지 굳이 말해줄 필요는 없다고 생각했습니다."

"그래서 내가 선생한테 러스티를 찾아달라고 부탁한 것처럼 그레고리 과장이 오해하게 만들었소?"

"맞습니다. 그랬던 것 같네요. 그 사람이 이 사건을 맡았다는 확신이 생겼을 때."

장군이 눈을 감았다. 두 눈이 조금씩 씰룩거렸다. 눈을 감은 채 그가 말했다. "그런 행동이 윤리적이라고 생각하시오?"

"예. 그렇게 생각합니다."

장군이 다시 눈을 떴다. 다 죽어가는 사람의 얼굴에서 별안간 새까만 두 눈만 예리하게 번뜩이다니 놀라운 일이었다. "무슨 뜻인지 잘 모르겠군."

"그러시겠죠. 실종수사과 과장은 수다쟁이가 아니더군요. 그런 사람이었으면 그 자리에 앉지도 못했겠죠. 아주 똑똑하고 빈틈없는 사람입니다. 자기 일에 싫증난 중년남자처럼 행동해서 처음에는 저도 깜박 속았거든요. 제가 하는 일은 애들 장난이 아닙니다. 언제나 허세가 큰 부분을 차지하죠. 제가 무슨 말을 하든 경찰은 에누리해서 듣기 마련이고, 제 말을 귀담아듣지 않았겠죠. 저 같은 일을 하는 사람을 고용하는 것은 유리창 청소부를 고용하는 경우와는 전혀 다릅니다. 창문 여덟 개를 가리키면서 '저것만 다 닦으면 끝이야' 하고 말할 수 없다는 겁니다. 장군님이 맡기신 일을 하면서 제가 어떤 우여곡절을 겪었는지 모르시겠죠. 저는 제 방식대로 일합니다. 장군님을 보호하려고 최선을 다하느라 몇 가지 규칙을 어기기까지 했지만 모두 장군님을 위해 저지른 짓입니다. 범죄자만 아니라면 의뢰인이 최우선이니까요. 의뢰인이 범죄자인 경우에도 제가 할 수 있는 일은 임무를 반납하고 입을 다무는 것

뿐이고요. 어쨌든 그레고리 과장을 만나지 말라고 말씀하신 적은 없잖습니까."

"그런 말을 하기는 좀 곤란하니까." 장군이 희미한 미소를 지으며 말했다.

"아무튼 제가 뭘 잘못했습니까? 노리스 집사는 가이거가 죽었을 때 사건이 종결됐다고 생각하는 것 같더군요. 그런데 저는 그렇게 생각하지 않았습니다. 가이거의 접근방식을 이해할 수 없었고 지금도 그렇습니다. 저는 셜록 홈스도 아니고 파일로 밴스*도 아니니까요. 경찰이 다 뒤져본 현장에 가서 부러진 펜촉 하나 주워들고 사건 전말을 척척 추리하는 일 따위는 흉내도 못 내죠. 탐정 노릇을 하는 놈들 중에는 더러 그런 식으로 먹고사는 놈도 있겠거니 생각하셨다면 경찰을 잘 모르기 때문입니다. 경찰이 간혹 간과하는 게 있더라도 그런 것들까지 간과할 리는 없거든요. 경찰이 뭘 자꾸 빠뜨린다는 뜻은 아닙니다. 제대로 일할 수 있게 내버려두기만 하면 잘들 하죠. 그런데도 뭔가 빠뜨렸다면 대개는 좀 모호하고 불확실한 것들이기 마련입니다. 이를테면 가이거 같은 놈이 장군님한테 부채 증거물을 보내주면서 신사답게 지불해달라고 요구한 일도 그런 경우에 해당하는데—가이거는 지저분한 장사를 하는 놈이니 아무래도 약점이 있는 입장이고, 그래서 범죄자의 보호를 받고 적어도 몇몇 경찰 역시 눈감아주곤 했을 텐데 말이죠. 그런 놈이 왜 그런 짓을 했을까요? 혹시 장군님을 압박하는 일이 있는지 확인하고 싶었기 때문이죠. 그런 게 있다면 순순히 돈을 주실 테니까요. 그

* S. S. 밴 다인이 창조한 탐정. 물적 증거보다도 심리적 분석을 통해 범인을 유추한다.

런 게 없다면 그냥 무시해버린 다음 그놈이 어떻게 나오는지 기다리실 테고. 그런데 정말 장군님을 압박하는 일이 있었죠. 리건 말입니다. 장군님은 리건이 겉보기와는 다른 사람이 아닐까, 그렇게 장군님 곁에 붙어 곰살궂게 굴면서 내심 장군님 은행계좌를 털어먹을 궁리만 했던 게 아닐까 걱정하셨으니까요."

그때 장군이 무슨 말을 하려고 했지만 내가 가로챘다. "그런 걱정 속에서도 장군님의 관심사는 돈이 아니었습니다. 따님들도 아니었고. 두 따님은 이미 포기하다시피 하셨으니까. 다만 아직도 자존심 하나는 만만찮아서 호구 노릇을 하기는 싫으셨던 거죠. 리건을 진심으로 좋아하셨기 때문이기도 하고."

침묵이 흘렀다. 이윽고 장군이 조용히 말했다. "젠장, 말로 자네, 말이 너무 많군. 지금도 이 문제를 해결하려고 애쓰는 중이라고 봐도 되겠소?"

"아뇨. 포기했습니다. 그만두라는 경고를 받았거든요. 경찰은 제가 너무 거칠게 논다고 생각하더군요. 그래서 돈을 돌려드려야겠다고 마음먹었죠. 제 기준으로는 일을 끝마치지 못했으니까."

장군은 미소를 지었다. "포기하지 말아주시오. 러스티만 찾아준다면 천 달러 더 드리겠소. 러스티가 꼭 돌아오지 않아도 괜찮아. 지금 어디 있는지 내가 반드시 알아야겠다는 것도 아니고. 사람은 누구나 자기 삶을 살아갈 권리가 있으니까. 비록 내 딸을 버리고 떠나버렸지만, 더구나 그렇게 느닷없이 떠나버렸지만 조금도 원망하지 않아. 아마 갑작스러운 충동이었겠지. 난 그저 그 녀석이 어디 있든 간에 잘 있는지만 확인하고 싶은 거요. 그 녀석이 직접 소식이라도 전해줬으면 좋겠고, 혹시 돈이 필요하다면 기꺼이 주고 싶고. 아시겠소?"

"예, 장군님."

장군은 침대 위에 축 늘어진 채 잠시 숨을 돌렸다. 질끈 감은 두 눈은 눈꺼풀이 거무스름하고 꾹 다문 입술은 핏기가 전혀 없다. 기운이 다 빠진 모양이다. 그야말로 초주검이다. 그러나 그는 곧 눈을 뜨고 힘겹게 미소를 지었다.

"나도 이젠 감상적인 늙은이가 돼버렸나보군. 군인답지 못하게. 나는 그 녀석을 좋아했소. 아주 순수해 보였거든. 내가 사람 볼 줄 안다고 자만했는지도 모르지. 그놈 좀 찾아주시오, 말로. 그냥 찾기만 해줘."

"노력하겠습니다." 내가 말했다. "이제 좀 쉬시죠. 저 때문에 너무 지치셨네요."

나는 서둘러 일어섰고 드넓은 방안을 가로질러 밖으로 나갔다. 장군은 내가 문을 열기도 전에 눈을 감아버렸다. 두 손을 이불 위에 힘없이 내려놓고 있었다. 웬만한 시체보다 훨씬 더 시체 같은 모습이었다. 나는 조용히 문을 닫고 위층 복도를 지나 계단을 내려갔다.

## 31

집사가 내 모자를 들고 나타났다. 모자를 쓰면서 내가 물었다. "장군님을 어떻게 생각하시죠?"

"보기보다 그렇게 나약하신 분은 아닙니다."

"보이는 그대로였다면 장례 준비를 해야겠죠. 그 리건이라는 친구를 저렇게 좋아하시는 이유가 뭡니까?"

집사는 기이할 정도로 무표정한 얼굴로 나를 차분히 바라보았다. "젊음 때문이죠. 그리고 군인의 눈빛."

"집사님 눈빛도 그런데요."

"이런 말씀을 드려도 될지 모르겠지만 선생님 눈빛도 별로 다르지 않습니다."

"고맙군요. 오늘 아침에 따님들은 좀 어떠신가요?"

그는 정중하게 어깻짓을 했다.

"그럴 줄 알았어요." 내가 그렇게 말하자 그가 문을 열어주었다.

나는 문밖으로 나갔고 계단 위에 서서 풍경을 내려다보았다. 계단식 잔디밭, 잘 다듬은 나무들, 꽃밭들, 그리고 저멀리 아래쪽의 정원을 둘러싼 높다란 철제 울타리. 중간쯤에 놓인 돌벤치에 카멘이 앉아 있었다. 두 손으로 머리를 움켜쥔 모습이 쓸쓸하고 외로워 보였다.

나는 계단식 정원들을 차례로 잇는 붉은 벽돌계단을 내려갔다. 내가 꽤 가까이 다가간 후 그녀가 비로소 인기척을 알아차렸다. 그녀는 고양이처럼 펄쩍 뛰면서 빙글 돌아섰다. 처음 만났을 때 입었던 하늘색 슬랙스 차림이다. 황갈색 금발머리도 여전히 풀어놓아 파도처럼 너울거린다. 얼굴이 하얗다. 나를 보더니 두 뺨이 발그레하게 물든다. 눈동자는 청회색이다.

"심심해?" 내가 물었다.

그녀가 천천히, 마치 수줍은 듯이 미소를 짓더니 재빨리 고개를 끄덕였다. 그러더니 이렇게 속삭였다. "나한테 화 안 났어요?"

"너야말로 나한테 화난 줄 알았는데."

그녀가 엄지를 들며 킥킥 웃었다. "화 안 났어요." 킥킥거리는 모습이 마음에 들지 않았다. 나는 주위를 둘러보았다. 9미터쯤 떨어진 나무에 과녁이 걸려 있고 다트 몇 개가 꽂혀 있었다. 그녀가 앉았던 돌벤치 위에도 다트 서너 개가 놓여 있었다.

"돈 많은 집안치고 너도 언니도 별로 재미있게 사는 것 같지 않구나."

그녀는 긴 속눈썹 너머로 나를 쳐다보았다. 이런 표정은 내가 강아지처럼 발라당 누워 네 발을 허공으로 들게 만들려는 수작이다. 내가 물었다. "다트놀이 좋아하니?"

"좋아하죠."

"다트놀이 덕분에 생각났다." 나는 집 쪽을 돌아보았다. 집에서 안 보이도록 세 걸음 이동하여 나무 뒤에 몸을 숨겼다. 진줏빛 손잡이가 달린 카멘의 소형 권총을 주머니에서 꺼냈다. "네 총 가져왔어. 깨끗이 닦고 장전했지. 내 말 잘 들어. 사람한테 쏘지 마. 먼저 사격 실력을 좀 길러야 돼. 알았지?"

카멘의 얼굴이 더욱더 창백해지고 가느다란 엄지가 아래로 내려갔다. 그녀가 나를 쳐다보더니 내가 들고 있는 권총을 내려다보았다. 황홀경에 빠진 듯한 눈빛이었다. "알았어요." 그녀가 고개를 끄덕이며 대답했다. 그러더니 불쑥 이렇게 덧붙였다. "사격술 좀 가르쳐줘요."

"뭐?"

"총 쏘는 법 좀 가르쳐달라고요. 배우고 싶어요."

"여기서? 그건 위법이야."

그녀가 다가와 권총을 빼앗아 들고 손잡이를 감싸쥐었다. 그러더니 남몰래 감추려는 듯 재빠른 동작으로 슬랙스 속에 권총을 찔러넣고는 주위를 둘러보았다.

"좋은 데가 있어요." 은밀한 목소리였다. "저 밑에 오래된 유전이 있거든요." 그녀가 언덕 아래를 가리켰다. "가르쳐주는 거죠?"

나는 잿빛 섞인 푸른 눈동자를 들여다보았다. 마치 병뚜껑 두 개를 내려다보는 듯했다. "알았어. 적당한 곳인지 확인해볼 때까지 권총은 나한테 맡겨."

그러자 그녀가 미소를 지으며 입을 삐쭉거리더니 마치 자기 방 열쇠를 넘겨주듯 은밀하고 되바라진 몸짓으로 권총을 돌려주었다. 우리는 계단을 올라가서 내 차가 있는 곳으로 향했다. 정원에는 아무도 없는 듯했다. 햇빛은 급사장의 미소처럼 공허했다. 우리는 차에 올랐고 나는 차를 몰고 지면보다 낮은 진입로를 지나 대문을 빠져나갔다.

"언니는 어디 있니?" 내가 물었다.

"아직 안 일어났어요." 그녀가 킥킥 웃었다.

나는 비탈길을 내려가면서 조용하고 부유하고 빗물로 세수한 듯한 거리를 지나 동쪽으로 달리다가 라브레아에서 남쪽으로 내려갔다. 그녀가 말한 곳에 도착하기까지 채 십 분도 안 걸렸다.

"저리 들어가요." 그녀가 창밖으로 고개를 내밀고 가리켰다.

좁다란 흙길이었다. 오솔길에 불과해서 마치 산기슭 목장으로 들어가는 입구 같았다. 가로대 다섯 개로 만든 널찍한 출입문이 있었지만 활짝 열어 그루터기에 붙여놓은 상태였고 보아하니 몇 년 동안 한 번도 닫은 적이 없는 듯했다. 길가에는 키 큰 유칼립투스나무가 줄지어 늘어서고 길바닥에는 바큇자국이 깊이 패어 있었다. 트럭이 다녔던 길이다. 지금은 텅 비고 햇빛이 들었지만 아직 흙먼지는 날리지 않았다.

비가 세차게 쏟아진 후 얼마 안 지났기 때문이다. 나는 바큇자국을 따라갔다. 신기하게도 도시의 교통소음이 불쑥 커졌다가 금방 희미해지자 마치 이곳은 시내가 아니라 어느 머나먼 꿈나라인 듯했다. 이윽고 땅딸막한 목조채유기에 달린 진동식 굴착기가 나뭇가지 너머로 모습을 드러냈다. 기름에 얼룩진 굴착기는 이미 움직임을 멈춘 뒤였다. 낡고 녹슨 강철 케이블 한 가닥으로 굴착기와 케이블 대여섯 가닥을 연결해놓은 것도 보였다. 굴착기들은 움직이지 않았다. 아마 지난 일 년 동안 한 번도 움직이지 않았으리라. 이 유정들은 이제 채유 작업을 중단했기 때문이다. 녹슨 파이프 한 무더기, 한쪽 끄트머리가 주저앉은 적재용 받침대, 아무렇게나 쌓아둔 빈 기름통 대여섯 개. 오래된 물웅덩이에 둥둥 떠 있는 기름 찌꺼기가 햇빛 아래서 무지갯빛으로 반짝거린다.

"여기를 전부 공원으로 만든다는 거지?" 내가 물었다.

그녀가 턱을 까딱 내리고 반짝거리는 눈으로 나를 쳐다보았다.

"그럴 때도 됐네. 저 물웅덩이 냄새가 너무 독해서 염소떼도 모조리 쓰러지겠다. 네가 가자던 곳이 여기니?"

"맞아요. 마음에 들어요?"

"좋구나." 나는 적재용 받침대 옆에 차를 세웠다. 우리는 차에서 내렸다. 나는 귀를 기울여보았다. 교통소음이 까마득히 멀어 마치 벌떼가 붕붕거리는 소리처럼 들린다. 교회묘지처럼 쓸쓸한 곳이다. 키 큰 유칼립투스나무는 비가 내린 다음인데도 여전히 먼지를 뒤집어쓴 듯한 모습이다. 이 나무는 언제나 먼지투성이처럼 보인다. 바람에 부러진 나뭇가지 하나가 물웅덩이 가장자리에 떨어져 납작한 가죽 쪼가리 같은 나뭇잎들을 물속에 늘어뜨렸다.

나는 물웅덩이를 돌아가서 기관실 내부를 들여다보았다. 곳곳에 쓰레기가 널려 있는데 최근에는 아무도 드나들지 않은 듯했다. 기관실 바깥에는 커다란 목제 회전바퀴를 벽면에 기대도록 세워놓았다. 이래저래 적당한 곳 같다.

나는 차로 돌아갔다. 여자애는 차 옆에 서서 머리를 매만지다가 햇볕을 향해 머리카락을 넓게 펼쳤다. "주세요." 그녀가 손을 내밀었다.

나는 권총을 꺼내 그녀의 손바닥에 놓아주었다. 허리를 굽히고 녹슨 깡통 하나를 집어들었다.

"이제 조심해. 다섯 발 다 장전했으니까. 내가 가서 저 커다란 나무바퀴 한복판에 있는 정사각형 구멍에 이 깡통을 놓아둘게. 보이지?" 나는 손가락으로 그쪽을 가리켰다. 그녀가 고개를 끄덕이며 기뻐했다. "9미터쯤 되겠구나. 내가 돌아오기 전에는 쏘지 마. 알았지?"

"알았어요." 그녀가 킥킥 웃었다.

나는 다시 물웅덩이를 빙 돌아 회전바퀴 한복판에 깡통을 내려놓았다. 근사한 표적이다. 보나마나 깡통은 명중시키지 못하겠지만 이 바퀴는 맞힐 수 있겠지. 작은 총알쯤은 거뜬히 견뎌낼 만큼 튼튼하다. 그러나 어쩌면 바퀴조차 못 맞힐지도 모른다.

나는 물웅덩이를 우회하여 그녀 쪽으로 걸어갔다. 내가 물웅덩이 가장자리를 따라 열 걸음 앞까지 다가갔을 때 카멘이 작고 뾰족한 이를 드러내더니 권총을 들어올리고 씩씩거리기 시작했다.

나는 우뚝 걸음을 멈추었다. 웅덩이에 고인 물이 등뒤에서 악취를 뿜었다.

"개새끼, 거기 그대로 서 있어." 그녀가 말했다.

총구는 내 가슴을 겨누고 있었다. 총을 잡은 손이 제법 안정된 모습이다. 씩씩거리는 소리가 점점 커진다. 그녀의 얼굴이 해골처럼 살벌하다. 늙고 타락하고 동물적인 표정이다. 순한 동물은 결코 아니다.

나는 웃음을 터뜨렸다. 그녀를 향해 걸음을 옮겼다. 그녀의 작은 손가락이 방아쇠를 당기자 손가락 끝이 하얗게 변했다. 내가 여섯 걸음 앞까지 접근했을 때 그녀가 총을 쏘기 시작했다.

총성은 날카로운 폭발음을 냈지만 소리가 너무 작아 햇볕 아래서 맥없이 흩어져버렸다. 연기도 보이지 않았다. 나는 다시 걸음을 멈추고 빙그레 웃었다.

그녀가 아주 빠르게 두 발 더 쏘았다. 둘 다 충분히 명중할 만한 조준이었다. 저 작은 총에는 원래 다섯 발이 들어 있었다. 그녀는 벌써 네 발을 쏘았고, 나는 그녀에게 달려들었다.

마지막 한 발을 얼굴에 정통으로 맞기 싫어 살짝 옆으로 몸을 틀었다. 그녀는 매우 신중하게, 전혀 걱정하지 않는 표정으로 방아쇠를 당겼다. 화약이 터지면서 뿜어내는 뜨거운 숨결이 내 얼굴을 스쳐가는 느낌이었다.

나는 비로소 허리를 폈다. "아이고, 너 정말 귀엽구나."

빈총을 든 손이 격렬하게 떨렸다. 권총이 땅바닥에 떨어졌다. 그녀의 입술도 부들부들 떨렸다. 얼굴 전체가 마구 흐트러졌다. 그러더니 머리가 왼쪽 귀 쪽으로 푹 꺾이면서 그녀가 게거품을 입에 물었다. 숨소리와 함께 울음소리가 흘러나왔다. 그녀가 비틀거렸다.

그녀가 쓰러지는 순간 내가 얼른 붙잡았다. 그녀는 벌써 의식이 없었다. 나는 두 손으로 그녀의 입을 억지로 벌리고 손수건을 뭉쳐 입속에 밀어넣었다. 안간힘을 쏟아야 할 만큼 어려운 일이었다. 나는 그녀를 안아올려 차에 태웠고, 되돌아가서 권총을 챙겨 주머니에 넣었다. 그러고 나서 비로소 운전석에 앉아, 아까 지나왔던 흙길을 후진으로 빠져나가 출입문을 벗어난 후 다시 비탈길을 따라 저택 쪽으로 올라갔다.

카멘은 한쪽 구석에 널브러져 움직이지 않았다. 저택 진입로를 반쯤 올라갔을 때 비로소 그녀가 꼼지락거렸다. 그러다가 별안간 눈을 크게 뜨고 미친듯이 두리번거렸다. 그러더니 곧 일어나 앉았다.

"무슨 일이죠?" 그녀가 헐떡이며 물었다.

"아무 일도 없었어. 왜?"

"아니, 있긴 있었죠." 그녀가 킥킥거리며 말했다. "나 오줌 쌌어요."

"다들 그래."

그녀는 갑자기 온갖 추측이 난무하는 듯 심란한 표정으로 나를 쳐다보다가 신음소리를 내기 시작했다.

## 32

눈빛이 온순한 말상 하녀가 나를 안내한 곳은 회색과 흰색으로 꾸며놓은 길쭉한 2층 응접실이었다. 상아색 커튼을 방바닥까지 치렁치렁 늘어뜨리고 바닥 전체에 흰색 카펫을 깔아놓았다. 영화배우의 침실 같다고나 할까, 매력과 유혹이 가득한 방, 그러나 나무 의족처럼 인공적인 방이다. 지금은 아무도 없다. 등뒤에서 조용히 문이 닫혔다. 마치 병원 문처럼 소리가 너무 작아 기이할 정도였다. 방안에는 장의자가 있고 그 옆에는 바퀴 달린 아침식사용 테이블이 있었다. 은제 식기가 반짝거렸다. 커피잔에 담뱃재가 들어 있었다. 나는 장의자에 앉아 기다렸다.

꽤 오래 기다린 듯하다. 이윽고 다시 문이 열리더니 비비언이 들어왔다. 회백색 실내복 차림인데 가장자리에 흰색 모피를 두르고 자연스럽게 흘러내리도록 재단한 것이 마치 어느 조그마한 외딴섬 해변에 물거품을 일으키며 밀려드는 여름바다를 보는 듯했다.

그녀는 길고 유연한 발걸음으로 내 앞을 지나쳐 장의자 가장자리에 걸터앉았다. 입가에 담배 한 개비를 물고 있었다. 오늘은 구릿빛 매니큐어를 발랐는데 반달무늬도 다 덮어서 손톱 뿌리부터 끝까지 온통 불그스름하다.

“당신도 결국 짐승 같은 인간이었어.” 그녀가 나를 노려보며 조용히 말했다. “사납고 무지막지한 짐승. 간밤에 사람을 죽였더군요. 어디서 들었건 상관없어요. 어쨌든 들었으니까. 그런 짓을 해놓고 이렇게 나타나서 내 동생이 놀라 경기를 하게 만들었군요.”

나는 아무 말도 하지 않았다. 그녀는 안절부절못했다. 나지막한 의자로 건너가더니 벽면을 따라 의자 등받이에 올려놓은 흰색 쿠션에 머리를 기댔다. 그러고는 연회색 담배연기를 위로 뿜어내고 천장으로 날아가는 연기를 물끄러미 바라보았다. 연기는 곧 허공에서 뿔뿔이 흩어졌고 잠깐 동안은 눈에 보이다가 이내 흔적도 없이 사라져버렸다. 이윽고 그녀가 아주 천천히 눈길을 내리더니 싸늘하고 매서운 눈초리로 나를 노려보았다.

“당신을 이해할 수가 없네요.” 그녀가 말했다. “그저께 밤에는 우리 둘 중 한 명이라도 이성을 잃지 않아서 천만다행이라고 생각해요. 하필 밀주업자와 엮였던 일만 해도 충분히 후회스러우니까. 아니, 도대체 왜 아무 말도 안 해요?"

"동생은 좀 어떻소?"

"아, 괜찮을 거예요. 푹 잠들었어요. 늘 그렇게 금방 잠들죠. 애한테 무슨 짓을 했어요?"

"아무 짓도 안 했소. 당신 아버지를 만나고 나왔을 때 동생이 집 앞에 나와 있더군. 나무에 걸린 과녁에 다트를 던지는 중이었소. 마침 내가 동생 물건을 갖고 있어서 내려가 말을 걸었지. 언젠가 오웬 테일러가 줬다는 소형 리볼버 말이오. 브로디가 죽던 날 밤 카멘이 그 총을 들고 브로디 집에 쳐들어왔거든. 그때 그 자리에서 내가 빼앗았고. 내가 말을 안 했으니 당신은 아마 몰랐겠지만."

스턴우드 집안의 새까만 눈이 휘둥그레지고 멍해졌다. 이번에는 그녀가 아무 말도 하지 않았다.

"카멘은 권총을 돌려받고 기뻐하면서 사격술을 가르쳐달라고 했소. 당신 집안의 재산을 불려준 저 언덕 아래 오래된 유정들이 있는 곳으로 가자더군. 그래서 둘이 내려갔는데 꽤나 으스스하던걸. 여기저기 녹슨 쇠붙이, 낡아빠진 나무토막, 멈춰버린 채유기, 기름 찌꺼기가 떠다니는 물웅덩이까지. 그래서 카멘이 좀 당황했던 모양이오. 아마 당신도 가봤겠지. 아주 기분 나쁜 곳이었소."

"맞아요. 그렇죠." 숨죽여 속삭이는 가냘픈 목소리였다.

"아무튼 거기 내려가서는 내가 회전바퀴 안에 깡통을 세워 표적을 마련했소. 그때 카멘이 발작을 일으켰지. 가벼운 간질병 발작 같더군."

"맞아요." 여전히 작디작은 목소리였다. "이따금씩 그렇게 발작을 일으켜요. 그 일 때문에 나를 만나자고 했어요?"

"에디 마스한테 무슨 약점을 잡혔는지 다시 물어봐도 대답을 안 해주시겠지?"

"약점 잡힌 거 없어요. 그리고 그 질문은 이제 좀 지겹네요." 그녀가 쌀쌀맞게 말했다.

"캐니노라는 놈 혹시 아시오?"

그녀는 검고 우아한 눈썹을 찡그리며 곰곰이 생각했다. "어렴풋이 생각나요. 언젠가 들어본 이름 같은데."

"에디 마스가 부리는 총잡이요. 꽤 사나운 놈이라더군. 아마 사실이겠지. 어떤 여자분이 도와주지 않았으면 캐니노가 들어간 곳에 내가 대신 갈 뻔했으니까. 시체 안치실 말이오."

"오나가나 여자들이—" 그녀가 말을 뚝 끊더니 얼굴이 창백해졌다. "농담할 입장이 아니군요." 그녀가 짤막하게 덧붙였다.

"내 말도 농담이 아니오. 말을 빙빙 돌리는 듯싶겠지만 사실은 그렇지 않아요. 모두 하나로 이어지는 얘기니까. 가이거와 깜찍한 공갈협박, 브로디와 사진, 에디 마스와 룰렛 테이블, 캐니노, 그리고 러스티 리건이 데리고 도망가지 않은 여자. 모두 하나로 이어지거든."

"도대체 무슨 소린지 모르겠네요."

"알아들었을 텐데. 정리하자면 이런 얘기요. 별로 어려운 일도 아니었겠지만 가이거가 당신 동생을 엮어매서 어음 몇 장을 받아낸 다음에 당신 아버지를 점잖게 협박했지. 에디 마스는 가이거 뒤를 봐주면서 앞잡이로 써먹었고. 그런데 당신 아버지는 돈을 주지 않고 나를 불렀으니 아무것도 무서워하지 않는다는 뜻이지. 에디 마스는 바로 그 점을 확인하고 싶어했거든. 당신 약점을 하나 잡긴 했는데 그걸로 장군님까지 휘두를 수 있을지 확인하고 싶었을 거요. 그렇게만 되면 금방 큰돈을 뜯어낼 수 있을 테니까. 그게 안 된다면 당신이 가산을 물려받을 때까지 기다리는 수밖에 없거든. 그때까지는 가끔 룰렛 테이블에서 당신이 잃는 푼돈이나 챙기는 정도가 고작이고. 그런데 오웬 테일러가 덜컥 가이거를 죽여버렸단 말씀이야. 테일러는 당신 철부지 여동생을 사랑했는데 가이거가 카멘을 데리고 하는 짓이 마음에 안 들었거든. 하지만 그 사건도 에디한테는 아무 의미도 없었소. 에디는 훨씬 더 중대한 음모를 꾸몄는데 가이거도 브로디도 그건 몰랐고, 아마 당신과 에디, 그리고 캐니노라는 독종 말고는 아무도 몰랐을 거요. 당신 남편이 실종됐을 때 에디는 자기가 리건과 사이가 안 좋았다는 사실을 모르는 사람이 없는 걸 이용해 자기 마누라를 리얼리토에 숨겨놓고 캐니노를 붙여 지키게 했소. 그 여자가 리건이랑 도망친 것처럼 보이게 하려고. 모나 마스가 살던 건물 주차장에 리건의 차를 갖다놓기까지 했지. 그런데 에디가 단순히 당신 남편을 직접 죽이거나 죽이라고 사주했다는 의심을 피하려고 그런 짓을 했다면 좀 멍청한 수작으로 보인단 말이야. 하지만 사실은 멍청한 수작이 아니었지. 에디한테는 다른 동기가 있었거든. 백만 달러 이상을 노렸으니까. 에디는 리건이 어떻게 됐는지도 알고 자초지종도 알았지만 경찰이 리건을 본격적으로 찾아 나서는 상황은 바라지 않았소. 그래서 경찰이 만족할 만한 실종 사유를 만들어놨던 거요. 내 얘기가 지루하시오?"

"지긋지긋해요." 기진맥진한 듯 힘없는 목소리로 그녀가 대답했다.

“당신이 지긋지긋해!”

“미안하게 됐소. 똑똑한 체하려고 이러는 건 아니오. 아까 당신 아버지가 천 달러를 주겠다면서 리건을 찾아달라고 하시더군. 나한테는 큰 돈이지만 불가능한 일이지.”

그러자 그녀가 입을 딱 벌렸다. 숨소리도 갑자기 힘겨운 듯 거칠어졌다. “담배 한 대 줘요.” 그녀가 퉁명스럽게 말했다. “왜 불가능하죠?” 그녀의 목 혈관이 크게 뛰고 있었다.

나는 그녀에게 담배 한 개비를 건네고 성냥을 그어 불을 붙여주었다. 그녀가 담배연기를 깊이 들이마셨다가 덜덜 떨듯이 내뱉더니 이내 담배를 들고 있다는 사실조차 잊어버린 듯했다. 그 담배는 두 번 다시 피우지 않았으니까.

“그야 실종수사과에서도 못 찾았으니까.” 내가 대답했다. “쉬운 일이 아니잖소. 그쪽에서도 못하는 일을 나 혼자 해낼 가능성은 별로 없지.”

“아.” 조금 안도하는 듯한 목소리였다.

“그게 한 가지 이유요. 실종수사과에서는 리건이 스스로 숨었다고, 그쪽 표현으로는 꼬리를 감췄다고 생각하더군. 에디 마스가 죽였다고 생각하진 않더란 말이지.”

“리건이 죽었다고 누가 그래요?”

“지금부터 하려는 얘기가 바로 그거요.”

잠깐이었지만 그녀의 얼굴이 마구 흐트러져 이목구비가 제멋대로 움직이는 듯했다. 입은 비명의 전주곡처럼 보였다. 그러나 한순간에 불과했다. 스턴우드 가문의 혈통은 새까만 눈동자와 무모한 성격뿐만 아니라 이런 상황에서도 꽤 쓸모가 있는 모양이다.

나는 자리에서 일어나 그녀의 손가락 사이에서 연기를 내며 타는 담배를 뽑아 재떨이에 꺼버렸다. 그런 다음에 주머니에서 카멘의 소형 권총을 꺼내 조심스럽게, 지나칠 정도로 신중하게, 흰색 공단으로 덮인 그녀의 무릎에 내려놓았다. 떨어지지 않게 균형을 잡아놓고 뒤로 물러나서, 마치 마네킹의 목에 스카프를 고쳐맨 다음 효과를 감상하는 진열창 담당자처럼 고개를 갸우뚱거렸다.

나는 다시 자리에 앉았다. 그녀는 전혀 움직이지 않았다. 시선만 1밀리미터씩 조심조심 떨어뜨려 총을 내려다보았다.

"안심하시오. 약실 다섯 개 다 비었으니까. 카멘이 모조리 쏴버렸거든. 모두 나를 겨누고 쐈지."

비비언의 목에서 맥박이 미친듯이 펄떡거렸다. 그녀가 무슨 말을 하려고 했지만 목소리가 나오지 않았다. 결국 침만 꿀꺽 삼켰다.

"겨우 대여섯 걸음 앞에서. 정말 귀엽지 않소? 내가 공포탄을 장전해놔서 좀 아쉽게 됐지만." 나는 심술궂은 미소를 지었다. "카멘이 무슨 짓을 하려는지 촉이 딱 왔거든. 기회만 주면."

비비언은 마치 목소리를 억지로 끄집어내는 듯 힘겹게 말했다. "무서운 사람이군요. 정말 무서워."

"그런 편이지. 당신이 언니잖소. 이제 어쩔 거요?"

"당신은 아무것도 증명 못해요."

"뭘 증명 못한다는 거요?"

"카멘이 당신을 쐈다는 말. 단둘이 유정으로 내려갔다고 했잖아요. 당신이 한 얘기에서 아무것도 증명할 수 없을 거예요."

"아, 그거. 굳이 증명할 생각도 없소. 다른 날 일어났던 일을 생각했을 뿐이지. 그 작은 권총에 실탄이 들었던 날."

그녀의 눈빛이 심연처럼 캄캄해졌다. 어둠보다 훨씬 더 공허한 눈빛이었다.

"리건이 사라졌던 그날 말이오." 내가 말했다. "늦은 오후였겠지. 리건은 카멘한테 사격술을 가르쳐주려고 그 오래된 유정으로 데려갔소. 어딘가에 깡통을 세워놓고 그걸 쏴보라면서 곁에 서서 지켜봤겠지. 그런데 카멘은 깡통을 쏘지 않았소. 총구를 돌려 리건을 쏴버렸지. 오늘 나를 쏴죽이려고 했듯이, 똑같은 이유로."

그 순간 비비언이 움찔 움직였고 권총이 무릎에서 미끄러져 방바닥에 떨어졌다. 그렇게 큰 소리는 처음 들은 듯했다. 그녀는 내 얼굴에서 눈을 떼지 못했다. 고뇌로 가득한 속삭임이 느릿느릿 흘러나왔다. "카멘이! ……맙소사, 카멘이! ……왜 그랬죠?"

"카멘이 나를 쏜 이유를 정말 내 입으로 말해줘야겠소?"

"그래요." 그녀의 눈빛은 여전히 무시무시했다. "마, 말해봐요."

"그저께 밤에 내가 집으로 돌아갔을 때 내 아파트에 카멘이 있었소. 관리인한테 거짓말을 하고 들어와서 나를 기다렸다더군. 내 침대에 누워 있었는데—알몸이었지. 그래서 강제로 쫓아냈소. 아마 리건도 언젠가 나처럼 대처했을 거요. 하지만 당신은 카멘한테 차마 그렇게 단호할 수 없을 테고."

비비언이 입술을 안으로 집어넣었는데 어정쩡하게 입술을 핥으려는 듯한 모습이었다. 그 모습 때문에 잠시나마 그녀가 겁먹은 어린애처럼 보였다. 두 뺨의 윤곽이 팽팽해졌고, 한 손이 줄에 매달린 의수처럼 천천히 올라가더니 천천히 뻣뻣하게 손가락을 움직여 흰색 모피 목깃을 움켜쥐었다. 모피 목깃이 목을 졸랐다. 그러고 나서는 나만 뚫어져라 쳐다보았다.

"돈 때문이군요." 그녀가 목쉰 소리로 말했다. "돈을 원하는군요."

"얼마나 주겠소?" 나는 빈정거리지 않으려고 노력했다.

"만오천 달러?"

나는 고개를 끄덕였다. "적당한 금액이군. 당연한 금액이기도 하고. 카멘이 리건을 쐈을 때 리건이 갖고 있던 돈이니까. 당신이 에디 마스한테 도움을 청했을 때 캐니노가 시체를 처리해주는 대가로 그 돈을 받았겠지. 그렇지만 에디가 조만간 뜯어내려는 돈에 비하면 그 정도는 푼돈 아니겠소?"

"개새끼!" 그녀가 내뱉었다.

"그래. 아주 똑똑한 개새끼지. 감정도 없고 양심도 없어. 원하는 건 오로지 돈이니까. 돈 욕심이 하도 많아서 겨우 일당 이십오 달러에 경비만 추가로 요구하는데 주로 휘발유나 위스키를 사는 돈이오. 고작 그 돈을 받으면서 생각할 일이 있으면 혼자 고민하고, 내 미래를 통째로 위험에 내맡기고, 경찰이나 에디 마스 패거리 같은 놈들한테 미움받는 일도 불사하고, 총알세례를 받거나 주먹다짐을 당하고, 그러면서도 기껏 한다는 소리가 이런 거지. 감사합니다, 혹시 또 문제가 생기면 이 몸을 기억해주세요, 만일의 경우에 대비해서 명함 한 장 놓고 갑니다. 나는 일당 이십오 달러 받으면서 그런 일을 다 감수하는 놈이고, 가능하다면 병들고 낙심한 노인의 핏줄 속에 얼마 안 남은 자존심이나마 조금은 지켜주고 싶었소. 노인이 물려준 피는 결코 독이 아니라고, 두 딸이 좀 제멋대로지만 요즘은 착한 여자들도 그런 경우가 많으니까, 딸내미들이 무슨 괴물이나 살인자는 아니라고 믿게 해주고 싶었단 말이오. 그랬는데 결국 개새끼라는 말을 듣게 되는군. 괜찮소. 신경쓰지도 않으니까. 벌써 여기저기서 이런저런 사람한테 그 말을 들었는데 그중에는 당신 동생도 있었지. 그 계집애는 내가 안 품어준다고 쌍욕까지 하더군. 당신 아버지는 내가 달라고 하지도 않았는데 오백 달러나 주셨지만 그럴 만한 여유는 있는 분이지. 러스티 리건만 찾아주면 천 달러를 더 주겠다고 하셨소. 일단은 찾아야겠지만. 그런데 이번엔 당신이 만오천 달러를 주겠다고 하는군. 이거 졸지에 부자 되겠네. 만오천 달러만 있으면 집도 사고 새 차도 뽑고 양복도 서너 벌 맞출 수 있을 테니까. 사건을 놓칠까봐 전전긍긍하지 않고도 느긋하게 휴가를 즐길 수 있고. 근사한 일이지. 그런데 나한테 그 돈을 주겠다는 이유가 뭐요? 계속 개새끼처럼 살라는 거요, 아니면 그날 밤 차 안에서 곯아떨어진 주정뱅이처럼 신사 노릇을 하라는 거요?"

그녀는 석상처럼 묵묵부답이었다.

"이렇게 합시다." 나는 무겁게 말을 이었다. "동생을 내보내면 어떻겠소? 여기서 멀리 떨어진 곳, 그런 문제가 있는 사람들을 잘 다루는 곳, 총이나 칼이나 이상한 술 따위는 도저히 구할 수 없는 곳으로. 잘하면 병이 다 나을지도 모르잖소. 충분히 가능한 일이니까."

그러자 그녀가 일어나더니 천천히 창가로 걸어갔다. 그녀의 발치에는 상아색 커튼이 묵직하게 늘어져 있었다. 그녀는 커튼자락 사이에 서서 조용하고 거무스름한 구릉지 쪽을 내다보았다. 움직임이 전혀 없어 커튼과 분간하기 어려울 정도였다. 두 손은 양옆으로 힘없이 늘어뜨렸다. 둘 다 미동조차 없다. 이윽고 그녀가 돌아서서 내 쪽으로 걸어오더니 눈먼 사람처럼 내 앞을 지나갔다. 내 등뒤에 이르렀을 때 거칠게 숨을 들이마신 후 입을 열었다.

"그이는 그 물웅덩이 속에 있어요. 끔찍하게 썩어 문드러졌겠죠. 내가 그랬어요. 당신 말대로예요. 에디 마스를 찾아갔죠. 카멘이 집에 와서 어린애처럼 술술 다 털어놨거든요. 정상이 아니에요. 경찰이 다 알아낼 게 뻔했어요. 얼마 안 가서 자랑하듯이 떠들어댈 테니까요. 우리 아빠가 아시게 되면 경찰을 불러 모든 사정을 밝히시겠죠. 그리고 그날 밤에 숨을 거두실 테고. 아빠가 돌아가실까봐 걱정하는 게 아니에요. 돌아가시기 직전에 무슨 생각을 하실까 걱정하는 거죠. 러스티는 나쁜 사람이 아니었어요. 사랑하지는 않았지만. 아마 괜찮은 사람이었을 거예요. 어쨌든 살아서도 죽어서도 나한테는 별로 중요한 사람은 아니었어요. 아빠한테 그 사건을 감추는 일이 더 중요했죠."

"그래서 온갖 말썽을 일으키며 마음대로 돌아다니게 내버려두셨군."

"시간을 벌어보려고 했어요. 그저 시간만 좀. 물론 잘못된 판단이었죠. 카멘이 다 잊어버릴지도 모른다고 생각했어요. 그런 발작이 일어났을 때 겪은 일은 잊어버리는 경우가 많다고 들었거든요. 어쩌면 정말 잊었는지도 몰라요. 에디 마스가 피 한 방울 남김없이 나를 쥐어짤 줄 알았지만 상관없었어요. 도움이 필요했고 그런 사람 말고는 아무도 도와줄 수 없는 일이니까…… 나 자신도 그 일을 믿기 어려울 때가 많았죠. 또 어떤 날은 술을 퍼마시지 않고는 견딜 수 없었어요. 낮이든 밤이든. 굉장히 급하게 퍼마셨죠."

"카멘을 내보내요. 이것도 굉장히 급한 일이오."

비비언은 여전히 나를 등지고 서 있었다. 그녀가 작은 소리로 물었다. "당신은 어쩌려고요?"

"뭘 어쩌겠소. 그냥 가야지. 사흘 말미를 주겠소. 그 안에 당신이 카멘을 데려가면—만사해결이지. 안 그러면 사건을 폭로하겠소. 진담이니 허투루 듣지 마시오."

그녀가 갑자기 돌아섰다. "뭐라고 말해야 좋을지 모르겠네요. 무슨 말부터 해야 할지."

"됐소. 카멘을 여기서 데려가서 한순간도 빠짐없이 누군가 지켜보게 해요. 약속하겠소?"

"약속할게요. 에디는—"

"에디는 잊어요. 일단 좀 쉬고 나서 내가 만나볼 테니까. 에디는 나한테 맡겨요."

"당신을 죽이려고 할 텐데요."

"그러겠지. 하지만 제일 센 똘마니도 나를 어쩌지 못했소. 나머지 놈들은 그냥 부딪쳐봐야지. 노리스도 알고 있소?"

"노리스는 절대로 발설하지 않을 거예요."

"알고는 있으려니 생각했소."

나는 그녀를 남겨두고 바삐 걸음을 옮겨 방을 나섰고 타일이 깔린 계단을 거쳐 현관으로 내려갔다. 내가 떠날 때는 아무도 보이지 않았다. 이번에는 모자도 내가 챙겨야 했다. 밖으로 나가보니 양지바른 정원이 왠지 으스스해 보였다. 마치 작고 사나운 눈동자들이 수풀 뒤에 숨어 나를 지켜보는 듯하고 심지어 햇빛 속에도 불가사의한 무엇이 도사리고 있는 듯했다. 나는 차를 몰고 언덕을 내려갔다.

이미 죽어버린 마당에 어디 묻힌들 무슨 상관일까? 더러운 물웅덩이면 어떻고 높은 언덕의 대리석 탑이면 또 어떠랴? 죽은 사람은 깊은 잠에 빠졌으니 어느 쪽이든 아랑곳하지 않는다. 기름이든 물이든 바람이나 공기와 다를 바 없다. 얼마나 부당하게 죽었건 어디에 버려졌건 아랑곳하지 않고 깊은 잠을 잘 뿐이다. 이제 나도 그렇게 부당한 일에 가담하고 말았다. 러스티 리건보다 훨씬 더 깊이 말려들었다. 그렇다고 노인까지 끌어들일 필요는 없다. 닫집침대 위에서 핏기 없는 손을 이불 위에 포갠 채 조용히 누워 있도록 내버려두자. 그의 심장이 짧고 불분명한 잡음을 낸다. 그의 마음속은 어두컴컴한 잿빛이다. 얼마 안 가서 그 역시 러스티 리건처럼 깊은 잠에 빠지겠지.

*

시내로 돌아가는 길에 술집에 들러 더블 스카치 두 잔을 마셨다. 아무 소용도 없었다. 술기운 때문에 은색 가발을 쓴 여자만 자꾸 떠올랐지만 다시는 그녀를 볼 수 없었다.

# 경찰은 할 수 없고, 필립 말로는 할 수 있는 일

『빅 슬립』은 1939년 발표된 레이먼드 챈들러의 첫 장편소설이다. 읽어보면 느끼실 테지만, 첫 작품이라고는 해도 습작 같은 요소는 거의 볼 수 없고, 플롯도 문체도 특유의 세련된 대화도 완성의 경지에 올라 있어, 뛰어난 기념비적 미스터리로서 지금도 퇴색하지 않고 수많은 팬들의 지지를 받는다.

주인공 필립 말로도 후기 작품에 비해 다소 젊고 거친 구석도 좀 도드라질지언정, 여느 때의 그 말로다. 로스앤젤레스의 다크사이드를 걷는, 시니컬하고 친절하며 고고한 기사騎士. 이 인물상은 이후로도 거의 흔들리지 않는다.

『빅 슬립』은 1999년 프랑스 〈르몽드〉가 선정한 '세기의 명저 100' 중 96위에 올랐고, 2005년에는 〈타임〉이 선정한 '20세기 100대 영문

소설'에 들었다. 그러니까 훌륭하다는 말은 아니지만, 이 작품이 시대를 초월하고 미스터리라는 장르를 초월해 일반 독자뿐 아니라 비평가에게도 높이 평가받는다는 하나의 예증은 될 것이다.

또한 무엇보다 중요한 사실은 『빅 슬립』이 동시대와 후대의 소설가들에게 커다란 영향을 주었다는 점이다. 개인적으로 완성도는 『기나긴 이별』이 조금 낫지 않나 생각하지만, 사회적 임팩트, 영향력으로 보면 『빅 슬립』이 우위일지도 모른다. 이 작품은 바야흐로 챈들러 월드의 첫 등장을 세상에 알리는 드높은 팡파르였다.

영향력으로 말하자면, 챈들러의 작품은 미스터리 작가뿐 아니라 장르를 넘어 일반 소설가(이른바 '순문학 작가'도 포함해)에게도 넓고 깊게 영향을 미쳤다. 이를테면 가즈오 이시구로 씨도 도쿄에서 만났을 때, 내게 챈들러에 대한 애정을 열띠게 들려주었다. 물론 나(무라카미)도 챈들러의 작품으로부터 많은 것을 배웠다. 내가 같은 작품을 몇 번이고 되풀이해 읽는 작가는 얼마 되지 않는데, 챈들러는 그 얼마 되지 않는 작가 가운데 한 명이다. 그 밖에도 챈들러를 향한 애정이나 경의를 드러내는 동시대 작가는 무척 많다.

첫 장편인데도 『빅 슬립』이 장편소설로서 부족함이 거의 없는 이유로는, 챈들러가 그때까지 〈블랙 마스크〉를 비롯한 펄프매거진에 사설탐정 말로(혹은 말로의 원형이 되는 다른 이름의 사설탐정)를 주인공으로 한 많은 단편소설을 계속 써왔다는 사실을 들 수 있으리라. 그런 독립된 스케치 같은 작품을 꾸준히 쌓아올림으로써 글 쓰는 요령을 터득하고 이야기를 들려주는 방식을 익혀, 만반의 준비를 마치고 '대작'

에 착수한 셈이다.

아마 아시겠지만 혹시나 싶어 설명해두자면, '펄프매거진'이란 값싼 종이(펄프)를 사용한 읽을거리 중심의 대중잡지를 말한다. 내용은 탐정물, SF, 공포소설 등이고, 표지는 대부분 선정적이었다. 오늘날 일본으로 말하자면 청년 대상의 만화잡지가 이에 해당하지 않을까. 그에 비해 광택 있는 매끈한 종이를 사용한 고급 잡지는 '글로시(광택지)'라 불렀다. 글로시의 정가가 25센트였던 데 반해 펄프의 정가는 대개 10센트였다. 대부분 노동자 계층 사람들이 사 읽고 그대로 버렸다. 챈들러의 소설에 나오는 택시 운전사는 손님을 기다리는 사이 곧잘 이런 종류의 펄프잡지를 읽는다.

이름난 기성작가가 비싼 원고료를 받고 '글로시'에 단편소설을 실었던 데 반해, '펄프'를 지탱하는 이들은 가난한 무명작가였다. 원고료는 낮고, 일의 조건은 까다로운데다, 단시간에 자전거 조업처럼 원고를 완성해내야 했다. 그야말로 질보다 양의 세계다. 게다가 1930년대 불황 속에서 작가들끼리의 경쟁은 유달리 혹독했다. 하지만 그런 가혹한 상황에서 재능 있는 여러 젊은 작가가 자라나 강인해지면서 서서히 두각을 나타내기 시작했다. 미스터리 분야로 말하면 대실 해밋, E.S. 가드너, 존 D. 맥도널드, 윌리엄 아이리시가 모두 펄프잡지의 세계에서 실력을 갈고닦은 작가들이다. 물론 챈들러도 그 가운데 한 명이다.

챈들러는 〈블랙 마스크〉나 〈다임 디텍티브〉에 이미 발표한 몇 편의 단편소설을 거의 고스란히 소설 속에 도입하고, 그것을 골격 삼아 거기 살을 붙이는 식으로 장편소설을 만들어갔다. 『빅 슬립』뿐 아니라 나중에 낸 소설에서도 이 수법을 자주 사용했다. 그런 의미에서 펄프매거진은 그에게 수행의 장이자 사용 가능한 재료의 저장소였던 셈이다. 『빅 슬립』의 경우는 단편소설 「빗속의 살인자」와 「커튼」이 커다란 골격이 되었다. 그 밖에도 몇몇 단편에서 부분적으로 장면을 차용했다. 다 읽은 펄프매거진을 굳이 모셔두는 독자는 (아마) 거의 없었으니, 한번 게재했던 작품을 재이용하는 일에 챈들러는 그다지 거리낌은 없었던 듯하다. 그 재생 작업을 '카니발라이징(시체 먹기)'이라 부르며 자조했을지언정.

『빅 슬립』을 발표했을 때 챈들러는 이미 51세였다. 첫 단편소설을 잡지에 판 것이(다시 말해 소설가로 데뷔한 것이) 45세 때였으니, 꽤 늦깎이 작가였던 셈이다. 그때까지는 아주 젊었을 때를 제외하면 글을 써본 일도 거의 없었다. 하지만 청년 시절부터 한결같은 독서가였고, 〈블랙 마스크〉를 비롯한 펄프매거진을 탐독하는 사이 '이 정도라면 나도 쓸 수 있겠는데' 하고 생각했으리라. 그러한 작품 스타일을 모델로 그는 완전히 독학으로 자신의 문체와 이야기를 만들어나갔다.

"나는 (펄프매거진에 실을 글을 씀으로써) 소설 쓰는 법을 배우면서 돈도 약간 벌 수 있을지도 모른다고 생각했습니다"라고 훗날 그는 말했다. 알코올 의존증과 여자 문제 때문에 사십대 중반에 안정된 직장을 잃고 열여덟 살 연상의 아내와 함께 맨몸으로 불황의 시대에 내팽개쳐진 챈들러에게는 큰맘 먹고 문필 세계로 뛰어드는 것 정도 말고 생활비를 벌 길이 없었다.

하지만 그로부터 육 년에 걸쳐 펄프매거진에 꾸준히 작품을 실었던 챈들러는 자신에게 소설을 쓰는 재능이 있음을 확신하게 되었다. 작품 평판도 꽤 좋고 편집자에게도 주목받으면서, 그는 곧바로 그 세계의 인기작가가 되었다. 그렇다지만 그런 유의 잡지 원고료는 턱없이 낮았고, 지속적으로 쓰지 못하게 된 작가는 즉각 버림받았다. 잡지사의 영업 방침상 작품 내용에도 엄격한 제약을 가했다. 챈들러는 훗날 이렇게 말했다.

"과거에 (펄프잡지를 위해) 쓴 자신의 작품을 다시 읽어보고, 더 잘 썼더라면 하는 생각이 안 든다면 나는 정말 바보겠지. 하지만 가령 더 잘 썼더라면 작품은 아마 잡지에 실리지 못했을 것이다. 정해진 형식을 약간이라도 벗어나면 당시에는 작품이 살아남을 가망이 없었다. 형식을 어떻게든 허물어뜨리려고 애쓴 작가도 더러 있었다. 하지만 그들의 시도는 평가받지 못했고, 작품은 퇴짜를 맞았다. 잡지 상대로 소설을 쓰는 작가치고 조금이라도 뜻을 품은 사람이라면, 그 형식을 깨뜨리지는 않으면서 솜씨 좋게 넓혀나갈 방법은 없을지 늘 고심했다."

펄프잡지에 실리는 단편소설에는 정해진 형식이 있었고, 그 틀에서 벗어난 작품은 채택되지 못하거나 대폭 편집의 손을 거쳤다. 줄거리와 관계없는 정경 묘사, 감정 묘사는 모조리 삭제됐다. 액션 장면은 많아야 했고, 결말은 알기 쉬워야 했다. 등장인물의 깊이를 그리고 있을 만한 여유는 전혀 없었다.

챈들러가 잡지에 단편을 팔기를 단념하고, 새로 써서 장편 단행본에 도전하고자 한—도전할 수밖에 없었던—마음은 충분히 이해된다. 처음에는 펄프매거진의 틀에 박힌 포맷을 오히려 환영했으리라. 어쨌거나 그 속박에 따라 이야기를 써나가면 되었기 때문이다. 소설 쓰기에 아직 익숙지 않았던 그에게는 짐작건대 그런 기성의 틀이 필요했다. 조개에게 조개껍질이 필요하듯. 하지만 작가로서 실력이 향상됨에 따라,

그를 키워준 펄프매거진의 포맷은 점차 갑갑한 제약으로 변했다. 그리고 '팔다리를 좀더 자유로이 뻗고 싶다'라는 챈들러의 열망이 『빅 슬립』의 구석구석에 충만하다. 그때까지 썼던 단편들과 비교해 읽어보면 한눈에 드러나지만, 아무튼 글이 거침없다. 갖가지 묘사가 신선하고, 주역 조역 할 것 없이 등장인물 한 사람 한 사람에게 개성과 깊이가 있다.

그런 거침없음이 약간 과한 부분도 더러 눈에 띄어, 그런 대목을 맞닥뜨리면 '너무 자유로운 거 아닌가' 싶기도 했다. 번역하다 말고 '음, 이렇게까지 쓸 일인가' 하면서 팔짱을 끼게 되는 대목도 몇 군데쯤 있었다. 하지만 그와 동시에 그 '과함'이 이 작품의 커다란 매력 가운데 하나라는 것도 분명하다(일반론이지만, 어느 정도 과한 구석이 없는 '명작'이 대체 어디에 있을까?).

챈들러는 『빅 슬립』을 불과 삼 개월 만에 완성했다. 경이적이라고 할까, 실로 믿기 어려운 스피드다. 기성 단편소설 몇 편이 거의 고스란히 들어갔다고는 해도, 이만한 분량의 소설을—거기다 이렇게 내실 있고 세련된 글을—써내는 데 삼 개월이라는 기간은 아무래도 너무 짧다. 아마 챈들러는 펄프매거진 작가로서 그때까지 억눌렸던 울분을 여기서 단숨에 발산했으리라. 이 작품에는 그런 자연스러운 기세가 있다. 신선한 공기를 마음껏 들이켰다가 훅 뱉어낸 듯 후련한 상쾌함 말이다.

『빅 슬립』의 플롯은 그의 다른 작품과 마찬가지로 꽤 복잡하다. 서로 관련 없는 몇 개의 단편을 불러모은 것이 원인 가운데 하나다. 또한 챈들러 자신이 원래 플롯을 그다지 깊이 추구하지 않는 사람이라는 점도 또다른 원인이랄 수 있다. 나도 이 책은 몇 번이나 되풀이해 읽고 번역까지 했지만, 그런데도 썩 순순히 납득할 수 없는 대목이 몇 군데 있다. 누가 줄거리를 요약해보라고 하면 꽤나 골머리를 앓는다. 아무리 봐도 나중에 억지로 갖다붙였지 싶은 헐렁한 설명도 있다. 물론 그것이 챈들러 소설이 본디 지닌 맛이라고 해버리면 그걸로 끝이지만, 아무튼 성가시다.

이 작품을 영화화한 하워드 혹스 감독이 원작자 챈들러에게 전보를 보내 '스턴우드 집안의 운전사를 살해한 범인은 대체 누굽니까?'라고 물었다는 일화가 너무나 유명한데('나도 모르죠'가 저자가 보내온 답이었다), 이 책에는 이렇게 무심코 저자에게 진상을 캐묻고 싶어지는 부분이 몇 군데쯤 있다. 『호밀밭의 파수꾼』의 주인공 홀든 콜필드 군은 '책을 다 읽고 나서 저자에게 전화를 걸고 싶어지는 책은 훌륭한 책이야' 같은 말을 했는데, 그런 의미에서 (사정은 약간 다르지만) 『빅 슬립』도 '훌륭한 책' 중 하나로 손꼽힐지도 모른다.

하지만 '만사가 논리적으로 명쾌해도 이야기로서 재미는 그저 그런' 소설보다는 '제대로 앞뒤가 맞지 않는 부분은 더러 보여도 아무튼 이야기 하나는 재미있는' 소설이 당연히 독자에게는 훨씬 매력적이고, 챈들러의 소설은 물론 후자 쪽이다. 아니, '이게 무슨 소리지' 싶은 불명확한 부분이 다소 있는 편이 소설로서 오히려 깊이가 있지 않나 단언하고 싶을 정도다. 작품을 번역하면서 그런 인상이 더욱 깊어졌다. 챈들러의 그 같은 특질은 이 첫 장편에서 좋은 의미로도 나쁜 의미로도 도드라지고, 이후 마지막 작품까지 거의 변화를 보이지 않는다. 그의 소설에는 장점도 있고 약점도 있다. 하지만 일단 장점을 이해해버리면 약점은 거의 신경쓰이지 않는다.

챈들러가 남긴 작품이 어떻게 미스터리 팬뿐만 아니라 광범위한 독자를 오랫동안 매료시켰는가는 상당히 어려운 질문이다. 소설 장르의 존재 방식에 깊이 관련되는 문제이기 때문이다.

챈들러는 최후까지 미스터리(추리소설)라는 장르로부터 일탈하지 않았지만(『영국의 여름』이라는 비非미스터리 소설, 문예소설을 쓰려고 장년에 걸쳐 기획했으나 결국 이루지 못했다), 그렇다고 그가 순수하게 미스터리라는 형식을 추구했다는 의미는 아니리라. 그가 필요로 한 것은 어디까지나 어떤 틀이고, 그것이 마침 '미스터리'라는 포맷이 아니었을까 나는 생각한다.

처음에 그는 '펄프매거진'이라는 협의의 틀을 필요로 했지만, 이윽고 거기서 부자유를 느끼게 되자 '미스터리'라는 광의의 틀로 이동했다. 물론 거기에도 나름의 제약은 존재했고, 그 제약은 자주 챈들러의 신경을 건드렸다. 고상한 체하는 문예 평론가들은 미스터리를 한 등급 아래로 취급했고, 그의 작품은 세간에서 좀처럼 정당한 문학적 평가를 받지 못했다. 그리고 그도 '미스터리 작가'로 불리는 일에 종종 강하게 불쾌감을 드러냈다. 그럼에도 불구하고 챈들러에게 '미스터리'라는 영역은 마지막까지 기본적으로 마음 편한 장소였던 것으로 보인다.

챈들러에게는 훌륭한 문장력이 있었고, 펼쳐내야 하는 세계관이 있었다. 세계관은 제쳐두더라도(물론 꽤 흥미롭기는 하지만) 문장력은 실로 독보적이다. 인물도 정경도 무척 생생하게 그려져 마음에 남는다. 대화는 속시원하고, 곧잘 등장하는 비유는 재기발랄하다. 이야기의 흐름도 활기차게 움직인다. 다만 그런 능력에 비하면 스스로 움직이는 거대한 이야기를 제로에서부터 시동해나가는 재능은 좀 약했지 싶다. 그 결함을 보완하기 위해 그는 기성의 어떤 골격을 차용해야 했다. 다시 말해 미스터리라는 포맷을 끌어와, 자신의 문체를 채워넣을 손쉬운 틀로서 최대한 이용한 것이다.

먼저 미스터리가 있고 거기 맞춰 그의 문체가 생긴 것이 아니다. 먼저 그의 문체가 (잠재적으로) 있고, 거기에 미스터리가 맞춰졌다. 그러므로 '추리한다'라는 요소는 그의 소설에서는 비교적 희박하며, 플롯은 이야기 속에서 어디까지나 부차적 역할에 머무른다. 필립 말로는 상황을 추리하여 행동하는 것이 아니라, 상황에 따라 일단 몸부터 움직인 다음 그러고 나서 다소 억지스럽게 추리한다. 그러므로 그 추리에는 썩 열의가 담기지 않고, 많은 경우 정합성과 명료성이 결여된다.

하지만 거듭 말하는데, 그것이야말로 챈들러의 소설세계다. 우리는 우선 필립 말로의 움직임에 시선을 뺏긴다. 그리하여 그 움직임을 쫓는 사이 소설의 율동에 점차 빨려들어가고, 이윽고 줄거리의 정합성 따위 (아마) 딱히 신경쓰지 않게 된다. 우리가 필요로 하는 것은 필립 말로라는 인물이 발휘하는 정합성인 셈이다. 그리고 챈들러 특유의 매력적인 문체가 소설의 강인한 율동을 만들어간다. '처음부터 줄거리가 뻔한 이야기를 쓰는 것만큼 따분한 일은 없다'라고 그가 말했는데, 그 의견에 나도 완전히 동감이다. 쓰면서, 손을 움직이면서 점점 줄거리를 만들어나간다—이것이 글쓰기가 주는 최고의 스릴이다. 그 다이너미즘은 자연히 독자에게도 전달된다.

챈들러 연구자 프랭크 맥셰인은 한 앤솔러지 서문에서 '챈들러는 언어를 춤추게 하고, 독자는 계속해서 그의 마법에 반응했다'라고 썼는데, 정말이지 그렇다. 챈들러에게 필요했던 것은 언어를 춤추게 할 무대였고, 미스터리는 그 절호의 무대를 제공해준 것이다. 챈들러는 『빅 슬립』을 발표하고 유명작가 대열에 합류한 후 〈새터데이 이브닝 포스트〉를 비롯한 고급 잡지에서 단편소설 의뢰를 받았지만 결과는 썩 탐탁지 않았고, 본인도 '글로시'에서 고상한 작업을 하는 데 그다지 적극적이지 않았다. 미스터리라는 형식이 허용하는 직설적인 거칢, 혹은 독기 어린 반사회성을 제거해버리면 그의 글은 제 맛을 발휘할 수 없었기 때문이다. 이 부분은 이른바 '문예' 사회에 수월하게 받아들여진 어니스트 헤밍웨이와는 성격이 상당히 다르다.

〈새터데이 이브닝 포스트〉〈코즈모폴리턴〉〈뉴요커〉〈콜리어스〉 같은 고급 잡지는 펄프매거진에 비하면 글자 그대로 자릿수가 다른 원고료를 지불해주었고, 거기 게재된다는 것은 일류작가로 널리 세상의 인정을 받는다는 의미였다. 그러므로 그 시장에 등을 돌린다는 것은 여러 의미로 챈들러에게 상당히 험난한 선택이었다. 단행본 인세 수입은 당시에는 전체 비율로 보면 아직 일부에 불과했으므로, 많은 유행작가들에게는 주로 고급 잡지의 원고료가 수입원일 수밖에 없었다. 그런 수입원을 스스로 거절한 챈들러는 안정된 수입을 얻기 위해 한동안 할리우드에서 각본을 써야 했다. 이 체험은 그에게 소설의 소재를 얼마간 제공하기는 했지만, 동시에 그의 섬세한 신경을 마모시키고(원래 공동작업이 적성에 맞지 않았다) 귀중한 집필 시간을 빼앗는 결과가 되었다. 불가피한 사정은 있었다지만, 득실을 따져보면 역시 재능 낭비라 할 수밖에 없을 것이다.

하지만 몇 번의 실패는 있었을지언정 챈들러는 기본적으로 자신이 할 수 있는 일과 할 수 없는 일을 잘 파악하고 있었다. 작가 생활을 늦게 시작한 만큼 세상의 혹독함을 알았고, 자기 능력의 한계도 정확히 들여다봤다. 결국 자신이 할 수 있는 일은 말로를 주인공으로 하는 장편소설을 계속해서 새로 쓰는 일뿐이라고 그는 생각했고, 그 판단은 끝까지 흔들리지 않았다. 말할 필요도 없이 이는 우리에게는 더없이 경하해야 할 일이다.

'장르'란 많은 경우 고유의 형식성 탓에 작품의 폭을 한정하게 된다. 하지만 챈들러는 그 패턴을 역이용해, 형식성 안에 강인한 문체를 거침없이 담아냄으로써 형식을 어느 정도까지 '탈구축'하는 데 성공했다. 그는 '탈구축'이라는 말이 아직 사용되지 않았던 시대에, 제도의 지원 없이 철저히 개인적으로 그렇게 해낸 것이다. 그가 최후까지 장르를 고집했음에도 그의 작품이 장르를 초월해 기능하는 이유는 바로 그것이다. 방향성은 약간 다르지만, 구스타프 말러가 교향곡을 상대로 행했던 일과 상통하는 점이 있는지도 모른다. 사실 챈들러가 이뤄낸 작업에 담긴 본질적 과격함은 지금 와서는 당시 '문학의 히어로'로 갈채를 받았던 헤밍웨이의 작품이 지닌 영향력까지도 능가하지 않나 하는 생각마저 든다.

몇 가지 사실을 적어둔다.

말로의 친구 버니 올즈는 『빅 슬립』에서는 지검장실 수사팀장으로 나온다. 그는 『기나긴 이별』에서도 꽤 중요한 역할로 등장하는데, 이때는 보안서 경위다. 정식 직함은 강력계 차장이다. 그가 왜 전직했는지는 모르지만, 지검장실에서 보안서로 옮긴 후에도 상사의 신임은 썩 두텁지 않았는지 그리 출세는 하지 못했다. 터프하고 우수한 경관이지만 처세는 서투르고, 빈말 한마디 할 줄 모르며, 사회의 모순을 맞닥뜨리면 진지하게 화를 내면서 장광설을 늘어놓는다. 그런 꽉 막힌 성격 덕에 말로와 그럭저럭 죽이 맞는지도 모른다.

『기나긴 이별』 역자 후기에도 간단히 적었지만, 캘리포니아의 경찰 조직은 매우 복잡하고, 그만큼 조직 사이의 영역 다툼도 치열하다. 대충 말하면 로스앤젤레스 등 도시부는 시경 관할이고, 카운티는 보안서 관할이다. 그 밖에도 지검장실이 있다(말로와 올즈가 과거에 동료로 일한 곳이다). 지검장과 보안관은 주민 선거로 뽑히지만, 시경 위원장은 시장이 임명한다. 이런 사정을 알지 못하면 올즈와 크론재거 반장이 지검장 저택에서 서로 으르렁대는 분위기는 이해하기 어려울지도 모른다. 가이거와 브로디는 로스앤젤레스 시내에서 살해됐으므로, 범인을 체포할 권한은 관할서의 크론재거 반장에게 있다. 한편 캐니노 씨는 리얼리토에서 살해됐으므로, 해당 지역 보안서에 사건 수사권이 있다. 하지만 해리 존스가 살해된 것은 로스앤젤레스 시내다. 이야기가 몹시 복잡하다. 그렇게 뒤얽힌 상황을 교통정리하는 것이 검사의 역할이다.

지검장실 수사관의 업무는 경찰 수사 절차에 문제가 없는지 조사하거나, 소추에 필요한 추가 수사를 진행하는 일이 중심이다. 당연히 경찰 조직과는 대립할 기회가 많아진다. 용의자 체포권은 없다. 지검장실은 지방 검사의 직속 부서인지라 검사 개인의 인품에 따라 특성이 크게 달라지는 모양이다.

내가 보기에는, 올즈도 말로도 캘리포니아(특히 로스앤젤레스 지역)

시경이 상당히 부패했으며 썩 미덥지 못하다고 여기는 듯하다. 도시에는 돈이 흘러넘치고, 그 가운데 상당 부분이 어두운 곳에서 만들어졌다. 그 돈이 정치가를 매수하고 사법조직을 매수한다. 부자가 우대받고 가난한 사람이 닦달을 받는다. 그런 풍토가 굳어져 있었다.

앞에서 언급한 프랭크 맥셰인은 로스앤젤레스 법 조직에 대해 이렇게 적었다.

"경찰이 법을 무시하는 일로 말하자면, 미국 주요 도시 가운데 로스앤젤레스만큼 노골적인 도시는 없었다. 폭력적 전통 속에서 성장한 경찰은 위법 행위를 저질렀을지도 모르는 의혹이 있는 사람들을, 증거도 법적 근거도 없이 멋대로 체포해대곤 했다. 어니스트 홉킨스는 1931년에 쓴 『우리의 무법 경찰』에서 이렇게 기술한다. 그가 만났던 로스앤젤레스의 경찰들은 헌법에 명시된 기본 인권에 정면으로 적의를 드러내고, '폭력을 사용한 수사법, 개인의 인권 부정, 엄벌 도입'이 바람직하다고 공공연히 말했다. 블랙잭은 매우 빈번히 사용했다. 흔적을 남기지 않았기 때문이다. 체포자의 자백을 끌어내기 위해 심문중에 통상적으로 구타가 뒤따랐다. 신체적 고문이 법률로 금지되어 있었지만 전혀 아랑곳없이."

말로가 경찰직을 그만둘 수밖에 없었던 데는 때문은 '조직'에 자신이 편입되어가는 것을 참을 수 없었다는 이유도 분명 있으리라. 물론 말로에게는 거친 구석도 있고, 결코 그가 깨끗하게만 살아온 것도 아니다. 하지만 조직을 등에 업은 폭력과 부패를 그는 참지 못한다. 그는 철두철미하게 개인적인 인간이다. 말로가 경찰에 대해 품는 어쩌지 못할 혐오감은 경찰 개인보다는 배후에 있는 나쁜 조직을 향한 것이다.

하지만 외톨이 늑대가 할 수 있는 일에는 물론 한계가 있다. 경찰이 못하는 일을 혼자서 할 수 있겠느냐는 실종수사과 그레고리 과장의 물음에, 말로는 쉽지 않다고 대답할 수밖에 없다. 실로 정직한 대답이다. 개인이 정면 승부로 조직을 이길 수는 없다. 하지만 그와 동시에, 말로는 경찰이 결코 손에 넣지 못하는 것을 가졌다. '자유'다. 개인이라는 자유. 큰 조직에 속한 인간은 절대 가질 수 없는 자유. 그는 그 자유를 손에 넣고, 감에 의지하고 개인의 긍지에 의지하여, 상황의 '부드러운 부분'을 기죽지 않고 찔러댄다. 말로는 스턴우드 장군에게 말한다. "경찰이 뭘 자꾸 빠뜨린다는 뜻은 아닙니다. 제대로 일할 수 있게 내버려두기만 하면 잘들 하죠. 그런데도 뭔가 빠뜨렸다면 대개는 좀 모호하고 불확실한 것들이기 마련입니다."

말로가 싸워야 하는 전장은 실로 그런 모호하고 불확실한 영역이다. 경관들이 제대로 발을 들여놓을 수 없는 장소, 혹은 발을 들여놓도록 허락되지 않은 장소다. 그리고 말로가 물 만난 고기처럼 움직이고, 챈들러의 문장이 생생하게 춤추기 시작하는 곳도 바로 그런 장소다. 버니 올즈는 말로의 그 같은 강점을 잘 알고 있다. 그렇기에 제멋대로 행동하는 말로에게 때로 화내고 으르렁대면서도, 그와 멀지도 가깝지도 않은 거리에서 조용한 우정을 유지하는 것이리라.

개인적인 이야기지만, 내가 챈들러의 소설을 계속해서 읽는 이유 역시 거기 드러난 자유로움에 이끌려서인 듯하다. 우리는 누구나 자유를 동경한다. 하지만 자유롭기 위해서는 사람은 몸도 마음도 강인하지 않으면 안 된다. 고독을 견디고, 수시로 힘겨운 판단을 내리고, 많은 트러블을 혼자 짊어져야 한다. 말할 필요도 없는 일이지만, 누구나 그렇게

까지 터프해지지는 못한다. 많은 사람들이 어느 시점에선가 보호를 필요로 하고, 의지할 수 있는 조직을 필요로 한다.

하지만 말로는—물론 어디까지나 소설 속 인물로서 그렇다는 이야기지만—타협하지 않으며, 아무리 고약한 일을 겪고 목숨을 위협받고 조롱받아도, 끈덕질 만큼 자유를 관철해나간다. 말로의 이런 완강한 삶의 태도는 우리에게 개척시대 말기 총잡이의 모습을 상기시킨다. 그가 살아가는 방식은 이미 시대에 뒤처진 것처럼 보인다. 프런티어가 최후에 도달한 서단의 낙원 캘리포니아는 지금은 추하고 때묻은 도회로 변했다. 세련되고 직업적인 조직 폭력단, 도덕심이 결여된 벼락부자들, 부패한 정치 조직·법 조직이 도시를 좌지우지한다. 고독한 총잡이가 등장할 장면은 어디에도 없다. 하지만 말로가 지금과 다른 삶을 선택하기란 불가능하다. 결과가 얼마나 가혹하건 자유로이, 조직이나 규칙 따위 아랑곳 않고, 스스로 정한 원칙을 관철하며, 상대보다 조금이라도 빨리 총을 빼드는 것, 이것들이 이미 말로라는 인간의 뼛속까지 스며든 본성이기 때문이다.

어떤 의미에서는 현실과 동떨어진 그런 이야기를 '우화fable'라 부를 수도 있으리라. 도시의 우화. 도시생활자를 위한 우화. 그러나 이 이야기는 평범한 우화로는 끝나지 않는다. 챈들러의 생생한 문장과 묘사가 우화의 영역을 넘어 하나의 '신화myth'로까지 이야기를 끌어올리는 것이다. 우화와 신화의 차이는 무엇인가? 우화는 형상의 재편성이라는 선에서 완결되지만, 신화는 사람들 마음의 '원형'에 이어져 있다. 우화는 머리로 이해하지만, 원형은 마음을 통째로 움직인다. 이해해야 할 필요는 없다. 그것이 커다란 차이다. 원형은 시대와 지역과 언어를 초월해 집합적으로 기능할 자격을 얻는다. 챈들러의 작품이 반세기를 넘기고도 열렬히, 세계 곳곳에서 읽히는 이유는 그 '원형'이 지금도 여전히 사람들의 마음을 강렬히 파고들어 설득하고 움직이기 때문이리라. 실제로 그 외에는 레이먼드 챈들러 소설이 인기를 누리는 비밀을 풀 열쇠가 바로 떠오르지는 않는다.

무라카미 하루키

홍은주 옮김

## 옮긴이의 말

번역은 깊이 읽는 일이다. 그렇게 읽고 나면 사랑에 빠지기 마련이다.

레이먼드 챈들러는 중년의 나이에, 더구나 세계적인 대공황(1929~1939)이 기승을 부리던 가혹한 시기에, 그것도 하필 가벼운 읽을거리로 소비되는 펄프잡지의 시대에 생계를 위해 소설가의 길을 걷기 시작했다. 처음에는 단편을 주로 쓰며 문장을 가다듬었고 지천명을 넘긴 후 비로소 첫 장편 『빅 슬립』을 발표했다. 대공황의 막바지에 등장한 이 책은 당시의 관행에 비춰볼 때 혁명과 다름없는 쾌거였다.

나중에 어느 편집자에게 보내는 편지에서 챈들러는 이렇게 말했다. “오래전 펄프잡지에 작품을 발표할 때 이런 문장을 썼다네. ‘그가 차에서 내려 햇볕 따가운 보도를 지난 후 출입구 차양 밑으로 들어서자 물처럼 시원한 그늘이 얼굴을 가려주었다.' 그런데 잡지사에서 이 단편을 실으면서 그 문장을 지워버렸어. 독자들은 그런 것들을 좋아하지 않고 그저 액션을 원한다는 이유였지. 나는 그 판단이 틀렸음을 밝히고 싶었네. 독자들은 스스로 액션만 좋아한다고 착각할 따름이라고 믿었거든. 아직 깨닫지 못했을 뿐, 독자들이 정말 좋아하는 것, 그리고 내가 좋아하는 것은 이런저런 대화와 묘사를 통하여 감정을 불러일으키는 일이 아닐까. 오래도록 독자의 기억에 남아 거듭거듭 생각나는 것은, 예컨대 어떤 남자가 죽었다는 사실이 아니라 죽음의 순간에 그가 반질반질한 책상에서 종이클립 한 개를 집으려고 애쓰는 장면일지도 몰라. 클립은 자꾸 손에서 미끄러지고, 그래서 남자의 얼굴에는 골똘히 집중한 표정이 떠오르고, 입이 반쯤 벌어져 안타까운 미소를 짓는 듯하고, 이때 그의 마음속에 죽음 따위는 존재하지도 않는 거야. 저승사자가 문을 두드리는 소리조차 듣지 못하지. 자꾸 손에서 미끄러지는 그 망할 놈의 클립 하나가 더 중요하니까."(1948)

이 인상적인 글을 읽고 비로소 내가 챈들러와 사설탐정 필립 말로에게 반해버린 이유 하나를 깨달았다. 챈들러의 작품세계에서 스토리는 그릇에 불과하다. 독자가 줄거리보다 문장을 하나하나 음미하며 등장인물의 심리에 관하여, 그리고 인간다움에 관하여 사색하도록 만드는 힘, 그것이 챈들러의 매력이고 필립 말로의 매력이다.

영문학자 토비 위디컴은 챈들러의 삶을 지배했던 특징으로 외로움, 소외감, 불만족, 비관주의를 꼽았다. 그러나 내가 보기에 정작 챈들러의 작품세계를 지배하는 가장 큰 특징은 오히려 인간을 향한 연민이다.

필립 말로는 일견 냉정하고 냉소적이지만 사실은 누구보다 따뜻한 사람이다. 강자에게는 강하고 약자에게는 약한 그는 조금이라도 우정에 값할 만한 미덕이나 품위를 간직한 모든 이에게 진심을 다한다. 스턴우드 장군의 경우는 물론이고 자칭 사기꾼 해리 존스에게도, 은발의 모나 마스에게도 그렇다. 스치듯이 만난 인연을 위해 물불을 가리지 않는 말로의 행보는 늘 아슬아슬하다. 목숨까지 내거는 이런 의리는 고전 비극의 주인공들에게서 흔히 볼 수 있는 치명적 결점으로 보이기도 한다. 비극이 아니라 하드보일드 소설의 주인공이기에 겨우 살아남았다고 생각될 때도 많다. 하지만 그래서 더욱 인간적인 것이 아닐까.

말로는 물질적 이익보다 정의와 도리를 더 소중히 여기지만 여전히 자본주의의 틀을 초월하지 못하고, 때때로 배신당하거나 얻어맞고, 분노에 휩싸여 실수를 저지르고, 때로는 비웃고 비아냥거리며 위악을 부리고, 손톱으로 성냥을 켜보겠다고 날마다 연습하는 유치한 일면도 있다. 한마디로 흠잡을 데 없이 이상적이거나 초인적인 영웅은 아니다. 이 책에서도 등장인물 대부분이 한 번쯤은 말로를 오해하거나 과소평가한다. 그러나 말로를 얕잡아보던 악인들은 결국 허를 찔리고 후회하기 마련이다. 그는 시행착오를 겪으며 먼 길을 돌더라도 끝끝내 옳은 길을 찾아가기 때문이다.

챈들러의 문학은 청년시절 시에서 출발했고 오랜 세월이 흐른 후 단편을 거쳐 장편에서 활짝 꽃피었다. 이번에 『빅 슬립』을 필두로 필립 말로 연작을 여러 권 번역하면서 챈들러의 인생을 처음으로 유심히 들여다보았다. 결과론이지만, 또한 당연한 말이지만, 챈들러가 그런 삶을 살지 않았다면 필립 말로는 결코 태어날 수 없었다. 그리고 필립 말로는 태어날 때부터 이미 완성된 모습이었다.

몇몇 단편을 '잡아먹으며' 자라난 이 장편들은 영미문학을 넘어 전 세계의 문학에, 더 나아가 문화 전반에까지 뚜렷한 흔적을 남겼다. 그렇게 고전으로 널리 인정받는 작품들이 드디어 우리나라에서도 세계문학전집에 진입했다. 늦은 감은 있지만 반가운 일이 아닐 수 없다.

작업을 하는 동안 챈들러와 어깨를 나란히 할 만한 작가로 윌리엄 포크너, 존 스타인벡, F. 스콧 피츠제럴드를 자주 떠올렸다. 나에게 챈들러는 그런 작가다.

레이먼드 챈들러와 아내 시시를 합장한 무덤에는 『빅 슬립』의 한 문장이 새겨졌다. "죽은 사람은 상처받은 마음보다도 무거우니까."

김진준

1888년 7월 23일, 미국 일리노이주 시카고에서 아버지 모리스 챈들러와 어머니 플로렌스 손턴 챈들러 사이에서 출생.

1896년 내브래스카주 플래츠머스로 이주했다 시카고로 돌아옴.

1897년 플래츠머스로 돌아갔다가 다시 시카고로 돌아옴.

1900년 주정뱅이였던 아버지는 가족을 버리고 떠나고, 어머니와 함께 플래츠머스로 돌아감. 여름, 어머니와 함께 영국으로 이주해 외삼촌의 지원을 받으며 생활함. 가을, 런던의 덜위치 칼리지 입학.

1904년 덜위치 칼리지 졸업.

1905년 파리에서 프랑스어를 공부함.

1906년 독일로 가서 언어 공부를 계속함.

1907년 영국으로 돌아와 영국 국적을 취득함. 공무원 시험에 합격한 후 해군성에 들어감.

1908년 주변의 반대를 무릅쓰고 6개월 만에 해군성을 그만둠. 12월 19일, 〈체임버스 저널Chambers's Journal〉에 시 「미지의 사랑The Unknown Love」 발표. 이후 〈웨스트민스터 가제트The Westminster Gazette〉 〈아카데미The Academy〉 〈스펙테이터The Spectator> 등 여러 신문과 잡지에 시와 서평을 실음.

1909년 〈데일리 익스프레스Daily Express〉에서 기자로 일함.

1912년 미국으로 돌아와 샌프란시스코에 자리잡음. 여러 일을 전전하며 야간학교에서 회계를 공부함. 겨울, 어머니도 미국으로 돌아옴.

1913년 로스앤젤레스에 정착함. 로스앤젤레스 유제품 회사에 경리로 취직함.

1916년 로스앤젤레스 유제품 회사 샌타바바라 지사장이 됨.

1917년 8월, 캐나다 육군에 입대해 제1차세계대전에 참전함. 12월, 영국 리버풀에 도착함.

1918년 프랑스에 파병되었다가 영국 공군으로 전속하여 항공 훈련을 받음.

1919년 2월, 제대해서 미국으로 돌아옴. 샌프란시스코의 영국계 은행에서 일하다가 로스앤젤레스 유제품 회사에 복직함. 펄 유지니 파스칼(시시)을 만남. 챈들러의 어머니는 두 사람의 관계를 반대함.

1922년 대브니 석유 회사에 경리로 취직함.

1923년 9월, 어머니 사망.

1924년 2월, 시시와 결혼.

1930년 2월, 시시와 별거를 시작함.

1931년 대브니 석유 회사의 부사장으로 승진함.

1932년 음주벽을 이유로 회사에서 해고됨. 시애틀로 이사했다가 시시의 건강이 악화되어 로스앤젤레스로 돌아옴.

1933년 12월, 펄프잡지 〈블랙 마스크Black Mask〉에서 첫 단편 「협박범은 쏘지 않는다Blackmailers Don't Shoot」 발표. 이후 〈블랙 마스크〉 〈다임 디텍티브Dime Detective〉 〈애틀랜틱 먼슬리The Atlantic Monthly〉 등 여러 펄프잡지에 단편소설과 수필을 발표함.

1936년 1월, 〈블랙 마스크〉에서 주최한 만찬에서 대실 해밋을 만남.

1938년 『빅 슬립*The Big Sleep*』 집필 시작.

1939년 『빅 슬립』 출간. 『호수의 여인*The Lady in the Lake*』과 『안녕, 내 사랑*Farewell, My Lovely*』 집필 시작.

1940년 『안녕, 내 사랑』 출간.

1942년 『하이 윈도*The High Window*』 출간.

1943년 빌리 와일더 감독과 함께 제임스 M. 케인의 소설 『이중 배상 *Double Indemnity*』을 각색함. 『호수의 여인』 출간.

1944년 단편집 『다섯 살인자*Five Murderers*』 출간.

1945년 창작 시나리오 「푸른 달리아*The Blue Dahlia*」 집필. 단편집 『다섯 악인*Five Sinister Characters*』 출간.

1946년 사함. 단편집 『붉은 바람*Red Wind*』『스페인 혈통*Spanish Blood*』 출간.

1947년 창작 시나리오 「플레이백*Playback*」 집필. 단편집 『핑거맨 *Finger Man and Other Stories*』 출간.

1949년 『리틀 시스터*The Little Sister*』 출간.

1950년 단편과 에세이 모음집 『심플 아트 오브 머더*The Simple Art of Murder*』『말썽은 나의 본업*Trouble Is My Business*』 출간. 퍼트리셔 하이스미스의 『열차 안의 낯선 자들*Strangers on a Train*』 각색.

1952년 단편집 『눈 스트리트의 돈다발*Pick-up on Noon Street*』 출간. 시시와 함께 영국을 여행함.

1953년 『기나긴 이별*The Long Good-bye*』 출간. 단편집 『교만한 자의 죽음*Smart-Aleck Kill*』 출간.

1954년 12월 시시 사망.

1955년 2월, 우울증과 알코올중독에 시달리다 자살을 시도함. 4월, 영국으로 건너가 스티븐 스펜더, 나타샤 스펜더, 이언 플레밍 등과 교유. 이후 미국으로 돌아왔다가 다시 영국으로 갔고, 마드리드와 탕헤르 등지를 여행함. 『기나긴 이별』로 미국 추리작가협회의 최우수 작품상인 에드거상 수상.

1956년 미국으로 돌아와 국적 회복. 알코올중독과 탈진 증세로 입원과

퇴원을 반복함.

1958년 동명 시나리오를 바탕으로 재구성한 마지막 장편 『플레이백』 출간. 단편집 『진주는 골칫거리*Pearls Are a Nuisance*』 출간.

1959년 3월, 미국 추리작가협회 회장에 취임. 그 직후 폐렴으로 스크립스 메모리얼 병원에서 사망함. 샌디에이고의 마운트호프 공원 묘지에 안장됨. 집필중이던 『푸들 스프링스*Poodle Springs*』는 미완성 유작으로 남았으며, 1988년에 챈들러 탄생 100주년을 맞아 로버트 B. 파커가 후반부를 완성해 이듬해 출간함.

## 문학동네 세계문학전집 발간에 부쳐

세계문학은 국민문학 혹은 지역문학을 떠나 존재하는 문학이 아니지만 그것들의 총합도 아니다. 세계문학이라는 용어에는 그 나름의 언어와 전통을 갖고 있는 국민문학이나 지역문학의 존재를 인정하면서 그것을 넘어서는 문학의 보편적 질서에 대한 관념이 새겨져 있다. 그 용어를 처음 고안한 19세기 유럽인들은 유럽문학을 중심으로 그 질서를 구축했지만 풍부한 국민문학의 전통을 가지고 있는 현대의 문학 강국들은 나름의 방식으로 세계문학을 이해하면서 정전(正典)의 목록을 작성하고 또 수정한다.

한국에서도 세계문학 관념은 우리 사회와 문화의 변화 속에서 거듭 수정돼왔다. 어느 시기에는 제국 일본의 교양주의를 반영한 세계문학 관념이, 어느 시기에는 제3세계 민족주의에 동조한 세계문학 관념이 출현했고, 그러한 관념을 실천한 전집물이 출판됐다. 21세기 한국에 새로운 세계문학전집이 필요하다는 것은 명백하다. 우리의 지성과 감성의 기준에 부합하는 세계문학을 다시 구상할 때가 되었다.

문학동네 세계문학전집은 범세계적으로 통용되는 고전에 대한 상식을 존중하면서도 지난 반세기 동안 해외 주요 언어권에서 창작과 연구의 진전에 따라 일어난 정전의 변동을 고려하여 편성되었다. 그래서 불멸의 명작은 물론 동시대 세계의 중요한 정치·문화적 실천에 영감을 준 새로운 작품들을 두루 포함시켰다.

창립 이후 지금까지 한국문학 및 번역문학 출판에서 가장 전문적이고 생산적인 그룹을 대표해온 문학동네가 그간 축적한 문학 출판 경험을 바탕으로 새로운 세계문학전집을 펴낸다. 인류가 무지와 몽매의 어둠 속을 방황하면서도 끝내 길을 잃지 않은 것은 세계문학사의 하늘에 떠 있는 빛나는 별들이 길잡이가 되어주었기 때문이다. 우리가 자부심과 사명감 속에서 그리게 될 이 새로운 별자리가 독자들의 관심과 애정에 힘입어 우리 모두의 뿌듯한 자산이 되기를 소망한다.

문학동네 세계문학전집 편집위원

민은경, 박유하, 변현태, 송병선, 이재룡, 홍길표, 남진우, 황종연

지은이 **레이먼드 챈들러**

1888년 미국에서 태어났다. 런던에서 덜위치 칼리지를 졸업하고 프랑스와 독일에서 언어를 공부한 다음 영국으로 돌아와 영국 국적을 취득했다. 1912년 미국으로 돌아와 이듬해 로스앤젤레스에 정착했다. 1933년 펄프잡지에 「협박범은 쏘지 않는다」를 발표하면서 작가 생활을 시작했다. 이후 『빅 슬립』『안녕, 내 사랑』『기나긴 이별』 등 하드보일드 추리소설을 대표하는 '필립 말로 시리즈'를 비롯해 여러 소설을 발표했다. 1959년 폐렴으로 사망했다.

옮긴이 **김진준**

연세대학교 사회학과 및 영문과를 거쳐 마이애미 대학원에서 영문학을 전공했다. 살만 루슈디의 『분노』 번역으로 제2회 유영번역상을 수상했다. 옮긴 책으로 『롤리타』『악마의 시』『한밤의 아이들』『조지프 앤턴』『기나긴 이별』 등이 있다.

세계문학전집 191

빅 슬립

1판 1쇄 2020년 10월 8일
1판 4쇄 2022년 12월 5일

지은이 레이먼드 챈들러 | 옮긴이 김진준

책임편집 박신양 | 편집 이희연
디자인 김마리 최미영 | 저작권 박지영 형소진 이영은 김하림
마케팅 정민호 이숙재 박치우 한민아 이민경 안남영 왕지경 김수현 정경주 김혜원
브랜딩 함유지 함근아 김희숙 고보미 박민재 박진희 정승민
제작 강신은 김동욱 임현식 | 제작처 영신사

펴낸곳 (주)문학동네 | 펴낸이 김소영
출판등록 1993년 10월 22일 제2003-000045호
주소 10881 경기도 파주시 회동길 210
전자우편 editor@munhak.com | 대표전화 031)955-8888 | 팩스 031)955-8855
문의전화 031)955-3578(마케팅), 031)955-1916(편집)
문학동네카페 http://cafe.naver.com/mhdn
인스타그램 @munhakdongne | 트위터 @munhakdongne
북클럽문학동네 http://bookclubmunhak.com

ISBN 978-89-546-7497-3 04840
978-89-546-0901-2 (세트)

잘못된 책은 구입하신 서점에서 교환해드립니다.
기타 교환 문의 031) 955-2661, 3580

www.munhak.com

1, 2, 3 안나 카레니나 레프 톨스토이 | 박형규 옮김
4 판탈레온과 특별봉사대 마리오 바르가스 요사 | 송병선 옮김
5 황금 물고기 르 클레지오 | 최수철 옮김
6 템페스트 윌리엄 셰익스피어 | 이경식 옮김
7 위대한 개츠비 F. 스콧 피츠제럴드 | 김영하 옮김
8 아름다운 애너벨 리 싸늘하게 죽다 오에 겐자부로 | 박유하 옮김
9, 10 파우스트 요한 볼프강 폰 괴테 | 이인웅 옮김
11 가면의 고백 미시마 유키오 | 양윤옥 옮김
12 킴 러디어드 키플링 | 하창수 옮김
13 나귀 가죽 오노레 드 발자크 | 이철의 옮김
14 피아노 치는 여자 엘프리데 옐리네크 | 이병애 옮김
15 1984 조지 오웰 | 김기혁 옮김
16 벤야멘타 하인학교 - 야콥 폰 군텐 이야기 로베르트 발저 | 홍길표 옮김
17, 18 적과 흑 스탕달 | 이규식 옮김
19, 20 휴먼 스테인 필립 로스 | 박범수 옮김
21 체스 이야기 · 낯선 여인의 편지 슈테판 츠바이크 | 김연수 옮김
22 왼손잡이 니콜라이 레스코프 | 이상훈 옮김
23 소송 프란츠 카프카 | 권혁준 옮김
24 마크롤 가비에로의 모험 알바로 무티스 | 송병선 옮김
25 파계 시마자키 도손 | 노영희 옮김
26 내 생명 앗아가주오 앙헬레스 마스트레타 | 강성식 옮김
27 여명 시도니가브리엘 콜레트 | 송기정 옮김
28 한때 흑인이었던 남자의 자서전 제임스 웰든 존슨 | 천승걸 옮김
29 슬픈 짐승 모니카 마론 | 김미선 옮김
30 피로 물든 방 앤절라 카터 | 이귀우 옮김
31 숨그네 헤르타 뮐러 | 박경희 옮김
32 우리 시대의 영웅 미하일 레르몬토프 | 김연경 옮김
33, 34 실낙원 존 밀턴 | 조신권 옮김
35 복낙원 존 밀턴 | 조신권 옮김
36 포로기 오오카 쇼헤이 | 허호 옮김
37 동물농장 · 파리와 런던의 따라지 인생 조지 오웰 | 김기혁 옮김
38 루이 랑베르 오노레 드 발자크 | 송기정 옮김
39 코틀로반 안드레이 플라토노프 | 김철균 옮김
40 어두운 상점들의 거리 파트릭 모디아노 | 김화영 옮김
41 순교자 김은국 | 도정일 옮김
42 젊은 베르테르의 슬픔 요한 볼프강 폰 괴테 | 안장혁 옮김
43 더블린 사람들 제임스 조이스 | 진선주 옮김
44 설득 제인 오스틴 | 원영선, 전신화 옮김
45 인공호흡 리카르도 피글리아 | 엄지영 옮김
46 정글북 러디어드 키플링 | 손향숙 옮김
47 외로운 남자 외젠 이오네스코 | 이재룡 옮김
48 에피 브리스트 테오도어 폰타네 | 한미희 옮김
49 둔황 이노우에 야스시 | 임용택 옮김
50 미크로메가스 · 캉디드 혹은 낙관주의 볼테르 | 이병애 옮김

51, 52 염소의 축제 마리오 바르가스 요사 | 송병선 옮김
53 고야산 스님·초롱불 노래 이즈미 교카 | 임태균 옮김
54 다니엘서 E. L. 닥터로 | 정상준 옮김
55 이날을 위한 우산 빌헬름 게나치노 | 박교진 옮김
56 톰 소여의 모험 마크 트웨인 | 강미경 옮김
57 카사노바의 귀향·꿈의 노벨레 아르투어 슈니츨러 | 모명숙 옮김
58 바보들을 위한 학교 사샤 소콜로프 | 권정임 옮김
59 어느 어릿광대의 견해 하인리히 뵐 | 신동도 옮김
60 웃는 늑대 쓰시마 유코 | 김훈아 옮김
61 팔코너 존 치버 | 박영원 옮김
62 한눈팔기 나쓰메 소세키 | 조영석 옮김
63, 64 톰 아저씨의 오두막 해리엇 비처 스토 | 이종인 옮김
65 아버지와 아들 이반 투르게네프 | 이항재 옮김
66 베니스의 상인 윌리엄 셰익스피어 | 이경식 옮김
67 해부학자 페데리코 안다아시 | 조구호 옮김
68 긴 이별을 위한 짧은 편지 페터 한트케 | 안장혁 옮김
69 호텔 뒤락 애니타 브루크너 | 김정 옮김
70 잔해 쥘리앵 그린 | 김종우 옮김
71 절망 블라디미르 나보코프 | 최종술 옮김
72 더버빌가의 테스 토머스 하디 | 유명숙 옮김
73 감상소설 미하일 조셴코 | 백용식 옮김
74 빙하와 어둠의 공포 크리스토프 란스마이어 | 진일상 옮김
75 쓰가루·석별·옛날이야기 다자이 오사무 | 서재곤 옮김
76 이인 알베르 카뮈 | 이기언 옮김
77 달려라, 토끼 존 업다이크 | 정영목 옮김
78 몰락하는 자 토마스 베른하르트 | 박인원 옮김
79, 80 한밤의 아이들 살만 루슈디 | 김진준 옮김
81 죽은 군대의 장군 이스마일 카다레 | 이창실 옮김
82 페레이라가 주장하다 안토니오 타부키 | 이승수 옮김
83, 84 목로주점 에밀 졸라 | 박명숙 옮김
85 아베 일족 모리 오가이 | 권태민 옮김
86 폭풍의 언덕 에밀리 브론테 | 김정아 옮김
87, 88 늦여름 아달베르트 슈티프터 | 박종대 옮김
89 클레브 공작부인 라파예트 부인 | 류재화 옮김
90 P세대 빅토르 펠레빈 | 박혜경 옮김
91 노인과 바다 어니스트 헤밍웨이 | 이인규 옮김
92 물방울 메도루마 슌 | 유은경 옮김
93 도깨비불 피에르 드리외라로셸 | 이재룡 옮김
94 프랑켄슈타인 메리 셸리 | 김선형 옮김
95 래그타임 E. L. 닥터로 | 최용준 옮김
96 캔터빌의 유령 오스카 와일드 | 김미나 옮김
97 만(卍)·시게모토 소장의 어머니 다니자키 준이치로 | 김춘미, 이호철 옮김
98 맨해튼 트랜스퍼 존 더스패서스 | 박경희 옮김
99 단순한 열정 아니 에르노 | 최정수 옮김

100 열세 걸음 모옌 | 임홍빈 옮김
101 데미안 헤르만 헤세 | 안인희 옮김
102 수레바퀴 아래서 헤르만 헤세 | 한미희 옮김
103 소리와 분노 윌리엄 포크너 | 공진호 옮김
104 곰 윌리엄 포크너 | 민은영 옮김
105 롤리타 블라디미르 나보코프 | 김진준 옮김
106, 107 부활 레프 톨스토이 | 박형규 옮김
108, 109 모래그릇 마쓰모토 세이초 | 이병진 옮김
110 은둔자 막심 고리키 | 이강은 옮김
111 불타버린 지도 아베 고보 | 이영미 옮김
112 말라볼리아가의 사람들 조반니 베르가 | 김운찬 옮김
113 디어 라이프 앨리스 먼로 | 정연희 옮김
114 돈 카를로스 프리드리히 실러 | 안인희 옮김
115 인간 짐승 에밀 졸라 | 이철의 옮김
116 빌러비드 토니 모리슨 | 최인자 옮김
117, 118 미국의 목가 필립 로스 | 정영목 옮김
119 대성당 레이먼드 카버 | 김연수 옮김
120 나나 에밀 졸라 | 김치수 옮김
121, 122 제르미날 에밀 졸라 | 박명숙 옮김
123 현기증. 감정들 W. G. 제발트 | 배수아 옮김
124 강 동쪽의 기담 나가이 가후 | 정병호 옮김
125 붉은 밤의 도시들 윌리엄 버로스 | 박인찬 옮김
126 수고양이 무어의 인생관 E. T. A. 호프만 | 박은경 옮김
127 맘브루 R. H. 모레노 두란 | 송병선 옮김
128 익사 오에 겐자부로 | 박유하 옮김
129 땅의 혜택 크누트 함순 | 안미란 옮김
130 불안의 책 페르난두 페소아 | 오진영 옮김
131, 132 사랑과 어둠의 이야기 아모스 오즈 | 최창모 옮김
133 페스트 알베르 카뮈 | 유호식 옮김
134 다마세누 몬테이루의 잃어버린 머리 안토니오 타부키 | 이현경 옮김
135 작은 것들의 신 아룬다티 로이 | 박찬원 옮김
136 시스터 캐리 시어도어 드라이저 | 송은주 옮김
137 고독한 산책자의 몽상 장자크 루소 | 문경자 옮김
138 용의자의 야간열차 다와다 요코 | 이영미 옮김
139 세기아의 고백 알프레드 드 뮈세 | 김미성 옮김
140 햄릿 윌리엄 셰익스피어 | 이경식 옮김
141 카산드라 크리스타 볼프 | 한미희 옮김
142 이 글을 읽는 사람에게 영원한 저주를 마누엘 푸익 | 송병선 옮김
143 마음 나쓰메 소세키 | 유은경 옮김
144 바다 존 밴빌 | 정영목 옮김
145, 146, 147, 148 전쟁과 평화 레프 톨스토이 | 박형규 옮김
149 세 가지 이야기 귀스타브 플로베르 | 고봉만 옮김
150 제5도살장 커트 보니것 | 정영목 옮김
151 알렉시 · 은총의 일격 마르그리트 유르스나르 | 윤진 옮김

**152** 말라 온다 알베르토 푸겟 | 엄지영 옮김
**153** 아르세니예프의 인생 이반 부닌 | 이항재 옮김
**154** 오만과 편견 제인 오스틴 | 류경희 옮김
**155** 돈 에밀 졸라 | 유기환 옮김
**156** 젊은 예술가의 초상 제임스 조이스 | 진선주 옮김
**157, 158, 159** 카라마조프가의 형제들 표도르 도스토옙스키 | 김희숙 옮김
**160** 진 브로디 선생의 전성기 뮤리얼 스파크 | 서정은 옮김
**161** 13인당 이야기 오노레 드 발자크 | 송기정 옮김
**162** 하지 무라트 레프 톨스토이 | 박형규 옮김
**163** 희망 앙드레 말로 | 김웅권 옮김
**164** 임멘 호수 · 백마의 기사 · 프시케 테오도어 슈토름 | 배정희 옮김
**165** 밤은 부드러워라 F. 스콧 피츠제럴드 | 정영목 옮김
**166** 야간비행 앙투안 드 생텍쥐페리 | 용경식 옮김
**167** 나이트우드 주나 반스 | 이예원 옮김
**168** 소년들 앙리 드 몽테를랑 | 유정애 옮김
**169, 170** 독립기념일 리처드 포드 | 박영원 옮김
**171, 172** 닥터 지바고 보리스 파스테르나크 | 박형규 옮김
**173** 싯다르타 헤르만 헤세 | 권혁준 옮김
**174** 야만인을 기다리며 J. M. 쿳시 | 왕은철 옮김
**175** 철학편지 볼테르 | 이봉지 옮김
**176** 거지 소녀 앨리스 먼로 | 민은영 옮김
**177** 창백한 불꽃 블라디미르 나보코프 | 김윤하 옮김
**178** 슈틸러 막스 프리슈 | 김인순 옮김
**179** 시핑 뉴스 애니 프루 | 민승남 옮김
**180** 이 세상의 왕국 알레호 카르펜티에르 | 조구호 옮김
**181** 철의 시대 J. M. 쿳시 | 왕은철 옮김
**182** 카시지 조이스 캐럴 오츠 | 공경희 옮김
**183, 184** 모비 딕 허먼 멜빌 | 황유원 옮김
**185** 솔로몬의 노래 토니 모리슨 | 김선형 옮김
**186** 무기여 잘 있거라 어니스트 헤밍웨이 | 권진아 옮김
**187** 컬러 퍼플 앨리스 워커 | 고정아 옮김
**188, 189** 죄와 벌 표도르 도스토옙스키 | 이문영 옮김
**190** 사랑 광기 그리고 죽음의 이야기 오라시오 키로가 | 엄지영 옮김
**191** 빅 슬립 레이먼드 챈들러 | 김진준 옮김
**192** 시간은 밤 류드밀라 페트루솁스카야 | 김혜란 옮김
**193** 타타르인의 사막 디노 부차티 | 한리나 옮김
**194** 고양이와 쥐 귄터 그라스 | 박경희 옮김
**195** 펠리시아의 여정 윌리엄 트레버 | 박찬원 옮김
**196** 마이클 K의 삶과 시대 J. M. 쿳시 | 왕은철 옮김
**197, 198** 오스카와 루신다 피터 케리 | 김시현 옮김
**199** 패싱 넬라 라슨 | 박경희 옮김
**200** 마담 보바리 귀스타브 플로베르 | 김남주 옮김
**201** 패주 에밀 졸라 | 유기환 옮김
**202** 도시와 개들 마리오 바르가스 요사 | 송병선 옮김

**203** 루시 저메이카 킨케이드 | 정소영 옮김

**204** 대지 에밀 졸라 | 조성애 옮김

**205, 206** 백치 표도르 도스토옙스키 | 김희숙 옮김

**207** 백야 표도르 도스토옙스키 | 박은정 옮김

**208** 순수의 시대 이디스 워턴 | 손영미 옮김

**209** 단순한 이야기 엘리자베스 인치볼드 | 이혜수 옮김

**210** 바닷가에서 압둘라자크 구르나 | 황유원 옮김

**211** 낙원 압둘라자크 구르나 | 왕은철 옮김

**212** 피라미드 이스마일 카다레 | 이창실 옮김

**213** 애니 존 저메이카 킨케이드 | 정소영 옮김

**214** 지고 말 것을 가와바타 야스나리 | 박혜성 옮김

**215** 부서진 사월 이스마일 카다레 | 유정희 옮김

**216** 사람은 무엇으로 사는가 레프 톨스토이 | 이항재 옮김

**217, 218** 악마의 시 살만 루슈디 | 김진준 옮김

**219** 오늘을 잡아라 솔 벨로 | 김진준 옮김

**220** 배반 압둘라자크 구르나 | 황가한 옮김

● 문학동네 세계문학전집은 계속 출간됩니다